KB021021

흐드러지면

향기

드으꽃

연 연 불 망

등꽃 향기 흐드러지면

1판 1쇄 찍음 2017년 2월 8일
1판 1쇄 펴냄 2017년 2월 15일

지은이 | 지연희
펴낸이 | 고운숙
펴낸곳 | 봄 미디어

기획·편집 | 김민지, 김자우, 홍주희, 김현주

출판등록 | 2014년 08월 25일 (제387-2014-000040호)
주소 | 경기도 부천시 원미구 소향로17, 304(두성프라자)
영업부 | 070-5015-0818 편집부 | 070-5015-0817 팩스 | 032-712-2815
E-mail | bommedia@naver.com
소식창 | http://blog.naver.com/bommedia

값 9,000원

ISBN 979-11-5810-287-6 03810

※파본은 구입하신 서점에서 교환하여 드립니다.

※이 책은 봄 미디어를 통해 독점 계약되었습니다.
저작권법에 의해 보호를 받는 저작물이므로 무단 전재와 무단 복제를 엄금합니다.

지연희 장편 소설

드높아 향기 흐드러지면

망 물 언 넌

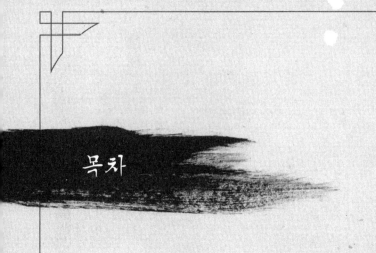

목차

一.
逃避(도피)

휙.

퐁당.

소녀가 고개도 돌리지 않은 채 손끝으로 앉은 자리 옆의 바닥을 더듬었다. 아무것도 걸리는 게 없었다. 그제야 눈을 돌렸다. 조약돌을 잔뜩 주워 한 무더기 쌓아 놓았는데 그새 다 던져 버린 모양이었다.

소녀는 아쉬운 얼굴로 주변을 둘러보다 그리 멀지 않은 곳에 얌전하게 놓인 작은 돌멩이를 발견했다. 앉은 채로 손을 뻗어 보았지만 닿지 않았다. 엉덩이는 들지 않고 몸만 기울여 손을 쭉 뻗어 보았다. 가운뎃손가락에 간신히 돌 끄트머리가 걸렸다.

"조금만, 조금만……."

손끝에 힘을 주자 돌이 저만치 튕겨 나가 버렸다.

"에이."

소녀가 짜증을 내며 앉은 채로 발을 동동 구르다 손을 뒤로 짚어 몸을 지탱하고 하늘을 바라보았다.

여름에 접어든 지도 오래, 날씨는 무척이나 덥고 내리쬐는 햇볕도 제법 따가웠다. 소녀가 앉은 자리에는 그늘 하나 없는 데다 바닥에서 올라오는 열기까지 더해졌으나 개의치 않는 것 같았다.

소녀가 벌떡 일어나서는 숫제 자리를 물가로 옮겨 앉았다. 편평한 땅바닥보다 울퉁불퉁한 돌 사이에 주저앉아 더 불편하기는 했지만 먼지를 들이마시지 않는 것으로 만족했다. 돌 틈에 끼인 잔돌을 몇 개 주워 들고는 다시 잔잔하게 흐르는 개울 건너를 신중하게 겨냥했다.

"아기씨."

뒤에서 들려오는 익숙한 목소리에 소녀의 얼굴이 절로 찡그려졌다. 뒤도 돌아보지 않고 반대편을 겨냥하고 있던 돌 하나를 약한 힘으로 물 위로 던졌다. 퐁, 소리와 함께 돌이 물속으로 가라앉았다.

"유화 아기씨."

"응?"

마지못해 대답은 했지만 고개를 돌리지는 않았다. 한숨 쉬는 유모의 표정이 생생하게 그려지는 것 같아 유화가 잔뜩 인상을 썼다. 다시 목소리가 들려왔다.

"돌아가셔야 합니다."

"아직 한낮인데도?"

말투에는 돌아가기 싫다는 기색이 역력하게 묻어났다. 소녀

8

의 어머니 강 씨는 다 자란 딸에게는 관심을 갖기 어려울 정도로 분주했다. 나이 터울이 있는 어린 동생들과 어울리는 것은 조금 유치하게 느껴졌다.

유화의 말 상대를 해 줄 만한 유모는 강 씨를 도와 집안을 꾸려나가기에 더 바빴다. 이 집안에서 유화가 혼자인 것은 꽤 오래전부터의 일이었다.

평소에는 홀로 지내는 그 시간을 못 견디게 싫어하지 않았다. 좋아하는 책 읽기도, 서툴기 짝이 없는 수놓기도 혼자서 할 수 있는 일이었다.

하지만 본가가 아니니 읽을 수 있는 책도, 수를 놓을 천이나 실 따위도 없었다. 밖에서도 할 일이 없는 것은 매일반이었지만, 시시각각 흘러가는 풍경을 눈에 담으며 아무런 방해도 받지 않고 이런저런 생각을 하는 편이 더 나았다.

"서방님께서 오고 계신답니다."

"어느 오라버니가?"

"누구시겠습니까."

어느새 유화는 몸을 일으켜 치맛자락을 털어 내고 있었다. 손에 쥐고 있던 조약돌도 시냇물 위에 아무렇게나 흩뿌렸다. 오라버니가 오는 게 얼마 만의 일인가.

그 모습을 본 유모는 먼저 자리를 떴다. 그녀가 굳이 지켜보거나 채근하지 않아도 아기씨는 낱듯이 돌아올 것이다. 여기서 기다리느라 시간을 지체하기보다는 짐을 제대로 꾸렸는지 살펴보는 쪽이 더 나았다.

그러나 흡족한 마음도 잠시, 사랑스러운 아기씨의 얼굴에 드리우게 될 그늘을 짐작하며 얼굴을 찌푸렸다.

"오라버니가 오셨대."

듣는 사람도 없는데 즐겁게 이야기하고 빙글빙글 돌아 나풀대며 걸음을 딛던 유화였지만, 임시로 머무르는 집의 담장 끄트머리가 보이는 순간 풀이 죽었다. 처음 이 집에 도착하던 날의 기억이 떠오른 탓이었다.

＊　　　　＊　　　　＊

"오라버니, 아직 멀었습니까."

그녀의 질문에 대한 대답은 들려오지 않았다. 대신 그 앞에서 불쑥 튀어나온 조그만 얼굴이 그녀를 바라보며 별 뜻 없이 웃었다. 목소리가 들리지 않아 대답하지 않는 것이 아니라는 뜻이었다.

유화가 눈길조차 주지 않는 뒷모습을 애처롭게 바라보고 있을 때, 다른 쪽에서 여유롭고 느긋한 목소리가 들려왔다.

"거의 다 왔으니 힘들어도 조금만 참으려무나."

"다 큰 아이의 응석을 받아 주시면 버릇만 나빠집니다, 형님."

유화의 질문에는 대꾸도 하지 않던 유덕이 광원의 말이 떨어지기 무섭게 차갑게 말했다. 광원이 너털웃음을 지었다.

"아직 나이가 어린 아이에게 어찌 그리 매정하게 말하느냐."

"그건 유덕의 말이 옳다."

끼어든 목소리는 강 씨의 것이었다. 그녀 역시 유화를 바라보지 않은 채 말을 이었다. 그 어조는 몹시 단호했다.

"마냥 오냐오냐 귀여워하시는 게 너에게 좋지 않다는 걸 네 아버지께서 빨리 아셔야 할 텐데 말이야. 삼사년 후에는 혼인을 치러도 이르지 않은 나이이니 이제 슬슬 철이 들 때도 되지 않았느냐."

얼마쯤 온 것인지가 궁금했을 뿐, 힘들다고 투정을 부리려던 것이 아니었다. 유화가 입술을 비죽거렸지만 입을 열지는 않았다.

무슨 말을 해도 불리한 상황에 처할 게 분명했다. 그럼에도 마음이 아픈 건 숨길 수 없어 괜히 입을 열었다 싶은 후회와 서운한 마음이 겹쳐 눈물이 그렁그렁해졌다.

그러나 누구에게든 눈물을 보이고 싶지 않아 얼른 소맷자락으로 눈가를 훔쳐 냈다. 뿌옇게 흐려졌다 맑아진 시야에 규모가 작은 집 한 채가 들어왔다.

"당분간은 여기서 머무르심이 좋으실 것 같습니다, 어머니."

"장군님께서 아니 계시니 저택보단 여기가 나을 듯싶구나."

광원의 태도는 지극히 공손했고 강 씨의 목소리도 온화했다. 유덕의 얼굴에는 못마땅한 기색이 역력했으나 아무 말 없이 말에서 내려 줄곧 앞에 태우고 온 막내를 바닥에 내려놓았다. 어린아이는 강 씨에게 달려가 치마꼬리를 붙잡았고, 그보다 한 살 위의 사내아이는 이미 근처를 부산하게 돌아다니고 있었다.

다들 각자의 일을 시작하였을 때, 여전히 말에서 내리지 못한 채 우두커니 앉아 있는 소녀가 있었다. 유화였다. 홀로 말 위에 올라앉아 있는 것은 어렵지 않았지만 체구가 작아 혼자 오르내리는 것은 무리였다.

유화의 눈길이 한 사람을 좇아다녔다. 그 시선을 느낀 유덕이 마지못해 유화에게 손을 내밀었다.

"자."

"고마워요, 오라버니."

크고 동그란 눈이 그를 내려다보다가 곱게 휘어졌다. 눈웃음과 입가에 떠오른 미소까지, 낯설지 않은 표정이 유덕의 심기를 거슬렀다.

"그깟 인사로 네가 하지 못하는 걸 남에게 대충 넘길 수 있다고 생각하지 말거라."

"명심하겠습니다."

유화가 천천히 대답했다. 유덕의 목소리는 퉁명스러웠지만

그녀를 품에 안아 내리는 동작은 퍽 조심스럽고 다정했다. 그러
나 유화의 두 발이 땅에 닿자마자 그는 지체 없이 몸을 돌려 멀
어져 갔다. 다시 한 번, 유화의 눈에 눈물이 고였다.

✽ ✽ ✽

시일이 제법 흘렀는데도 그날의 기억은 선명했다. 유화가 도
리질했다. 그녀를 대하는 유덕의 태도는 친절한 편으로, 말이
그만큼 다정하지 아니한 것뿐이었다. 일일이 다 받아 주면 버릇
이 나빠질까 염려하는 오라비의 마음이리라.

한시라도 오라버니를 빨리 보고 싶어 유화가 다시 잰걸음으
로 발을 놀렸다.

"하오니 지금보다 더 서두르셔야 합니다."

"알겠네."

유덕은 강 씨의 여유로운 태도를 보며 다문 입술에 힘을 주
었다. 여인다운 것이라고는 오로지 고운 용모뿐인 듯 위급한 상
황인데도 여간한 사내보다 훨씬 더 태연자약했다. 늘 그렇듯 그
모든 것이 마음에 들지 않았다.

"그러면 아우들은 제가 불러오겠습니다."

유덕이 몸을 돌리려던 찰나였다.

"오라버니!"

만만치 않은 무게가 유덕의 등에 부딪쳐 왔다. 가느다란 팔이
허리를 감고 얼굴이라도 비비대는 듯 등 쪽이 바스락거렸다. 붙

어 있는 몸에서 체온이 전해져 왔다. 유덕은 순간적으로 느슨해진 표정을 갈무리했다. 조금 전보다 더 굳어진 표정으로 엄격한 목소리를 냈다.

"놓아라."

"예까지 어인 일이십니까, 오라버니?"

"놓으라 말하였다."

어리광이 담뿍 담긴 상냥한 목소리와 달리 답하는 유덕의 목소리에는 찬바람이 쌩쌩 일었다. 유화가 한숨을 내쉬며 마지못해 허리에 감고 있는 팔을 풀고 몇 발짝 물러났다.

"그 나이를 먹도록 어린아이처럼 굴고 있으니 그 어찌 문제가 아니겠느냐. 그런 식으로 행동하면 아버님의 품위를 의심받게 된다. 여태까지 네가 어떤 교육을 받아 온 것인지 궁금하구나."

"그게, 저……."

유화는 무어라 변명이라도 할 생각으로 입을 열었다가, 도무지 틈을 주지 않는 유덕의 넓은 등을 바라보며 입을 다물었다. 유덕의 몸 너머로 언뜻 보이는 강 씨의 얼굴도 제법 엄격하여, 자신의 행동이 크게 잘못된 것인가 생각하며 시무룩한 얼굴을 했다.

강 씨가 남들에게 눈치채이지 않게 긴 숨을 쉬었다. 유화의 조신하지 못함을 탓하는 말에는 그녀의 가정 교육에 대한 비난이 섞여 있었다.

그러나 이 정도의 활달함은 대부분 용인되는 것이었다. 유덕의 신경질적인 반응과 날 선 비난은 본디 유화가 아닌 그녀를 향하는 것이었다. 그 사실을 눈치챘다 하여도 감정을 함부로 내

비쳐서는 안 될 일이었다. 강 씨가 평소처럼 유화를 향해 엄격하게 일렀다.

"아무리 반가워도 지켜야 할 법도가 있게 마련이다."

그러면 길게 읍하며 그간 강녕하셨사옵니까, 하고 인사합니까?

유화가 혀끝까지 밀고 올라온 말을 애써 꾹꾹 눌러 삼켰다. 말대꾸를 하면 유덕의 비난을 인정하게 되는 셈이었다. 강 씨는 유화의 얼굴에 떠오르는 불만과 체념의 기색에 안타까운 마음이 들었으나 곧 눈길을 돌려 외면한 채 유덕에게 상냥하게 말을 건넸다.

"그러면 아이들을 부탁하겠네. 나도 곧 준비를 마치도록 하지."

강 씨가 사뿐하게 몸을 돌렸다. 그 모습을 노려보던 유덕이 몸을 휙 돌렸다. 그를 올려다보는 조그만 누이가 생긋 웃어 보이는 것을 모르는 척 외면했다. 그러나 잠깐 눈이 마주친 짧은 찰나에도 알아챌 수 있는 사실은 퍽 여러 가지였다. 나이에 비해 체구가 작은 유화는 여전히 실제보다 두어 살 정도 어려 보였다. 그러나 곱게 짓는 눈웃음은 오래전의 그를 향하던 것 못지않게 부드럽고 따스했다.

뒤쪽에서 낭랑한 목소리가 날아들어 상념에 잠겨 있던 유덕의 느린 발길을 멈춰 세웠다.

"큰어머님도 함께 가시는 것입니까?"

"당연하다. 설마 그럼 너희만 위험에 처한다고 생각하느냐?"

"아우들이라 말씀하셨으니 저도 보살펴 주실 것인가요?"

눈길조차 주지 않고 대꾸했는데도 질문이 이어지자 유덕이 고개만 반쯤 돌려 유화를 비스듬하게 내려다보았다. 짜증 섞인 냉담한 눈길에도 유화의 표정은 아무것도 모르는 아이처럼 해맑았다.

그 모습에 자신의 표정이 풀어지려는 것을 느낀 유덕이 서둘러 입매를 굳혔다.

피는 속이지 못하는 것인가. 아비의 성정을 가장 많이 이어받은 것 같다는 저에게도, 그 어미와 꼭 빼닮은 용모를 한 누이에게도 해당하는 생각이었다.

유덕이 다시 고개를 돌렸다. 겉과 속이 다른 요녀에게 홀려 스무 해에 가깝도록 정신 차리지 못하는 위인은 제 아비 하나로 족했다.

젊은 여인의 싱그러움에 혹한 중년 사내가 그 여인에게 싱그러움 따위는 남지 아니한 지금까지도 지극정성으로 아끼는 것도, 조그만 계집아이에게 눈이 팔려 어쩔 줄 모르는 것도 꼴사나웠다. 자칫 저도 그런 꼴이 될지도 모른다 생각하면 몸서리가 날 지경이었다.

"네 아우들이야 원체 어리지만 너는 다 자라지 않았느냐."

"하지만 언니들은 항상 일일이 챙겨 주고 계시지 않으십니까."

"그 아이들과 너를 비교하지 말거라."

"오라버니께서는 어찌 제게만 엄격하십니까. 서운합니다."

"여인다운 면모를 갖춘 계집아이가 할 소리가 아니다."

유덕은 이번에야말로 귀를 닫고 입을 다물어 대꾸해 주지 않기로 결정하고는 순식간에 자리를 떴다. 조금 떨어진 곳에서 기다리다 보조를 맞추어 걷기 시작한 청년이 한마디 건네었다.

"자네의 태도가 과하다고 광원 형님께서 늘 말씀하시던 까닭을 알겠네."

"형님의 성격이 무르기 때문이지 내가 과한 것이 아닐세."

"어린아이가 무엇을 알겠는가."

"어릴 때부터 제대로 배우지 아니하면 곤란하지."

"글쎄, 자네의 누이는 물론이고 여느 소저도 크게 다르지 아니한 듯한데."

"자네가 지극히 사적인 집안일에 관심을 갖는 건 그다지 반갑지 않군."

줄곧 조소하듯 대꾸하던 유덕의 마지막 말은 퍽 날카로웠다. 소녀가 나타났다가 홀로 버려지기까지 모든 순간을 눈에 담았던 청년은 침묵했다. 망설이듯 느려지는 그의 발길에 나지막히 들리던 두 쌍의 발소리의 박자가 깨어졌다.

유덕이 걸음을 멈추고 눈을 돌려 청년을 바라보았다. 그가 유덕을 보고 씩 웃었다.

"아무래도 그 조그만 아가씨가 마음에 걸려서 말이지."

"가능하면 가까이하지 않았으면 하네만."

유덕의 말은 경고처럼 들렸으나 그는 눈만 몇 번 껌벅거려 보이고는 몸을 돌렸다. 그 모습을 유덕이 못마땅한 눈길로 바라보았으나, 표정은 어딘가 모르게 조금 누그러져 있었다.

유덕이 사라진 자리를 물끄러미 바라보던 유화가 몸을 돌렸다. 지난번처럼 눈물이 고이지는 않았지만 마음이 아픈 건 똑같아 저도 모르게 입술을 깨물었다.

이렇게 좋아하는 티를 역력하게 내는데도 그는 늘 냉정하게 굴었다. 이쯤이면 데면데면한 시늉이라도 하는 편이 자신에게도 좋을 일이었다. 그런데도 나이답지 않게 어리광을 부리며 다정한 말 한마디가 들려오기를 기대하는 자신이 한심스러웠다.

유화가 축 늘어뜨리고 있던 어깨를 애써 곧게 펴며 조금 전 들은 말을 찬찬히 떠올려 보았다. 큰어머니는 물론이고 시집가지 아니한 언니들도 함께 가는 모양이었다.

집안의 가장이자 그녀의 아버지인 중결(仲潔)의 명이 아니라면 이렇게 온 가족이 움직일 리 없다. 조만간 중결과 재회하게 될지도 모른다. 그때는 어리광을 마음껏 부려도 그 누구 하나 탓하지 못하리라.

희망적인 내용의 한끝을 잡은 유화의 기분이 한결 나아졌다. 그녀가 몸을 빙그르르 돌리자 커다란 꽃잎처럼 나풀거리는 치맛자락 위에 그림자가 어른거렸다. 고개를 들어 올린 유화는 미소 짓는 청년의 얼굴을 마주하고는 어리둥절한 표정을 지었다.

"누구신가요?"

"유덕을 대신해서 아가씨를 모시러 왔습니다."

"오라버니기 그렇게 하라고 했을 리 없어요."

청년은 유화의 새초롬한 표정과 탐색하듯 올려보는 눈길에도 기분 나쁜 기색이 없었다. 몸을 살짝 낮추어 유화와 눈높이를 맞추고 얼굴을 바라보았다.

퍽 귀엽던 여자아이는 이목구비가 더욱 또렷해진 고운 소녀로 변했다. 몇 년 전에는 무릎을 완전히 굽히고 앉아야 눈높이가 맞던 아이가 이만큼 자랐다. 그러나 눈빛만큼은 변함이 없었다.

티 없이 맑은 눈동자는 아이가 떠서 내밀던 표주박 속에 담긴 물과도 비슷했다. 갈증과 못마땅함을 단번에 씻어 내리던 청량한 물 한 모금과 함께 스며들던 달콤한 향기가 다시 주변에 감도는 느낌이었다.

청년이 싱긋 웃었다. 오랜 기억에서 벗어나며 새로운 의문을 떠올렸다.

왜일까.

유덕과 막역지간은 아니지만 벌써 몇 해나 보아 온 사이였다. 유덕의 천성이 다정하다고는 할 수 없었으나 그 누구에게도 눈앞의 소녀를 대하듯 날이 선 태도를 보이는 적은 없었다. 나이 어린 이복아우들에게도 제법 친절하고 따스하였으니, 이렇게 홀대받는 것은 소녀 하나뿐이었다. 청년은 그 연유에 대해 궁금해하는 것을 그만두었다. 대신 몸을 곧게 펴고 유화를 향해 다정하게 말을 건넸다.

"그래서 내가 싫습니까? 유덕이 아니라서?"

유화가 입술을 꼭 다물어 오므린 채 그의 눈을 빤히 올려다보았다.

그와 유덕을 비교하는 듯 제법 날카로운 눈길에 청년이 소리 내어 웃었다. 자신감은 넘치지만 자만이나 자랑과는 거리가 먼 말투로 덧붙였다.

"문과에 급제할 정도인 유덕의 글재주는 감히 따르지 못하지요. 하지만 무예라면 이야기가 다릅니다. 검을 쓰는 것은 물론 승마도 내가 더 나으면 나았지 못하지는 않습니다. 관심을 가져야 할 이가 넷이나 되는 유덕보다는 내가 낫지 않습니까?"

유화의 표정이 한결 부드러워졌다. 개경에 비하면 시골 마을 같은 곳이지만, 아무나 출입할 수 있을 정도로 경계가 허술한 곳은 아니었다.

저만치서 분주하게 오가는 집안사람들은 청년이 주인댁 아기씨와 이야기를 나누는 모습을 보면서도 아무런 제지를 가하지 않았다. 믿을 만한 사람이라는 뜻이었다. 그러나 쉽게 그러마하고 대답하는 것은 좀 쑥스러웠다. 잠깐의 시간이 흐른 뒤 여전히 새침한 목소리로 대꾸했다.

"누구인지도 모르는 사내에게 함부로 답을 줄 수는 없어요."

"내가 기억나지 않습니까?"

"전에 뵌 적이 있었나요?"

"아가씨가 대문을 들어서기 전부터 줄곧 있었는데 관심조차 두지 않은 모양이군요."

청년의 대답은 조금 전 그의 물음이 담고 있던 뜻과는 다소 거리가 있었다. 아이가 자라 소녀가 되었듯, 그 역시도 오래전 그때와 같지는 아니할 터였다. 가물가물해진 유화의 기억을 되살리려 노력하는 대신 천연스러운 표정으로 놀리듯 대답했다.

유화의 얼굴이 달아올랐다. 주인에게 미움 받는 강아지처럼, 달려들었다 매정하게 뿌리쳐지는 모습을 처음 보는 사람에게 들켰다.

이 청년은 그녀에 대해, 유덕의 태도에 대해 어떻게 생각할까. 부끄럽고 화가 났다. 이 감정을 상대가 알아차린다는 것조차 싫었다.

유화가 몸을 휙 돌리자 등 뒤에서 난처해 하는 목소리가 들려왔다.

"기분 상하게 할 생각은 아니었습니다."

어쩔 줄 모르는 것처럼 들리는 목소리는 퍽 따스하고 듣기 좋았다. 유화는 대답하지 않은 채 가만히 생각했다. 언니들과 아우들이 없더라도 그녀에게는 관심을 비추지 않을 유덕과 진심처럼 들리는 다정한 말투를 지닌 청년 중 누구를 선택할지 결정하는 것은 전혀 어렵지 않았다. 그래도 철없는 어린아이처럼 가볍게 보이고 싶지는 않았다.

표정을 새침하게 유지한 채 나름대로 점잔을 빼며 천천히 몸을 돌려 청년을 바라고 섰다. 반짝이는 눈동자와 느슨해진 입매가 그녀의 결단을 고스란히 드러내고 있음은 알지 못했다.

"처음 만났으니 통성명은 해야지요. 내 이름은⋯⋯."

"알고 있습니다, 유화 아가씨. 저는 제(濟)라고 합니다. 유덕의 벗이고 장군님을 곁에서 모시는 무인이기도 합니다. 이제 함께 가시겠습니까?"

청년이 손을 내밀었다. 언뜻 보아도 단단해 보이는 손은 자리에 앉아 붓을 쥐는 유생의 것은 아니었다. 유덕보다 무예에 더 자신 있다던 말이 허언은 아닌 모양이었다.

유화는 앞에 놓인 손을 잡는 대신 발돋움을 하고 팔을 벌려 그의 목을 감았다. 유덕에게서는 아무리 구하여도 얻을 수 없는 다정함과 중결과 흡사한 무인 특유의 느낌이 무척이나 마음에 들었다. 갑작스러운 행동에도 크게 동요하지 않는 굳건한 자세도 만족스러웠다.

순간적으로 일어난 일에 잠시 당황했던 제가 웃음을 되찾았다. 키만 자랐지 마음은 아직도 어린아이였다. 까치발을 하고 그에게 매달린 소녀를 번쩍 들어 안았다. 유화는 평소보다 조금 더 높은 데서 맞이하는 청명한 햇살을 만끽하며 허공에 떠오른 발을 가볍게 흔들거렸다.

유화를 안은 채 딛는 제의 걸음을 따라 미풍이 불어 들었다. 유화의 조그만 목소리가 그 바람결에 실려 공기 중으로 흩어졌다.

"좋아요."

유덕과 그의 벗에 이어 새로운 손님이 찾아드는 데는 그리 오랜 시간이 걸리지 않았다. 짧지 않은 거리를 온 이들과 떠날 채비를 마친 이들이 한곳에 모였다. 그들은 모두 같은 곳을 바라고 길을 떠날 참이었다.

"형님, 그간 강녕하셨습니까."

"아우님의 염려 덕분에 무사히 지내고 있었습니다."

대문 앞에 선 강 씨가 공손하게 인사하자 말 위에 기품 있게 있은 중년의 여인이 온화하게 화답했다.

홀로 피신하는 것이라면 전력으로 말을 달리면 되겠으나 가솔이 모두 이동하는 상황이었다. 격식을 차려 인사를 나누는 것보다는 한시라도 빨리 길을 떠나는 편이 현명했다. 두 여인 모두 그 사실을 알고 있어 강 씨는 짧은 인사가 끝나기 무섭게 준

비된 말 위에 올라 일행을 바라보았다.

치맛자락을 대충 걷어 움켜쥔 채 달려가는 유화의 모습이 시야에 들어왔다. 펄럭이는 치맛자락 아래로 보이는 바지는 사내아이들이나 입을 법한 것이었다.

가벼운 한숨과 함께 고개를 돌렸다. 딸의 모습을 바라보는 청년과 무심한 얼굴로 아들들을 챙기는 유덕의 모습이 눈에 띄었다. 강 씨가 다시 유화를 바라보았다. 숨을 할딱이는 소녀의 목소리가 들려왔다.

"큰어머니!"

"오랜만이구나."

따스한 목소리의 대답을 돌려받은 유화가 생긋 웃었다. 중결의 첫째 부인인 한 씨와 만날 일은 많지 않았으나, 그때마다 다정하게 대해 주어 내심 가깝다 여기고 있었다. 유화는 손에 쥔 치맛자락을 놓고 구김을 지우듯 가볍게 털어 낸 뒤 손을 단정하게 모았다. 공손하고 깍듯한 인사말이 소녀의 입술에서 흘러나왔다.

"그간 강녕하셨사옵니까."

"곧 예쁜 아가씨가 되겠구나."

"유덕의 말로는 한시가 급하다 하였으니 서둘러야 하겠습니다."

한 씨와 유화의 대화 사이로 목소리 하나가 끼어들었다. 어느새 유화의 옆까지 온 강 씨가 딸을 향해 눈짓했다. 얼굴 가득 반가움을 담은 생기 넘치는 소녀가 나붓나붓이 돌아서는 모습을 인자하게 바라보던 한 씨의 시선이 정면으로 향했다. 곧 그녀의 뒤를 따라 행렬이 움직이기 시작했다.

다시 돌아온 유화를 말 등에 올려놓은 제가 그 뒤에 올라탔다. 유화가 조그맣게 꽁알거렸다.

"혼자서도 갈 수 있는데."

유화의 등 뒤에 앉은 이에게서는 아무런 반응도 없었다. 불평이 온전히 진심은 아니었던 탓에 그의 반응이 조금은 다행스러웠다.

개경을 떠나 여기로 올 적에는 혼자 말 위에 오른 채 유덕의 앞에 앉은 막내를 무척이나 부러워했다. 지금은 그녀에게도 관심을 기울여 주는 누군가가 있어 혼자가 아니라는 사실이 퍽 만족스러웠다.

그러나 만족감은 오래가지 않았다. 행렬의 끄트머리에 가까운 유화의 위치에서는 중간에 자리한 유덕의 모습이 잘 보였다. 그와 말머리를 나란히 하고 있는 두 소녀의 모습 또한 선명하게 각인되었다. 썩 가깝지 않은 거리인데도 꼭 다정한 웃음소리가 들리는 것 같은 착각이 들었다.

유화는 시무룩해진 얼굴로 살짝 눈을 내리깔며 어깨를 늘어뜨렸다. 제는 유화의 변화도, 그 까닭도 눈치챘다. 아무렇지 않은 말투로 가볍게 물었다.

"부럽습니까?"

"당연하지요."

대답하는 유화의 목소리에 한숨이 섞였다. 중결은 유화가 가장 친근하게 여기는 이였고, 유덕은 젊었을 적의 중결이 꼭 그러하지 않았을까 싶을 정도로 부친의 용모를 빼닮았다. 그녀가 유덕에게 마음을 쓰는 이유도 그 탓일 터였다.

그러나 그토록 좋아하여 마음을 얻으려는 상대가 한겨울 칼 바람보다도 더 냉랭하게 굴고 있으니 유화의 상심은 말할 것도 없었다.

제는 유화의 어깨를 가볍게 토닥였다. 말에 오르느라 살짝 걷힌 치맛자락 아래로 곱게 수놓인 신코가 드러났다 숨어들기를 반복하는 것이 보였다. 그때마다 고운 신발과 전혀 어울리지 않는 바짓단도 슬쩍슬쩍 드러났다. 유덕에게 쏠린 유화의 관심을 돌리기 위해 엉뚱한 말을 꺼냈다.

"치마 아래 바지라니, 아가씨답지 않은 차림 아닌가요."

"먼 길을 간다 하는데 치마는 불편하고, 그렇다고 계집아이가 바지를 입고 가면……."

유화가 말을 맺는 대신 입을 다물며 고개를 떨어뜨렸다. 제는 그 뒤에 이어질 말을 짐작했다. 상대의 반응에도 좋아하는 마음이 줄지 않아 말 한 마디, 행동 하나에 일일이 신경을 쓰는 소녀가 안쓰러웠다. 위로의 말을 꺼내거나 새로운 화제를 떠올리는 대신 말을 잠시 멈춰 세웠다. 유화가 의아한 표정으로 고개를 돌려 제를 올려다보았다. 유화의 눈에 떠오른 의문의 빛이 조금 더 짙어졌다.

"아가씨를 보살피겠다고 했으면 마음도 헤아려 드려야지요."

"무슨……."

"본디 눈에 보이지 않으면 마음에서도 멀어지는 법이랍니다."

제가 예고도 없이 말에 박차를 가했다. 혹여 소녀가 떨어지는 일 없도록 허리를 감싸 안는 깃을 잊지 않았다. 제법 긴 시간을 함께 보낸 말의 고삐를 한 손으로 쥐고 달리는 것쯤은 어렵지도 않았다. 유화는 안장 앞쪽을 움켜쥐고 고개를 돌려 마치 미리 짐작하고 있었다는 듯 여유롭고 자신만만한 웃음을 보냈다. 그러나 다시 앞을 바라보았을 때에는 다시 시무룩한 얼굴을 하고 있었다. 제에게 들리지 않도록 입안으로 웅얼거렸다.

"빨리 가면 뭘 해요. 뒤돌아보면 더 잘 보일 텐데."

뒷모습이 아니라 얼굴을 보게 되겠지. 동복누이들에게는 분명 지극히 다정한 오라비일 터였다. 자신에게는 보여 주지 않는 상냥한 미소를 보게 된다면 훨씬 더 가슴이 아플 것이다. 그러니 굳이 뒤를 돌아보고 싶은 마음이 들 것 같지는 않았다. 등 뒤의 청년이 나누어 주는 체온이, 그녀를 향한 배려가 마음에 스며들고 있는 까닭이었다.

그들은 행렬을 완전히 벗어나 다른 길로 접어들었다. 바람이 유화의 머리칼을 흩날렸다. 이따금 나뭇잎이 얼굴을 스칠 듯 가까이 다가오기도 했다. 나무와 풀이 어지러울 만큼 빠르게 흘러가고, 행렬은 그 수풀에 가려 보이다 말다를 반복했다.

제는 오래 지나지 않아 행렬의 선두를 따라잡았다. 말머리를 나란히 한 두 부인의 뒤쪽으로 자연스럽게 끼어들었다. 한 씨가 고개를 돌려 새로 나타난 발굽 소리의 정체를 확인했다. 땋은 머리가 흐트러지고 치맛자락이 무릎까지 말려 올라간 유화를 발견하곤 빙그레 미소했다. 바람에 맞부딪히느라 발그레하게 상기된 뺨을 지닌 소녀는 출발 직전의 생기발랄함을 되찾고 있었다. 그 사랑스러움을 어찌 모를 수 있단 말인가. 제가 고개를 끄덕여 무언의 질문에 수긍했다.

행렬을 앞에서 이끄는 이는 한 씨와 강 씨였으나 그보다 앞에서 길을 인도하는 이들이 있었다. 줄곧 일정한 거리를 유지하고 있던 그들과의 거리가 점차 가까워졌다. 당황하여 어찌할 줄 모르는 기색이 역력했다. 행렬 중간에 있던 유덕이 말을 몰아 달려 나왔다. 난처한 표정으로 머뭇거리는 이들에게 말을 건넸다.

"무슨 일인가?"

"이쪽은 비가 제법 왔던 모양입니다."

때마침 장마철이었다. 유화가 머무르던 곳은 관군은 물론이고 장마도 피해간 모양인지 비가 거의 내리지 않았다. 그러나 그들 앞에 놓인 길은 그야말로 진창이었다. 유덕이 얼굴을 찡그리더니 그들과 몇 마디 대화를 더 나누었다. 결론을 내린 듯 말 머리를 돌려 한 씨에게로 다가왔다.

"어머니."

"말해 보거라."

"서두르기 위해 이쪽을 택했으나 길이 좋지 않습니다. 조금 돌아가도 안전한 길로 가는 게 낫지 않을까 하옵니다."

"과연 그 판단이 옳을까."

그러나 한 씨가 대답하기도 전에 강 씨의 낭랑한 목소리가 울렸다. 유덕의 못마땅한 표정을 보면서도 계속해서 말을 이어 나갔다.

"장군님께서 전갈을 보내실 정도로 시급한 상황일세. 어찌 시간을 지체하려는가?"

"중요한 것은 그곳까지 안전하게 도착하는 것입니다."

"진흙에 발이 더러워지는 게 안전치 못한 것은 아니지 않은가."

"약간의 시간을 벌고자 이 진창을 걷다 자칫 발이라도 잘못 디디면 오히려 더 지체하게 될지도 모릅니다."

"그런 일이 없도록 길잡이를 두는 것 아니겠는가."

"아우님 말이 옳다."

듣고 있던 한 씨가 결론을 내렸다. 돌아가는 길이 더 나으리라는 보장도 없으니 가던 길을 가는 쪽이 낫겠다고 판단했다. 듬직하고 냉철한 아들이었으나 유독 강 씨와 관련된 일에는 더욱 예민하게 구는 편임을 알고 있었다. 지금도 그대로 둔다면 날 선 대립이 이어질 판이었다.

한 씨는 유덕이 더 이상 강 씨와 언쟁을 벌이지 못하도록 먼저 말에서 내렸다. 말고삐를 단단히 쥐고 길잡이들을 향해 단호한 걸음걸이로 다가갔다. 젊은 시절, 말 등에 앉아 너른 들판을 달리던 시절로 돌아간 듯 엄격한 얼굴로 길잡이들 앞에 섰다. 준엄한 목소리로 아직도 망설이는 자들을 향해 명했다.

"모두가 안전하게 갈 수 있도록 길을 트는 것이 자네들의 임무일세."

말에 올랐던 이들은 모두 내리고 새로 짐을 꾸려 챙기느라 분주했다. 약간의 시간이 흐른 뒤 천천히 사람들이 움직이기 시작했다.

유덕은 조금 전 강 씨와의 설전은 잊은 듯 평온한 표정으로 진창길을 몇 번이나 오갔다. 그때마다 그의 팔에는 누이나 남동생이 하나씩 안겨 있었다.

유화는 고운 꽃신의 앞코를 약간 아쉬운 눈길로 바라보았으나 오래 고민하지 않았다. 치맛자락을 잔뜩 걷어올리고는 앞사람이 밟아 간 길을 살피며 제법 가뿐하게 뛰어다녔다. 더 질척하거나 미끄러워 보이는 길에서 제가 내미는 손을 마다하지는 않았지만, 신경 쓰지 않아도 될 만큼 날렵한 움직임이었다.

평탄하고 한가로운 곳에 잠시 멈추어 숨을 고르던 강 씨는 주변을 폴짝거리며 뛰어다니는 유화를 발견했다. 여독 같은 것은 알지도 못하고 기운이 남아도는 듯 활기찬 움직임을 눈으로 뒤쫓았다. 그렇게 움직이던 눈길이 훤칠한 청년에게서 멈추었다. 그녀를 향해 묵례를 하면서도 유화에게서 주의를 거두지 않는 제에게 가볍게 미소했다.

"매양 저런 식이니 유덕이 잔소리를 하는 것도 무리는 아니지."

"유덕이 과하게 엄격한 것일 뿐입니다."

"유덕이 화를 내는 대상은 유화가 아니라네. 아마도 나겠지."

강 씨의 목소리는 평소에 비해 애틋했다. 제는 유화를 향하던 시선을 거두고 강 씨를 바라보았다. 그녀는 평온한 얼굴로 딸의 모습만 바라볼 뿐이었다. 나비처럼 사뿐하게 이리저리 움직이는 소녀의 뒤로 유덕의 모습이 보였다. 강 씨의 어린 두 아들이 그의 팔에 안겨 있었다. 강 씨가 몸을 돌려 걸음을 옮기고, 유덕이 제의 곁을 스쳐 지나갔다. 그들이 멀어지고 난 뒤 제가 유화에게 다가가 손을 내밀었다.

"벌써 힘을 빼면 곤란합니다."

"보살펴 주신다 하셨잖아요?"

"그랬지요."

"오라버니는 언니랑 동생들을 다 안아서 데려다주시는데 당신은 나 한 명도 어려운 건가요?"

"말했지만 글줄 읽는 게 아니라면 유덕보다 못할 것이 없습니다."

제가 몸을 굽혀 유화를 안아 들었다. 유화가 그의 목덜미에 턱을 얹고 어깨를 끌어안았다. 어린 아우 둘을 안고 가는 유덕보다 한 손에 고삐를 쥐고 다른 한 팔로 그녀를 안고 가는 제가 더 힘들 것임을 알았다. 그러나 미안함이나 멋쩍음을 억누른 채 그대로 매달려 있었다. 제힘으로 갈 수 있음을 자랑하듯 씩씩하게 뛰어다녔지만 사실은 언니들이, 동생들이 부러웠다. 제가 안아 주는 것으로 그 허전함이 조금은 채워졌다. 허나 그 자세로는 아우들을 내려놓은 유덕이 다시 길을 되짚어가며 그녀를 무심하게 스쳐 지나는 것도, 누이들을 하나하나 안아다 마른 땅 위에 내려놓는 모습도 바라볼 수밖에 없었다. 유화가 무심결에 마음을 털어놓았다.

"오라버니가 당신 반만큼이라도 다정했으면 좋겠어요."

"마음 쓸 곳이 저리 많은 유덕이 그리도 좋습니까."

"그러게요."

유화가 한숨을 쉬며 눈을 바닥으로 떨어뜨렸다. 펄럭이는 옷자락 사이로 보이는 진흙 바닥에는 꾹꾹 눌린 흔적이 선명했다. 상냥하고 믿음직한 목소리가 그 발자국만큼이나 선명하게 소녀의 마음에 새겨졌다.

해가 뉘엿뉘엿 기울어 가고 있었다. 터벅터벅 걸어가는 긴 행렬로는 하루 안에 도착하기 어렵다는 사실은 누구나 알고 있었다.

그러나 한뎃잠을 자야하는 처지가 되고 보니 상황은 예상보다 더 곤란했다. 질퍽한 길은 무사히 지났지만 땅이 온전히 마른 곳은 드물었다. 그나마 비가 오지 않는 것을 다행으로 여겨야 할 정도였다.

그럭저럭 질척이지 않는 공터에 멈춘 이들은 군데군데 모닥불을 피웠다. 여인들과 아이들은 안쪽으로 인도되었고, 장성한 사내들이 그들을 보호하려는 듯 외부를 향한 경계를 늦추지 않았다. 모든 움직임은 유덕의 지휘에 따라 일사불란하게 이루어졌다.

제는 유덕의 동행일 뿐 그 분주함에서는 동떨어져 있었다. 부산스러운 틈바구니에서 벗어나 주변을 둘러보았다. 간소하게 둘러친 천막에 발을 들이는 두 부인과 그 자녀들의 뒷모습을 발견하였으나 유화의 모습은 보이지 않았다. 형편없는 진창길에서도 참새처럼 종종거리고 뛰어다닐 정도였으니, 새로운 장소에 대한 호기심을 이기지 못했는가 보다 생각했다. 그러나 한참이 지나도록 가벼운 몸놀림으로 활보하는 소녀가 눈에 띄지 않자 걱정이 일기 시작했다. 천막에 들어갔다가 바로 다시 나오는 유화의 유모를 발견하고는 불러 세웠다.

"아가씨는 어디 있습니까?"

"나리께서 아가씨를 모시고 오셨잖습니까."

"그랬지요. 하지만 잠시 일을 보고 왔더니……."

"그러면 이 근방 어디에 계실 겁니다. 원체 궁금증이 많으시니까요."

유모는 유화의 부재를 알고도 크게 걱정하지 아니했다. 그녀에게 말을 건 청년은 유화가 유덕에게 어리광을 부리는 모습만 보아 어린아이처럼 보였겠지만, 유화는 의외로 의젓한 데가 있었다. 이런 상황에서 문제가 될 만한 일은 일으키지는 않을 것이다. 걱정이 과한 청년을 향해 걱정 말라는 듯 고개를 저어 보이고 바쁘게 걸음을 옮겼다.

그러나 유모의 반응이 제의 마음을 가볍게 해 주지는 않았다. 하루 종일 유덕의 모습을 좇았을 소녀였다. 그토록 바라는 오라비의 관심을 독차지하고 있는 형제자매들을 부러워하는 모습이 눈에 보였다. 그 안에 깃들어 있을 짙은 외로움이 마음에 걸렸다. 충동적으로 사람들에게서 멀어지자는 결심을 했다면. 불을 피워 놓은 데다 사람도 제법 많아 덤빌 요량을 하지 못했을 들짐승에게 외따로 떨어진 소녀는 먹잇감으로 보일 터였다.

제는 눈으로만 훑어보는 것을 그만두고 가장 안쪽의 천막을 향해 발을 옮겼다. 아직 도착한 지 얼마 되지 않았으니 안쪽에서 바깥쪽으로 살펴가며 유화를 찾아볼 셈이었다. 해가 거의 기울어 모닥불 근처로 어스름이 내리깔리기 시작했다. 밤을 보낼 준비를 마친 이들이 불가에 둘러앉았다. 곁을 스치는 제의 발길을 붙잡아 간소한 저녁거리를 건네었다. 양손 가득히 쥔 채 천막 안의 이들을 향해 공손하게 인사를 올리며 빠르게 안을 살폈다. 유화가 없다는 사실을 확인하고 몸을 돌리자 유덕과 눈이 마주쳤다. 그가 제의 모습을 훑어보며 혀를 찼다.

"철없는 어린아이가 결국 귀찮은 일을 만든 모양이군."

유덕의 말은 거기서 끝나지 아니할 기세였으나 더 이어지지도, 제의 대답을 기다리지도 않았다. 오라비를 발견하고 뛰어나오는 소녀를 발견한 탓이었다. 제는 유덕이 그의 곁을 미련 없이 스쳐 가는 모습을 눈으로 좇았다. 가볍게 뛰어드는 소녀를 안아 준 뒤, 곁에서 방긋 웃는 다른 소녀의 앞에 무릎을 꿇고 앉아 눈을 맞추며 상냥한 미소를 보내는 모습을 보았다. 천막 바로 앞에서 머뭇거리는 어린 사내아이 중 하나는 안아 들고, 다른 아이의 손을 붙잡아 안으로 들어가는 장면을 목격했다. 동복아우와 이복아우를 가리지 아니하는 더없이 다정한 저 광경 안에 어찌 유화만 끼이지 못할까.

제가 의심을 품은 채 돌아섰다. 일단은 유화를 찾는 것이 우선이었다.

제가 꼼꼼하게 주변을 살피기 시작했다. 사람들 사이사이도 들여다보고, 짐을 보호하기 위해 덮은 천을 들추어 보기도 했다. 마음에 초조함이 깃들 무렵에야 의외의 장소에서 유화를 발견했다. 부피가 큰 짐을 잔뜩 쌓아 놓은 구석에 소녀가 몸을 숨기듯 웅크리고 앉아 있었다. 천막이나 유덕의 모습이 보이지 않을 것은 물론이고, 그 누구도 관심을 두지 않을 외딴곳이었다. 짐에 불이 옮겨붙을 것을 염려한 듯 불조차도 피우지 않은 자리는 습하고 서늘했다. 계절은 여름이었으나 비가 지난 지 오래지 않은 저녁나절의 공기는 한기에 가까운 느낌을 주고 있었다.

제가 손에 들고 있던 것들을 내려놓았다. 먼 길 오는 동안 먼지를 뒤집어쓴 겉옷을 몇 번 털럭거려 가볍게 말아 놓았다. 유화가 앉아 있는 자리에서 별로 떨어지지 않은 곳에 작은 불꽃을 피워 올리고 모포 하나를 그 앞에 깔았다. 그가 분주하게 움직이는 동안에도 유화는 주변의 기척을 알지 못하는 것처럼 그대로 앉아 있었다.

그는 유화에게로 다가갔다. 어깨를 톡톡 두드려 주의를 끈 뒤 손을 잡아 눅눅한 짐 더미 사이에서 일으켜 세웠다. 조그만 모닥불 앞에 앉은 유화가 무릎을 안고 턱을 괸 채 타닥거리는 불꽃을 바라보았다. 소녀의 얼굴 위에서 엷은 주홍빛 얼룩이 어지럽게 움직였다. 유화가 한참 만에 입을 열었다.

"왜 저를 찾으셨나요?"

"없어진 걸 알고서 어찌 찾지 않을 수 있겠습니까."

유화는 대답하지 않았다. 청년의 다정한 호의가 오라비에 대한 서운함을 누그러뜨렸다. 섣부른 위로를 대신하듯 그녀를 감싸는 포근한 침묵도 좋았다. 그러나 그 안온함에 아까부터 억누르고 있던 다른 불안감이 수면 위로 솟아올랐다.

개경에서 떠나올 적에는 어디론가 간다는 사실에 막연히 들떴었다. 오늘 길을 나설 때만 해도 그 마음은 크게 다르지 않았다. 그러나 소로를 택하여 이동하고 쓸쓸한 공터에 잠자리를 마련하는 것을 보며 상황이 심상치 않음을 실감했다. 수많은 군사를 이끄는 장수, 출정길에 오르면 늘 승전보와 함께 개선하던 중걸은 무엇이 두려워 가족들을 피신시키는 것일까.

"아버지께 변고가 생긴 것인가요?"

"그렇지 않습니다."

"무슨 일이 있지 않고서야 이렇게 남의 눈을 피하듯 서두를

리 없어요. 유모도, 어머니도 아무 일 아니라고 하지만 사실이 아닌 게 분명해요. 무슨 일이 벌어지고 있는 건가요?"

유화의 목소리가 가늘게 떨렸다. 눈시울이 붉어지며 눈가가 젖어 들었다. 경쾌한 나비 같던 낮 동안과는 확연히 다른 모습을 본 제의 마음에 안타까움이 스며들었다. 유화가 눈물방울이 굴러떨어지는 것을 깨닫고 고개를 파묻으려는 찰나, 제의 손이 그녀의 뺨 위에 닿았다. 유화는 도리질했다. 어머니 강 씨는 늘 굳센 마음을 지녀야 한다고 강조했고, 늘 그녀를 못마땅하게 여기는 유덕의 앞에서 눈물을 보이는 일은 상상조차 할 수 없었다. 지금껏 받아 온 것과는 사뭇 다른 반응에 울컥 올라오는 감정을 들키지 않으려 입술을 깨물었다.

제는 유화의 입술이 가느다랗게 떨리는 것을 보았다. 감정을 억누르려 애쓰는 모습을 보자 불과 일 년 전에 있었던 그의 부친상을 떠올렸다. 빈소를 지키고 관을 따라가 봉분 앞에 빗돌이 세워질 때까지 단 한 방울의 눈물도 흘리지 않았던 자신을 돌이켰다.

등 뒤에서 수군거림이 오갔을 것이 분명한 태연함은 그의 의사에 의한 것이 아니었다. 그러니 만약 그가 조금 더 어렸다면 아마도 이 소녀처럼 감정을 억누르려 애를 쓰는 모습을 남들에게 들켰으리라.

"장례는 간소하게 치르고 시묘를 살 생각은 꿈에도 하지 말 것이다. 천수를 누리고 가는 것이나 다름없으니 슬퍼하지도 말지어다."

평소 젊은 학자나 장수와 어울리기를 즐겨 하며 날카롭게 시류를 읽어 내던 그의 아버지는 남에게 감정을 들키지 않아야 현명하게 처신할 수 있음을 역설했다. 괴상하게만 여겨지는 유언도 그 연장선에 있었다.

유언이기 때문에 어기지 않았다. 진정으로 평정심을 유지하지는 못하였으나, 적어도 남들 눈에는 의연한 듯 보였으리라. 그러나 마음에 돋아난 감정을 숨긴다 해서 본디부터 없었던 것처럼 될 수 있는 것이 아니었다. 꽁꽁 싸맨 감정은 시간이 지남에 따라 딱딱하게 굳어졌지만 사소한 계기에도 표면이 갈라지며 솟구쳐 올라왔다. 결국은 선명한 새 상처와 함께 진한 통증을 남기기 마련이었다.

제가 천천히 입을 열었다. 한참 입을 다물고 있었던 탓에 목소리가 가라앉아 있었다.

"마음을 감추고 드러내지 않으면 병이 된답니다, 아가씨. 답답하고 슬프다면 마음껏 우는 게 좋아요. 더 이상 슬프지 않거나 이겨 낼 수 있는 힘을 얻어 냈다고 생각될 때까지요."

소녀의 어깨가 들썩였다. 서러운 흐느낌과 함께 그에게 안기듯 매달렸다. 지금껏 억누르고 있던 눈물이 봇물 터지듯 터져 나왔다. 혹여 다른 이들에게 들킬까 크게 소리를 내어 울지는 않았지만 마음은 훨씬 편해졌다.

그러나 눈물이 잦아드는 것과 함께 찾아온 감정은 부끄러움이었다. 나이 어린 아우들이 있었지만 체구가 작은 귀여운 소녀는 누구에게나 아이 취급을 받았다. 그에 맞추어 어리광이나 응석을 부리는 일이 많았지만 속으로는 저를 다 자란 아가씨라 평하고 있었다. 유덕에게는 비할 수도 없이 다정하며 오라비를 자청한 청년이 마음에 들었으나 만난 지 얼마 되지 아니한 남자였다. 제 속 깊은 곳까지 들킨 것 같아 쑥스러운 마음이 들었다.

제는 울음을 그친 유화를 향해 질문을 건넸다. 아무런 일도 일어나지 않은 것처럼 평온한 어조였다.

"장군님은 어떤 분이십니까, 아가씨?"

"제게는 지극히 다정하신 아버님이시지요."

곰곰이 생각하던 유화가 낮게 대답했다. 세상에 둘도 없는 용맹한 장군이라는 세간의 평가는 상대가 더 잘 알 터였다. 제가 고개를 끄덕이며 웃어 보였다.

"장군님께서는 훌륭한 장수이십니다. 아가씨 같은 따님을 두고 어찌 돌아오지 않으실 수 있겠습니까."

훌륭한 장수가 전장에서 죽기도 해요.

유화가 마음속으로 대꾸했다. 불길한 생각을 부러 입 밖에 꺼낼 필요는 없었다. 일어나지도 않은 일을 미리 슬퍼할 필요도 없고, 그녀가 걱정한다고 하여 아비의 안위가 달라지는 것도 아니었다.

그의 말마따나 눈물이 멎은 뒤에는 근심이 가벼워지는 모양이었다. 유화가 꾸물거리며 제의 품에서 벗어났지만 자신을 달래 준 온기를 잃고 싶지 않았다. 떨어져 앉는 대신 옆에 기대고, 조심스럽게 눈을 들어 시선이 맞닿은 이를 향해 입술을 달싹였다.

"고마워요."

조그만 목소리가 끊어진 뒤로도 유화의 입술이 소리 내지 않은 채 벙긋거렸다.

오라버니.

입 모양을 읽은 제가 부드럽게 미소 지었다. 유화가 그의 어깨에 기댄 채 눈을 감았다. 제의 귀에 새근거리는 숨소리가 들려왔다.

비가 오간 지 오래지 않은 숲길, 한밤중의 공기는 제법 서늘했다. 혹시라도 소녀가 감기라도 걸릴까 싶어 제는 벗어 둔 옷을 당겼다. 잠에 취한 소녀에게 그의 겉옷을 둘러 주었다. 유화의 몸이 기우뚱하더니 그의 품 안으로 쓰러졌다. 제가 소녀를 당겨 안았다. 온기를 구하듯 한껏 웅크린 소녀의 뺨에는 눈물 자국이 선명했다. 제가 뒤쪽의 나무둥치에 몸을 기대며 먼 하늘을 올려다보았다. 아득히 먼 저편에 몇 개의 별이 눈물방울처럼 반짝였다.

제가 다시 눈을 떴을 때는 먼 데서 동이 터 오고 있었다. 깜박 잠이 들었던 모양이었다. 얼굴에 닿는 싸늘한 새벽 공기를 느끼며 눈을 내리떴다. 그의 품으로 전하는 온기는 마음까지 훈훈하게 만들 정도로 따스했다.

날이 밝고 나서도 한나절이 걸려 목적지에 다다랐다. 집은 그리 좁지 않았으나 두 집에서 따로 지내던 이들이 함께 머물기에는 그리 여유롭지 않았다. 여장을 풀고 정리하기 위해 집 안 곳곳이 발 디딜 틈 없이 북적였다. 유덕과 제는 혼란스러운 가운데에서도 흐트러짐 없이 떠날 준비를 마쳤다. 유덕은 중결에게 가족의 안위를 전할 것이고, 제는 조정에 매인 몸이기에 지체할 수 없었다. 유화가 사람들 틈을 헤치고 제에게로 다가왔다.

"벌써 가시는 건가요."

"그렇습니다, 아가씨."

"오라버니를 대신해 준다 하고서는 아가씨가 뭐랍니까."

유화가 새초롬하게 투덜댔다. 제가 빙그레 웃었다.

"하지만 아가씨도 제게 오라……."

"오라버니."

제의 말이 끝나기도 전에 유화의 활기찬 부름이 들려왔다. 선 자리에서 폴짝 뛰어올라 그의 목에 매달리고 부드러운 뺨을 가볍게 비비댔다. 제가 어떤 반응을 보일 새도 없이 팔을 풀고 뒤로 몇 발짝 물러나더니 새침하게 고개를 돌렸다. 제의 눈길이 유화의 시선을 따라갔다. 유덕이 다른 가족들과 인사를 나누는 모습이 눈에 들어왔다. 그가 다시 유화를 향해 고개를 돌렸을 때, 유화는 엉뚱한 곳을 바라보며 딴청을 부리고 있었다. 다시 한 번 눈앞의 소녀가 안쓰러워졌다.

"다음에 만날 때까지 건강하게 잘 지내렴."

"유화야, 불러 주세요."

제의 인사를 들은 유화가 명랑한 목소리로 재촉했다. 제가 바람결에 날린 유화의 머리칼을 쓸어 넘겨 주었다. 무릎으로 바닥을 딛고 몸을 숙여 구겨진 치맛자락도 펼쳐 주었다. 그 자세 그대로 얼굴을 들어 자신을 내려다보는 소녀와 눈을 맞추었다. 언뜻 물빛처럼 맑은 눈동자 속에서 향기를 품은 꽃잎이 부유하는 모습을 본 것 같은 느낌이 들었다. 눈을 몇 번 깜박였다. 어린 누이가 있다면 아마도 이런 느낌일까. 초롱초롱하게 눈동자를 빛내는 소녀가 기다리는 한 마디가 그의 입술 사이에서 흘러나왔다.

"유화야."

＊　　　＊　　　＊

이런 곳에도 사람이 사는구나.

인적 드물고 궁벽한 마을에 대한 종지(宗之)의 첫인상이었다. 그러나 곧 생각의 모순을 깨닫고 피식 웃었다. 한때는 그도 이런 곳에서 철모르고 뛰어다니던 어린아이였다. 손발에 흙먼지를 잔뜩 묻히고도 더러운 줄 모르고, 작고 낡은 집의 궁핍한 살림을 당연하게 여기던 때가 있었다. 이미 기억조차 흐려진, 그런 시절이 과연 있었는지조차 아득할 정도로 오래전의 일이었다.

얼굴에서 웃음기를 지운 종지가 무의식중에 소맷부리와 옷자락을 털어 냈다. 날카로운 눈초리로 주변을 둘러보았다. 강 씨와 그 자녀들이 머무르던 철현도 개경에서 썩 가깝지 않았다. 지금 도착한 시골 마을은 그보다 더 말을 달려야 도착할 수 있는 동북에 자리하고 있었다. 중결의 식솔들이 머무르고 있음이 발각된다 하더라도 감시의 눈길이나 추격하는 무리가 도착하는 데에는 상당한 시일이 걸릴 것이었다. 누구의 결정인지는 알 수 없어도 이곳을 도피처로 삼은 것은 상당히 현명한 처사였다.

다시 말을 재촉하는 종지의 뒤쪽에서 작은 소요가 일었다. 투레질을 하는 말 울음소리와 불규칙적인 발굽 소리가 그의 신경을 자극했다. 힐끗 뒤를 돌아보았다. 아무 말도 없이 말 등에서 내린 소년이 고삐를 쥐고 말과 씨름하고 있었다. 쓰고 있던 복건은 어디다 흘렸는지 보이지도 않고, 바람을 직격으로 맞아 부스스해진 머리 모양을 못마땅하게 내려다보았다.

"무얼 하는 게냐?"

"아버지께서 멈추시기에 조금 쉬었다 가는 줄 알았습니다. 우물도 있고……."

"마을 초입에서 거의 다 왔다고 일러 준 것을 잊은 게냐?"

종지가 얼굴을 찌푸리며 타박했다. 붉게 달아오른 얼굴로 머리를 긁적거리는 소년의 머리 모양이 더욱 헝클어지는 것을 보며 인상을 썼다. 소년은 아들 셋 중 무리가 가장 트여 기특하게 생각하는 막내였다. 다만 앞뒤 꽉 막힌 서생처럼 글만 읽으려 드는 게 염려스러워 바람도 쏘이고 세상 이치도 알려 줄 겸 동행을 요한 터였다.

그러나 막상 함께 길을 나서니 아들 셋 중 가장 한심스러운 것 같았다. 어디서나 볼 수 있는 입성 초라한 백성들을 보고 머뭇거리느라 발이 느려지고, 탁 트인 풍경을 보느라 또 지체되는 걸음을 재촉해야 했다. 아무 방책도 떠올리지 아니한 채 마음만 아파하고, 호연지기를 기르는 게 아니라 멍하니 입을 벌리고 풍광을 감상하기만 했다. 아무래도 아들에 대한 평가를 수정해야 할 모양이다.

"나는 먼저 갈 터이니 네가 알아서 찾아오너라."

종지가 야박하게 대꾸하며 말을 재촉했다. 장군의 가솔이 머무는 거처를 정확히 알지 못했다. 그러나 마을을 조금만 살피면 금세 발견할 수 있을 것이다. 그러나 소년은 세상 경험이 부족한 어린아이, 잘 보아 주어야 백면서생에 불과했다. 종지가 용무를 마칠 때까지도 그 댁에 도착하지 못할 것이다. 용기를 내어 보아야 기껏 마을이나 배회하고 있을 터이고, 아마 여기에서 내내 말과 씨름하고 있을 게 뻔했다.

세상 물정 모르고 너무 편하게 자라서 그러하지.

종지가 혀를 끌끌 찼다. 셋이나 되는 아들은 그 나이 때의 자신과 비교하면 하나같이 유약하고 야망도 없었다. 내심 기대를 걸고 있는 막내는 아직도 어린아이처럼 머리를 긁적이거나 손끝을 깨무는 습관을 갖고 있었다. 결벽에 가까운 성벽을 지닌 종지의 눈에 몹시 거슬리는 면모였다. 자신이 겪은 어린 시절의 설움을 대물림하고 싶지 않았던 그와 막내를 오냐오냐 키운 아내의 합작이라는 생각에 신경질적으로 등자를 걷어찼다.

소년은 빠르게 사라지는 종지의 뒷모습을 바라보았다. 아버지의 못마땅한 시선이 머무르던 머리를 쓸어 보아도 삐죽 튀어나온 머리카락들이 정리되지는 않았다. 자신의 손에 쥔 고삐를 당겨 보았으나 고집 센 말은 버티기만 하고 움직이지 않았다. 그나마 다른 곳으로 달려가려는 시도를 하지 않아 다행으로 여겨야 했다. 소년은 오랜 시간 이동한 탓에 얼얼한 엉덩이를 문지르며 이러지도 저러지도 못한 채 서 있었다.

"……그랬더니 그이가 눈짓을 하며 지나가지 않겠니?"

"그게 전부요? 어찌 그럴 수 있소, 언니는?"

문틈으로 쾌활한 웃음소리가 새어 나왔다. 유화는 부러운 듯 잠시 바라보고서도 발을 멈추지 않고 지나쳤다. 집안에서는 어리광쟁이 취급을 받아도 의외로 낯을 가리는 편이어서 워낙 오랜만에 만나 낯설게만 느껴지는 언니들에게 쉽게 다가서지 못했다. 부르지도 않은 상대에게 먼저 가서 알은척하는 건 머쓱했고 이미 친근하게 지내고 있는 자매 사이를 비집고 들어갈 자신도 없었다.

아우들과의 관계도 여전했다. 다소 고집스럽고 성격 급한 큰아이는 까다로운 성격 탓인지 호리호리하고 체구가 작았고 유순하고 온화한 막내는 또래에 비해 체격이 큰 편이었다. 두 형제는 남들 눈에 쌍둥이처럼 보일 정도로 꼭 붙어 다니며 자신들이 구축한 세계 속에 머물렀다. 나이 많은 누이인 유화가 그사이에 끼어드는 것은 무리였다.

유화는 혼자일 수밖에 없었다. 철없는 어린아이로 머무르기에는 너무 자랐고, 성년에 가까워진 호기심 많은 처녀들에게는 어리게만 느껴졌다. 그 어느 쪽에도 유화를 위한 자리는 없었다.

안채를 벗어난 유화가 하늘을 바라보았다. 따갑게 햇볕이 내리쬐는 날은 외출하기에 썩 적합하지 않았다. 그러나 본디 상황을 보아 가며 일을 할 정도로 신중한 성격도 아니었다. 집 안에 머무르며 무료하게 시간을 보내느니 땀방울이 맺히고 얼굴이 그을도록 돌아다니는 편이 나았다.

유화가 가벼운 발걸음으로 대문으로 향했다. 눈을 마주치는 집안사람들에게 일일이 상냥한 눈웃음을 보내자 모두에게 다정한 인사를 되돌려 받았다. 유화는 누구에게나 사랑받는 귀여운 아가씨였다. 단 한 명, 유덕을 제외하고는. 어쩌면 그 탓에 그의 애정을 더욱 갈구하였는지도 모른다.

대문간에 선 유화가 낯선 그림자에 주춤했다. 주인의 출타 여부를 묻는 목소리가 퍽 익숙했다. 강렬한 햇살을 등진 탓에 시커멓게만 보이는 이의 정체를 눈치챈 유화가 반가운 표정을 하고 그에게로 다가갔다. 중결의 사랑에만 드는 것이 아니라 강씨를 찾아오는 일도 제법 여러 번이어서 이미 알고 있는 사람이었다.

대문을 지키는 자에게 말고삐를 쥐여 주고 몸을 돌린 종지가 소녀를 발견했다.

"오랜만이구나."

"그간 강녕하셨사옵니까."

고개를 숙여 인사한 유화가 그의 얼굴을 올려다보았다. 여느 때와 다름없이 말쑥한 차림을 한 종지의 낯빛에서 별다른 낌새가 읽히지는 않았다. 용기를 내어 말을 건넸다.

"저, 아버님께서는……."

"무탈하시단다."

짧은 대답에 유화의 얼굴이 환히 밝아졌다. 그의 두 손을 꼭 잡아 반가움과 고마움을 표하고는 다시 공손하게 인사를 해 보였다. 종지가 안채를 향해 걸음을 딛는 것을 보며 그녀 또한 가던 길 그대로 대문을 나섰다. 굳이 그녀가 전하지 않더라도 종지가 중결의 무사함을 알릴 터였다.

어떤 소식을 들어도 두 부인은 평정을 유지할 것이다. 유화처럼 안도감을 드러내는 대신 고개만 끄덕이고는 용건을 나누리

라. 속으로는 수없이 남편이 없는 세상을 예상하고 있을지라도 불안감을 겉으로 드러내는 법이 없었다. 세상을 호령하는 사내를 지아비로 둔, 한 가문의 명운을 짊어진 여인이 지녀야 할 담대함이었다.

"좀 더 멀리 나가 볼까."

한가롭게 중얼거리던 유화는 사정없이 눈을 찔러대는 햇살에 얼굴을 찡그렸다. 날이 몹시 덥다는 사실을 새삼 깨닫고 나니 갈증이 밀려오는 것 같기도 했다. 일단 우물가로 가서 목이라도 축이고 나무 그늘 아래에서 햇볕을 피하며 다시 생각해 보기로 했다.

도착한 우물가에는 유화보다 먼저 와 있는 사람이 있었다. 어찌할 바 모르고 선 소년의 옆에는 어울리지 않게 커다란 말이 있었다. 낯선 사람에 대한 경계심을 갖는 것도 잠시, 제 또래의 소년이 혼자 곤란한 처지에 놓여 있는 것 같은 상황에 용기가 생겼다. 소년은 유화보다 키가 컸지만 유화는 또래에 비해 체구가 작은 편이었다. 아마도 저보다 나이가 많지는 않으리라 생각하며 다정하게 말을 걸었다.

"여기서 뭐 하고 있니?"

"잠시 서 있는 거야."

소년이 유화의 목소리에 고개를 돌리더니 무뚝뚝하게 대꾸했다. 그러나 얼굴에 떠오른 난처함과 부끄러움은 숨기지 못했다. 유화는 고개를 갸웃했다. 그늘을 바로 옆에 두고 굳이 뙤약볕을 맞으며 서 있는 까닭을 알 수 없었다. 퉁명스러운 말투에 순간 기분이 상해 그대로 갈까 생각도 하였으나, 말투와 어울리지 않는 곤란한 표정이 선뜻 멀어질 수 없게 했다.

유화가 찬찬히 소년을 살폈다. 소년이 힘을 주어 말고삐를 쥐고 있음을 눈치챘다. 덩치가 큰 말이 소년을 얕잡아 보고 움직여 주지 않는 모양이었다. 누군가와 동행하다 우물을 발견하고 멈추어 선 모양인데, 저래서야 물 마시는 것은 둘째 치고 동행자를 찾아 나서기도 어려워 보였다.

유화가 소년의 곁으로 다가갔다. 고삐의 한끝을 잡는 그녀의 손이 소년의 손에 스쳤다. 소년이 몸을 움찔하며 고삐를 다시 당겼다. 말이 금방이라도 뛰어오를 듯 투레질하자 저도 모르게 손에서 고삐가 빠져나갔다. 소년이 땀이 밴 손을 옷자락에 문질렀다. 자신이 놀라서 고삐를 놓친 사실을 들켰을까 걱정하며 짐짓 태연한 척 목소리를 가다듬었다.

"뭐 하는 거야?"

"말은 내가 붙잡고 있을게. 우물에 가서 한 모금 마시고 와."

"말이 도망이라도 가면 어쩌라고?"

"그럴 리 없어. 혹시 그리되면 우리 집에 있는 말을 한 필 줄게."

"집에 말이 있어?"

쓸데없는 문답 끝에 소년이 유화의 차림을 훑어보았다. 제법 단정하고 깔끔한 차림으로 미루어 고을 유지쯤 되는 댁의 따님인가 싶었다. 소녀가 그에게서 몸을 돌리고 말을 다정하게 토닥였다. 느슨하게 고삐를 쥐고 있는데도 소녀가 발을 딛는 대로 슬슬 따라가는 말을 보자 어이가 없어졌다. 고삐를 향해 손을 뻗자 유화가 손사래를 치며 그의 손을 가볍게 밀어냈다.

"일단 너는 물을 마시고, 말은 좀 쉬고. 고삐는 그다음에."

소년이 멋쩍게 손을 놓았다. 얼굴이 화끈거리는 건 오래도록 뙤약볕을 받고 있었던 탓일 터다. 얼른 몸을 돌려 그늘진 우물가로 다가갔다. 두레박줄을 내려 물을 퍼 올렸다. 가득 담긴 맑은 물속에 나무 그늘을 배경으로 둔 자신의 얼굴이 일렁이며 흐릿하게 비쳤다. 혹시 소녀가 보고 있을까 힐끔 뒤를 돌아보았다. 그를 향해 웃어 주는 소녀와 눈이 마주치자 돌연 부끄러워졌다. 얼른 손으로 물을 떠 한 모금 마시고 남아 있는 차가운 물로 얼굴에 밴 땀을 씻어 냈다. 물 묻은 손으로 머리도 쓸어 넘겼다. 온전히 정리되지는 않아도 아까처럼 더펄거리지는 않았다.

"혹시 상군님 가솔이 머무르고 있는 댁을 알아?"

두레박을 우물가에 걸쳐 놓은 소년이 유화를 향해 다가갔다. 자신의 질문을 들은 유화의 얼굴에 경계심이 깃드는 것을 알아챘다. 외지인이 처음 건넨 질문 내용이 그러하다면 의심을 품는 것이 당연할 터였다. 서둘러 상황을 설명하는 말을 덧붙였다.

"아버지께서 장군님 댁을 찾아오셨는데 내가 여기 있는 동안 먼저 가셨거든."

유화가 소년의 얼굴을 말없이 뜯어보았다. 듣고 보니 얼굴 전체가 마치 틀로 찍어 낸 듯 종지와 똑같았다. 보고서 단번에 알아보지 못한 것이 이상할 정도였다. 생김이 같은데도 분위기가 판이하게 달라 알지 못했던 것이다. 눈앞의 상대가 수염도 돋지 않은 소년이기 때문일까. 유화는 소년에게 고삐를 넘겨주고 몸을 돌렸다. 그의 존재는 까맣게 잊은 듯 우물가에 선 커다란 나무에 다가갔다. 소년이 어리둥절한 얼굴로 유화의 뒷모습을 바라보았다.

장정 두엇은 달라붙어야 감싸 안을 수 있을 만큼 두꺼운 줄기
에는 울퉁불퉁한 흉터가 새겨져 있었다. 유화가 나무줄기의 튀
어나온 부분을 잡으며 발을 올렸다. 어렵지 않게 나무 위를 기
어올라 중간 정도 높이의, 앉기 좋게 줄기가 갈라진 부분에 자
리 잡고 섰다. 한 팔로 굵은 나뭇가지를 끌어안은 채 주변을 두
리번거렸다.

유화에게는 아무렇지도 않은 일이었으나 소년의 얼굴은 파랗
게 질렸다. 저만치 높은 곳에 올라간 소녀는 몹시 위태로워 보
였다. 발을 조금만 헛디뎌도 떨어질 것처럼 보여 가슴이 철렁했
다. 유화를 향해 커다랗게 소리쳤다.

"뭐 하는 거야?"

"저쪽이야."

유화가 엉뚱한 대답을 내놓으며 손가락으로 어느 방향을 가
리켰다. 마치 그가 나무에 올라 있기라도 한 듯 한껏 겁에 질린
표정의 소년을 안심시키려는 것처럼 싱긋 웃어 보였다. 소년의
시선은 손끝이 가리키는 쪽을 향했다가 도로 유화에게 돌아왔
다. 소녀는 어느새 그 자리에 앉아 발을 흔들거리고 있었다. 살
랑대는 가벼운 바람에 치맛자락이 나풀거렸다. 그 사이로 소녀
의 웃음 띤 얼굴이 숨어들었다 나타나기를 반복했다. 천상의 선
녀가 하강하면 꼭 저러할 것 같아 소년은 유화의 모습을 멍하니
올려다보았다.

소년은 대문에 발을 들이며 크게 숨을 들이쉬었다. 처음 오는

동리의 낯선 집에 들어서는 긴장감이 온몸으로 번져왔다. 문 안에서 나오던 이가 때마침 소년의 집에 몇 번 왕래한 적이 있는 사람이라 그를 알아보았으니 망정이지, 그렇지 않았더라면 틀림없이 줄곧 머뭇거리기만 했을 것이다. 소년은 무사히 별채로 안내되었다.

젊은 여인과 중년의 남자가 마주 앉은 방의 문과 창은 모두 활짝 열려 있었다. 풍토가 분방하여도 지켜야 할 선은 있어, 주인이 아끼는 책사와 장부 못지않은 추진력을 지닌 안방마님이라 하여도 꼭꼭 닫힌 공간에 함께 머무르는 것은 그리 자연스럽지 않았다.

"마님."

열린 문으로 들려오는 목소리에 두 사람의 시선이 일제히 바깥을 향했다. 종지가 먼저 아들의 모습을 알아보았다. 생각보다 이르게 나타난 아들의 모습에 순간 당황했으나 겉으로 드러내지는 않았다. 말없이 아들을 향해 고개를 끄덕여 보였다.

소년이 조심스럽게 들어와 단정히 앉았다. 밝은 낮에 어울리지 않게 켜진 촛불과 그들 사이에 놓인 서안에 갖추어진 필묵을 보았다. 남들의 귀에 들어가면 안 될 긴한 이야기를 나누는 중이었는가 보다 생각했다. 여기까지 들어오지 말고 기다릴 것을. 소년의 뱃속이 불편하게 꿈틀거렸다. 머릿속은 복잡했으나 제법 의젓하게 앉은 소년의 모습을 강 씨가 유심히 바라보았다. 종지가 짧게 아들을 소개했다.

"제 막내아들, 정유(鄭游)입니다."

"내 딸아이와 동갑이라 들었는데, 사뭇 다르구나. 그 아이도

이처럼 침착하면 좋으련만."

"겉보기에만 그러할 뿐, 부족한 점이 많습니다."

"자식을 바라볼 적이면 흠이 먼저, 더 크게 보이는 건 어느 부모나 마찬가지인 모양입니다."

잠시 웃음이 스쳐 지나간 뒤에 종지가 아들을 향해 눈짓했다. 정유가 공손한 태도로 인사를 하고는 조심조심 뒷걸음질 쳤다. 소년이 방을 나가기도 전에 대화가 이어졌다. 목소리가 끊어지면 붓이 움직이다 이내 재가 되어 흩날렸다. 그러나 정유는 오로지 여기를 빨리 벗어나고 싶은 마음뿐이었다.

모퉁이를 돌자마자 정유가 가볍게 몸을 흔들었다. 잠깐 머물렀을 뿐인데 방 안의 공기가 그를 짓누르고 있던 것 마냥 몸이 무겁고 답답했다. 그대로 바닥만 보고 빠르게 걷다가 눈에 보이는 발끝에 얼른 걸음을 멈추었다. 하마터면 부딪혔을지도 모를 상대에게 사과를 하려 고개를 드니 낯설지 않은 얼굴이 그의 앞에 있었다.

"너는……?"

"쉿."

유화가 낭패한 얼굴을 하고는 정유를 향해 손을 내저었다. 정유가 휘둥그레 뜬 눈으로 유화를 바라보았다. 옷차림이 퍽 단정하여 잘 사는 댁 따님인가보다 짐작은 했지만 집주인의 딸일 줄이야.

나무에 펄쩍거리고 오르는 걸로도 모자라 손님이 머무르는 곳에 몰래 와서 엿듣는 좋지 못한 습관까지 지니고 있었다. 정유가 얼굴을 찡그리고는 소녀의 손목을 움켜잡았다.

유화가 당황스러운 마음에 손을 휘저었지만, 저보다 체격이 큰 사내아이의 힘을 이기지 못했다. 손목이 잡힌 채로 질질 끌려가듯 그의 뒤를 쫓아가면서도 큰소리를 내거나 버티지 못했다. 그녀가 엿듣고 있던 것을 들켜 보았자 좋을 까닭이 없기 때문이었다.

별채를 완전히 벗어난 후에야 정유가 유화의 손목을 놓았다. 유화가 손목을 문지르며 투덜댔다.

"여기까지 오는 길을 알려 준 건 나야. 고맙다는 인사도 안 해 놓고 이게 뭐야."

"도둑고양이처럼 숨어 있었으니 그렇지."

그것도 유숙하는 분이 중요한 손님과 나누는 대화를 말이야.

정유는 마음속으로만 덧붙였다.

"도둑고양이라니, 어머니를 뵈러 가는 길이었는데."

"어머니?"

"너에게는 꼭 몰래 숨어드는 것처럼 보였겠지. 그건 인정해야겠네."

발끈한 목소리로 쏘아붙이던 유화는 정유의 되물음에 이내 머쓱한 얼굴로 자신의 행동이 잘못되었음을 인정했다. 정유의 목소리가 힐문조는 아니었으나 유화도 잘못한 행동을 옳다 우기는 성격은 아니었다. 유화의 대답을 듣는 순간 정유의 머릿속이 복잡해졌다. 종지와 마주 앉은 강 씨는 정유를 보고 딸과 동갑이라 했다.

설마 집주인의 딸이 아니라 방에 있는 그 부인의……?

"방 안에서 너희 아버지와 담소를 나누고 계신 분이 우리 어머니이셔."

정유는 저도 모르게 입을 헤 벌렸다. 멍해 보여서 좋을 것 없다며 늘 주의를 듣는 그 표정이었다. 이번에는 유화가 정유의 소매를 잡아끌었다. 이런 데 서 있는 것보다 쪽마루에 엉덩이라도 붙이고 앉아 이야기를 나누는 편이 더 자연스러웠다.

소년과 소녀는 주인이 자리를 비운 사랑 창 앞의 좁은 마루에 나란히 앉았다. 대화 상대가 목말랐던 소녀와 늘 책만 끼고 앉아 있던 소년이 가까워지는 것은 금방이었다. 마치 본디부터 친한 친구였던 것처럼 재잘대던 둘의 대화가 잠시 끊어졌다. 다시 이야기를 시작한 것은 정유였다.

"가끔 아버님께서 약주 한잔하시면 들려주시는 장군님의 이야기가 있어."

"그게 뭔데?"

"궁금해?"

"당연하지. 아버지 이야기라는데."

"비밀인데."

정유가 짐짓 곤란한 표정을 지어 보였다. 눈을 반짝이며 바라보던 유화가 입술을 비쭉 내밀더니 몸을 반쯤 돌렸다.

"그러면 처음부터 이야기를 꺼내지 말아야지. 기껏 궁금하게 만들어 놓고 비밀이라니."

"궁금하다면서?"

"비밀은 지키라고 있는 거잖아. 너도 남에게 함부로 이야기하면 안 되는 거야."

예상외의 반응에 당황한 정유가 되물었으나 유화는 내용을 묻는 대신 손바닥으로 귀를 막으며 도리질했다. 비밀을 꼬치꼬치 캐묻는 대신 듣기를 거부하는 소녀라니.

정유가 피식 웃으면서 유화의 손을 톡톡 두드렸다. 어차피 손바닥으로 귀를 막는 정도로는 지척에서 들리는 소리를 피할 수도 없었다.

"그냥 널 놀리려고 한 말이야. 비밀 아니니까 염려하지 마."

"정말이지?"

"난 아직 아버지와 밀담을 나누기엔 어려. 눈치 없긴."

"네가 나쁜 거야."

"지금부터 오 년 전쯤에 장군님을 찾아서 저 멀리 북쪽으로 가셨대. 군사가 무척 많은데도 질서가 정연한 걸 보시고는 모든 것을 다 이룰 수 있을 만큼 대단하다고 생각하셨대."

샐쭉한 얼굴로 투덜거리는 유화의 반응에도 아랑곳없이 정유가 이야기를 시작했다. 그에게 눈길을 고정하고 이야기를 듣던 유화가 고개를 외로 꼬았다. 중결이 북쪽에 막사를 차리고 있었던 것은 이상하지 않았다. 중결은 일생의 대부분을 전장에서 보낸 사람이었다. 전장이 남쪽이든 북쪽이든, 상대가 왜구든 여진족이든 상관없이 큰 전투가 일어났다 싶으면 그곳에는 반드시 그가 있었다고 했다.

이상하게 느껴지는 것은 종지가 중결을 찾아 전장에 갔다는 사실이었다. 몸이 가늘고 다소 신경질적인 그는 문관의 전형이었다. 세상 물정을 잘 모르는 유화의 눈에도 전쟁과는 전혀 어울리지 않는 인물이었다.

"그날 장군님 막사에서 함께 술잔을 기울이면서 많은 이야기를 하셨대."

"무슨 말씀을 하셨대?"

"그거야 나는 모르지."

"그게 뭐야."

유화의 가벼운 타박에 정유가 기억을 더듬었다. 종지가 그에게 시구를 들려주었던 것은 기억하고 있었지만 정확하게 떠오르지는 않았다. 다만 위엄을 넘어 비장함마저 감돌던 종지의 목소리만은 기억하고 있었다.

"나는 그에게 내 모든 것을 걸었다."

종지는 남들 앞에서 자신의 행동을 극도로 조심했다. 남에게 무시당할까 싶어 늘 차림을 정돈하고, 불필요한 말을 늘어놓을까 염려하여 술도 주량을 넘기는 법이 없었다. 때로 사랑에서 홀로 술잔을 기울이다 아들들을 불러 이야기를 하곤 했다. 대개는 두루뭉술하게 뭉뚱그린, 새어 나가도 그리 위험하지 않을 법하게 잘 포장된 이야기들이었다. 식견이 깊지 않고 세상 경험이 적은 소년이 이해하기는 더욱 쉽지 않았다. 정유가 얼버무리듯 말을 이어 갔다.

"아무튼 장군님은 장차 세상을 발아래에 두고 천하를 호령할 분이라고 말씀하셨어."

"우리가 피신한 것도 그 때문일까."

유화가 생각에 잠긴 목소리로 중얼거렸다. 천하를 호령할 중결에 대한 두려움으로 누군가가 나쁜 일을 꾸민 것일까. 그래서 가족들이 위험에 처할까 봐 외진 곳에 숨겨 놓았나. 하지만 아버지가 누군가를 두려워한다는 사실이 의외였다. 아니, 이해할 수 없었다.

중결이 전장에 나가면 늘 개선해서 돌아왔다. 어릴 때는 아버지가 무사히 돌아온 것이 좋았다. 위대한 장군이라는 칭송을 들으면 마치 저의 것인 양 의기양양해졌다. 그러나 자라면서 전쟁이 어떤 것인지 알고 난 후로는 늘 마음이 조마조마했다. 중결의 손은 단단하고 거칠었다. 가끔 걷어 올리는 팔은 물론, 옷에 감추어져 있는 가슴과 등에도 격렬한 전투의 흔적이 오래된 상처로 남아 있었다.

어느 순간부터 그녀의 아비가 그냥 평범하고 다정한 이라면 좋겠다는 생각을 남몰래 품게 되었다. 훌륭한 무인인 중결은 어린 딸을 위해, 사랑스러운 아내를 위해 많은 시간을 내어 줄 수 없었다. 늘 죽음을 목전에 두고 있는 것만 같아 그의 무사 안위를 간절히 기원해야 했다.

"아버지는 참 좋은 분이야. 하지만 나는 아버지 같은 무인과는 혼인하지 않을 거야."

"세상에 그 누구도 대적할 사람이 없는 장군님 같은 분이 지켜 준다면 든든할 텐데."

"나는 누가 지켜 줄 필요가 없는걸. 뛰는 것도 남에게 지지 않고 나무도 탈 줄 알아. 승마도 그럭저럭할 수 있고, 아버지께 검 쓰는 법도 배웠어."

유화가 치맛자락을 팔락이며 자리에서 일어났다. 어린 소녀가 자랑하는 능력은 보잘것없는 것이었다. 그러나 목소리에 담긴 자신감은 허세가 아니라 진심처럼 들렸다. 유화는 덩치만 컸지 순하고 멍한 얼굴로 자신을 바라보는 소년을 향해 환하게 웃어 보였다.

"그러니까 아버지처럼 다정하기만 하면 내가 지켜 주어야 하는 사람이라도 좋아."

二.
歸京(귀경)

유화는 여느 날과 다를 바 없이 바깥을 쏘다니다 끼니때가 되어 겨우 집에 돌아왔다. 평소에 비해 배는 더 분주한 것 같은 사람들을 어리둥절하게 쳐다보았다. 분위기가 미묘하게 다름을 감지했다.

강 씨의 교전비가 그녀의 곁을 스쳐 가는 것을 보고는 재빠르게 붙잡았다.

"무슨 일이 있어?"

"개경으로 돌아간답니다, 아기씨."

"정말? 어머니는?"

"안쪽에 계십니다. 내일 출발한다고 했으니 바쁘실 거예요."

강 씨의 몸종이 상냥하게 웃어 보이고는 빠르게 멀어져 갔다. 그 이상은 아는 바도 없었고 해야 할 일도 제법 있었다. 무엇보다도 유화에게서 벗어나려는 목적이 가장 컸다. 궁금증이 많은 아가씨에게 붙잡히면 무슨 이야기든 하지 않고는 배겨 낼 수가 없었다.

그리운 집으로 돌아간다.

유화가 팔랑거리며 별채로 향했다. 처음에는 좁고 답답하게만 보였던 작은 건물이 이제는 아담하고 아늑해 보였다. 늘 각자의 방에서 잠들던 강 씨와 유화, 어린 아우들이 한 방에 모여 잠든 탓일지도 모른다. 밤이 되어 온 가족이 나란히 누워 사소한 일에도 까르르 웃으며 서로의 하루 일과를 속삭였다. 밤이 깊었다는 엄한 목소리에 입을 다물었다가 다정한 손길에 스르르 눈이 감겼다.

유화가 방으로 뛰어들었다. 유모와 몸종까지 가세해 평소에 비해 더 좁아 보이는 방 안에서 홀로 평정을 유지하고 있는 강 씨를 향해 숨 가쁘게 물었다.

"어머니, 정말입니까?"

"집에 거짓을 고하는 사람이 있던 적이 있었느냐."

앞뒤 다 잘라 낸 질문이었지만 단번에 알아들은 강 씨가 핀잔을 주듯 대꾸했다.

그러나 말투는 부드럽고 여유로웠다. 지금껏 의연하고 담대한 태도를 취하고 있었으나 내심 남편의 안위를 걱정했다. 궁벽한 시골에 칩거하다시피 머무르는 것도 성격에 맞지 않았다. 남편의 무사를 확인하였을 뿐 아니라 본디 생활 터전인 개경으로 돌아간다는 사실이 기꺼웠다. 그녀조차 그러하였으니 어린 딸의 마음을 이해 못 할 바 아니었다.

"아버지께서 전갈을 보내셨나요?"

"그래. 이제는 염려할 것이 없다 하시더구나."

강 씨의 여유로운 목소리에도 유화의 표정에는 엷은 그늘이 남아 있었다. 잠깐 머뭇거리다가 조심스레 입을 열었다.

"하면 큰어머니는 어찌 하십니까?"

"그것을 왜 내게 묻는 것이냐?"

질문을 되돌리는 강 씨의 목소리에 미묘한 냉기가 스며들었다. 유화가 살짝 눈을 들어 강 씨의 표정을 살폈다. 얼굴만 보아서는 무슨 생각을 하고 있는지 좀처럼 알 수 없는 건 평소와 비슷했다.

말을 거는 것을 포기한 채 살며시 몸을 일으켰다. 들어올 때와 마찬가지로 치맛자락이 경쾌하게 나풀거렸다.

그러나 방을 나서고 난 뒤 서서히 걸음이 무거워졌다. 돌아간다는 사실에 대한 기쁨이 살짝 빛바랬다.

이곳에 머무르는 동안 유화는 두 어머니들의 사이가 좋다고 생각했다. 항상 너그럽고 온화한 한 씨와 깍듯하게 예를 갖추는 강 씨는 다정한 자매처럼 보이기도 했다. 하지만 그건 철모르는 소녀의 착각이었던 모양이었다. 조금 전 강 씨의 태도에서는 분명한 거리감이 느껴졌다.

유화의 발길이 안채로 향했다. 늘 그렇듯 안채 곁방 앞 쪽마루에는 소녀 둘이 사이좋게 앉아 있었다. 다정한 속삭임에 가까운 목소리는 남에게 잘 들리지 않았지만 유화를 발견한 그들은 약속이라도 한 듯 동시에 입을 다물었다. 미소 띤 인사에 대한 응답은 새초롬한 고갯짓이었다. 유화는 그 사실을 깨닫지 못한 척 안방 창 앞에서 기척을 냈다.

"어머님."

"들어오려무나."

한 씨가 반가운 얼굴로 유화를 맞이했다. 유화가 공손하게 인사하며 한 씨가 옆으로 밀어낸 수틀을 바라보았다. 고운 색실이 나른한 봄날의 풍경을 그려 내고 있었다. 한때 소담한 자태를 자랑했을 초라한 꽃송이 아래에 시든 꽃잎이 소복하게 쌓여 갔다.

우아한 나비는 날갯짓의 방향을 바꾸어 미련 없이 멀어져 갔다. 봄 햇살에 취하여 엎드린 고양이 한 마리가 가늘게 뜬 눈으로 그 모습을 지켜보고 있었다.

유화가 왠지 서글픈 풍경에서 눈을 떼고 단정히 앉았다.

"돌아가게 되어 기쁘겠구나."

그렇다는 대답이 선뜻 나오지 않았다. 얼버무리듯 웅얼거리고는 다른 질문을 건네었다.

"저, 어머님께서는 개경에 가시지 아니하십니까?"

"나이를 먹은 탓인지 번잡스러운 곳은 내키지 아니하는구나."

다정한 미소가 어딘지 쓸쓸해 보였다. 진심인 듯 평온한 목소리도 믿을 수 없었다. 과연 솔직한 대답인 걸까. 유화는 지금까지의 날들을 돌이켜 보았다.

이때가 오기까지 유화가 한 씨를 만난 기억은 그리 많지 않았다. 한 씨는 본래 개경이 아닌 적막한 시골에 머무르고 있었다. 특별한 날이나 되어야 잠깐 볼 수 있을 뿐이었다. 관직에 오른 오라비들은 개경에 터를 잡고 살았지만 그렇지 못한 다른 형제

자매들은 한 씨의 곁에서 생활했다. 유화가 막내 오라비의 부고에 크게 슬픔을 느끼지 못한 까닭도, 언니들에게 선뜻 다가서지 못하는 이유도 그에 있었다.

반면 중결은 강 씨와 함께 개경에 머무르고 있었다. 유화가 중결에게 어리광을 부리며 무릎을 차지하고 있을 때, 언니들은 아비의 부재를 서로 어깨를 기대어 의지하는 것으로 채웠으리라.

강 씨가 화사한 미소로 중결을 맞이할 수 있는 것은 한 씨가 홀로 외로움을 감당하기 때문이었다. 여태 깨닫지 못했던 사실이 둔탁한 울림을 남기며 떨어져 내렸다.

그러나 그게 전부였나. 가족이 서로 떨어져 살고 있다면 가까이 머무르는 이들에게 더 다정한 것이 인지상정이라 여겼다. 중결이 그녀가 아닌 언니들에게 다정하게 마음을 쏟아 준다면……. 유화는 생각을 그만두었다. 그녀 자신이 품은 그릇의 크기는 딱 그 정도였다. 지극히 이기적이고 자기중심적인. 유화가 고개를 푹 숙였다.

유화가 수많은 생각을 품고 고민하는 내내, 한 씨는 그 모습을 너그러운 얼굴로 바라보고 있었다. 그녀의 터전이 아닌 타지에서의 일과는 본가에서처럼 잘 짜여 돌아가지 않았다. 그 빈틈을 채워 주던 사랑스러운 소녀의 모습 위로 오랜 기억이 덧씌워졌다. 이보다 조금 더 성숙한 외양의 싱그러운 여인이 그녀의 앞에 앉던 그 순간.

오래전에도 중결은 전장을 집으로 삼은 사내였다. 가장이 없는 집안을 단속하는 것은 안방마님인 한 씨의 몫이었다. 외로움으로 점철되는 나날의 사이사이에 잠시 얼굴을 들이미는 사내는 다정한 이야기의 끝에 호탕한 웃음이 섞인 목소리를 남겼다.

"그대가 나를 기다리고 있음을 알기에 돌아올 수밖에 없소. 그러니 아무 걱정 마시오."

비록 상처입고 지친 모습이라 하더라도, 약속하였듯 어김없이 돌아오던 사내는 그녀에게 있어 삶의 전부였다.

그러나 비범한 능력을 지닌 이가 큰 꿈을 그리기 시작하자 상황이 달라지기 시작했다. 부족함 따위 느껴 본 적 없는 유복한 집안에서 자랐어도 그의 꿈에 보탬이 되기에는 턱없이 모자랐다.

하여 그가 반쯤은 미안한 표정으로 이야기를 꺼내 놓았을 적에도 놀라거나 화를 내는 대신 고개를 끄덕였다. 귀족이나 권세가라면 두 명의 아내를 거느리는 것은 예사였기에 미소로 받아들였지만 마음이 시려 오는 것만큼은 어쩔 수 없었다. 그의 얼굴에 떠오른 나머지 절반의 감정이 젊은 시절에 함께 나누었던 감정과 비슷한 것임을 깨달은 탓이었다. 설렘이 향하는 곳이 전과 같지 아니할 뿐.

이후 중결이 돌아오는 날 만난 여인은 지금 그녀의 눈앞에 앉은 소녀와 꼭 닮아 있었다. 투기하는 마음조차 품을 수 없을 만큼 젊고, 사내의 눈길을 빼앗긴 것을 수긍할 수밖에 없을 정도로 고왔다.

인자하고 너그러운 표정으로 여인을 맞이했다. 서로 얼굴을 맞대고 지낼 적에는 물론, 강 씨만 중결을 따라 상경할 적에도 마찬가지였다.

아무렇지 아니한 것처럼 가장하고 훌륭하게 성장하는 아들들과 곱게 자라는 딸들에게 온 마음을 쏟았다. 하지만 가장 큰 사실을 간과하고 있었다. 새끼 새가 떠난 둥지에 남는 건 서로의 날갯죽지 아래 고개를 파묻을 짝조차 없는 외로운 어미 새 한 마리뿐이라는 것을.

이미 다 지난 일이었다. 스스로가 받아들이기로 한 삶의 무게였다. 누구를 탓하거나 후회하는 것은 무의미했다. 묵은 기억을 흩어 내며 마치 잘못을 한 듯 고개를 푹 숙인 소녀를 향해 따뜻하게 속삭였다.

"너를 볼 수 없게 되면 서운할 것 같구나."

"종종 찾아뵙겠습니다."

"어린아이가 오기에는 길이 멀 게다. 네 아버지도 걱정하시겠지."

한 씨가 고개를 저었다. 잠시 말을 멈추고 생각에 잠겼다. 온기가 담뿍 밴 목소리로 말을 이었다.

"나를 생각하는 딸이 개경에도 있음을 잊지 않으마."

"어머님."

유화가 무릎걸음으로 한 씨에게 다가갔다. 저의 어미보다도 따뜻하게 안아 주는 품에 안기자 하염없이 눈물이 흘러나왔다.

눈물과 함께 쏟아지는 감정이 미안함인지 안타까움인지 알지도 못한 채 흐느꼈다. 들썩이는 어깨를 토닥이며 한 씨가 소녀를 위로했다.

"우리 유화는 마음이 여려서 기쁜 소식에도 눈물을 보이는구나."

※　　　※　　　※

성문을 들어서면서부터 유화의 기분이 한껏 들떴다. 내리쬐는 햇볕과 지나가는 바람에도 가슴이 설레었다. 꿈에도 그리던 집이 가까워 오고 있었다.

저만치에서 눈에 익은 높다란 담장이 보이자마자 말에서 팔짝 뛰어내렸다. 얼굴도 확인하지 않고 주변의 누군가에게 고삐를 얼른 넘겨주고는 치맛자락을 붙잡고 내달리기 시작했다. 그녀가 아니라 오래도록 비어 있던 집의 대문이 반가움에 달려드는 것처럼 느껴졌다.

유화는 대문 바로 앞에 멈추어 서서 가쁜 숨을 고르고 있었다. 마치 몇 시간 전에 외출을 나간 주인댁 사람을 맞이하는 듯 평온한 표정을 한 사람을 보자 마음이 가라앉았다. 오랜만에 돌아온 집에서 철부지 아이처럼 굴고 싶지는 않았다. 단정한 자세로 또박또박하게 걸어 그 곁을 지나쳤다. 안채에 들어서는 순간 반가움이 다시금 솟구쳐 올랐다.

"돌아왔어."

작게 속삭인 유화의 걸음걸이가 날아갈 듯 가벼워졌다. 한 발씩 디딜 때마다 가슴 깊은 곳에서 피어오르는 기쁨이 손끝까지 물결처럼 퍼져 갔다.

단숨에 도착한 방 앞 섬돌 위에 신을 벗고 마루에 올라서며 방을 들여다보았다. 먼지 한 톨 없이 말끔한 방과 흙먼지에 잔뜩 더러워진 제 옷차림을 비교하다 웃음이 터졌다.

치마를 대충 털고 버선을 한 짝씩 벗어 마루 위에 아무렇게나 던져 놓았다. 보송한 맨발로 밟은 바닥에서 썰렁한 느낌이 묻어났다. 이제 주인이 돌아왔으니 곧 온기가 돌아오리라.

방 안에 들어선 유화가 닫혀 있는 장을 활짝 열고 서랍을 부지런히 여닫았다. 모처럼만에 햇볕을 쬐어 주려는 듯 깊이 숨겨 놓았던 색실과 책을 꺼내어 창가에 잔뜩 늘어놓는 유화의 머리 위로 기다랗게 그늘이 드리웠다. 유화가 고개를 들었다. 다정한 미소를 띤 청년이 서 있었다.

"여기가 아가씨 아니, 누이의 방이로군요."

"오라버니!"

유화가 활짝 웃으며 자리에서 일어났다. 제의 시야를 가로막듯 바로 앞에 버티고 섰다. 평소의 그녀에게 어울리지 않는 부끄러운 기색이 얼굴에 어렸다. 그러나 그는 유화가 알아채기 전부터 근처에 서서 그 모습을 바라보고 있었다. 시간이 지나도 바깥을 내다보지 않는 소녀를 기다리다 못해 몇 발짝 떼었을 뿐이다.

그는 조그만 다람쥐가 숨겨 놓은 알밤이나 도토리를 찾아내듯, 유화가 이것저것 부지런히 꺼내어 놓는 모양을 보며 고개를 갸웃했다. 빛깔이 고운 것은 색실 나부랭이가 전부, 계집아이가 좋아하리라 생각한 장신구 따위는 섞여 있지 않았다. 어쩌면 그러한 짐작 자체가 누이가 없는 데서 오는 편견일지도 모르겠다고 생각했다.

"방금 도착했는걸요. 다음에 정식으로 보여 드릴게요."

"누이가 오라비에게 저어할 것이 무엇이랍니까."

"누이에게 존대하는 오라비는 또 어디 있답니까."

그의 말투를 똑같이 따라하는 유화를 바라보던 제가 멋쩍은 듯 웃었다. 존경하는 분의 따님이라는 생각이 앞서다 보니 하대가 쉽게 나오지 않았다. 유화가 대답을 재촉하듯 재차 말했다.

"지난번에 약조하셨잖습니까, 오라버니?"

"오라버니라 부르기엔 연로하지 않으냐. 차라리 숙부가 더 어울리지 않을까 싶지만 네 오라비들이 하나같이 나이가 많으니 그리 느껴질 수도 있겠구나."

청년이 싱긋 웃었으나 들려온 목소리는 그의 것이 아니었다. 유화가 발돋움을 하여 그의 어깨너머를 넘겨보았다. 위풍당당한 자세와 인자한 표정을 지닌 중년 남자가 서 있었다. 그녀가 기억하고 있는 모습과 조금도 다르지 않았다. 다시 볼 수 없을까 마음을 졸였던 것이 허무하게 여겨질 정도였다. 유화가 맨발로 마당으로 뛰어내려 한달음에 달려갔다.

"아버지!"

"잘 지냈느냐?"

그의 목을 꼭 끌어안고 얼굴을 파묻은 유화가 간신히 고개를 끄덕거렸다. 유화의 체구가 작은 편이었지만 온 힘을 다해 달려와 매달리니 어지간한 사내라도 한두 발짝 물러서지 않고는 배겨 낼 수 없을 정도였다.

그럼에도 굳건한 바위라도 되는 양 흔들림 없이 버티고 선 자세 역시 중결이 아니라면 불가능한 것이었다. 유화가 뜨거워진 눈시울을 중결의 어깨에 꾹 눌렀다.

그러나 안기는 순간 부녀 상봉의 감동이 조금 옅어졌다. 희미하게 느껴지는 피비린내에 숨이 막혀 왔다. 예전에는 대수롭지 않게 여겼던 일이 어째서 마음에 걸리는 것일까.

떠오르는 의문을 물리치고 고개를 들어 온몸을 휘감는 혈향을 떨쳐 냈다. 아비가 무사히 그녀의 앞에 나타난 것보다 더 중요한 사실은 없었다. 뾰로통한 얼굴로 중결을 흘겨보고는 그의 뺨에 부드러운 얼굴을 비비댔다. 아무런 예고도 없이 멀리 떠나가야 했던 것에 대한 불만, 오래도록 만나지 못한 아버지에 대한 반가움이 뒤섞인 행동이었다.

중결은 여전히 어린아이 같은 딸아이를 향해 호탕한 웃음을 터뜨렸다. 유화가 새침한 목소리로 살짝 늦은 대답을 내놓았다.

"아버지께서 계시지 아니한데 잘 지냈을 리 없지 않습니까."

"아직도 이래서야 나중에 어느 사내가 널 데려가겠느냐?"

"그리되면 아버지랑 평생 살면 그만이지요."

"듣던 중 반가운 소리로구나."

중결이 유화를 내려놓았다. 몇 발짝 떨어진 곳에서 그들을 바라보고 있던 제가 공손하게 인사를 올렸다. 중결이 그를 향해 미소를 보낸 뒤 딸을 바라보았다. 놀리는 기색이 역력한 말투로 유화에게 말을 건넸다.

"한데 벌써 웬 사내에게 오라비라고 부르고 있겠다?"

"다정하게 대해 주시니 꼭 오라버니 같은 것을요."

대답한 유화가 고개를 돌려 제를 바라보며 생긋 웃었다. 말과 행동에 담긴 뜻을 헤아리던 중결이 딸의 머리를 쓰다듬었다. 그는 다정하지만 한 달에 사날이나 볼까말까 한 아비였고, 강 씨는 엄격한 어미인데다 그를 돕기 위해 늘 분주했다. 함께 사는 아우들은 성별도 다르고 나이도 어렸다. 손위의 형제자매는 나이 터울도 있거니와 이복지간인 탓인지 쉬 친해지기 어려웠다. 결국 사랑스러운 소녀는 외톨이나 다름없는 신세였다.

딸을 안쓰러워하던 중결이 저만치에 단정히 서 있는 청년의 모습을 바라보았다. 저 청년이 유화의 외로움을 걷어 내어 마음 한구석을 차지했다는 뜻이었다. 자로 잰 듯 신중한 성품을 지닌 자를 다정하다 여기는 것은 약간 의외였다. 그러나 유덕이 워낙 꼬장꼬장하게 구니 그럴 수도 있겠다는 생각이 들었다.

중결이 자기도 모르게 옅은 한숨을 흘려 냈다. 오라비의 마음을 얻지 못하는 딸의 가슴앓이는 아주 오래전부터 비롯된 일일지도 모른다.

오래도록 아이가 생기지 않던 강 씨는 총명하고 붙임성 있는 아이였던 유덕을 귀여워했다. 유덕도 강 씨에게 손윗누이 대하듯 친근하게 굴었다.

그가 변화를 감지한 것은 유화가 태어나고 난 뒤였다. 유덕이 아이를 해코지하는 일은 없었으나 눈길조차 주지 않으려 했다. 그전까지만 해도 한 몸에 받던 관심을 빼앗겼기 때문이라고 여겼다.

이렇게 오래도록 그 태도에 변함이 없으리라고는 생각지 못했다. 제때 바로잡지 못한 일을 되돌릴 수 없어 그대로 두고 보고 있었으나, 발짝을 떼고 말문이 트인 후부터 줄곧 유덕의 관심을 구하는 딸이 가엾었다.

유화가 그의 옷자락을 잡아당기는 바람에 생각에서 깨어났다. 마치 팔을 놓으면 그가 사라질까 두려워하는 것처럼 옷자락을 꼭 쥐고 있었다. 중결이 다시 한 번 웃음을 터뜨렸다.

"그리 좋으냐."

"그럼요. 아버지이신데요."

중결이 다시금 유화를 가뿐하게 안아 들었다. 몇 바퀴 빙글거리고 도는 동안, 나부끼는 치맛자락 사이로 소녀의 맨발이 언뜻언뜻 보였다. 유화의 맑은 웃음소리가 안채의 뜨락에 구르듯 퍼져 나갔다.

다시 땅 위에 발을 디디게 된 유화가 몹시 서운한 얼굴로 그를 올려다보았다. 중결이 빙그레 웃음 지었다.

"네 어머니가 나를 찾겠구나."

"아직 어머니를 안 만나셨습니까?"

"나를 가장 기다리는 건 우리 딸이지 않겠느냐."

유화가 배시시 웃었다. 애정이 담뿍 담긴 고운 눈망울을 바라보던 중결이 얕은 한숨을 쉬며 한쪽 무릎으로 지탱하고 앉았다. 딸과 눈을 맞추며 마음속에 숨겨 놓았던 불안을 토로했다.

"너를 다시 볼 수 있게 되어 얼마나 다행인지 모르겠구나."

"아버지께서도 저를 다시 볼 수 없을까 염려하셨습니까?"

"한 치 앞도 알 수 없을 만큼 상황이 급박했으니 말이다. 아직도 잘한 행동인지는 모르겠구나. 허나 그리하지 아니하였더라면 사랑스러운 딸아이의 모습을 보는 아비는 내가 아니었겠지."

유화가 눈을 동그랗게 떴다. 급격히 어두워진 중결의 얼굴을 살폈다. 굳센 사내인 아비의 마음에 그녀와 같은 나약함이 깃들었다는 사실이 믿기지 않았다.

문득 잊고 있었던 엷은 혈성(血腥)이 코끝으로 스며들어 미간을 살짝 좁혔다. 북쪽으로 오랑캐를 척결하러 간다던 아비였다.

그러나 지금 그의 말에서는 안에서 겨누는 칼끝을 피한 데 대한 안도감이 읽혔다. 누군가 그를 도당(徒黨)으로 몰았나. 그래서 그들을 처단한 것일까. 그들에게도 딸이 있었기에 그러한 말을 한 것일까.

유화의 얼굴에 어두운 빛이 깃들었다. 중결이 그녀의 어깨에 손을 올리고 다정하게 말을 건넸다.

"네가 염려할 것은 아무것도 없다."

딸을 위로하기 위한 말인 동시에 자신을 향한 다짐이기도 했다. 이르지 않은 나이에 본 사랑스러운 딸아이, 소녀에게로 향하는 고난과 시련이 있다면 온몸으로라도 막아 낼 생각이었다. 작고 귀여운 얼굴에 그늘이 드리우는 일만큼은 없도록 하고 싶었다.

그러기 위해서는 한가롭게 감상에 빠져 있어서는 안 되었다. 위험이란 날카롭게 경계할 적에는 다 사라진 것처럼 조용히 웅크리고 있다가도 잠깐의 방심을 틈타 불쑥 나타나 목을 죄어 오기 마련이었다.

"유화, 너는 그 누구보다도 사랑하는 내 딸이란다."

중결의 속삭임에 유화의 얼굴이 화사하게 밝아졌다. 중결이 앉은 자리에서 일어났다. 딸의 머리를 다시 한 번 쓰다듬고는 먼저 와 있던 청년에게 눈짓한 뒤 성큼성큼 멀어져 갔다. 그의 부인이 안채를 지키는 대신 사랑을 정돈하고 있다는 사실은 이미 알고 있었다.

유화는 중결이 사라질 때까지 뒷모습을 물끄러미 바라보다 천천히 돌아왔다. 쪽마루에 걸터앉아 맨발바닥에 붙은 까끌까끌한 모래알을 털어 내다 말고 불쑥 입을 열었다.

"아버지랑 같이 오셨던 것이군요."

제가 말없이 고개를 끄덕였다. 유화가 곧바로 이어 물었다.

"오라버니는요?"

정황상 그의 안부를 묻는 것이 아니라 유덕의 존재에 대한 질문이었다. 제가 유화의 옆에 앉아 그녀가 대충 벗어 놓은 버선을 끌어다 놓았다. 유화의 발끝에 이어 발목까지 앙증맞다 싶을 만큼 작은 버선 안에 숨어들었다.

제는 유화의 궁금증을 충족시키면서도 마음이 상하지 않을만한 대답을 신중하게 고민했다.

"집 안을 정리하도록 명하고 경과를 보고 있습니다. 장군님과 동행할 예정이니 안채는 들르지 않을지도 모르겠습니다."

유화는 건성으로 고개를 끄덕였다. 그녀를 먼저 찾는 법도 없고 만나도 전혀 반가워하지 않는 유덕의 곁을 줄기차게 맴도는 건 오랜 습관 같은 일이었지만 오늘은 굳이 그러고 싶지 않았다.

제가 유화의 치맛자락을 가지런하게 정돈해 주었다. 유화가 가뿐하게 자리에서 일어났다. 신을 신고 섬돌에서 댓돌로, 다시 마당으로 폴짝거리며 뛰어내렸다.

사뿐하게 몸을 돌리고 뒷짐을 진 채 퍽 점잖은 표정으로 제의 얼굴을 올려다보았다. 수상쩍게 느껴질 만큼 다정한 목소리로 그를 불렀다. 제가 몸을 일으키며 유화를 따라 마당으로 내려섰다. 속내를 짐작할 수 없는 소녀의 장난기 어린 얼굴을 들여다보았다.

"아버지 말씀대로 숙부님이라고 부르렵니다. 설마 조카아이에게도 존대를 하시겠어요?"

"숙부님이 아니라 할아버지라고 부른다 해도 아가씨가 장군님 따님이라는 사실에는 변함이 없습니다."

제의 대답을 들은 유화의 얼굴이 더욱 불만스러워졌다. 유덕을 대신하겠다고 할 때 이미 오라비 노릇을 자처한 것이나 마찬가지였다.

헤어질 적에는 다정하게 이름까지 불러 주고서 지금에 와서 시치미를 떼고 있는 게 서운했다. 진심이었다기보다는 유화가 우겨서 어쩔 수 없이 동조한 것에 불과하다는 사실은 모르는 척했다. 어떻게 이루어진 것이든 약조는 약조였다.

제가 싱긋 웃으며 손을 내밀었다. 해사한 미소에 소녀의 마음이 녹아내렸다. 오라비 노릇을 해 주겠다는 대답은 들려오지 않았지만 더없는 다정함만큼은 거부할 수 없었다.

마음이 풀리지 않았다는 시늉을 하듯 짧은 한숨을 내쉬며 그 위에 손을 얹었다. 맞닿은 손이 품은 기운은 중결의 것과 퍽 비슷했다.

오라버니의 손도 이러할까.

유화는 잠깐 떠올렸던 생각을 얼른 지웠다. 개경의 저택에만 머무르던 소녀는 이복형제의 존재에 대해 명확하게 알지 못했다. 혼자인 줄 알았다가 손위로 오라비들이 있다는 사실을 알았을 때 무척 반가워했다.

어린 누이를 귀여워해 줄지도 모른다는 기대는 유덕의 냉담한 태도에 산산조각 났다. 굳이 따지고 들자면 다른 형제들은 썩 다정한 편이었으나 유덕이 유별나게 쌀쌀맞았다. 하필이면 가장 자주 찾아오고 유화의 마음에 담긴 이가 그라는 것이 문제였다.

"누이는 이제 가짜 오라비와 함께 진짜 오라비를 마중하러 가자꾸나."

제가 유화의 손을 가볍게 쥐었다. 멍하니 서 있던 유화는 갑작스레 팔이 당겨지는 바람에 하마터면 발이 꼬여 넘어질 뻔했다.

민첩하게 발을 굴러 넘어지는 것은 면했지만 몸이 기우뚱하는 서슬은 제에게 그대로 전해졌다. 그가 깜짝 놀라 유화를 돌아보았다. 그 사실도 깨닫지 못할 정도로 소녀의 마음이 들떴다.

오라버니라고 부르면 다정하게 누이라는 말로 받아 주는 이가 생겼다. 언제부터인지 잘 기억나지는 않지만 꽤 오래도록 그려 보던 장면이 있었다.

상냥한 오라버니가 유화야, 불러 주면 쪼르르 달려가서 따스한 손을 붙잡고 함께 걷는, 몇 번이고 생각하던 일이 긴 시간이 지난 지금에야 현실이 되었다.

"다음에 또 오실 때 날이 좋으면, 한가하시면."

감정이 벅차오른 유화가 띄엄띄엄 늘어놓는 말을 듣던 제가 다 안다는 얼굴을 하고 웃었다.

"고운 누이와 나들이라도 갈까. 유화야, 함께 가겠느냐?"

대답은 들려오지 않았다. 다만 작은 손이 조금 더 힘껏 그의 손을 감아 왔을 뿐이었다.

三.
多情(다정)

소녀는 조심스럽게 사랑 근처를 배회하고 있었다. 섬돌 위에 단정하게 놓인 여러 켤레의 신을 확인하고는 시무룩한 얼굴이 되어 돌아섰다. 벌써 날이 저물었는데도 아직 손님이 돌아가지 않고 있었다. 오늘도 아버지의 얼굴을 볼 수 없을지 모르겠다는 생각이 들었다.

중걸이 딸을 위해 온전히 시간을 내어 줄 수 있었던 건 귀경 직후의 짧은 시간이 고작이었다. 낮 동안에는 조정에 매인 몸이고 밤에는 여러 부류의 손님을 맞이하느라 몹시 바빴다. 어쩌다 일찍 들어오는 날에는 몇 배나 되는 객들이 분주히 오갔다. 아버지가 예전보다 더 중요한 사람이 되었다는 것, 하여 딸의 말상대가 되어 주기에는 몹시 바쁘다는 것 정도는 알고 있었다. 그러나 머리로 이해한 것을 곧바로 마음으로 받아들이기는 몹시 어려웠다.

질질 발을 끌며 돌아가는 유화의 눈에 익숙한 그림자가 띄었다. 짐짓 더 요란하게 신을 끌어 기척을 만들어 낸 뒤 상대와 눈이 마주치자마자 살짝 손짓했다. 건물 뒤편으로 몸을 숨긴 그녀의 곁에 순한 인상을 지닌 소년이 다가왔다. 사람들의 눈은 좀처럼 닿지 않지만 오고 가는 이들의 모습은 제법 잘 보이는 구석진 자리에 나란히 쪼그리고 앉았다.

"여기에는 어쩐 일이야?"
"아버지께서 장군님을 뵈러 가신다기에 졸라서 따라왔어."
"그래?"

중결의 지위는 이미 장군을 넘어선지 오래였다. 그러나 공식 석상을 제외하고는 대개 그를 장군이라 불렀다. 중결이 새 직위를 부담스럽게 여기는데다 뛰어난 무인이라는 그의 정체성을 가장 잘 나타내는 호칭이 장군인 탓이었다. 정유 또한 그 영향으로 중결을 장군님이라 부르고 있었다.

유화도 그러한 점을 알고 있었기에 이상하게 여기지는 않았지만 그가 여기까지 따라온 이유는 잘 알 수 없어 고개를 갸웃했다. 성년에 이르지 못한 소년에게 사랑이라는 어른들의 세계는 허락되지 않았다. 밤에 가까운 늦은 시간, 방 안에는 들어가지도 못하고 마당 구석이나 서성거려야 하는 곳에 굳이 따라올 필요는 없을 터였다.

유화가 고개를 갸웃거리는 것을 본 정유의 얼굴이 살짝 붉어졌다. 날이 어두워 낯빛의 변화를 들키지 않은 것이 다행이었다. 눈치 빠른 소녀가 표정 변화를 보고 짓궂은 질문이라도 던지면 대답할 수도, 무시할 수도 없는 곤란한 상황에 처하게 되었을 것이 분명했다. 정유는 어둠이 본심을 감추어 주리라 믿고 호기롭게 대꾸했다.

"나도 이젠 다 컸어. 곧 어른이라고."
"방에도 못 들어가고 바깥에서 기다리고 있으면서."

유화가 생글거렸다. 정유가 인상을 쓰고 화를 내려 했지만 생각처럼 되지 않았다. 악의 없는 가벼운 놀림에 발끈하는 것도 왠지 속 좁은 행동처럼 여겨졌다. 감정적으로 행하는 대신 논리적으로 스스로의 성숙함을 납득시키기로 했다. 아이라면 절대 알 수 없는, 관심을 두지 않을 사실을 일러 준다면 인정할 수밖에 없을 것이다.

"이번에 임금님이 바뀐 건 알고 있어?"
"그걸 누가 몰라."
"나이가 고작 아홉 살이라더라."
"아홉 살?"

시큰둥하게 대답했던 유화는 정유가 한껏 목소리를 낮추어 속삭이는 말에 눈을 동그랗게 떴다. 저보다 어린 남자아이가 나이 든 대신들을 앞에 놓고 명을 내리는 장면을 떠올렸다. 언뜻 우스꽝스럽다는 생각이 들었다가 이내 안쓰러워졌다. 어쩌다 그런 처지에 놓이게 되었을까. 분명 아버지를 잃은 것일 테지. 어린 나이에 아버지를 잃고 그런 자리에 앉으면 어떤 느낌일까.

"그럼 예전 임금님은 돌아가신 거야?"

"아니, 강화도로 귀양을 가셨대. 세자 저하께서 그 뒤를 이어 임금님이 되신 거라던데."

정유가 대수롭지 않게 말했지만 유화의 눈은 조금 전보다 더 커졌다. 한 나라의 주인인 왕이 쫓겨나서 귀양을 간다는 건 있을 수 없는 일인 것 같았다. 게다가 강화도는 섬이었다. 육지에서 멀지 않다고 해도 배를 타지 않으면 갈 수 없었다. 바다는 변덕스러운데다 심술궂어 기분을 거스르면 거침없이 배를 뒤집어 버리고, 그렇게 되면 여간해서는 살아남을 수 없다고 했다.

"정말?"

유화가 되묻자 정유의 마음이 잔뜩 우쭐해졌다. 둘은 동갑이었지만 이런 것을 알고 있는 그가 훨씬 어른에 가까운 것 같았다. 의기양양한 표정으로 목소리를 한껏 낮추었다.

"이번에 쫓겨난 왕은 예전 임금님의 아들이 아니라 요승의 아들이라는 거야. 왕실의 적통이 아닌데 왕위에 있는 건 잘못된 일이라고 아버지께서 말씀하셨어."

"으응?"

유화가 고개를 외로 꼬았다. 뭔가 말의 앞뒤가 맞지 않는 느낌에 조금 전에 들은 이야기를 곰곰이 되짚었다. 유화가 자신의 말을 이해하지 못한 것으로 생각한 정유가 설명을 덧붙였다.

"자격이 없는 자가 옥좌에서 거짓 주인 노릇을 하게 둘 수는 없는 일이잖아. 장군님께서 군사를 돌려 돌아오신 것도 그 때문이야. 왕이 되어서는 안 되는 사람이었기에 백성을 아끼는 마음이 없었고, 장군님께 무리하게 군사를 일으키게 한 잘못이 가볍지 않다고 했어."

"무슨 말인지는 알겠는데."

유화가 정유의 말을 가로막았다. 마음에 걸리는 부분을 겨우 찾아냈는데, 정유의 말을 계속 듣고 있으면 잊어버릴 것 같았다. 빠르게 자신이 궁금한 점을 입에 올렸다.

"이번 임금님이 세자 저하였다면 귀양 간 임금님의 아들이라는 이야기잖아?"

"그렇지."

"요승의 아들이라 쫓겨난 이의 아들이 어떻게 왕이 될 수 있는 거야? 왕실의 혈통이 아닌 건 마찬가지인데."

"아버지의 스승님이기도 하고 장군님께서도 무척 존경하시는 분이 있대. 그분께서 그리하자고 말씀하셨다던 걸."

정유가 대충 얼버무리듯 대답했다. 종지의 사랑 근처를 맴돌다 우연히 들은 이야기에 지나지 않았다. 아비가 어떤 이와 누구에 대한 이야기를 나눈 것인지는 정확히 알지 못했다. 다만 말끝에 종지가 길게 한숨을 내쉬던 것은 기억하고 있었다. 지금은 세가 약하여 어쩔 수 없이 한 발짝 물러서는 것이라 하였다. 큰 군사를 이끄는 중결이 지나치게 신중하게 굴어 불만스럽다고도 했지만 그 말을 유화에게 전할 수는 없었다.

썩 명쾌하지 않은 답변에 의문이 남았으나 유화는 더 이상 질문을 던지지 않았다. 의미 있는 대답이 돌아올 것 같지도 않았고 들은다 한들 이해할 수 있을지도 알 수 없었다. 질문을 더하는 대신 자신의 어른스러움에 한껏 도취된 소년을 바라보았다. 말도 잘 다루지 못하여 안절부절못하고 있던 아이는 간데없고, 자신만만하게 눈을 반짝이는 소년이 있었다. 그 표정은 정말이지 종지와 한 치도 다름없이 똑같았다.

전날의 일을 되새기던 유화가 시들한 표정이 되었다. 소년은 그것으로 제가 다 컸다는 증명을 한 듯 우쭐해 보였지만 그녀의 생활과 아무런 관계도 없는 이야기엔 별로 관심이 가지 않았다. 길게 기지개를 펴며 중요하지 않은 기억을 몰아냈다.

개경에 돌아오면 좀 덜 심심할 것이라고 생각했던 것은 일종의 착각이었다. 책과 바느질 도구가 있을 뿐, 그녀와 시간을 함께 보내 주는 사람이 없다는 사실은 변함이 없었다. 시큰둥하게 열린 창밖을 내다보았다. 가을의 상징인 햇볕이 내리쬐는 파랗게 고운 하늘 대신 눅눅한 회색 하늘이 펼쳐져 있었다. 며칠간

내리던 빗줄기는 멎었지만 언제 다시 비가 쏟아져도 이상하지 않을 만큼 무겁게 가라앉아 있었다.

유화는 도로 고개를 돌려 제 앞에 놓인 수틀을 들여다보았다. 비슷비슷해 보이는 실꾸리 몇 개를 천 위에 대어 보다 내던지듯 내려놓았다. 바깥 날씨가 흐린 탓인지 가뜩이나 비슷한 느낌의 색실이 전부 칙칙해 보였다. 그렇다고 아무거나 골라잡았다가는 완성품을 보며 두고두고 후회할 게 뻔했다. 바늘을 아무렇게나 쿡 찔러 놓고는 벽에 등을 기대고 앉아 혼잣말을 했다.

"날이 언제쯤 좋아질까."

"고운 누이와 나들이라도 갈까."
"날이 맑아지면 하루쯤 짬을 내어 보마."

때마침 불어 든 서늘한 바람 한 줄기가 귀밑머리를 가볍게 흩날렸다. 다정한 두 사내의 목소리를 귓전에 흘려 넣었다. 그녀의 아비는 물론이고, 급조된 오라비조차 시간을 내기 어려우리라는 점은 이미 알고 있었다. 그래도 두꺼운 구름 대신 맑은 하늘이 시야에 들어오면 약속이 곧 이루어질 것 같은 기대감에 기분이 한결 좋아질 것 같았다. 하지만 요즘 날씨로 보아서는 겨울이 올 때까지 과연 맑은 하늘을 볼 수 있을지 의문스러웠다. 마음이 우울해져 유화가 입을 비쭉거렸다.

날은 흐리지만 비는 오지 않았다. 설령 비가 내린다 한들 무어 그리 대수일까 생각하며 유화가 자리에서 일어났다. 방문을 나서는 순간 몸을 구부정하게 굽히고 발소리를 죽였다. 안마당을 가로지르면서 안방을 힐끔 바라보았다. 빗줄기에 옷이 젖는 것보다 강 씨에게 들키는 것이 더 염려스러웠다.

강 씨는 유화의 행동에 대해 크게 잔소리를 하지 않았다. 그러나 유화는 무덤덤한 강 씨의 표정에 담긴 속내를 읽으려 애쓰고 그녀의 입매라도 굳어지면 제 행동을 돌아보았다. 잘못 배워 조신하지 못한 것 아니냐는 유덕의 나무람이 기억에 남은 탓이었다.

무사히 안마당을 빠져나온 유화가 대문간에 바짝 붙어 섰다. 집 근처 지리는 손바닥만큼이나 훤했다. 조금만 멀어져도 헷갈리는 게 조금 문제였지만 별로 걱정하지 않았다. 방문객들은 유화의 존재를 잘 몰라도, 이 근방에 사는 이들은 쏘다니기 좋아하는 장군님 댁 따님의 얼굴을 알고 있었다. 지나는 누구든 붙잡아 물어보면 집으로 돌아가는 길을 흔쾌히 알려 줄 것이었다.

유화가 막 한 발 내딛는 순간 누군가 어깨를 톡톡 두드렸다. 깜짝 놀라 뒤를 휙 돌아보았다. 낯익은 얼굴을 바라보며 쑥스럽게 웃었다.

"오라버니?"

"마치 사람의 기척을 살피는 조그만 생쥐 같구나. 예서 무얼 하는 게냐."

"나들이라도 갈까 합니다."

"이런 날에?"

제가 눈을 들어 먹구름 가득한 하늘을 바라보았다. 몸 가벼운 소녀의 어깨에 손을 얹고 달래듯 다정하게 말했다.

"자칫 비에 젖은 생쥐라도 되면 병이 들지 않겠느냐. 함께 들어가자꾸나."

"집에만 있는 건 지루하단 말입니다."

"곧 장군님께서 돌아오실 것인데도?"

"정말입니까?"

응석을 섞어 투덜거리던 유화가 눈을 동그랗게 뜨고 되물었다. 날이 하도 흐려 저녁나절 같았지만 분명히 한낮이었다. 이런 시간에 중결이 귀가하는 일은 몹시 드물었다. 제의 고개가 끄덕이는 것을 보고 잠깐 밝아졌던 얼굴이 도로 흐려졌다. 아무리 일찍 돌아오더라도 그녀에게 짬을 내줄 수 없을 터였다. 고개를 푹 숙이고는 발끝으로 땅바닥을 걷어찼다.

"보나마나 손님들과 함께 오시겠지요."

"그래도 네가 집에 있지 않으면 서운해하실 게다."

제가 소맷자락에 슬쩍 손을 넣었다가 유화에게로 내밀었다. 무엇인가 쥔 듯 헐거운 주먹을 보며 유화가 고개를 갸웃했다. 제는 무언의 물음에 대답하는 대신 손을 흔들어 보였다. 오목하게 모은 유화의 두 손바닥 위에 조그만 알밤과 도토리가 굴러들었다. 유화가 고개를 들고는 뽀로통하게 볼을 부풀렸다.

"누가 보면 제가 다람쥐인 줄 알겠습니다."

"그러고 있으니 영락없는 다람쥐로구나."

제가 손가락으로 유화의 볼을 가볍게 누르자 그녀가 고개를 돌렸다. 사실은 즐거웠다. 건네받은 게 조약돌 하나라도 마찬가지였으리라. 멀리서도 누이를 생각해 주는 오라비의 마음은 오래도록 바라 온 것이었다. 그러나 다정해도 짓궂은 데가 있는 청년이 그녀를 놀려 댈지도 모른다고 생각하여 짐짓 토라진 척

했다.

제가 소녀의 머리꼬리를 보며 미소했다. 유화의 손바닥 위에 올려놓은 조그만 열매들은 모친의 기일을 맞이해 고향의 선산에 다녀오던 길에 주워 온 것이었다. 바스락거리는 낙엽 사이에 숨어 있는 모양을 보며 소녀의 또랑또랑한 눈망울을 떠올렸다. 방 안에서 이것저것을 부지런히 꺼내던 모습이 도토리를 주워 모으는 귀여운 들짐승의 모습과 겹쳐 보였던 것이다.

"자, 들어가자."

제가 유화의 등에 손을 얹고 가볍게 힘을 주었다. 유화가 두 손을 꼭 모아 쥔 채로 도로 대문 안으로 발을 들였다. 자박거리는 발소리 위로 산새가 지저귀는 듯 명랑한 소녀의 종알거림이 흩어졌다.

✳   ✳   ✳

"에취."

무심코 커다랗게 재채기를 한 유화가 얼른 손으로 코와 입을 막았다. 열 번까지는 헤아렸지만 이후로는 세는 것도 그만두었다. 저쪽에 앉아 유화의 옷가지와 자질구레한 소품을 정리하는 유모의 시선이 따가웠다.

그 눈길을 피하려 온몸에 둘둘 감고 있는 이불을 더 꼭 끌어안았다. 이불에 온몸을 파묻고 있는데도 한기가 더 심하게 느껴지는 것 같아 얼굴을 찡그렸다.

"아무래도 이상하십니다, 아기씨."

"손이 시리니까 아무것도 하기 싫은 것뿐이야."

"그걸 말씀드리는 게 아니지 않습니까."

엉뚱한 변명을 들은 유모가 하던 일을 멈추고 그녀의 곁으로 다가왔다. 불과 하루 전까지만 해도 추위는 남의 일이라는 듯 쏘다니던 소녀였다. 방구석에 얌전하게 앉아 있다는 사실도 의외인데 계속해서 재채기를 해대는 것이 수상쩍었다. 의심스러운 눈초리로 얼굴을 들여다보자 유화가 더욱 몸을 작게 웅크렸다. 발갛게 상기된 얼굴도, 잔뜩 웅크린 몸도 수상쩍기는 마찬가지였다.

"하던 일해, 하던 일."

"혹시 열이라도 있으신 것 아닙니까."

유화가 얼른 머리를 뒤로 젖혔다. 퍽 날쌔게 움직였는데도 유모의 손에 이마가 짚이는 것은 피하지 못했다. 남의 살갗이 풍기는 서늘한 기운이 추위를 불러들이는 것 같아 오만상을 지었다. 유모가 열감을 털어 내듯 손을 휘저었다.

"어쩐지 부산스레 뛰어다니신다 했습니다. 마치 눈을 처음 보는 어린 강아지만큼 말이지요."

유화가 고개를 저었다. 유달리 힘준 턱짓에서 이미 속내가 훤히 드러났다. 탕약도 의원도 유달리 싫어하는 유화는 어지간하면 참고 넘어가다 병을 키우는 일도 많았다. 아픈 걸 인정할 때는 견딜 수 없을 정도로 심하게 앓을 때뿐이었다. 십 년도 더 되는 오랜 시간 동안 함께 지낸 유모가 그 사실을 모를 리 없었다. 단호해진 유모의 표정을 알아챈 유화가 이불을 걷어치우며 벌떡 일어났다.

"이불 속에 있으니까 따뜻해서 열이 있는 것처럼 느껴지는 거야."

제법 도도한 척 턱을 치켜들었지만 몸에서 이불이 떨어져 나가는 순간 자신의 행동을 후회했다. 옷과 버선이 제법 도톰한데도 한기가 스며들었다. 방문 밖으로 발을 딛는 순간 칼날 같은 바람이 얼굴을 후려치리라는 사실을 짐작했다. 그러나 이불 속으로 도로 기어들어 가는 대신 호기롭게 방문을 열었다. 쓰디쓴 탕약에 대한 공포감은 추위를 이겨 낼 정도였다.

"아기씨."

"안 추워."

유화가 고집스러운 목소리로 대꾸하고는 차가운 신에 발을 넣었다. 발끝이 얼어붙는 느낌을 애써 참으며 아무렇지도 않은 척 방에서 멀어져 갔다.

유모가 나지막하게 한숨을 내쉬었다. 잔병치레가 많지는 않았지만 겨울이면 으레 감기에 시달렸다. 약을 써도, 쓰지 않아도 열흘은 가는 것이 감기라 했다. 억지로 방 안에 가둬 두어도 내일 더 심해지는 것은 마찬가지일 터였다. 오히려 어깃장을 놓듯 바깥을 활보하려 들 게 분명했다. 조금 기다렸다 추위에 손을 들 즈음이 되어 데리러 가면 못 이기는 척 순순히 들어오리라.

날이 어둑해지는 저녁 시간이었다. 마당 구석으로는 눈이 소복하게 쌓여 있었다. 설마 이런 날에도 중결의 귀가가 늦어지지는 아니할 것이라 사랑 앞에 쪼그리고 앉았다. 곱아들 것 같은 손을 불어 대며 주변을 힐끔거리다 아무도 없는 조그만 와방을 눈에 담고는 얼른 그 안으로 들어갔다. 몰래 숨어 있다 중결이 돌아오면 놀라게 할 셈이었다. 섬돌 위에 벗어 놓은 신짝이 그녀의 존재를 여실히 드러낸다는 사실은 까맣게 잊었다.

변변한 세간도 없는 방 가운데에는 덩그러니 깔린 금침이 주인의 귀가를 기다리고 있었다. 유화가 얼른 다가가 베개를 끌어안고 이불 아래에 차가운 발을 파묻었다.

아버지가 머무르는 방이라는 데서 오는 심리적 안정감과 바깥바람을 막아 주는 아늑함이 겹쳐 한결 따스해진 기분이 들었다.

바깥이 조금 소란스러워졌다. 유화가 베개를 안은 채 조심스레 문으로 다가갔다. 중결의 위엄 있는 목소리가 반가워 문에 손을 대는 찰나, 여러 개의 발소리와 함께 다른 목소리들이 섞여들었다.

"아버님의 결단이니 일단 따르는 것이 옳다."

"형님도 그런 무른 소리를 하십니까."

"지금 상황에서 서두를 것이 무어란 말이냐."

"초반에 싹을 자르지 않으면 반드시 후환이 있지 않겠습니까."

"쥐도 물러날 곳이 없으면 고양이에게 덤빈다 했다. 지나치게 숨통을 조이면 오히려 역효과를 불러올 수도 있어. 자네는 어찌 생각하는가."

"어느 쪽 말씀에도 일리가 있으니 쉬이 결정하기 어렵겠습니다."

"우유부단한 사내로군."

유화가 얼른 문에서 손을 떼었다. 낯선 목소리는 하나도 없었다. 광원과 유덕은 서로 의견이 맞지 않았고, 제는 중도적인 입장을 취했다. 유덕은 제의 태도에 대해 불만을 표출했다. 목소리에 불쾌감이 가득했다. 유화는 저도 모르게 주춤주춤 뒷걸음질을 치다 이불에 걸려 풀썩 주저앉았다. 얼른 몸을 작게 움츠리며 숨을 죽였다. 냉랭한 목소리가 귓가에 선연히 울려오다가 가슴에 쿡 박혔다.

"그 나이를 먹도록 어린아이처럼 굴고 있으니 어찌 문제가 아니겠느냐. 그런 식으로 행동하면 아버님의 품위를 의심받게 된다. 여태까지 네가 어떤 교육을 받아 온 것인지 궁금하구나."

아비를 꼭 빼닮은 오라비는 자신에게 늘 완강한 거부 반응을 보였다. 점점 주눅 들던 소녀의 마음은 오라비를 자처하는 이가 나타나자 더 서러워졌다. 남도 그렇게 다정한데 절반이나 같은 피가 흐르는 오라비는 어찌 그리 냉담한 걸까.

유화가 잔뜩 웅크린 채 모로 누웠다. 안고 있던 베개를 더욱 꼭 껴안았다. 날도 춥거니와 혹여 유덕에게라도 들킬까 밖으로 나가는 것은 생각조차 할 수 없었다. 방 안은 훈훈하여 추위를 염려할 필요가 없었다. 오라비들은 모두 개경에서 살림을 꾸려 가고 있으니 오래도록 머무르지 아니할 터였다. 그들이 떠날 즈음이면 이미 밤이 깊겠지만, 중결에게 인사 정도는 건넬 수 있으리라. 환하게 웃으며 가장 사랑하는 딸이라 속삭여 주겠지. 기대에 마음이 부풀었다.

"아버님께 드릴 말씀이 있습니다."

긴 이야기의 끝에 광원이 머뭇거리듯 입을 떼었다. 유덕과 제가 거의 동시에 자리에서 일어났다. 공손하게 인사를 차리고는 문을 나섰다. 여기저기에서 일렁이는 횃불도 어둠을 약간 밀어내는 것이 고작인 늦은 밤이었다. 막 대청을 내려서던 제의 눈에 섬돌 구석에 가지런히 놓인 작은 신발 한 켤레가 보였다. 뒤를 흘끗 바라보있다. 유덕은 대청마루에 서서 구름이 빠르게 흘러가는 하늘을 바라보고 있었다. 그가 자신의 행동에 별 관심을 갖지 않는 것을 확인하고는 천천히 맞은편 방문으로 다가갔다. 목소리를 낮추어 바깥으로 난 문에 대고 작게 속삭였다.

"유화야."

아무 대답도 돌아오지 않았다. 다시 유덕을 힐끔거리던 제는 문득, 유덕의 눈치를 살피는 자신에 대해 의문을 품었다. 유덕의 눈 밖에 날 것을 염려하던 소녀의 근심이 그에게 옮아온 것일까. 제가 부정하듯 과감하게 문을 잡아당겼다. 사랑스럽기만 한 소녀. 사소한 것을 트집 잡는 자를 신경 쓰느라 누이를 아끼는 마음 표하지 못한다면 그 얼마나 어리석은 일인가.

작은 불빛 하나 없는 방은 바깥보다도 더 어두웠다. 그래도 한가운데에 반쯤 엎드린 형체는 어렵지 않게 알아볼 수 있었다. 주인이 없는 작은 방 안으로 객이 들어가는 모습을 발견한 유덕이 한쪽 눈썹을 추켜세웠다.

제가 잠든 소녀의 품에서 베개를 빼어 반듯하게 놓고 소녀를 안아 눕혔다. 퍽 뜨거운 체온과 이불을 뒤집어쓰다시피 한 모습

사이에서 혼란이 왔다. 자신은 건강한 체질인데다 병구완 따위도 해 본 적 없어 어찌해야 할지 잘 알 수 없었다. 이불을 잘 펼쳐 덮어 놓은 채 이후의 행동을 고민했다.

그의 뒤쪽에서 문이 열리는 소리가 났다. 찬바람이 밀려들었다.

"문은 닫아 두는 게 좋겠네."

그의 정체를 확신한 듯 뒤도 돌아보지 않는 제를 보던 유덕이 피식 웃었다. 조용히 문을 닫고 그의 곁으로 가 섰다. 제가 몸을 옆으로 움직여 자리를 비워 주자 마지못한 듯 앉아 조소 담긴 목소리를 냈다.

"조심성도 없고 삼가는 것도 모르는 계집아이라니 큰일이군."

"숙녀의 품성을 논하려면 아직 한참이나 남았네."

"공녀를 보낼 적이라면 벌써 혼인을 했어도 늦지 않은 나이일세."

"그 시절은 이미 지난 지 오래일세. 자네도 그때를 제대로 겪어 본 것은 아니지 않나. 의외로 고리타분한 데가 있군."

"세상이 바뀌어도 지켜야 하는 미덕이 있지."

"다른 누이들에게는 이리 매정하게 대하지 않는 것으로 아네."

"사사로운 일을 함부로 논하지 말 것을 말한 바 있지 않은가."

"누구라도 자네의 태도를 괴이하게 여길 걸세."

제는 더 부연하지 않았다. 유덕은 당연히 생략된 이후의 이야기를 알아채지 못할 만큼 둔하지 않았다. 든든한 아비의 후광을 등에 업고 장성해 갈 사내아이들을 경계하는 것이 아니라, 아무런 위해도 가하지 못할 어린 계집아이에 대한 과한 반응을 납득하지 못함을 드러내고 있었다.

유덕이 유화의 얼굴을 내려다보았다. 어둠에 눈이 익어 이목구비가 선명하게 보였다. 온전히 부친을 닮아 있기만 해도 마음을 다스리는 데 어려움을 겪지는 않을 것이다. 머뭇거리던 유덕의 손끝이 소녀의 이마를 스쳤다. 걱정스러울 만큼 강한 열기가 느껴지는 까닭은 그가 제법 긴 시간 동안 찬바람을 쐬고 있었기 때문이리라 생각했다.

유화가 끙끙거리며 뒤척이는 모습에 안쓰러움이 일어났다. 말없이 이마를 쓸어 내는 유덕의 손길도 표정도 퍽 온화했다. 그러나 바깥에서 새로운 목소리가 들려오자 평화는 순식간에 조각났다.

"다른 곳에는 계시지 아니하십니다."

"나가지 못하게 막았어야 하지 않겠나. 어린아이에게 이렇듯 휘둘리면 곤란하네."

"송구하옵니다."

얼굴이 굳어진 유덕이 서둘러 유화의 이마에서 손을 뗐다. 꼭 잘못을 들켜 자리를 피하는 것처럼 떨치고 일어났다. 난데없이 들이닥친 한파보다도 더 서늘한 표정으로 성큼성큼 발을 디뎠다. 문을 열자마자 강 씨와 눈이 마주쳤다.

"어린아이를 보살펴 주어 고맙네."

"반년이 흐르도록 한결같으니 심려가 크시겠습니다, 어머니."

"아직 때가 되지 아니했을 뿐이야."

"모든 일에는 때가 있는 법이지요. 그때를 놓치면 곤란합니다."

빈정거림을 너그러이 웃어넘기는 강 씨의 태도가 마음에 들지 않는 모양이었다. 유덕의 얼굴에 언짢은 기색이 덧붙었다. 지극히 공손하게 인사했으나 그 몸짓은 가식에 지나지 않음을 증명하듯 바람소리가 나도록 몸을 돌렸다. 묵직한 발소리가 멀어져 갔다.

문 사이로 잠든 유화를 안아 든 청년이 모습을 드러냈다. 큰방의 이야기도 마무리되었는지 중결도 대청으로 걸어 나왔다. 사랑스러운 딸의 모습을 발견하고는 빙긋 웃으며 팔을 벌렸다. 제법 묵직하게 실리는 무게에 세월의 흐름을 새삼 실감했다. 허리에도 미치지 못하는 작은 아이가 그의 품으로 뛰어들던 날이 아스라하게 멀어진 느낌이었다. 사랑스러운 것은 여전하지만 그 적보다 훌쩍 커 버린 딸의 모습에 묘한 서운함이 밀려들었다.

"나를 기다린 것이로구나."

중결이 유화를 향해 다정하게 속삭였다. 잠결에 중결의 목을 끌어안은 유화가 뜻 없는 말을 웅얼거렸다. 피부로 전하는 열기를 느끼며 강 씨와 걱정스러운 눈빛을 교환하고는 안채로 향하던 중결이 문득 걸음을 멈추었다. 정중하게 서 있는 청년을 향해 인사를 건넸다.

"자네에게 폐를 끼친 것 같군. 유화가 오라비처럼 따르고 있으니 이해해 주게."

제가 고개를 조아렸다. 인사를 마치고 눈을 들자 유덕의 뒷모습이 내려다보였다. 광원이 유덕에게 다가가 어깨에 손을 얹었다.

"아무 말씀 마십시오, 형님."

유덕의 강한 어조를 듣자 불현듯 제의 뇌리에 반년 전 쯤 들었던 말이 스쳐 갔다.

"유덕이 화를 내는 대상은 유화가 아니라네. 아마도 나겠지."

＊　　　　＊　　　　＊

겨울의 복판에 있을 적에는 혹한이 언제까지고 머무를 것 같았으나 시간은 정해진 절기를 잊지 않았다. 훈풍이 불어와 얼음을 녹이고 엷은 빗줄기가 메마른 땅바닥에 촉촉이 젖어들자 연둣빛 새순이 고개를 내밀었다. 꽃을 시샘하는 매서운 추위가 한바탕 몰아치고 난 뒤 따스한 날씨가 이어졌다. 완연한 봄이었다.

"금일이 오기를 반년이나 기다렸습니다, 오라버니."

"미안하구나."

"잊지 않으신 걸로 만족하렵니다."

샐쭉하던 목소리는 진심을 담은 말 한 마디에 바로 상냥해졌다.

짧지 않은 겨울 내내 제는 자주 이 집 대문을 드나들었다. 대개는 광원이나 유덕과 동행하였으나 가끔 중결의 뒤를 따르거나 홀로 호젓하게 나타나는 날도 있었다. 중요한 일을 의논한 날에는 돌아가는 걸음도 바빴으나 여유롭게 한담을 나눈 날은 걸음 걸이부터 달랐다. 제가 유화의 방문 앞에 홀연히 나타날 때도, 그녀가 사랑을 나서는 그의 소맷자락을 붙잡아 끌 때도 있었다.

둘이 마주 앉게 되면 유화는 환한 얼굴로 명랑하게 재잘거렸다. 제는 티 없이 맑은 얼굴을 보며 자신의 자리에 유덕이 앉아 있는 모습을 그려 보곤 했다. 어느 겨울날, 와방에 누워 유화의 이마에 손을 얹던 유덕의 얼굴에는 분명 애정이 깃들어 있었다. 그러나 당사자가 감추는 감정을 타인이 들추어 낼 수는 없어 그 일은 제만 기억하는 비밀처럼 남았다.

여하간 그는 퍽 자주 모습을 드러냈지만 '날이 좋은' 적은 없었다. 지난겨울은 유난히 춥고 눈도 많이 내렸다. 발이 푹푹 빠지는 눈길을 걷는 건 나들이가 아니라 고행길이 될 터였다. 혹시 사고라도 생길까 조심스러운 마음도 컸다. 결국 가을에 약조한 나들이는 봄이 그늘 아래의 눈을 완전히 녹이고도 꽤 여러 날이 지난 뒤에야 성사되었다.

대문 앞에 선 사람은 둘이었으나 말은 한 필이었다. 교외로 걸어갈 수는 없어 말을 준비하였으나 소녀를 혼자 태워도 좋을지 확신할 수 없는 탓이었다. 조금씩 그의 앞에서 점잔을 빼기 시작한 유화는 저도 다 자란 숙녀라고 주장하고 싶은 기색이 역력했으나, 다 자란 지 오래인 청년의 눈에는 걱정할 것 많은 소녀였다.

유화는 느릿하게 걷는 말 위에서 흔들거리며 따스한 봄기운을 만끽했다. 집 근처를 벗어나 번화가에 접어들자 마음이 들떴다. 집 근처나 돌아다닐 적에는 볼 수 없었던 수많은 사람들을 신기하게 바라보았다. 저 아래로 내려다보이는 이들의 입성이 그녀와 확연히 다른 초라함을, 그들을 경계하듯 힐끔거린다는 사실을 깨닫지 못했다. 왁자하게 뒤섞여 들리는 목소리에 드리운 그늘도 알 수 없었다. 귀한 화초처럼 곱게 자란 눈썰미 없는 소녀가 누구의 도움도 없이 사실을 알아채기를 기대하는 것은 무리였다.

주변을 둘러싼 풍경이 달라졌다. 한층 넓어진 대로, 좌우로 늘어선 위용 있는 건물, 지나다니는 사람들의 차림까지도 달라졌다. 유화는 그러한 변화를 깨닫지는 못했지만 주변을 둘러싼 공기의 분위기가 미묘하게 달라진 것만큼은 감지해 낼 수 있었다. 아마 동행인의 존재로 인해 촉발된 변화인 탓이리라.

나이가 제법 든 대신과 젊은 무관, 선비처럼 단정하게 차린 사람과 주먹깨나 쓸 것 같은 한량처럼 보이는 이까지. 좀처럼 공통점을 찾을 수 없는 자들이 그와 시선을 맞추었다. 거짓말을 조금 보태어 한 발짝 디딜 때마다 아는 사람과 인사를 나누는 것처럼 보였다. 그가 그녀에게 온전히 관심을 기울일 수 없는 것은 당연한 일이었다.

제와 인사를 나눈 이들의 눈길은 대부분 유화에게로 곧장 향했다. 어리둥절한 표정으로 살짝 묵례하는 소녀에게 오래 눈길을 주지는 않았다. 대개는 담담하고 무심한 눈빛으로 가벼운 인사를 건넨 뒤 갈 길을 갔으나, 간혹 호기심을 감추지 못하고 물어오는 자들이 있었다.

"누이가 있다는 말은 듣지 못하였는데?"

제는 말없이 싱긋 웃어 보이는 것으로 애매하게 대답을 피했다. 더 이상 누군가와 인사를 나눌 필요가 없어질 정도로 인적이 드문 곳에 닿자 유화가 한참 동안이나 꼭 다물고 있던 입을 열었다.

"오라버니라 부르면 아니 될 모양입니다."

"어찌 그런 말을 하느냐."

"누이냐 묻는 말에 대답하지 않으셨잖습니까."

"내게 누이가 없음은 다들 아는 사실이다. 그렇다고 네가 장군님의 따님이라고 말하기에는……."

제가 말끝을 흐렸다. 그가 아는 유화는 퍽 활달한 소녀였다. 저택 근처에 사는 이들은 참새처럼 가볍고 분주하게 드나드는 어린 아기씨, 장군님의 막내딸에 대해 잘 알고 있었다. 그러나 그 근방을 벗어나면 사정이 달라졌다.

중결의 아들들이 모두 훌륭한 무인이라는 사실은 모두의 부러움을 샀다. 그중 문무를 겸비한 유덕은 중결의 존재와 상관없이 사람들의 이목을 끌었다. 장가도 들기 전에 아깝게 요절한 한 씨의 막내아들과 혼기에 접어든 자매, 심지어는 일고여덟 살먹은 강 씨의 어린 아들들도 사람들의 입에 오르내렸다. 그러나 유화만큼은 예외였다. 마치 있지도 아니하는 것처럼 존재감이 몹시 흐렸다.

이유는 잘 알 수 없었다. 워낙 사랑하는 딸이니 남의 눈을 피해 숨기듯 키우는 중일지도 모른다. 도피 끝에 귀경하였던 날, 중결이 유화를 향해 '웬 사내에게 오라비라고 부르느냐' 묻던 목소리에서 희미한 경계심이 느껴졌다면 지나친 비약일까. 유덕이 유화를 못마땅하게 여긴다는 사실이 영향을 미쳤을 지도 모를 일이었다. 알아도 모르는 척, 모르면 모르는 대로 사람들에게서 잊히고 있는 것 같았다.

제가 잠시 고민하는 사이에 유화가 고개를 가로저었다.

"그건 저도 싫으니 됐습니다."

유화는 강 씨가 혼인하고도 몇 년 만에 낳은 딸이었다. 그 후로 다시 아들들을 낳기까지 제법 시일이 흘렀으니, 그간 금지옥엽으로 귀히 자랐어야 마땅했다.

그러나 강 씨는 아이를 지나치게 아끼면 귀신의 시샘을 받는다는 속설을 신경 쓴 탓인지 소박하게 키웠다. 손발에 흙을 잔뜩 묻힌 어린아이가 마당을 활보하는 모습을 본 이들은 유화가 유모의 딸이라고 지레짐작했다. 제 분수를 모른다며 못마땅한 눈초리로 바라보다 강 씨의 딸임을 알고 난 뒤에는 태도를 바꾸곤 했다.

유화에게는 전혀 유쾌하지 않은 기억이었다. 그래서 사람들 앞에 좀처럼 모습을 드러내는 법도 없었고, 그녀의 존재를 남들이 모르는 것에 대해서도 불쾌하게 생각하지 않았다. 진심도 아닌 불편한 대접과 자유로이 드나들 기회를 맞바꾸었다고 생각하면 마음 편했다.

말과 사람의 여유로운 발소리만 남는 길 위에 유화의 목소리가 새로 얹혔다.

"저는 오라버니께 누이가 있는 줄 알았습니다."

자상하게 마음을 읽어 주는 청년은 종종 짓궂게 굴기도 했다. 어느 쪽이든 도를 지나쳐 불쾌감 주는 법 없이 웃음으로 화답할 수 있는 선에서 마무리되었다. '진짜' 누이가 있기 때문이라 생각하던 유화에게는 다소 의외였다.

"동기간이 없는 외아들이지."

"부모님과 사이가 각별하시겠습니다."

"그러하였으나 지금은 혈혈단신이로구나."

유화는 괜한 질문을 했다고 생각하며 입을 다물었다. 평온한 목소리를 들려준 그의 뒷모습이 쓸쓸해 보인다고 생각했다. 그러나 위로할 말 같은 건 찾을 수 없었다. 잠깐의 시간이 흐른 뒤 경쾌한 어조로 화제를 바꾸었다.

"오라버니께서 발짝마다 인사를 나누시는 바람에 제대로 풍광도 즐기지 못하고 도로 들어가게 될까 봐 염려했습니다."

"오늘따라 아는 얼굴이 유난히 많더구나. 답청이라도 가는 모양이지."

"다들 그리 여유로워서야 어찌 세상이 제대로 돌아간단 말입니까."

"어찌 매일같이 일만 하겠느냐. 나만 하더라도 이렇게 너를 데리고 노닐고 있지 않으냐."

"오라버니는 늘 여유로우시지 않습니까."

"국록을 받는 몸이 어찌 한가로울까. 쪼개고 쪼개어 내어 주는 시간이거늘."

"그러하십니까."

유화가 발을 쭉 뻗어 흔들거렸다. 발끝에 옷자락이 스치는 것을 느낀 제가 걸음을 멈추었다. 그와 시선이 맞닿은 유화가 장난꾸러기 같은 표정을 지었다. 그의 말을 믿을 수 없다는 듯 살랑거리며 고개를 저었다.

짐짓 엄격한 척하고 있던 제의 표정이 온화하게 풀어졌다. 유화가 팔을 내밀며 몸을 앞으로 기울였다. 말에서 내려 달라는 신호로 읽은 제가 고삐를 놓고 유화를 가볍게 안았다. 소녀를 땅에 내려놓으려고 몸을 살짝 구부렸지만 유화는 얼른 그의 목에 매달렸다.

"매정하고 관심 둘 곳 많은 사내보다 더 나은 오라비가 되어 주겠다 하지 않으셨습니까. 한데 조금 전까지 오라버니가 그런 사내였단 말입니다."

지난여름에 건넨 말을 아직도 또렷하게 기억하여 그대로 읊어 내는 유화의 기억력에 제가 웃음을 터뜨렸다. 소녀를 놀리듯 말을 건넸다.

"그적에 비해 지금 더 무거워진 건 알고 있느냐."

유화가 코웃음을 쳤다. 어떤 말에도 굴하지 않겠다는 듯 팔에 더 힘을 주었다. 제의 귓가에 산들거리는 봄바람 같은 목소리가 들려왔다.

"아버지께서는 똑같이 이리 안아 주시어도 힘들단 말씀 안 하시는데 오라버니께서는 벌써 힘에 부치십니까?"

나긋한 어조에 딱히 그를 도발하려는 의도가 있는 것 같지는 않았다. 그러나 묘하게 호승심을 자극했다. 한창 때의 사내가 되어, 호시절을 지나 보낸 지 오래인 자와 비교당하여 아래 취급을 받는 것은 내키지 않았다. 설령 말을 꺼낸 이가 한 줌이나 될까 싶게 가느다란 소녀이고, 비교 대상이 가장 존경하는 장군님이라 하여도.

제는 유화를 안은 자세를 고쳐 한 팔로 안은 뒤 남은 손을 뻗어 고삐를 쥐었다. 그대로 놓아두어도 순순히 그의 뒤를 따를 말이었으나, 소녀를 한 팔로 안아 들어도 거뜬하다는 사실을 보여 줄 셈이었다.

유화가 그의 목을 안은 채로 웃었다. 지나온 풍경이 점점 멀어지는 것을 보며 유덕의 팔에 안기던 언니와 동생들을 부러워하던 그날을 떠올렸다. 고개를 숙이자 가볍게 펄럭이는 옷자락이 보였다. 바삭하게 마른 땅에는 발자취조차 남지 않음에도 불구하고 의연하게 내딛는 그 발걸음의 흔적이 유화의 눈에 선명하게 그려졌다.

가지마다 조그만 꽃송이를 매단 나무 아래에 자리를 잡았다. 벌판을 진하게 물들인 봄빛이 고왔다. 한껏 물오른 가지 끝에서 망울을 터뜨린 하얀 꽃송이와 바닥에 돋아나기 시작한 연초록 새싹이 몹시 잘 어울렸다. 불과 며칠 전만 해도 황량한 벌판이었을 모습을 그려 내는 것이 쉽지 않을 정도였다.

청년이 내내 안장 뒤편에서 흔들거렸던 작은 꾸러미의 매듭을 풀었다. 고리버들로 만든 반합 안에는 소녀의 취향에 맞추었을 간단한 음식이 빼곡하게 담겨 있었다. 유화가 젓가락 한 벌을 그에게 건네었다. 반합에 들어갔다 나온 젓가락이 도로 그녀에게 향했다. 망설이는 것도 잠시, 유화가 만족스러운 눈웃음을 보내며 오물거렸다.

지금 순간을 한껏 만끽하는 모습을 바라보던 제가 자신의 어린 시절을 돌이켰다. 동기간이 없는 하나 뿐인 외아들은 사교적인 성격이 못 되었고, 귀히 대접받은 만큼 어른의 반열에 일찍

이 합류했다.

군이 남들과 어울리지 않아도 글을 읽고 무술을 익히는 것만으로도 하루가 짧았다. 지금껏 끼니를 꼬박꼬박 챙길 만큼 마음이 여유롭지 못했고 한가로이 나들이를 나올 정도로 느슨하게 지냈던 적도 없었다.

그러니 지금은 그의 생을 통틀어 예외적인 순간이었다. 철없는 소녀와의 나들이는 시간을 무의미하게 흘려보내는 것에 지나지 않을 터였다. 존경하는 장군님의 딸이라는 데 의미를 부여할 정도로 연줄 따위에 연연하지도 않았다.

자신의 손바닥 안에 쏙 들어오던 작고 가느다란 손의 감촉이 떠올랐다. 글자로 치면 한 획씩 꼭꼭 눌러 긋는 것처럼 신중하고, 기대감에 찬 듯 마디마디 끊어지던 목소리가 생각났다.

"다음에 또 오실 때 날이 좋으면, 한가하시면."

그날의 간절함이 그를 움직인 모양이었다. 그러나 풀리지 않는 의문이 있었다. 유화가 별다른 의미를 둘 수도 없을 잠깐의 나들이를 그토록 원한 까닭을 알 수 없었다. 상대에 대해 알지 못하면 직접 묻는 것이 가장 정확하기에 입을 열었다.

"나들이를 나오면 무엇을 하고 싶었느냐?"

"무엇을 더 해야 합니까?"

유화가 어리둥절하게 되물었다. 말에 오른 그녀에게 너른 등을 빌려주고, 앞에 앉아 다정하게 관심을 기울여 주고 있었다. 주인댁 아기씨의 비위를 맞추고 행동을 보살펴 주어야 할 의무가 있는 사람들과 달리 진정 아끼는 마음으로 대해 주었다. 그 이상은 바라지도 않고 생각도 해 본 적 없었다.

"저는 지금 이것으로 족합니다."

유화는 들려오지 않는 대답을 오래 기다리지 않고 말을 맺었다. 제가 고개를 끄덕였다. 누군가가 그를 필요로 한다. 그 또한 그것으로 족했다.

그릇의 절반도 비우지 못한 채 식사가 끝났다. 유화는 날아갈 준비를 마친 나비처럼 가벼이 걸음을 떼었다. 그 뒤로 제의 목소리가 날아들자 몸을 반쯤 돌리고 그를 바라보았다.

"아까 나와 인사를 나눈 이들 중에는 장군님 댁에 간혹 드나드는 자도 있다. 그런데 그들은 어찌 너를 알아보지 못하였을까?"

"저는 알지 못하는 사람의 눈에 띄는 것을 좋아하지 않습니다."

"더 어릴 적에도 그러하였을까?"

"글쎄요."

그녀를 못마땅하게 바라보던 방문자들에 대한 것보다 이전의 기억은 별로 남아 있지 않았다. 가끔 나타나서 번쩍 들어 올려 주던 아버지, 객을 맞이하느라 분주하던 어머니, 남몰래 빠져나가 활보하던 거리, 소꿉질하듯 쪼그리고 앉아 놀던 그늘진 우물가. 산산이 깨어져 흩어진 화병 조각을 주워 들 듯 단편적으로 남아 있는 장면은 있었으나, 그것들이 모여 하나의 이야기를 이루어 내지는 못했다.

아무것도 떠올려 내지 못하는 게 분명한 유화의 표정을 보며 제가 약간의 아쉬움을 감추었다. 표주박 위에 연보랏빛 꽃송이를 소복하게 띄우던 귀여운 아이, 조그만 입술로 자기 행동의 의미를 또렷하게 설명하던 야무진 아이에 대해 말해 주고 싶었다.

그러나 지난해 다시 만났을 때 그러하였듯 그적의 일은 생각나지 않는 모양이었다. 기억하지 못하는 어릴 적의 이야기를 생판 남인 자에게서 듣는 것을 과연 얼마나 즐거워할지 알 수 없어 화제를 돌렸다.

"일전에 너를 사랑에서 본 일이 있는 것 같은 생각이 드는구나."

"정말입니까?"

유화가 미간을 좁히며 눈동자를 굴렸다. 사랑을 자주 기웃거리는 건 사실이었지만 낯선 손님이 오는 낌새가 있으면 눈에 띄지 않도록 숨어들었다.

아버지의 사랑에서 만난 이들은 숙부와 오라비, 중결과 지극히 친밀한 몇몇 학자가 전부였다. 시골로 피신하기 전에 제를 만난 기억은 없었다. 귀경 후에는 중결을 찾아왔다 돌아가려는 그의 소매를 잡아끌기도 했지만 사랑채를 벗어난 뒤의 일이었다.

제가 미소했다. 겨울날의 소녀는 작은 방 안에서 잠들어 있었고 중결의 품에 안겨 줄 때까지도 깨어나지 않았다. 기억이 남아 있으면 그게 더 이상한 일이었다. 어릴 적의 일에 이어 잠들었을 때의 일을 묻고 있으니 대답을 들을 수 없는 질문만 골라서 하고 있었다.

"내가 착각한 모양이구나. 하면 동북으로 피하던 날에 나를 본 것은?"

"오라버니께서 함께 오신 줄 몰랐는걸요."

유화가 도리질했다. 철현의 작은 집에서도 알지 못하는 누군가가 찾아온다고 하면 방 안에 숨거나 멀찌감치 줄행랑을 쳤다. 제를 만났던 날에는 유덕이 왔다는 사실에 반가워 한달음에 달려가느라 그를 미처 발견하지 못했다. 이전까지의 유덕은 대개 혼자 오거나 형제들과 동행하였지, 그 외의 사람을 대동한 적이 거의 없었다.

"그날의 일이 네게 어찌 다행이 아니랴."

"이렇게 고운 누이를 얻게 되셨으니 오라버니의 홍복이십니다."

유화는 장난기 가득한 목소리로 해사하게 웃으며 대꾸했다. 다시 몸을 돌리고 봄바람에 나부끼듯 가벼운 걸음걸이로 그에게서 멀어져 갔다.

똑같은 봄바람이 불어와도 담장 안에서 서성일 때와 너른 벌판을 내달릴 때의 느낌은 사뭇 달랐다. 이 꽃 저 꽃을 찾아다니는 봉접처럼 부지런하게 돌아다니던 유화가 다시 나무 그늘로 돌아왔을 때, 제는 나무에 기댄 채 눈을 감고 있었다. 유화가 가까이 다가가 작게 불러 보았지만 미동도 없었다.

"잠드셨나."

혼자 결론을 내린 유화가 고개를 끄덕였다. 겨울이라는 게 대체 무엇이냐 묻는 것처럼 따스한 날이 찾아들었지만 어깨를 잔뜩 움츠리고 있어야 했던 날들이 오래지 않았다. 그동안 쌓여 온 피로감이 몰려온 것이겠거니 짐작하면서 쪼그리고 앉아 그의 모습을 바라보았다.

긴 속눈썹이 가볍게 흔들거렸다. 꽃송이들이 만들어 낸 그늘이 아니라면 눈 아래쪽에 그 그림자가 드리웠으리라. 곧게 뻗은 콧날을 지나 늘 따스한 미소를 품고 있는 입술 위에 잠시 머물렀다. 매끄러운 얼굴 윤곽을 그리며 올라가 반듯한 이마 아래의 눈으로 되돌아오는 과정을 몇 번이나 반복하며 한참 동안 그를 바라보았다.

미풍에 흩날린 꽃잎 몇 장이 그들 주변을 맴돌다 바닥에 내려앉았다. 그중 하나가 그의 입술 위에 머물렀다. 유화가 손을 뻗어 보았으나 손끝에 숨결이 닿자 도로 손을 움츠렸다. 손끝을 기어올라 심장을 살짝 떨어뜨리는 것 같은 기묘한 느낌에 손가락을 치맛자락에 문질렀다.

피곤하실 텐데 방해하면 싫어하시겠지.

낯선 두근거림을 상대에 대한 배려에서 기인한 것으로 이해했다. 곤히 잠든 이를 깨우는 죄책감, 혹은 귀찮아하는 기색을 볼까 염려스러워하는 마음으로 해석했다. 그래도 생경한 감각은 좀처럼 가시지 않았다.

유화가 자세를 바꾸어 몸을 돌리며 뒤로 물러났다. 바닥에 돋아난 손톱보다도 작은 풀꽃을 모아 아주 조그만 꽃다발이라도 만들어 볼 참이었다.

막 일어서려던 찰나, 유화의 손목이 잡아당겨졌다. 유화가 고

105

개를 돌리자 눈을 가늘게 뜬 청년이 엷은 미소를 짓고 있었다. 다시 한 번 가슴에 가벼운 울림이 일었다.

"주무시고 계시지 않았습니까?"

"다람쥐가 부스럭대고 있는데 어찌 잠을 자겠느냐."

유화가 입술에 힘을 주었다. 애정 어린 표현이라 할지라도 썩 마음에 들지 않았다. 조그만 들짐승에 비유한다는 건 그녀를 어린아이로 보고 있다는 뜻이었으니까. 다정한 오라비에게 어리광을 부리는 철부지 소녀 같은 행동과 아이처럼 보이고 싶지는 않은 마음 사이의 모순을 깨닫지 못했다. 제가 미소하며 덧붙였다.

"네가 기척을 숨기는 게 서툰 탓이다. 내 일전에도 이야기하였지만……."

"글줄 읽는 것만 아니라면 유덕 오라버니보다 낫다는 그 말씀 말이옵니까?"

"믿지 않아도 관계없다. 그러나 소중한 누이를 데려와 한가로이 잠이나 청하는 사내로 봄은 부당하지."

말을 잡아챈 유화가 믿지 못하겠다는 듯 살랑거리며 고개를 저어 보였지만 소중한 누이라는 말에 마음이 간질거렸다. 사실 그가 정말로 유덕보다 나은가는 이미 관심 밖의 일이었다. 도무지 마음을 열어 줄 기미가 없는 이보다 늘 다정한 이가 좋은 건 당연한 일이었다.

그 탓에 너무 아이 취급을 하지 않았으면, 자꾸 놀리지는 말았으면 하는 바람이 늘어 가고 있었다.

유화가 얼른 고개를 돌렸다. 잡힌 손목을 잡아 빼며 힐끗 내려다보았다. 손자국 따위는 남아 있지 않은데도 손가락의 감촉이 남아 있는 느낌이었다. 아무렇지 않은 척 가볍게 발을 디디자 엷은 바람이 함께 울렁거렸다. 봄을 맞이한 소녀의 마음이 그만 설레었다.

四.
自覺(자각)

대문간에서 광원의 모습을 발견한 유화가 쪼르르 달려갔다. 다른 동행자가 있었으면 하지 못했을 행동이었다. 광원은 몇 발짝 앞에 멈추어 나붓이 절하는 소녀의 모습을 흐뭇하게 바라보다 손을 잡았다. 유화가 활짝 웃었다. 나란히 서서 걸음을 함께한 둘은 사랑 앞에 멈추어 섰다.

"유덕과 함께 오지 않아 서운하냐?"

"아닙니다."

유화가 얌전하게 고개를 저었다. 예전부터 지금까지 줄곧, 가장 좋아하는 오라비가 유덕이라는 사실에는 변함이 없었다. 그렇다고 광원과의 사이가 서먹서먹한 것도 아니었다. 다만 광원의 나이가 강 씨와 비슷할 정도로 터울이 크다 보니 허물없이 대하기에 어려운 느낌이 들 뿐이었다.

생긋 웃는 유화를 보던 광원의 얼굴에도 미소가 번졌다. 그는 중걸이 강 씨를 맞아들이기 전 이미 김 씨 성을 지닌 여인과 혼인을 한 상태였지만 그녀에게서는 아이를 얻지 못했다. 명랑하고 붙임성 있는 유화를 볼 때마다 그들 사이에도 이러한 딸이 있다면 좋았으리라는 생각에 괜히 눈길이 애틋해지곤 했다.

그러나 평소에는 동행하는 유덕을 의식하느라 유화에게 마음을 온전히 내비치지 못했다. 다혈질에 가까운 아우가 어린 여동생에게 더욱 냉담하게 굴 것을 아는 까닭이기도 했다. 하여 광원의 다정함이란, 한파가 몰아치는 한겨울에 창호지 틈으로 비쳐 드는 햇살만큼이나 미약한 것이었다.

"한데 어찌 혼자 오셨습니까?"

"아이가 위독하다 하디구나."

"이번에도 그러합니까?"

광원이 굳어진 얼굴로 무겁게 고개를 끄덕였다. 유화의 손이 그에게서 미끄러지듯 빠져나갔다. 입술만 몇 번 달싹이다 끝내 소리를 내지 못하고는 고개를 숙여 보이며 뒷걸음질로 몇 발짝 물러났다. 광원은 어린 누이가 도망치듯 사라지는 모습을 물끄러미 바라보았다.

방 안으로 돌아온 유화는 낮은 장 앞에 앉았다. 서랍 끄트머리에 닿은 손끝이 파르르 떨렸다.

손에 힘이 제대로 들어가지 않아 몇 번이나 헛손질을 한 끝에야 겨우 열 수 있었다. 작은 서랍 안에는 하얀 천 조각저럼 보이는 것이 얇게 개켜져 있었다.

"무얼 하십니까, 아기씨."

유모는 방에 들어온 유화가 서랍을 열고는 말도 없이 멍하니 앉아 있는 모습을 의아하게 바라보았다. 질문에 대답할 생각도 없는 것 같은 아기씨의 곁에 다가왔다가 서랍 안을 보더니 혀를 쯧쯧 차며 고개를 흔들었다.

"누가 보면 아기씨가 회임한 줄 알겠습니다. 대체……."

"오라버니네 아기가 아프대."

"그래서요?"

"그래서라니? 만약 이번에 또 그러면 벌써 두 번째야. 얼마나 마음이 아프겠어."

"자식을 가슴에 묻는다는 게 쉬운 일은 아니지요."

몹시 쌀쌀하던 유모의 목소리가 약간 너그러워졌다. 그러나 얼굴에 감도는 서늘한 냉기는 지워지지 않았다. 지금 자신의 대응이 썩 바람직하지 않았음은 알지만 주인마님의 장성한 아들보다는 자신이 딸처럼 소중하게 품어 키운 아기씨가 더 귀했다. 매번 박대당하면서도 그저 좋아 어찌할 바를 모르며 쫓아다니는 모습을 볼 적이면 늘 마음이 상했다. 환영받지 못할 선물을 만들어 놓고 건네지 못한 것은 알고 있었지만 다시 보니 더욱 속상했다.

유화가 작게 접힌 천 조각처럼 보이는 것을 하나 펼쳤다. 손바닥 두 개 폭이나 될까 싶은 배냇저고리가 본모습을 온전하게 드러냈다. 구석에 조그맣게 수놓은 글자를 애틋한 마음으로 어루만졌다.

유덕의 아내가 회임하였다는 소식을 듣고 나서 평소에 수놓을 적보다 몇 배는 더 정성을 들여 한 땀 한 땀 바느질을 했다. 첫 아이를 잃고 다시 찾아온 둘째 아이의 건강을 기원하고, 장자(長子)로 태어나 오라비의 뜻을 이어받을 근원이 되기를 바라는 마음을 담았다.

그러나 종(種)이라 쓰면 너무 직설적일 것 같아 그와 모양이 비슷한 종(種) 자를 수놓았다. 그렇게 몇 벌의 저고리를 완성하였으나 좀처럼 건넬 기회를 잡지 못했다.

산달이 가까워 오고 해산하였다는 소식까지 전해졌는데도 망설이다 결국 서랍 안에 잠드는 신세가 되었다. 상대에게 전하지 못하여 그 기원이 이루어지지 않은 것일까. 후회하는 마음으로 작게 중얼거렸다.

"어찌 생각할지 몰라서 주지 못했는데. 망설이지 말고 줄 것을 그랬나 봐."

"아기씨, 주지 않기를 잘하신 겁니다."

"무슨 말이 그래, 유모."

"하면 아기씨께서는 왜 그걸 때에 맞춰 드리지 않으신 겁니까?"

"그건……."

유모의 단호한 목소리에 항변하듯 대꾸하던 유화가 대답하지 못하고 머뭇거렸다. 유덕의 아이가 튼튼하게 자라기를 바라는 마음은 한 점 거짓 없는 진심이었다. 그러나 마음을 의심받을 것이 두려웠다. 매몰찬 거절을 돌려받고 상냥하게 웃어 보일 자신이 없었다. 서툰 솜씨를 타박받으면 부끄러워 견딜 수 없을 것 같았다.

"사람은 자기 힘으로 이겨 낼 수 없는 일을 겪게 되면 그 책임을 덮어씌우고 탓할 대상을 찾게 됩니다. 서방님께서 아기씨를 홀대한 게 하루 이틀 일이 아니지 않습니까. 섣부르게 위로하려 들지 마세요. 오해만 받아서 더 힘들어지실 게 분명하니까요."

매몰찬 대답이었지만 어디에도 반박할 만한 구석이 없었다. 유화가 말없이 서랍을 닫았다. 마음이 무거웠다.

✳   ✳   ✳

"주인 나리께서 아신다면 대단히 화를 내실 겁니다."

"괜찮아. 아버지 마음에 들지 아니하는 게 어디 하루 이틀 일이었나."

"도련님!"

"다녀올게."

정유는 걱정이 가득 묻어나는 목소리를 시큰둥하게 흘려보내며 태연스레 발을 옮겼다. 그의 부재가 알려지는 것은 시간문제, 이후에는 틀림없이 불호령이 따를 터였다. 그러나 벌어지지 않은 일을 미리 걱정하지 않기로 했다.

밖은 금방이라도 비가 내릴 듯 눅눅하고 후텁지근했다. 바깥 걸음을 하는 것보다는 집에 앉아 글줄이나 읽는 게 더 나을 법한 날씨였다.

그러나 어두컴컴한 하늘 탓일까. 기분이 착 가라앉은 데다 까다로운 스승과 마주 앉을 생각을 하자 머리가 지끈거리고 가슴이 답답했다.

그에 대한 큰 기대감을 갖고 있어 흡족함을 표하는 대신 더욱

정진하도록 채찍질한다는 사실을 깨닫기에는 조금 어린 나이였
다.

정처 없이 딛던 발길은 몹시 자연스레 한곳에 닿았다. 꽤 익
숙한 담장을 눈앞에 두고서야 비로소 자신이 어디로 왔는지 깨
닫고는 머리를 긁적였다.

종지는 중결의 책사나 측근이라고 해야 할까, 여하간 그의 집
에 꽤 자주 드나들었다. 발길이 멈춘 곳이 하필 여기라니. 제 발
로 호랑이 굴에 기어들어 가는 행동이나 마찬가지였다.

정유가 서둘러 발길을 돌리던 참이었다. 뒤쪽에서 인기척이
나는 것 같아 얼른 담장 모퉁이 뒤로 몸을 숨겼다. 기척이 점점
멀어지는 것을 깨닫고 슬쩍 고개를 내밀었다. 저만치 걸어가는
이가 날랜 도둑고양이처럼 주변을 살피는 뒷모습에 미간을 좁혔
다.

팔을 앞으로 모으고 빠르게 종종걸음을 치고 있어 금방이라
도 시야에서 사라질 듯했다. 누군가에게 들킬 것을 염려하던 것
도 잊은 채 뒤를 따르기 시작했다.

반쯤 뛰다시피 디딘 걸음에 가쁜 숨을 몰아쉬던 유화가 멈추
어 서서 주변을 살펴보았다. 눅눅한 기운을 머금은 바닥과 생기
있는 초록빛 풀잎, 잔뜩 물오른 나뭇가지 따위를 보니 화재를
걱정할 필요는 없을 것 같았다.

오히려 잔뜩 흐리고 습한 날씨 탓에 불을 피울 수 있을지가
염려되었다.

유화가 바닥에 주저앉으며 소중하게 안고 있던 보따리를 끌

렀다. 매듭이 채 풀어지기도 전에 부시쌈지가 둔탁한 소리를 내며 떨어졌다. 바짝 마른 가느다란 나뭇가지와 아무렇게나 구겨진 종잇조각 등, 아무리 보아도 썩 소중해 보이지 않는 것들이 뒤이어 바닥에 흩어졌다. 아무도 없는 허공에 대고 건성으로 말을 던졌다.

"숨어 있어도 소용없어."

"어떻게 알았어?"

"그렇게 티를 내고 따라오는데 모르는 게 이상하지. 역시 앉아서 글이나 읽는 사내아이는 어쩔 수 없는 걸까."

낭패한 얼굴로 유화의 뒤쪽에 나타난 정유는 무심하게 중얼거리는 말에 순간 기분이 상했다. 그러나 어린 소녀의 혼잣말에 화를 내면 속이 좁다는 티를 내는 것에 불과할 것 같아 짐짓 태연한 척 유화의 곁에 가 앉았다. 매듭을 끄른 조그만 보퉁이를 꼭 끌어안은 자세를 보며 대답을 듣지 못하리라 생각하면서도 질문을 건넸다.

"여기에는 왜 온 거야?"

"보내야 하는 게 있어서."

예상과는 달리 잠깐의 망설임도 없는 성실한 대답이 돌아왔으나 말의 뜻을 도무지 이해할 수 없었다. 고개를 빼고 유화가 품에 안은 것이 무엇인지 가늠하려 애썼지만 가볍고 폭신한 무언가라는 것 이상은 알 수 없었다.

유화가 보퉁이를 끌어안은 채 팔만 뻗어 뒹굴고 있는 나뭇가지와 종잇조각을 그러모았다. 쌈지의 주둥이를 열어 거꾸로 들고 흔들었다. 쇳조각과 돌멩이, 반질반질하고 거무튀튀한 종잇

조각이 떨어져 내렸다.

그것들을 바라보던 얼굴에 곤란한 기색이 어렸다. 행랑아범을 졸라 얻어 온 것까지는 좋았으나 사용하는 법을 잘 몰랐다. 옆에 앉은 소년을 힐끗 보았지만 불 피울 일 따위가 없었던 건 피차 마찬가지일 듯했다.

"이리 줘 봐."

"할 줄 알아?"

"아마도."

말이 담은 뜻보다 훨씬 시원스러운 대답을 돌려준 정유가 쪼그린 채 앉은걸음으로 몇 발 움직여 갔다. 직접 불을 피워 본 적은 없어도 본 적은 있으니 그리 어렵지 않게 해낼 수 있으리라 생각했다.

이마에 송골거리는 땀방울이 맺힐 정도로 오랜 시간 동안 힘을 들여 작은 불씨를 만들어 내는 데 성공했다. 얇은 종잇장에 불씨를 옮겨 놓고 조마조마한 얼굴로 바라보았다. 조그만 불꽃이 서서히 크기를 키워 가고 있었다.

"고마워."

유화가 그를 향해 생긋 웃어 보였지만 순식간에 웃음기가 사라졌다. 보따리 위쪽에 얹은 채 움찔거리는 손끝에는 망설임이 가득 묻어 있었다. 아마도 그가 바라보고 있어 유화가 머뭇거리는가 보다 생각한 정유가 엉거주춤하게 일어나며 물었다.

"난 이만 가 보는 게 나을까?"

"괜찮아."

정유의 말에 마음을 굳힌 유화가 고개를 저으며 보자기를 걷어 냈다. 도로 엉덩이를 붙이고 앉은 정유는 유화가 들어 올린 조그만 옷가지를 의아한 눈으로 바라보았다. 작게 접으면 한 손 안에 쏙 들어오는 배냇저고리였다.

유화가 손에 든 것을 불꽃 위에 내려놓았다. 불꽃이 몇 번 너울거리자 하얀 옷자락이 이내 까맣게 그을리며 불길이 옮겨 갔다.

하나, 뒤이어 또 하나. 이내 보가 텅 비었다. 유화가 무릎을 감싸 안고 가만히 불꽃을 응시했다. 정유의 얼굴에는 당혹감이 가득했다.

먹이를 잃은 불꽃이 잦아들기 시작했다. 유화가 기다란 나뭇가지를 들고 확연히 작아진 불길을 헤집었다.

작게 쌓인 잿더미가 그 형체를 잃고 부스러져 흩날렸다. 이미 입힐 시기를 한참이나 놓친 옷가지 따위는 보내 봤자 부질없을지도 모른다.

용기를 내지 못해서, 늦어서 미안.

얼굴 한 번 본 적 없는 어린 조카에게 전해지지 않을 사과의 말을 했다. 정유는 수도 없이 떠오르는 질문을 꾹 삼켰다. 몹시 어두운 낯빛을 보며 의문도, 위로도 전할 수 없었다.

한참이나 그렇게 앉아 있던 중 가느다란 빗방울 하나가 얼굴을 스쳤다. 소년이 손바닥을 펼쳤다. 손바닥에 작은 물방울이 떨어지고 소매에 조그만 얼룩이 번져 갔다. 정유가 겨우 입을 열었다.

"유화야, 비."

유화가 고개를 끄덕이며 자리에서 일어났다. 정유를 향해 가

116

볍게 눈인사를 건네고는 몸을 돌렸다. 그녀의 등 뒤로 정유의 목소리가 조심스럽게 울렸다.

"같이 갈까?"

"아니야. 혼자 갈게."

유화가 고개를 저었다. 그 뒤를 몇 발짝 따라가던 정유가 걸음을 멈추었다. 다부진 걸음걸이가 거절의 뜻을 분명하게 드러내고 있기 때문이었다.

소년이 망설이는 사이에 빗방울이 조금 전보다 굵어지고 더 자주 떨어졌다. 조금 전까지 불이 피워져 있던 자리를 내려다보았다. 이미 불길이 잦아든 거무스름한 잿더미 위에도 물방울이 떨어져 짙은 얼룩을 만들어 내고 있었다.

씩씩한 척 자리를 벗어난 유화의 걸음은 집에 가까워질수록 느려졌다. 빗방울이 빗줄기가 되어 떨어지는 것도 깨닫지 못했다.

진심은 통하는 법이라고 하는데 그녀의 마음은 받아들여지지 않았다. 이제는 스스로도 헷갈릴 지경이었다. 유덕의 냉대가 원망스러워 알게 모르게 그의 불행을 바랐던가.

왠지 집에 들어갈 용기가 나지 않았다. 유화는 흠뻑 젖은 채로 멀찌감치 보이는 담장을 멍하게 바라보았다.

"유화야."

지척에서 부르는 소리에 고개를 들었다. 언제나처럼 다정한 청년과 눈길이 마주쳤다. 그가 쓴 넓은 삿갓이 그녀의 얼굴에 빗방울이 떨어지는 것을 막아 주고 있는데도 자꾸만 시야가 흐려셨다.

유화는 빗물을 닦아 내는 척 눈 주변을 문질렀다. 제가 염려스러운 얼굴로 유화를 내려다보았다.

"이러다 앓아눕기라도 하면 장군님께서 걱정하실 게다."

정말로 우연히 지나던 길이었다. 대문간에 소녀의 유모가 서성거리고 있었다. 초조함이 잔뜩 밴 얼굴을 보고 걸음을 멈추었다. 유모는 마치 지푸라기라도 잡은 듯 낯익은 청년을 향해 숨도 쉬지 않고 빠르게 이야기를 쏟아 냈다.

비가 오기 시작하는데 아기씨는 오지 않고, 행선지도 모르는데 무턱대고 찾아 나설 수도 없고. 행랑아범에게 부시쌈지를 빌려 갔으며 서랍에 들어 있던 배냇저고리가 없어졌다는 시시콜콜한 이야기까지 듣고 나니 상황이 한눈에 그려졌다.

유모를 달래어 들여보내고 주변을 돌아보아도 아무 소득이 없어 걱정만 늘어가던 차에 대문 앞에서 소녀를 발견하는 순간 비로소 안도감이 싹텄다. 비에 흠뻑 젖어 축 늘어뜨린 어깨는 몹시 안쓰러웠지만.

"오라버니."

유화의 목소리가 가느다랗게 떨렸다. 그는 아무것도 묻지 않았다. 마음을 달래 주려 애쓰지도 않았다. 말없이 소녀를 안아 들고는 걸음을 서둘렀다.

유화가 그의 품에 고개를 파묻었다. 빗물인 것처럼 자꾸만 흘러내리는 따스한 물방울에 그의 가슴께가 젖어 들었다.

✳   ✳   ✳

가을은 결실의 계절이었다. 과일도 곡식도 어느 계절보다도 풍족했다. 잡곡 한 톨 섞이지 않은 쌀밥을 나이와 지위를 막론하고 온 집안사람이 다 먹을 수 있는 철이기도 했다.

반짝반짝 윤이 나도록 문질러 닦아 크게 한 입 베어 무는 사과도 몹시 달콤했다. 한가로운 오후, 유화의 말벗을 자청하여 곁에 앉은 제는 소녀가 사과를 입안에 넣고 오물거리는 모습을 보고 물었다.

"사과를 좋아하느냐?"

"나쁘지는 않지만 특별히 좋아하지도 않습니다."

"그러고 보니 누이가 무엇을 좋아하는지 잘 모르는구나."

"오라버니가 좋아요."

유화가 활짝 웃었다. 입고 먹는 것에 곤궁함을 겪은 적이 없는 탓인지 딱히 좋아하거나 싫어하는 것은 없었다. 굳이 필요한 것을 찾는다면 역시 사람이었다. 허물없이 대화를 나눌 수 있고 외롭지 않게 마음을 나누어 줄 사람. 눈앞에 있는 이가 바로 그러했다. 유화의 대답에 제가 웃으면서 이마를 손끝으로 톡톡 두드렸다.

"그것을 물은 게 아니지 않느냐."

"하면."

유화가 다시 사과를 한 입 베어 물고 생각에 삼겼나.

"저 높이 떠 있는 파란 하늘을 보면 가슴이 뜁니다. 기억나지는 않지만 아주 어릴 때 본 적이 있다는, 하늘만큼 파랗다 못해 검게 보인다는 바다도 좋고요. 세상 만물의 숨결이 비롯되는 땅도, 그 위에 돋아나는 초록빛 풀이랑 뛰노는 짐승도 다 좋지만요."

유화는 마치 조물주라도 된 것처럼 거창하고 장황하게 말을 이어 가다 숨을 고르듯 잠시 멈추었다. 자신의 말에 어이없어 하는 것 같은 제의 표정을 보고 웃었다.

"역시 밤이 제일 좋은가 합니다. 다람쥐에게는 그것이 제격 아닙니까."

"그쯤이야 무척 사소한 일이잖아."

"사소한 일이라고 잊어버리고 그냥 넘어가는 이가 훨씬 더 많은걸."

소년과 소녀가 사이에 두고 있는 소쿠리에는 빛깔이 좋은 밤이 한가득 들어 있었다. 유화가 토실한 밤 하나를 집어 요리조리 살펴보았다. 반짝반짝 윤이 나던 알밤은 삶아진 뒤에도 매끈한 때깔을 자랑했다. 흐뭇한 얼굴로 뾰족한 끄트머리에 칼끝을 밀어 넣고 조심스레 손을 움직였다. 단단한 껍질에 이어 떫은 속껍질을 벗겨 내는 손놀림을 바라보는 소년의 마음이 조마조마했다.

"자아."

갈색 껍데기 속에서 뽀얀 알맹이를 끄집어낸 유화가 정유에게 손을 내밀었다. 얼떨결에 받아 든 정유는 입에 넣는 대신 시큰둥한 얼굴을 하고 손바닥 위에 놓인 밤알을 바라보았다. 가을 산자락에 가면 지천에 널린 게 알밤이었다. 이깟 것을 신이 나서 자랑하는 까닭이 이해가 되지 않았다. 아니, 이해하고 싶지 않았다.

정유는 유화가 온 신경을 집중하여 한 알을 더 깐 뒤 칼을 내려놓는 것을 보고서야 다시 대화를 이어 갔다.

"사내가 되어 그리 하찮은 일에 신경을 써서 어찌 큰 사람이 될까."

유화는 무어라 대꾸하고 싶은 얼굴이었지만 이미 입안에 쏙 집어넣은 밤알 때문에 말을 하지 못하고 얼굴만 찡그렸다. 사소한 말 한마디 잊지 않는 다정한 이를 하찮은 일에나 신경 쓰는 졸장부 취급을 하는 건 그냥 넘어갈 수 없었다. 입을 열 수 있게 되면 곧장 반박을 쏟아 낼 것 같은 유화의 표정을 본 정유가 투덜거렸다.

"그 정도 벼슬을 하고 있는 사람이 어린 계집아이한테 줄 알밤이나 줍고 있었다고 생각을 해 봐. 직접 줍지 않고 사람을 시켰다 하더라도 그렇다. 그게 어디 큰일을 하는 사내의 모습이냔 말이다."

"천길 둑도 개미구멍으로 무너진다더구나. 아무리 사소한 것이라 하더라도 약조한 것을 지키지 않으면 믿음을 잃게 되는 법이고 주변을 둘러볼 줄 모르면 일을 그르치게 된다는 건 모르는구나. 내가 보기에 큰일을 하는 사내가 되지 못하는 건 오라버니가 아니라 철부지 계집아이와의 약속을 하찮다며 무시하는 너야."

유화가 핀잔을 주듯 대꾸했다. 오래된 격언까지 인용하는 데야 당해 낼 재간이 없다. 정유가 손가락에 힘을 주어 자신의 손바닥 위에 놓인 껍질 벗긴 밤을 둘로 갈랐다.

"으윽."

정유가 몸서리를 치며 반으로 쪼개진 밤알을 멀리 내던졌다. 살이 통통하게 오른 벌레 한 마리가 반쯤 몸을 말고 있는 모습에 기분이 극도로 나빠졌다. 옆에서 지켜보고 있던 유화가 고개를 갸웃했다.

"구멍도 없었는데 벌레가 어떻게 들어갔대?"

"원래 보기 좋은 밤은 이미 벌레 차지인 게 당연한 거야. 안에 숨어 있었으니 기어 나온 구멍이 안 보이는 거고."

정유가 툴툴대며 소쿠리에서 밤을 하나 집어 들었다. 칼로 껍질을 벗겨 내는 것보다는 이로 깨물면 훨씬 수월하게 쪼갤 수 있었지만 썩 내키지 않았다. 조금 전 알밤 안에 웅크리고 있던 벌레를 보았기 때문이다. 꺼림칙한 밤을 입에 넣는 대신 위로 던졌다 받기를 반복하는 정유를 바라보던 유화가 다시 칼을 들었다.

"너야 무어라 하든 난 오라버니가 내 이야기를 잊지 않으신 게 좋아. 큰일을 하는 사내도 좋지만 마음이 다정한 사내야말로 무엇보다 제일 훌륭한 것 아니겠니."

"누가 보면 연모라도 하는 줄 알겠구나."

"그러면 안 되는 이유라도 있나?"

"그렇게 나이 많은 사내와 어린 네가 어디 어울리기나 하니."

바쁘게 움직이던 손을 멈춘 유화의 표정이 알게 모르게 굳어졌다. 곁눈질로 그녀의 얼굴을 살피던 정유가 미묘한 표정 변화를 감지하고는 기분이 상했다.

왜 그런 느낌이 드는지도 모른 채 밤 한가운데를 힘껏 깨물었다. 가벼운 소리를 내며 갈라진 밤톨 안에는 벌레가 없었다. 그 멀쩡한 모양새를 확인했는데도 먹고 싶은 생각이 들지 않아 마룻바닥에 내려놓았다.

유화가 긍정인지 부정인지 알 수 없는 애매한 고갯짓을 했다. 정유가 말을 이었다.

"너를 아무리 누이동생처럼 아낀다고 해도 친동기간만 할까. 내가 보기에는 장군님께 잘 보이고 다른 사람에게 너랑 가까운 사이라는 걸 알리고 싶은 마음이 더 큰 것 같다."

"나를 아는 사람도 많지 않은데 내게 잘해 주는 게 무슨 도움이 될까?"

"너는 어려서 뭘 모르니까 그래. 그게 바로 조심해야 할 이유라고. 너를 잘 모르는 건 그렇고 그런 사람들에게나 해당되는 거고 장군님께서 각별히 여기시는 분들은 다 너를 알고 있어. 네 마음을 사면 장군님께서도 좋게 보실 게 분명하지."

"기억해 둘게."

정유는 유화의 느긋한 대답에 떨떠름한 표정을 지었다.

마음에 들지 않는 남자, 제의 집안은 중결에게 그리 호의적이지 않았다. 중결과 대척하는 입장에 서 있다가 지난해 유배지에서 쓸쓸하게 생을 마감한 이를 백부로 두고 있을 정도였다.

그럼에도 제의 신변에는 아무 일도 일어나지 않았다. 이미 그 아버지 때부터 본가와는 지향하는 바가 달라 왕래조차 없을 정도로 소원해진 데다, 그가 믿을 만한 젊은 중신이라는 평판이 있기 때문이었다.

그런 이를 이런 식으로 깎아내리는 건 심술에 지나지 않는다고 생각하면서도 스스로의 마음을 어찌할 수 없었다.

유화가 다시 칼을 쥔 손을 움직이기 시작했다. 조금 전까지만 해도 꽤 수월하게 벗겨지던 밤껍질이 갑자기 아교라도 칠해 단단히 굳히기라도 한 것처럼 떨어지지 않았다. 몇 번 손에 힘을 주어 잡아당겨 보다가 혹여 칼이 빗나가면 손에 상처를 입을까 살며시 칼을 내려놓았다.

"내가 해 볼까?"

정유가 칼을 향해 손을 뻗자 유화가 놀리듯 말했다.

"과일이나 깎는 칼을 드는 건 큰 사람이 되어야 할 사내가 할 일이 아닌 것 같은데."

"곤경에 처한 사람을 돕는 것이야말로 진정으로 크게 될 이라면 당연히 해야 할 일이다. 거기에 어찌 사내와 계집의 구분이 있을 수 있을까."

그건 아전인수 격인 말이지 않니.

핀잔을 주려던 유화가 말을 삼켰다. 처음 하는 것치고는 꽤 깔끔하고 능숙한 손놀림은 그녀보다 나았다. 조금 전 정유와 나눈 대화를 천천히 떠올려 보았다.

제는 본성이 다정한 사람이었다. 만약 그 친절함이 의도한 것이라면 잠깐이라도 본심이 드러났으리라. 사람들의 태도 변화를 감지하는 데 예민해서 오히려 사람을 멀리하는 유화였으니 의도된 친절이라면 금방 눈치챘을 것이다.

겉과 속이 다른 사람이라면 중결이나 유덕이 이렇게 오래도록 가까이에 둘 리도 없었다. 그러니 그는 믿어도 좋은 사람이었다.

그러나 파문은 전혀 예상치 못한 방향에서 일어났다.

"누가 보면 연모라도 하는 줄 알겠구나."

놀리듯 던지는 말에 그저 오라버니일 뿐이니 사내로 본 적이 없다고 대꾸했어야 마땅했다. 나이답지 않게 어리광을 부려도 사랑스럽게 보아 주는 모습이 좋다고, 오매불망 바라던 다정한 오라버니가 생겨 마음으로 의지하는 것이라고. 그런데 그녀의 대답은 어떠하였던가.

"그러면 안 되는 이유라도 있니?"

정유의 손끝에서 알밤이 뽀얀 알맹이를 드러내고 있었다. 겉과 속이 다른 알밤처럼 그녀도 무심한 질문 한마디에 스스로도 짐작하지 못했던 마음 한구석을 살짝 내비쳤다.

"그렇게 나이 많은 사내와 어린 네가 어디 어울리기나 하니."

돌연 마음이 어지러워졌다. 그녀보다 열 살이나 많은 유덕에게 존칭도, 존대도 하지 않을 만큼 나이가 많은 그가 이미 혼인했을지도 모른다는 가정을 떠올렸기 때문이었다. 지금껏 그 생각을 하지 못한 건 자기 이야기를 하는 법 없는 남자가 단 한 번 입 밖에 냈던 가족 이야기 때문일 터다.

"지금은 혈혈단신이로구나."

부모님이 돌아가셔 동기간이 없다는 이야기를 하던 중에 나온 것에 불과했다. 집안이 곤궁하지도 않고 가세가 기울지도 않았는데 스물이 넘어서도 혼인하지 않은 사내라는 건 자연스럽지 않았다. 어째서 그 사실을 단 한 번도 생각해 본 적이 없는 걸까.

유화는 정유가 건네는 알밤을 받아 들며 생각에 잠겼다.

＊　　　＊　　　＊

"부녀의 덕성을 지닌 자는 성품이 맑고 절개가 곧으며 염치가 있고 절제할 줄 안다. 분수를 지켜 몸과 마음을 깨끗하고 가지런하게 하며 행동거지에 부끄러움이 있고 행실에 법도가 있으니 이것이 바로 부녀의 덕성이다."

소녀의 낭랑한 목소리가 갑자기 뚝 끊어졌다. 중년 여인은 그 변화에 아랑곳없이 하던 일에만 매진했다. 힐끔 눈치를 보던 소녀는 장을 열어 이불을 낑낑거리고 끌어내렸다. 얇은 이불이 마치 쓰개라도 되는 양 머리 위로 덮어쓰고 몇 바퀴 빙글빙글 돌다가 제풀에 지쳐 조금 전까지 앉아 있던 보료 위에 쓰러지듯 털썩 앉았다.

"언행불일치는 아기씨를 두고 이르는 말인가 봅니다."

"응? 내가 뭘?"

"한낮에 이불을 쓰고 계시는 건 법도에 맞는 행동거지가 아닙니다. 조금 전에 읽으신 게 여유사덕지예(女有四德之譽), 여인이 갖추어야 하는 네 덕목 중 한 가지인 걸 제가 모를 줄 아십니까."

무슨 말인지 모르겠다는 얼굴을 하고 이불을 휘감은 채로 몸을 흔들거리는 유화를 향해 유모가 혀를 찼다. 그녀는 시원시원하고 침착한 데다 기억력도 좋았다. 제대로 글을 배운 적은 없어도 안방마님은 물론 젖을 먹여 키운 아기씨도 매일 같이 글줄을 읽고 있으니 뜻을 짐작하여 이야기를 나눌 만큼은 되었다. 그렇지 않고서는 귀한 댁 아기씨의 유모가 되지 못했을 것이다.

"별걸 다 알아, 유모는."

유화가 툴툴거리며 흔들거리던 몸을 옆으로 기울였다. 쓰러지듯 누워 곰실거리는 움직임은 지체 높은 아가씨에게는 어울리지 않았다.

그걸 알면서도 비스듬히 누워 이불을 몸에 감고 덮어썼다. 한참을 혼자 꼼지락거리던 유화가 이불을 걷어 내고 얼굴만 빠끔 내밀었다.

"유모, 유모도 어머니랑 고향이 같다 했지?"

"그렇습니다."

"그럼 우리 집에 들어오기 전부터 어머니를 알고 있었어?"

"그럼요."

"그렇구나."

유화가 다시 이불에 숨어들었다가 이내 고개를 내밀었다.

"어머니는 어찌 아버지와 혼인하셨을까?"

"그적에도 아씨는 귀한 댁에서 자란 자색이 곱고 현명한 분이

셨답니다."

"그거야 당연하지. 어머니는 아직도 고우신걸."

강 씨가 위엄이 깃든 표정으로 꼿꼿하게 앉으면 나이 이상의 연륜이 느껴졌지만 젊은 시절의 미색은 엷어지지 않았다. 가끔 중결에게 환한 미소를 짓는 모습을 보면 영락없는 소녀의 모습이 비쳐 보였다. 누구라도 그런 여인에게 눈길을 주지 아니하고는 배기지 못하였을 것이다.

중결은 그적에도 이미 어지간한 이들과 어깨를 나란히 할 수 있을 정도의 세력을 갖추고 있었고 지금은 조정에 없어서는 안될 인물이다. 강 씨의 친정은 내로라하는 권문세가였지만 어린 아가씨는 외가에 대해 잘 알지 못했다. 하여 유모는 제 어머니가 어찌 이리 대단한 사람과 혼인했는가를 궁금해한다고 생각했다.

"큰 오라버니는 어머니보다도 나이가 많잖아? 그러니 어머니가 보기에 아버지 나이는 엄청 많지 않았을까?"

"그때 장군님 연세는 아마 지금의 주인마님과 비슷하셨을 겁니다. 사내 나이로 그렇게 많다고는 볼 수 없어요."

"외할아버지도 대단한 분이라 했었는데?"

"장군님이야 누구나 선망해 마지않는 호걸이었고 지금도 연세를 무색하게 하는 옥골선풍 아닙니까. 그 정도 인물이 아니었다면 혼사가 성사되지 않았을 겁니다."

마지막 질문에 이르러서야 첫 질문의 의도를 깨달은 유모가 웃으며 대답했다. 조금 전 유화가 시큰둥하게 대꾸한 것은 유모가 그녀의 궁금증을 잘못 짚은 탓이었다. 나이 든 사내가 귀한 댁 어린 아가씨를 맞이한 상황을 이해하지 못했던 것이다.

혼인은 집안과 집안의 만남이었다. 중결이 호남자이고 강 씨가 미인이라는 사실이 혼사에 미친 영향은 극히 미비할 것이었다.

그보다는 든든한 배경이 필요한 남자와 새롭게 떠오르는 세력의 중심에 있는 사내를 탐내는 집안 사이의 이해타산이 맞아떨어진 결과라고 보는 편이 옳았다. 남자의 정치적 후원군이 되어 줄 집안의 여인은 경처의 자리를 차지하고 역할을 충실하게 이행했다.

그렇게 살을 부대끼며 살아가는 동안 쌓여 간 애정이 열정으로 말미암은 섯보다 부족하다는 증거는 어디에도 없었다.

"오라버니랑 언니들은 어찌 혼인하였을까."

"혼사라는 것은 다 마찬가지입니다. 혼기에 접어들면 지체에 맞는 댁에서 혼담이 들어오거나 알맞은 자리를 찾아 주선을 부탁하는 것이지요."

유모는 유화가 혼잣말로 중얼거리는 것을 놓치지 않고 대답했다. 유화가 애매한 코대답을 남기고는 이불 안에서 꼼지락거리며 유모의 모습을 지켜보았다.

자신의 손놀림을 멍하니 바라보고 있는 유화에게 유모가 의아한 표정으로 물었다.

"아기씨, 혹시 혼담이라도 들어왔답니까?"

"아니야. 그냥 물어본 거야, 그냥."

유화가 몸을 돌리며 도로 이불을 덮어썼다. 유모도 고개를 끄덕거렸다. 원래 혼담은 본인의 귀에 가장 늦게 들어가는 것이니 유화가 알 리 없었다. 그녀는 유화의 유모인 동시에 오래도록 강 씨의 곁을 지켜 오며 급할 때에는 집안일을 도맡을 정도로 신뢰받는 이이기도 했다. 그녀가 모르는 유화의 혼사라는 건 불가능했다.

세월은 유수와 같다는 말이 실감 났다. 마냥 어리다고만 생각한 아기씨는 요즘 들어 부쩍 자란 듯했다. 안절부절 어찌할 줄 모르는 태도를 보이기도 하고 멍하니 정신을 놓고 있을 때도 있었다. 벌써 마음에 연심이 깃드는 나이가 되었나. 언제부터일까. 곰곰이 생각을 거듭하던 유모가 갑자기 무엇이 떠오르기라도 한 듯 유화를 불렀다.

"아기씨?"

"듣고 있어."

"아무래도 아기씨의 마음에 들어온 사내가 있는 모양입니다."

"으응, 누구?"

유화가 자리에서 벌떡 일어나 앉았다. 덮어쓴 이불에서 튀어나올 정도는 아니었지만 동그랗게 뜬 눈에는 당황한 빛이 역력했다. 할 말이 남은 것 같은 유모의 입매를 주시했다.

"요즘 부쩍 자주 오는 것 같은 밀직부사 댁 막내 도련님 말입니다."

"정유?"

눈이 휘둥그레 뜬 유화가 이내 웃음을 터뜨렸다.

"말도 안 돼. 걔는 그냥 벗이야."

"그렇다면 다행입니다."

무덤덤한 유모의 말에 유화가 웃음을 그쳤다.

"어째서? 정유는 사내로는 별로인 거야?"

"아직 연소하시니 잘 알 수 없지만 부사님을 닮았다면 장차 훌륭한 이가 되지 않겠습니까."

"그런데 무엇이 다행이라는 거야? 유모 말대로 훌륭한 사람이 될 것 같으면 그저 벗이라고만 하는 걸 안타까워해야 하지 않나."

"누군가를 마음에 담고 있는 것이 아니어서 다행이라는 말씀이지요."

"누군가를 마음에 담는 건 하면 안 되는 일인 거야?"

"섣부르게 마음을 주게 되면 고단해지는 건 아기씨뿐입니다. 사내는 손해 볼 게 없어요."

유화가 고개를 갸웃거렸다. 서로 마음이 오가는데 어찌 그녀만 고단해진다고 하는지 깨닫지 못하는 눈치였다. 순진한 표정에 잠시 고민하던 유모가 에둘러서 있는 사실을 이야기했다.

"웃음을 팔고 몸을 내어 주는 일을 업으로 하는 여인이 있답니다. 그런 이들에게 마음을 주지 않고도 사랑을 속삭일 줄 아는 게 사내랍니다."

유화의 얼굴에 놀람이 스쳐 갔다. 유모가 모르는 척 말을 이었다.

"언제까지고 어린아이처럼 생각하고 행동하시면 안 됩니다. 누구나 다 아기씨에게 호감을 갖고 순수한 호의를 베푸는 건 아니에요. 아기씨의 마음을 사면 장군님께 가까이 갈 수 있으니 그걸 이용하려 드는 사내가 틀림없이 있을 것입니다. 세상 물정 모르는 순진한 어린 아기씨는 이용당하기 쉬우니 조심하셔야 합니다."

유화는 엉겁결에 고개를 끄덕였다. 일전에 정유가 했던 말과 크게 다르지 않았다. 유모는 유화의 반응을 석연치 않아 하면서도 말을 계속 이어 나갔다.

"여느 처자라면 마음이 맞아 정을 먼저 통해도 큰 허물이 되지도 않겠지요. 하지만 아기씨는 장군님 따님 아닙니까. 여인의 정절과 지조를 중히 여기는 학자들이 장군님 주변에 가득하답니다. 아기씨의 일거수일투족은 칭송의 대상이 될 수도 있고 크나큰 허물이 될 수도 있어요."

유화가 대꾸도 없이 고개를 숙이고 생각에 잠기자 유모도 멈추었던 손을 재게 놀리기 시작했다. 고요해진 방 안, 갑자기 유화가 자리에서 벌떡 일어나더니 보폭을 크게 하여 걸어가 문을 활짝 열었다. 유모가 그 뒷모습을 어리둥절하게 바라보았지만 유화는 이미 방문을 나선 뒤였다.

유화는 찬바람이 불어 드는 마루 구석을 바라보았다. 그곳에는 윤이 나는 알밤을 품은 채 내보낼까 말까를 고민하듯 반쯤 입을 벌리고 있는 밤송이가 자리하고 있었다. 반대편으로 고개를 돌리니 어느 가을날 치마폭 한가득 밤을 안겨 준 사람이 마루 앞에서 빙긋 웃고 있었다. 얼굴도 알 수 없는 여인의 자태가 그의 곁에 찰싹 달라붙어 있는 것 같아 눈을 깜박였다.

설마 벌써 부인이 둘이나 있는 건 아니겠지.

유화는 느닷없이 떠오른 얼토당토않은 생각을 몰아내듯 발을 떼었다. 망설이던 발걸음이 바빠지니 몇 발짝의 달음질만으로도 넓지 않은 마루를 순식간에 지나 그의 모습이 바로 눈앞에 다가들었다.

아무렴 어떠랴. 유화가 망설임 없이 그의 품에 뛰어들었다. 소녀가 몸을 부딪쳐 오는 바람에 가볍게 흔들린 그의 어깨에 코끝을 문질렀다. 제는 아이 같은 행동이 귀여운 듯 웃음소리를 냈다. 그에게서는 싸늘해지기 시작한 청량한 가을 공기 틈새로 내리쬐는 햇볕 내음이 배어 나왔다.

✱   ✱   ✱

담장 아래와 건물 구석에 몰래 쌓인 눈이 꽁꽁 얼어붙어 가는 추운 섣달그믐 밤이었다. 소녀가 빨리 한 살 더 먹기를 소망하고 있는 밤이기도 했다.

"마님, 유화 아기씨께서 오셨습니다."

"모시고 들게."

"그간 강녕하셨습니까."

유화는 열린 문 안으로 발을 들이며 공손하게 허리를 굽혀 인사했다. 두꺼운 보료를 깔고 앉은 부인이 반가운 얼굴로 소녀를 맞이했다. 간소하고 정갈한 다과상을 사이에 두고 소녀의 몫으로 폭신한 방석이 준비되어 있었다.

유화가 자리에 앉으며 살그머니 방을 살펴보았다. 방의 주인은 잘 알고 있었으나 초대되어 오는 것은 처음이었다.

그녀의 오라비들은 중결을 닮아 모두 무예에 능하다고 했다. 이 집의 주인 또한 전장이 있으면 어디든 언제고 먼저 달려가는 씩씩한 무인이었다. 이름을 날리거나 그를 통해 부귀영화를 누리는 데 큰 관심이 없어 소탈했다. 그의 부인도 그러한 소박한 성향에 동조하듯, 이 안방도 꼭 필요한 세간 외에는 보이지 않을 정도로 검소했다.

검소한 안방의 주인, 김 씨는 찬바람에 상기된 얼굴의 붉은 기가 채 가시지 않은 소녀를 다정한 눈으로 바라보았다. 그녀에게 허락되지 않은 아이가 있다면 이 정도 나이가 되어 있으리란 생각이 드는 탓인지 어린 시누이는 다른 이들에 비해 훨씬 사랑스러워 보였다.

"아가씨는 어머님을 닮아 나날이 용모가 고와지는 것 같습니다."

"과분합니다."

유화가 얼굴을 붉혔다. 촌수로는 올케언니지만 강 씨와 연배가 비슷할 만큼 나이가 많았다. 아가씨라 부르며 존대하는 걸 들으면 몸이 근지럽고 움츠러드는 느낌이 들었다. 멋쩍은 감정을 숨기려 손에 쥔 것을 몇 번 만지작거렸다. 빈손으로 찾기 민망하여 제 딴에는 퍽 공을 들인 것이었으나 유모의 익숙한 손놀림이 지어 나가는 것에 비하면 한참이나 부족하여 부끄러웠다. 김 씨의 눈길이 소녀의 손으로 옮아갔다.

"그건 무엇입니까?"

"저어……."

머뭇거리던 유화가 쑥스러운 얼굴로 납작한 주머니를 내밀었다. 입구를 열고 그 안을 들여다본 김 씨가 만면에 미소를 띠우며 안에 든 것을 꺼내 들었다. 그 모습을 본 유화의 얼굴이 저도 모르게 붉어졌다. 어쩔 줄 모르며 띄엄띄엄 말을 이었다.

"동지는 한참 지났고 드려도 괜찮을지 잘 모르겠지만……."

"아무렴 어떻습니까. 중요한 건 안에 담긴 마음인 것을요."

동지헌말(冬至獻襪)의 풍속을 생각하며 버선을 지어 본 것이리라. 대개는 며느리가 시어른이나 시누이 등에게 지어 바치는 것이 보통이었으니 유화가 김 씨에게 주는 것을 썩 어울린다 할 수 없었다. 심사가 뒤틀린 사람이라면 빈정거리는 것으로 오해하기도 딱 좋았다. 그러나 김 씨는 비틀어 생각하지 않았다. 아직 바느질이 익숙하다 할 수 없는 소녀가 꼼꼼하게 지으려 노력한 흔적이 역력한 모양을 보며 다시 웃었다. 유화가 지나치게 신경 쓰는 것 같아 도로 주머니 안에 넣은 뒤 서안 아래쪽에 살그머니 내려놓았다.

"아버님, 어머님께서도 무탈하시지요?"

"덕분에 건강하시옵니다."

유화는 질문과 함께 권해진 따뜻한 찻잔을 두 손으로 감싸 쥐었다. 차갑게 얼어있던 손끝에 훈훈한 기운이 감돌아 마음까지 포근해지는 느낌이었다. 잔을 내려놓으며 김 씨에게 고운 미소를 보냈다.

"요 근래 유덕을 보지 못하였습니다. 아버님 댁에는 종종 들렀을 것 같은데 보셨습니까?"

"별로 뵌 적이 없습니다."

유화가 온기가 남아 있는 찻잔을 만지작거리며 대답했다. 딸 같은 어린 시누에게는 아가씨라 부르면서 그보다 더 연상인 시동생에게는 아무런 존칭 없이 태연하게 부르는 것은 언뜻 이해하기 어려운 일이었다. 그러나 듣고 있는 유화도 말하는 김 씨도 별다른 저항감을 느끼지 못하고 있었다. 그리된 과정을 살펴보면 수긍하기 어렵지 않았다.

김 씨가 광원과 혼례를 올렸을 때 유덕은 서너 살 먹은 어린 꼬마였다. 바로 위로 세 살 터울의 형과 태어난 지 얼마 되지 않아 손이 많이 가는 두 살 아래의 동생을 두고 있었다. 더없이 훌륭한 아버지와 자애로운 어머니를 두었어도 충족되지 않는 마음의 허기는 어쩔 수 없었다. 새로 생긴 젊은 형수에게 애정을 구하는 간절한 눈빛을 보냈다.

김 씨는 그 청에 기꺼이 응답했다. 중결이 강 씨와 혼인하기 전까지 일 년 남짓한 시간 동안 유덕을 아들이고 조카이고 아우인 것처럼 돌보았다. 그적에도 남들 앞에서는 도련님이라 불렀고, 유덕이 성인이 된 이후에는 서방님이라 불렀다. 그러나 가족에게 그의 안부를 묻거나 지칭할 적에는 자를 불렀다. 지금은 의젓한 사내가 되어 있었으나 김 씨의 눈에는 어릴 적 모습과 크게 다르지 않아 보였다.

"아직도 유덕의 태도가 서운합니까?"

"잘 모르겠습니다."

유화와 유덕의 관계는 집안사람은 다 아는 공공연한 비밀이었다. 유덕이 조금 너그러워져도 좋을 것이건만 어린 시절의 그처럼 외로움을 견디지 못하는 어린 소녀에게 쌀쌀맞게 구는 것을 보면 어느 쪽이든 안쓰러운 마음이 들었다.

"아가씨는 늘 유덕의 마음을 얻고 싶어 하지 않았습니까?"

다소 짓궂게 들리는 질문이었지만 유화는 진지하게 고민했다. 최근 들어 유덕의 모습을 자주 볼 수 없었지만 왜 오지 않는지를 궁금해한 일이 거의 없었다. 그가 며칠만 보이지 않아도 유모에게 물어보거나 중결에게 쪼르르 달려가 안부를 확인하던 예전과는 확연히 달랐다. 심지어는 그가 왔다는 이야기를 듣고도 찾아가지 않은 날도 제법 있었다는 걸 깨닫자 조금 당황스럽기까지 했다. 그토록 좋아했었는데.

"바쁘신 유덕 오라버니를 대신해서 오라버니가 되어 주는 분이 계십니다."

"새 오라비는 누구입니까? 저도 알 만한 사람일까요?"

"오라버니와 종종 동행하시는 분입니다."

유화가 아는 만큼 대답해 놓고는 미간을 좁혔다. 생각해 보니 아는 것은 덩그러니 이름 한 글자뿐, 성도 모르고 자나 호도 몰랐다. 지난봄, 입궐하지 아니하는 날에 그녀를 찾아온다고 한 말을 들은 기억이 있었다. 빛깔 좋은 알밤을 자랑하는 유화에게 정유가 시큰둥하게 벼슬하는 사내의 행동으로 어울리지 않는다고도 했다. 그가 관직에 있는 게 분명한데 뭘 하는지도 알지 못했다. 원래 남에게 무관심한 편이라지만 저를 누이처럼 여기는 이에게도 관심을 갖지 아니한 건 좀 심했다. 이래서야 어찌 누구인지 설명을 할 수나 있을까.

"그러면 내가 아는 이일 수도 있겠군요. 누구입니까?"

"아는 게 이름자뿐입니다. 성도 모르고 아무것도 모르는 것을요."

"이름이라도 이야기해 보세요. 혹시 압니까. 내가 아는 사람이어서 아가씨께 어떤 이인지 알려 드릴 수 있을지."

"듣기로는 이름이 제라고 했습니다."

김 씨가 어린 아우의 비밀을 캐내듯 은근한 어조로 채근하자 유화가 작게 대답하며 멋쩍게 웃었다. 김 씨는 방금 들은 이름에 몇 개의 성을 붙여 보았다. 광원에게서 들은 이야기도 퍽 도움이 되었다. 한 사람의 모습을 그려 내는 데에는 긴 시간이 필요하지 않았다.

"뵌 적이 있는 분이군요. 젊은 나이에도 꽤 중책을 맡고 있는 사람이라 들었습니다. 그 아버님 되시는 분은 일찍이 밀직사사에 서경부원수까지 지내셨다니 오래된 명문가 자제이기도 하지요. 시간이 남아도는 한가한 작자도 아닌데 아가씨의 오라버니 노릇을 자청하고 있으니, 아가씨는 복도 많으십니다."

늦은 시간에도 초롱초롱하게 눈을 빛내는 소녀에게서 환하게 빛이 났다. 알지 못하던 사실을 들어 알게 되는 마음이 즐거웠다. 정유는 제의 진심을 믿지 아니하는 듯 그를 경계하라 하였지만 그럴 필요가 없을 것 같았다. 오래된 명문가 자제에 스스로의 능력도 뛰어난 것 같으면 구태여 소녀를 징검돌로 하여 중결의 환심을 살 필요는 없었으니까.

말을 멈춘 김 씨의 얼굴에서는 장난스러운 기색이 사라지고 따스함만이 남았다. 유화의 손을 잡아당겨 자신의 곁으로 끌어다 앉혔다. 잠깐 머뭇거리던 유화가 이내 그녀에게 몸을 기대었다. 다정하게 손을 어루만지는 느낌에 마음이 녹아, 남은 한 손도 김 씨의 손 위에 얹어 놓았다. 자그마한 손이 김 씨의 마음에 잔잔한 물결을 일으켰다.

본가에 갈 것이라 말하는 광원을 향해 유화를 불러 달라 부탁했다. 얼굴이나 보았지 말 한 마디 제대로 나누어 본 적 없는 어린 시누가 안에 무슨 생각을 품고 있는지 궁금했다. 이렇게 마주 앉아 이야기를 나누어 보니 평소 어렴풋하게 느끼던 것과 크게 다르지 않았다. 유덕은 꼬리 감춘 여우를 보는 양 인상을 찌푸렸지만 마음을 숨길 줄 모르는 순진한 소녀에 불과했다. 그런 소녀가 전하는 체온이 마음에 위안이 되었다. 다시 입을 열어 눈을 빛내는 소녀가 궁금해할 것 같은 화제를 이어 갔다.

"아가씨의 새 오라비 말입니다. 아직 혼사를 치르지 않은 나이 든 도령이라는 걸 아십니까?"

"하지만 유덕 오라버니는 이미 혼인하여……."

유화는 기댄 몸을 움찔했지만 그 이상의 반응을 보이지는 않았다. 대신 머릿속에 떠오른 생각을 조심스레 입에 올렸다. 아이도 있지 않았는가, 하는 뒷말은 얼른 삼켰다. 유덕보다 연상인데 어찌 아직도 혼인을 하지 않을 수 있나. 차라리 아내를 소박 놓았거나 사별하였다면 모를까.

유화 자신이 제게 관심을 갖는 것을 보고는 놀리려 하는 거짓말이 아닐까 싶기도 했다. 그러나 몸을 일으켜 김 씨의 표정을 살필 생각은 하지 않았다. 사람의 체온에 유독 약하기도 했지만 남의 표정을 읽어 보려다 도리어 자신의 표정을 들킬 것 같았다.

그러나 서른을 훌쩍 넘어선 여인은 곁에 앉은 소녀의 마음을 손바닥에 올려놓은 듯 훤하게 들여다볼 수 있었다. 김 씨의 손등에 얹혀 있던 유화의 손끝이 꼼지락거리기 시작한 것도 마음이 요동치는 것을 짐작케 하는 증거 중 하나였다.

"아내가 있고 자녀가 있으면 어찌 자주 드나들며 아가씨 오라비 노릇을 하겠습니까. 정혼자가 있었는데 혼사를 치르기도 전에 일찍 죽었다 하지요. 이후에도 혼담이 들어왔지만 모두 거절한 모양입니다."

혼인하지 아니하였다는 말에 잠깐이나마 둥실 떠올랐던 소녀의 마음이 도로 가라앉았다. 혼인을 약조한 이가 죽고 나서 다시 혼인할 생각을 아니할 만큼 깊은 정을 품고 있었다면 그 누구도 마음에 담지 아니할 터였다. 그의 마음을 움켜쥔 채 세상을 떠났을 정체 모를 여인을 원망하던 유화가 현실을 깨닫고 낮은 한숨을 내쉬었다. 제는 그녀의 '오라버니'였다. 그녀에게 준마음이 어린 누이에 대한 애정 이상은 아니었으리라.

잠시 침묵이 내려앉았다. 침묵을 깨고 먼저 말을 꺼낸 것은 유화였다. 명랑하고 유쾌한 목소리로 어린 아우들의 근황부터 시작해서 종지의 아들인 정유가 종종 놀러 온다는 이야기를 늘어놓았다. 강 씨의 눈을 피해 집 밖을 나서서 눈에 담게 되는 풍경과 사람들에 대한 소감도 이어졌다. 더 이상 할 이야기가 남지 않을 정도로 소소한 문답이 오가도록 제에 대한 내용은 다시 화제에 오르지 않았다.

김 씨가 소녀의 이야기에 맞장구를 치거나 질문을 건네는 등지극히 사소하고 정다운 대화를 나누는 동안에 새까맣기만 하던 밤하늘 저편이 조금씩 밝아 오기 시작했다. 이야기가 잠시 멈춘사이에 유화가 벽에 등을 기대었다. 하늘로 올라갈 마지막 기회를 노리는 삼시가 내려앉기라도 한 듯 눈꺼풀이 무거웠다.

김 씨가 나지막한 목소리로 유화를 불러 일깨웠다.

"아가씨, 오늘은 섣달그믐이니 잠들어서는 안 되는 날 아닙니까."

"이 정도면 날이 밝았다 보아도 괜찮지 않을까요."

"새로 해가 떠올라야 진짜 새해라 할 수 있을 텐데요. 혹시 소원이라도 하나 생각해 두신 건 없습니까."

"조금 더 여인다운 이가 되어야 하겠습니다. 그래야 한 번쯤 돌아봐 주지 않겠습니까."

"어머, 그렇습니까. 누가 돌아본단 말인가요."

김 씨가 가벼운 웃음과 함께 건넨 작은 속삭임은 유화의 귀에 닿지 않았다. 반쯤 잠에 취해 있던 소녀가 고른 숨을 내쉬기 시작했다. 김 씨가 몸을 살짝 움직여 불안하게 기우뚱거리는 머리를 자신의 무릎 위에 얹어 놓았다. 보료 구석에 놓아둔 담요를 당겨 폭 덮어 주었다. 한 번도 가져 본 적 없는 아이에 대한 그리움을 담아 작은 목소리로 불러보았다.

"아가."

꿈속을 거닐고 있을 유화의 머리칼을 가만히 쓸어 주었다. 아직도 어린 듯 보이는 소녀는 벌써 다 자란 아가씨가 되어 마음에 품은 사내의 이야기에 볼을 붉게 물들였다. 그 모습을 떠올리며 나지막하게 속삭였다.

"부디 아프지 말거라."

유화의 마음에 알게 모르게 자리한 청년과 맺어질 가능성은 극히 희박할 것이다. 그가 가문의 후원을 바랄 수 없는 외로운 처지라는 점은 유화에 비해 제법 연상이라는 사실보다 더 크게 작용하리라. 혼인이 서로의 연정을 바탕으로 이루어지는 것이 아닌 탓이었다.

　김 씨는 한참 동안이나 유화의 머리를 쓰다듬으며 앉아 있었다. 창밖이 희끄무레하게 밝아 오자 바깥에서 작게 부르는 소리가 들려왔다. 유화가 깨지 않게 조심하여 머리를 무릎에서 내려놓으며 낮은 베개를 괴어 주고는 등잔불을 불어 껐다. 아직 가시지 않은 엷은 어둠이 방 안 가득하게 밀려들었다.

　김 씨가 조용히 일어나 방문을 열고 대청으로 나섰다. 막 떠오르는 태양이 가느다란 빛살을 내뻗고 있었다. 새해 아침이었다.

五.
別離(별리)

햇살이 퍽 좋은 늦은 봄날이었다. 평소 같으면 화창한 날씨를 반기듯 바깥으로 뛰어나갔을 아기씨가 오전이 다 가도록 방에 틀어박혀 잠잠했다. 유모가 살짝 문을 열고 안을 들여다보았다.

"아기씨, 어디 편찮으십니까?"

"아니, 전혀."

유화가 건성으로 대답하는 목소리를 들으며 유모가 방 안을 살펴보았다. 이내 경솔하게 튀어나온 말을 후회했다. 유화는 단정하게 앉아 고운 색실을 수틀 위에 이리저리 맞추어 보느라 분주했다. 걱정하는 마음으로 건넨 말을 비꼬는 것이라 들어도 할 말 없을 정도였다.

다행스럽게도 유화는 유모의 말을 크게 신경 쓰지 않는 눈치였다. 유모가 조심스럽게 덧붙였다.

"날이 좋아서 방에 계시지 아니하실 줄 알았습니다."

"모르는 소리."

유화는 마치 유모가 큰일 날 소리라도 한 것처럼 정색을 하며 고개를 들었다.

"색깔이 조화롭게 어울리도록 하려면 볕이 좋은 날이 좋지."

문을 다 닫아 두고 계시면서요?

유모는 금방이라도 혀끝으로 밀고 올라올 것 같은 말을 꾹 눌러 삼키며 부지런히 창을 열어 둔 채 돌아나갔다. 유화가 앉은 자리에 아슬아슬하게 햇빛 끄트머리가 걸렸다. 눈썹을 찡그리며 조금 안쪽으로 몸을 움직였다.

햇살은 피했지만 열린 창문 너머에서 불어 드는 봄바람은 막을 수 없었다. 기껏 다독여 가라앉힌 마음이 엷은 바람줄기에 세차게 흔들렸다. 코끝을 간질거리는 상쾌한 공기는 달콤하기까지 했다. 치맛자락에 닿을 듯 말 듯 길게 뻗은 햇살이 슬금슬금 다가와 소녀의 무릎을 콕콕 찔러 댔다.

"그래, 졌어."

혼잣말한 유화가 색색의 실꾸리를 작은 바구니에 대충 쓸어 담았다. 자리에서 일어나 치맛자락을 툭툭 쳐서 주름을 폈다. 얌전한 아가씨처럼은 보이지 않는 걸음으로 순식간에 방문 앞에 도달했다.

뭔가 이상한 느낌이 들어 고개를 휙 돌렸다. 창 너머로 안을 들여다보는 미소 띤 얼굴을 보며 함박웃음을 머금었다.

"우리 왈가닥 아가씨가 이렇게 좋은 날에 어찌 나가지 않는지 궁금하던 참이구나."

"잠깐 방 안을 거닐어 본 것에 불과하옵니다."

"진심이냐?"

"아버지께 거짓을 고할 리 없지 않습니까."

중결의 목소리에 유화가 새초롬하게 대꾸했다. 아닌 척 숨기려 들어도 얼굴이 붉어지는 건 감추지 못했다. 조금 전의 행동은 누구의 눈에도 당장 방을 뛰쳐나갈 것처럼 보였을 터였다.

"아쉽구나. 네가 한가하면 나들이를 가지 않겠느냐 물을 생각이었는데."

"진정이십니까."

중결이 대답 대신 미소를 되돌렸다. 유화가 눈을 동그랗게 떴다. 문을 나서서 대청마루를 가로지르는 대신 곧장 기다란 창으로 쪼르르 달려가 치맛자락을 살짝 걷고 낮은 턱을 타 넘었다. 머리끝부터 발끝까지 잘 갖추어진 공복 차림의 중결을 보고서는 입술을 삐죽거렸다.

"아무리 보아도 다시 입궐하실 게 분명하신데 어찌 거짓을 말씀하시옵니까."

"조금 전의 너도 그러했느니라. 누가 보아도 곧 나갈 새끼 고양이 같았던 것을."

유화가 팔을 벌려 중결의 목을 끌어안고 서운함을 가득 담아 투정을 부렸다. 중결이 유화의 등을 토닥였다. 조금 전에만 해도 저만치에 서서 내외하듯 새침하게 굴던 딸이 그런 적 없다는 듯 어리광을 부리고 있었다. 마음이 흐뭇해지는 대신 옅은 아쉬움이 밀려들었다.

딸아이가 날이 다르게 고운 여인으로 성장하는 만큼 자신은 늙어 가고 있었다. 커다란 활의 시위를 힘껏 잡아당겨 과녁을 맞히고 긴 창을 찔러 멧돼지 따위의 숨을 단번에 끊어 놓는 정도는 아직 자신 있었다. 그러나 품에 안기는 딸아이를 번쩍 들어 올리려면 전보다 더 힘을 써야 했다.

중결이 유화를 안고 두어 바퀴 빙그르르 돌았다. 마치 자신의 건재함을 확인하고, 과시하는 듯했다.

유화의 웃음소리가 공기 중에 섞여 들어 햇살처럼 반짝거렸다. 아버지의 품에서 마루 위로 내려선 유화가 한숨을 섞어 투덜댔다.

"아버님께서 조금만 덜 훌륭하셨으면 좋겠습니다. 그러면 소녀에게도 시간을 내어 주실 수 있지 않겠습니까."

"여느 아비보다는 훨씬 더 많은 시간을 딸에게 내어 주고 있는데도 매양 부족하다고 하는구나. 네 마음을 채워 줄 수 있을 만큼 바쁘지 아니한 사내라, 그런 이 중에 제대로 된 이가 있을지 모르겠구나. 저렇게 뻔질나게 드나드는 자도 한가로운 이는 아니니 말이다."

중결의 턱짓을 따라 눈길을 옮긴 유화가 낯익은 이를 발견하고는 활짝 웃었다. 벌써 며칠이나 보지 못하여 왠지 오늘은 꼭 올 것만 같았다. 들썩이는 몸을 방에 가두어 놓느라 애쓴 것도 그 탓이었다. 줄곧 유화만 바라보고 있던 중결이 변변한 눈길도 주지 않고 그의 존재를 알리는 모습이나 제법 굳건하게 서 있는 청년의 자세로 보아, 제법 긴 시간 머무른 모양이었다.

반가움을 담아 미소 짓는 유화의 마음 한구석으로 낭패감이 스멀스멀 기어올랐다. 이런 모습을 보여 주려고 한 건 아니었는데.

중결이 사라지고 난 자리에 청년이 남았다.

"조금 전 뵈올 때까지 얼굴도 기억이 안 나더란 말입니다."

제는 유화가 자신의 소매를 잡아끌며 투정을 부리자 빙긋 웃었다. 방으로 들어온 유화는 수틀이 그대로 놓인 모습을 보며 내심 안도했다. 꽃잎이며 잎사귀가 제법 그럴듯한 형상을 갖추고 있는 것이 자신의 눈에도 퍽 흡족했다. 이런 모습을 보면 늘 어리기만 한 누이가 아니라 어엿한 아가씨가 되어 가고 있음을 알아줄 것 같았다.

유화가 얌전하게 앉아 다시 바늘을 쥐었다. 퍽 차분하게 손을 놀리는 모습을 바라보던 제가 고개를 돌렸다. 그의 눈길이 가지런하게 늘어선 책과 저편으로 치워 놓은 서안을 지나 다시 소녀의 얼굴로 돌아왔다. 아이처럼 구는 것에 비해 자세나 매무새는 몹시 단정하여 흠잡을 데 없었다. 나풀거리며 놀러 다니는 것 이상으로 책 읽기를 즐겨 한다 하였으니, 조금 전 그의 눈에 들어왔던 책이 증거인 셈이었다. 눈썹을 살짝 찡그린 채 집중하고 있는 유화를 향해 놀리듯 말을 던졌다.

"놀러 나가지 아니할 적에는 서책을 가까이한다고 들었는데."

"수놓는 것이야 여인이라면 누구나 할 줄 알아야 하는 것 아니옵니까."

"여인이라. 나는 늘 온몸으로 부딪쳐 오는 사내아이 같은 아이만 보아서 말이다."

"너무하십니다, 오라버니."

유화가 불만 섞인 얼굴로 고개를 들었지만 무어라 더 말할 틈도 없었다. 몸종이 소반을 들고 들어오는 모습을 보며 수틀을 치웠다. 곱게 수놓인 꽃송이 대신 붉은 산딸기가 담긴 접시가 놓였다.

"오라버니."

불러 놓고도 제법 오랫동안 망설이던 유화가 용기를 냈다. 보료 아래쪽에 감추어 두었던 작은 주머니를 소반 구석에 올려놓고 제의 앞에 슥 밀었다. 입구를 열어 안을 살피려는 손길을 유화가 제지했다. 부끄러움과 기대가 묘하게 교차하고 있었으나 아무래도 눈앞에서 드러나는 건 쑥스러운 모양이었다. 제가 웃으며 유화의 손을 끌어당기고 손바닥 위에 무언가를 떨어뜨렸다. 보이지 않도록 손가락을 쓸어 덮고는 손을 뗐다. 자신의 표정에 소녀의 것과 꼭 닮은 감정이 묻어난다는 사실은 미처 알지 못했다.

"오는 게 있으면 가는 것도 있어야 하겠지."

유화가 가볍게 쥔 주먹을 무릎 위에 놓고 살짝 펼쳐 보았다. 무더운 날의 새파란 하늘과 울창한 신록, 그 풍경을 그대로 담아내는 호수를 닮은 물빛 고리가 매끄럽게 빛났다. 소녀의 가슴이 두근거렸다.

"저를 생각하셨나요?"

"그럼. 하나뿐인 누이인데."

설렘 가득하던 두근거림이 묵직한 추처럼 마음을 내리눌렀다. 그들의 관계에 명확하게 선을 긋는 것 같은 발언에 잠깐 흐려졌던 유화의 얼굴에 도로 미소가 돌아왔다. 그 미소는 조금 전 저를 생각했느냐 묻던 표정과는 확연한 차이가 있었다. 다람쥐 같은 어린아이에게 알밤을 한 소쿠리 안겨 주던 날과 비교하면 정말 선물 같지 않은가. 스스로를 위로했다.

고개를 살짝 숙이고 매끄럽게 빛나는 고리를 바라보던 유화의 귀에 다시 목소리가 들려왔다.

"당분간 보기 어렵겠구나."

"어디엘 가시기라도 하옵니까?"

"국록을 받는 이는 나라의 명을 따라야지."

나라의 명. 유화의 가슴이 달칵 내려앉았다. 청년의 다정함에 취해 늘 잊고 있었지만, 그는 검도 승마도 유덕보다 나으리라 자신만만하게 말한 무인이었다. 소녀의 목소리가 살짝 떨려 나왔다.

"아버지도 아시는 일입니까?"

"내가 꼭 필요하다 말씀하셨지."

유화가 도로 고개를 떨어뜨렸다. 평온한 목소리와 꼭 닮은 담담한 눈빛에 마음이 허전하기도, 아프기도 했다. 사내의 마음에 깃들기를 바라기에는 어린 나이일까. 하지만 또래 중에는 이미 혼인한 이들도 더러 있다 하였는데.

"하면 언제 오십니까."

"그건 기약할 수 없겠구나."

유화의 말에 대답하던 제는 풀이 죽은 듯 보이는 표정이 안쓰러워 다정한 목소리로 덧붙였다.

"서간이라도 종종 보내마. 누가 보면 마치 내가 사지로 가기라도 하는 것처럼 생각하겠구나."

"약조하셨습니다. 잊으시면 안 돼요."

　　　　❋　　　　　❋　　　　　❋

　유화는 손가락에 끼운 고리를 만지작거리면서 안마당을 서성
거렸다. 그녀를 발견한 유모가 질색하며 유화의 손목을 잡아끌
었다. 고운 달빛이 마당을 채우고 있는 밤은 어린 아가씨가 바
깥에 나와 있기에 썩 어울리는 시간은 아니었다. 유화는 마지못
해 끌려가면서도 하늘을 올려다보았다. 조그만 별들의 반짝임을
파묻어 버릴 만큼 달빛이 휘영청 밝았다.

　"늘 하늘에 떠 있는 달이 무어 신기하다고 밤이슬을 맞고 계
십니까."

　"어제 떴던 달하고 오늘 뜬 달은 달라."

　"다음 달 이맘때가 되면 똑같이 생긴 달이 뜹니다, 아기씨."

　가차 없이 대답한 유모가 유화를 방으로 밀어 넣었다. 방 한
가운데에 펼쳐진 이부자리에 군소리 없이 들어가 누운 유화가
이불을 잡고 머리끝까지 덮어썼다. 기나긴 밤을 그는 어찌 보내
고 있을까. 알 수도 없고 궁금하다 물을 수도 없는 일이었다. 자
꾸만 눈앞에 어른거리는 얼굴, 오라비라며 관계에 선을 그은 남
자의 얼굴을 지우려고 애썼다.

　이불 끄트머리에 삐죽 나온 손가락에 걸린 낯선 장신구가 유
모의 눈길을 끌었다.

　"아기씨께서 옥지환을 갖고 계신 줄 몰랐습니다. 다른 하나는
어디에 두셨습니까."

　"오라버니께서 주셨으니 낸들 알 수 있나."

"하기는, 혼인도 하지 아니한 아기씨가 가락지를 쌍으로 끼고 있으면 그것도 이상하겠지요."

유화의 심드렁한 목소리를 유모가 별 감흥 없이 되받았다. 유화가 다시 금침을 내려다보았다. 이제는 아무것도 보이지 않는 이불 안으로 파고들며 손을 모아 쥐었다. 매끄럽고 딱딱한 고리의 감촉이 느껴졌다. 지환(指環)은 본디 한 쌍이었으나 유화의 손가락에 걸린 것은 하나뿐이었다. 정표로 나누어 가진 것은 아닐까, 홀로 기대라도 하고픈 마음조차 '하나뿐인 누이'라는 말에 가로막혔다. 절기에 어울리는 소박한 선물 이상의 의미를 부여할 수가 없었다. 괜히 더 외로워지는 마음에 맞잡은 손에 더 힘을 주었다.

유모는 잔뜩 웅크리고 누운 유화의 자세를 바로잡고 이불도 고쳐 덮어 주었다. 방을 밝히고 있는 어슴푸레한 불까지 끄고서야 방을 나섰다. 방 안으로 어둠이 물결치듯 흘러들었다. 유화가 허공에 손을 뻗어 손가락을 쭉 펼쳤다. 손가락을 감싸고 있는 둥근 고리가 희미하게 반짝였다. 날씨에 어울리지 않게 한기가 이는 것 같은 마음으로 손가락을 바라보았다.

같은 시각, 고요한 공기를 가르고 말굽 소리가 잔잔하게 울렸다. 어둑한 밤길 위로는 말 한 필과 단출한 짐, 그리고 제 뿐이었다.

아침에 나서야 했을 여정이었다. 그것을 늦추고 사랑스러운 소녀를 만나 담소를 나누었다. 직후에 부지런히 말을 달렸지만 먼저 출발한 일행을 따라잡는 데는 제법 시간이 걸렸다. 만나기로 한 지점에 가까워지기는 했지만 이미 밤이 깊었다. 적당한 데서 잠시나마 눈을 붙이고 날이 밝은 후 전력으로 말을 달리는 편이 더 나을 터였다. 그러나 그는 교교한 달빛을 받으며 느긋하게 말 위에서 흔들거리고 있었다.

고작 하룻밤을 지새우는 것 따위는 아무렇지도 않았다. 광원처럼 전장에서 잔뼈가 굵은 것도 아니고 유덕처럼 지략을 써서 군을 통솔하는 것도 아니었지만, 그 역시 전장을 누비는 무인이었다. 밤을 지새웠다 하여 다음 날을 걱정해야 할 것 같으면 이미 자격 미달이었다. 그리 생각하며 효율과 거리가 먼 자신의 행동을 합리화했다.

고삐를 느슨하게 쥔 채 산책하듯 여유롭게 생각에 잠겨 있던 그가 줄곧 버석거리며 존재감을 표하는 작은 주머니를 품에서 꺼내 안에서 조그만 천 조각을 끄집어냈다. 제법 앙증맞게 수놓인 부채의 모양을 보던 얼굴에 웃음이 번졌다.

더운 날씨에 부채를 선물하는 것은 오래전부터 전해 오는 습속이었다. 진짜 부채 대신 부채 그림이라, 종잇장이 찢어지거나 부챗살이 부러질 염려는 하지 않아도 좋을 터였다. 무사를 기원하는 누이의 마음이 담긴 부적을 겸하여 지니고 다니기에는 더 좋았다. 소녀가 그것까지 염두에 두었는지는 알 수 없으나.

무심코 수놓인 위를 어루만지다 문득, 뒤편에도 무언가 있음을 깨닫고 슬쩍 뒤집어 보았다. 가느다란 갈색 줄기에 연보랏빛 꽃송이가 다닥다닥 매달려 있는 모습이 보였다.

언젠가 소녀가 유화(蕤花)라는 이름의 기원을 말한 적 있었다. 그는 소녀가 표주박 위에 흩뿌렸던 진한 내음의 꽃송이를 기억하고 있었다. 준 사람이 누구인지를 절대 잊을 수 없을 그림을 보고 빙긋 웃었다.

마치 듣는 이가 곁에 있는 것처럼, 다정한 말투로 속삭였다.

"무사히 돌아가마."

六.
再會(재회)

　　조그만 빗방울이 바닥에 흩뿌려져도, 햇볕이 반짝 나도 봄 특
유의 온화함으로 한결같은 날들이 흘러갔다. 며칠이고 그치지
않고 퍼붓던 굵은 빗줄기가 지나가고 난 자리에 바람 한 점 없
는 무더운 날씨가 연이어 찾아들었다. 물기 머금은 세찬 바람이
막 물들기 시작한 이파리를 뒤흔들고, 파랗게 높은 하늘을 배경
으로 낙엽 몇 장이 마당을 이리저리 뒹굴었다. 추운 세상을 위
로하듯 하얀 눈송이가 땅 위를 소복하게 뒤덮었다가 조금씩 녹
아내렸다.

　　다시 꽃이 피고 새싹이 움트는 시기를 지나 무더운 여름을 겪
어 낸 가을날이 또다시 성큼 찾아왔다.

　　계절이 일순하고도 또 한 바퀴에 가깝게 달려 나가는 동안,
별채에도 변화가 찾아들었다. 따로 머무는 이 없이 비어 있던
방에는 안채 곁방에 있던 세간과 잡동사니들이 옮겨졌다. 섬돌

위에 놓이는 꽃신은 손가락 한 마디만큼 더 커졌다. 낮은 장 위에 늘어선 책의 수도 늘었거니와, 오래도록 머무르고 있는 것들은 모서리가 더 닳아 있었다. 서안에 밀려 방구석에 자리한 수틀에는 예전에 비해 더 정교해진 꽃송이와 생기 넘치는 나비가 노닐고 있었다.

서안과 보료 사이에는 막 자리에 앉는 이가 있었다. 그적과 지금을 비교하여 가장 크게 달라진 점이 무엇이냐 묻는다면 누구든 대번에 그녀를 짚을 것이다. 반짝이는 동그란 눈망울도, 안절부절못하는 듯 몸을 꼼지락대며 손끝으로 서안 모서리를 톡톡 두드리는 행동도 전과 다르지 않았다. 그러나 더욱 단아해진 자태와 한결 침착해진 표정, 몸을 감싼 옷자락 위로 희미하게 드러나는 여인 특유의 곡선을 보며 시간의 흐름을 짐작하는 것은 어렵지 않았다.

"아버지께서는 요 근래 무척 다망하시어서 낮이고 밤이고 뵙기 어렵지."

유화가 혼잣말로 중얼거렸다.

왕이 한 차례 더 바뀌며 정쟁이 어지럽게 지나간 자리에 중결이 우뚝 섰다. 옥좌에 앉아 있지 않을 뿐 한 나라를 책임지다시피 하고 있었다.

아비가 덜 바빴으면 좋겠다던 소녀의 소박한 소망은 무산되었으나, 그것이 서러워 눈시울을 붉히던 어린 시절은 이미 떠나보낸 지 오래였다.

그렇다고 해서 외로움을 느끼지 아니하는 것은 아니었다. 멀리 동서남북 종횡무진 내달리는 청년에게서 전하는 서찰의 온기가 소녀의 허전함을 채워 주고 있었다. 일상과 풍경에 대한 소소한 소회를 눈앞에서 바라보는 듯 생생하게 전했다. 달필이라고는 할 수 없어도 반듯하게 써 내려 가는 글씨는 그의 신중한 성품을 반영하고 있었다.

그러나 그가 품은 감정은 전혀 읽어 낼 수 없어 간혹 서운하기도 했다. 하다못해 '가끔 누이가 생각난다'는 말이라도 있다면 더욱 좋을 것인데.

"오라버니께서는 최근에 전혀 걸음하지 않으셨는데 그건 그쪽도 마찬가지라 했고."

어린 시절의 한순간을 비집고 들어온 정유는 그적이나 지금이나 하나뿐인 벗이었다. 아까도 그가 찾아와 이런저런 이야기를 허물없이 나누고 돌아갔다. 최근 유덕의 얼굴을 본 적 없다고 고개를 갸웃거리는 유화를 향해 고개를 끄덕거렸다. 그 또한 유덕을 본 지 오래라며.

과거를 앞두고 있는 정유는 의젓한 어른 대접을 받았다. 예전처럼 사랑 바깥에서 빙빙 도는 것이 아니라 종지의 곁을 지키며 이런저런 것들을 눈에 담고 귀로 들어 마음에 새기는 중이라고 했다.

서안을 두드리던 유화의 손가락이 멈추었다. 결론은 금방 났다. 유덕은 지금 개경에 없다.

어째서?

그것만큼은 도무지 짐작할 수가 없었다. 유화의 생각이 바쁘게 줄달음질을 쳤다. 어리광처럼 느껴질 질문을 부모에게 건넬 수는 없었다.

워낙 바쁜 이들이라 소소한 대화를 나눌 시간도 없겠지만 썩 내키지 않는 기분이었다. 이런저런 사람들의 얼굴을 떠올렸다 지워 내길 반복하니 딱 두 사람의 얼굴이 남았다. 어떤 쪽이든 유화의 질문을 이상하게 여기지 않고 다정하게 대답해 줄 이들이었다.

유화가 자리에서 일어나자 고운 수가 놓인 치맛단이 나풀거렸다. 구김이 생길까 모아 쥐지도 못하고 급한 마음에 버선코로 앞자락을 발로 걷어차며 서둘러 방을 나섰다. 강 씨는 물론이고 유모에게도 행선지를 알리지 아니하는 외출은 어딘가 꺼림칙한 느낌이 있었다. 소리를 죽여 안마당을 가로지르고 종종걸음으로 대문간을 통과했다.

너울조차 쓰지 않고 나서는 아가씨의 모습이 그리 이상하게 느껴지지 않을 정도로 날이 좋았다. 그러나 날씨를 즐기기 어려울 만큼 마음이 복잡했다.

유덕은 그녀에게 다정하게 대하는 법이 없었지만 안부를 걱정하는 것이 당연한 동기간이었다. 가장 좋아하는 오라버니라는 마음도 변함없었다. 그런데도 그의 근황을 궁금하게 여기는 것이 잘못인 것 같은 묘한 감정이 휘돌았다. 집안의 누구에게도 묻지 못하고, 남들에게 들킬세라 살그머니 빠져나온 것이 증거라 할 만했다. 오래도록 응답받지 못한 마음이 이제는 지극히 당연한 걱정조차도 그릇된 것으로 받아들이고 있는 것 같아 불쾌해졌다.

유화가 표정을 굳힌 채 걸음을 재촉했다. 혼자 가 본 적 없는 길을 두리번거리며 한참을 걸었다. 저만치 기다란 담장을 발견하고는 잠시 자리에 멈추어 서서 호흡을 가다듬었다. 목적한 곳에 거의 닿았다.

갑자기 먼 대문간이 부산스러워지기 시작했다. 콩알만큼 조그맣게 보이는 사람들 사이에서 그녀가 찾던 남자가 말에 훌쩍 올라타는 모습을 보고는 눈을 동그랗게 떴다. 우아한 자태의 여인이 그를 배웅하는 모습을 보며 다시 발을 내딛었다. 말이 질풍 같은 속도로 멀어져 가는 것을 보며 걸음을 빨리했다. 여인이 몸을 돌리는 것을 보고는 체면에 어울리지 않게 커다랗게 소리쳤다.

"잠시만요."

여인과 눈이 마주쳤다. 그리 가깝지 않은 거리에서도 표정이 밝지 않다는 사실을 한눈에 알아볼 수 있었다. 마음에 불안함이 밀려들었다. 온 힘을 다해 뛰어가는데도 거리가 좀처럼 좁혀지지 않는 것 같아 마음이 다급해졌다.

남편을 배웅한 광원의 부인, 김 씨는 유화가 가까이 오기를 기다렸다. 숨도 고르지 못한 헐떡이는 목소리를 들으며 잠깐 대답을 고민했다.

"저, 오라버니는 어디에……."

"포천에 가십니다."

"포천에……."

"어머님의 환후가 좋지 아니한 것 같다 하였습니다."

낯선 데도 익숙한 느낌이 드는 지명에 유화가 고개를 갸웃거리자 김 씨가 상냥하게 대답했다. 유화가 멍한 얼굴로 김 씨를 올려다보았다. 유덕의 안부나 소재는 구태여 물을 필요도 없었다. 자신의 손을 잡으며 상냥하게 묻는 목소리에 비로소 정신을 차렸다.

"잠시 숨이라도 돌리고 가시겠습니까."

"아니, 괜찮습니다."

유화가 도리질하며 쭈뼛거리고 물러나는 모습을 바라보던 김 씨가 온화하게 덧붙였다.

"무언가 전갈이 오면 아가씨께도 전해 드리겠습니다. 염려 마십시오."

유화가 몸을 돌려 다시 한 번 허리를 굽혀 보였다. 터벅터벅 딛는 발걸음이 몹시 무거웠다. 조금 전 들은 이야기가 귓가에 맴돌아 떨어지지를 않았다.

"어머님의 환후가 좋지 아니한 것 같다 하였습니다."

"나를 생각하는 딸이 개경에도 있음을 잊지 않으마."

포개진 목소리를 들으며 고개를 떨어뜨렸다. 할 수 있는 일이 아무것도 없었다.

유화가 서안 앞에 정좌하여 앉아 있었다. 벌써 날이 어둑해지는지 방으로도 어둠이 스며들고 있었다. 낮에 들은 이야기가 자꾸만 귓가를 맴돌아 견딜 수 없었다. 결국 자리에서 일어나 방문을 나섰다. 걸음은 느긋했지만 머릿속은 바삐 움직이고 있었다.

중결이 부재중이어도 말 한두 필쯤은 남아 있으리라. 전력으로 말을 달리면 한밤중에 닿았다 새벽에 돌아오는 것도 가능할 것이다.

운이 좋다면 그녀가 집에 있지 아니하였다는 사실 자체를 들키지 않을 수도 있었다. 그러나 유화가 잠자리에 들 무렵이면 늘 확인하러 오는 유모가 문제였다.

별채를 막 벗어난 유화의 생각은 거기에서 멈추었다. 조금 전 생각한 문제 인물이 유화를 바라보며 어안이 벙벙한 얼굴을 하고 있었다.

"이 늦은 시간에 어디엘 가십니까, 아기씨?"

"아침까지는 틀림없이 올게. 도와줘, 유모."

"마님께 말씀드리지 않고 가시면 곤란하지 않습니까."

"어머니께는 다녀와서 말씀드릴게. 아버지라면 모를까 어머니께는 지금 말씀드릴 수 없어."

"장군님께서 계시지 아니하니 더더욱 마님께 말씀드려야 하는 것 아닙니까."

"유모, 부탁이야."

행선지도 없이 귀가 시간만 짧게 이야기하는 유화를 향해 유모가 고개를 저었다. 그토록 서둘러야 할 일이 과연 있는지, 까닭은 무엇인지 말할 수 없다면 바람직하지 못한 일이라고 생각했다.

유화가 울상이 되어 발을 굴렀다. 시간을 지체하고 싶지 않았다.

"장군님께서 계시지 아니한가?"

뒤쪽에서 들려오는 목소리에 조바심 가득하던 유화의 동동거림이 멈추었다. 어느새 그녀의 곁에 다가든 기척을 느끼고는 시선을 한껏 위로 끌어올렸다. 눈길이 닿은 곳이 텅 빈 허공이어서 당황하며 살짝 고개를 내렸다. 예전에 비해 가까워진 거리에서 내려다보고 있는 얼굴은 오랜 외지 생활의 영향인지 다소 꺼칠하고 그을려 있었다. 그러나 목소리만큼은 전과 조금도 다르지 않았다. 유화의 눈에 엷은 파랑이 일었다. 목소리가 가느다랗게 떨렸다.

"오라버니."

저물어 가는 거리에는 사람이 별로 없어, 성문을 나서니 인적 따윈 없다고 보아도 무방할 정도였다. 느긋하게 걸어간다면 속삭이는 듯한 풀벌레 울음과 낙엽 뒹구는 소리에 젖어 들 수도 있겠으나, 빠르게 내달리는 말 위에 오른 이들은 귓가를 스치는 바람 소리 외에는 아무 소리도 듣지 못했다. 마음이 급한 유화는 길도 모르면서 먼저 치고 나갔지만, 외줄기 길인 탓에 제도 그리 염려하지 않고 적당한 거리를 두고 뒤를 따르고 있었다.

달빛이 짙은 어둠을 헤치고 유화의 위로 내리비쳤다. 길게 땋아 내린 머리채가 바람결에 나풀거리고, 치맛자락이 발목 근처에 가볍게 팔락였다.

몹시 서두르는 와중에도 이따금씩 옷자락을 정돈하는 모양을 보며 사내아이의 바지 위로 두르기만 한 치마가 아무렇게나 펄럭이던 모습을 떠올렸다.

말 위에 오른 소녀의 모습을 본 게 세 해 전이고, 헤어지고 난 이후로만 따져도 이 년에 가까운 시간이 흘렀다. 그사이 변화가에서는 무심코 스쳐 가도 알지 못할 만큼 훌쩍 자라, 더는 소녀라 칭하기도 어려울 정도로 성숙한 여인의 느낌이 배어났다.

몸만 자란 것이 아니라 행동도 예전 같지 않았다. 남의 이목 따위 신경 쓰지 않고 덥석 안겨 오던 유화가 잠깐 손을 맞잡는 것으로 반가움을 표하고는 돌아섰다. 그와 동행하는 것을 이유로 들어 유모를 설득하는 모습도 이미 어린 소녀의 것이 아니었다. 세월의 흐름에 따른 당연한 변화라 생각하면서도 왠지 허전한 기분이 들었다.

계속 오라비로 머물러도 되는 것일까.

외로움이 묻어나는 뒷모습을 보며 문득 떠오른 생각을 지웠다.

줄곧 일정한 거리를 두고 달려가던 뒷모습이 조금씩 가까워졌다. 제가 별 망설임 없이 팔을 뻗어 손가락으로 어느 한 길을 가리켰다.

조금 전 갈림길까지는 그의 손짓을 확인하면 바로 내달리던 유화가 어째서인지 멈추어 서 있었다. 유화의 곁을 스치듯 앞질러 가며 길을 재촉했다.

"피로한 것이 아니라면 서두르는 편이 좋겠구나."

유화가 그 모습을 물끄러미 바라보았다. 대문간에서 마주쳤을 적에는 다소 야위어 보이는 외양 외에는 변한 게 없다고 생각했다.

그러나 눈을 마주치는 게 부끄럽다는 느낌이 들 정도로 눈매가 깊어진 것 같았다. 목소리는 변함없이 다정한데 어조는 전에 비해 정중하여 거리감이 느껴지기도 했다. 그 때문인지 가뿐하게 안아 말 위에 올려 줄 때 왠지 모르게 가슴이 두근거렸다.

"오라버니."

유화가 조그맣게 불러 보았다. 이미 한참 멀어진 청년의 귀에는 닿지 않을 목소리는 그녀의 귓가로 도로 돌아왔다. 차가운 달빛을 머금은 서늘한 공기가 따사로운 햇살을 만나 훈풍으로 바뀌어 그녀를 감싸는 것 같은 기분이 들었다. 그런데도 마음이 아려 오는 연유는 알 수 없었지만 오래도록 고민할 시간이 없었다. 벌써 아득하게 멀어진 동행자를 따라잡으려 말을 재촉했다.

소로와 대로, 민가와 수풀을 넘나든 끝에 제법 위용이 당당한 대문 앞에 섰다. 유화가 말에서 뛰어내렸다. 굳게 닫힌 대문을 바라본 뒤 제를 힐끗 보았다. 그가 고개를 끄덕이는 모습을 보았으나 문을 두드리려 손을 뻗지도, 사람을 부르기 위해 목소리를 내지도 못했다.

어머님을 뵙고 싶다. 아니, 꼭 뵈어야 한다.

어두운 밤길을 달리며 떠올린 생각은 단 하나였다. 그런데 막상 그 순간을 목전에 두자 덜컥 겁이 났다.

개경에 있는 딸을 잊지 않겠다던 마음은 아직도 변치 않았을까. 여기 있을 게 분명한 유덕이 그녀를 향해 왜 왔느냐 힐난하면 어떻게 하나.

망설이는 유화를 보던 제가 손을 들어 올렸다. 문을 향해 뻗던 그의 손은 유화가 소맷자락을 부여잡는 바람에 갈 곳을 잃고 잠시 흔들렸다.

제가 그녀를 돌아보았다. 불안하게 흔들리는 눈동자가 안쓰러웠지만 마음을 달래어 주는 것은 그의 몫이 아닌 듯했다. 머리를 쓰다듬고 어깨를 다독여 주고 싶은 마음을 억누르려 주먹을 굳게 쥔 채 팔을 내리고 무덤덤하게 말을 건넸다.

"원치 않는다면 그만두고 함께 돌아가마. 하지만 여기까지 와서 그냥 갈 셈이냐."

"아닙니다."

고개를 젓는 유화의 손에서 스르르 힘이 풀렸다. 냉대를 받을까 두렵다. 하지만 일어나지도 않은 일에 겁을 먹고 여기에 온 까닭을 잊어서는 안 되었다. 딸의 도리를 하러 온 것이지, 칭찬받고 사랑받고 싶은 마음에 온 것이 아니었다.

제가 문을 두드렸다. 잠깐의 사이를 두고 삐걱거리는 소리와 함께 문이 아주 조금 열렸다. 문틈으로 고개를 내민 자는 군관의 차림을 한 제를 보고 심상히 문을 열다 유화의 모습을 발견하는 순간 경계의 빛을 띠었다.

"누구십니까?"

"개경에서 아가씨를 모시고 왔느니라."

"아가씨…… 말입니까?"

"장군님의 막내 따님일세. 마님을 뵙고자 먼 길 오셨으니 속히 안내하게."

"어찌 믿는단 말입니까. 지금껏 뵌 적이 없는뎁쇼."

"하면 내가 자네에게 거짓이라도 말하고 있다는 겐가?"

사내가 입을 다물었다. 얼굴에 드리운 미심쩍은 빛을 지우지는 못했으나, 믿지 아니할 이유도 없었다. 상대는 그가 간혹 전언을 위해 개경에 들렀을 적에 유덕과 동행하는 모습을 몇 번 본 적 있는 무인이었다.

곁의 여인은 무얼 획책할 수도 없을 것처럼 순진해 보여 설령 작은댁 아가씨가 아니더라도 함께 들여보낸들 크게 문제가 될 것 같지도 않았다. 게다가 집 안에는 둘째가라면 서러울 무인도 둘이나 있었다. 판단을 마친 사내가 떠름한 얼굴로 마지못해 문을 열었다.

유화가 음산하게 삐걱대는 대문 안으로 발을 들였다. 방방이 흐릿하게 불이 밝혀져 있거나 댓돌에 신이 놓여 있는 것으로 미루어 제법 많은 사람들이 머무르고 있는 것 같았다. 밤이라서 고요할 뿐이리라. 허나 상하고 부서진 곳 하나 없이 말끔하게 정돈되어 있음에도 쓸쓸하고 휑뎅그렁한 느낌이 드는 것이 꼭 밤의 탓만은 아닌 것 같았다. 유화의 마음이 한층 더 가라앉았다.

안내해 주는 이는 아무도 없었으나 그들의 걸음은 자연스레 안채로 향했다. 문살 사이로 사람 그림자가 일렁이고, 화기애애한 낮은 담소가 웅얼거림처럼 새어 나왔다.

그 와중에도 바깥의 기척을 느낀 모양인지 그림자 하나가 움직이더니 문을 밀고 사람이 모습을 드러냈다. 모처럼의 담소를 방해하는 눈치 없는 아랫것에 대한 불쾌감이 가득한 목소리가 울렸다.

"탕약은 시간을 맞추어 올리라고……."

준엄하게 꾸짖던 목소리는 대상을 확인하자마자 끊어졌다. 탁 소리가 나도록 문을 닫고 성큼성큼 다가가 느닷없이 나타난 불청객을 내려다보았다. 고개를 살짝 숙여 인사해 보이는 유화를 향해 낮은 목소리로 짧게 말했다.

"여기가 어디라고 온 것이냐. 돌아가거라."

조금 전 들려온 몸종을 향한 꾸짖음이 차라리 따뜻하게 느껴질 정도의 날 선 목소리에 제가 힐끗 유화의 얼굴을 살폈다. 의외로 유화는 담담했다. 이 정도 홀대쯤은 예상했다는 듯 차분하게 대답했다.

"어머님을 뵙고자 찾아왔습니다."

"어머님을?"

유덕이 유화의 말을 한 음절씩 눌러 따라 했다. 명백한 빈정거림이 담긴 울림에 유화가 눈을 내리깔았다. 제가 긴장감을 끊어 내리는 듯 유덕을 향해 고개를 저어 보였다.

"자네가 아니라 마님을 뵈러 온 걸세. 자식 된 도리를 하겠다는데 막는 것은 옳지 않네."

"자식 된 도리라, 자네가 그걸 운운할 자격이 있는가. 자네가 여막을 어찌나 빨리 걷어 냈는지, 상을 고작 백일이나 겨우겨우 치르면서도 효행을 떠벌리는 자들이 부지기수가 되지 않았겠나."

제의 표정이 상대 못지않게 싸늘하게 굳어졌다. 유덕이 냉소를 흘렸다. 유화가 어쩔 줄 모르고 그들을 바라보았다. 어느 쪽이든 싸늘한 얼굴이 왠지 슬퍼 보인다고 생각했다.

정담을 나누던 아들이 바깥의 기척을 듣고 문을 열었다. 주의만 주고 들어올 듯하더니 아예 밖으로 나가 버렸다. 정확한 목소리는 들리지 않았으나 설전 비슷한 것이 오가는 모양이었다. 한 씨가 자리에 누운 채 광원을 바라보았다.

"누가 온 모양이구나."

"유화가 온 것 같습니다."

바깥의 동정에 귀 기울이던 광원이 공손하게 대답했다. 오가는 대화가 정확하게 들리지 않아도 유덕의 목소리에 감도는 냉기만으로도 방문자를 짐작하는 것은 어렵지 않았다. 유덕의 말을 받아치는 청년의 목소리도 퍽 익숙한 것이었다.

"이 밤에? 혼자서?"

"대호군이 데려온 듯합니다."

"그가 어째서 유화와 함께 왔을까."

"듣기로는 유화가 오라버니라 부르며 각별히 따른다 하였습니다."

중결을 찾아갈 적에 종종 유화를 만날 수 있었으나 따로 이야기를 나누는 일은 좀처럼 없었다. 아마 부인의 귀띔이 아니었다면 그 역시 유화와 제가 동행한 까닭을 알지 못하였으리라.

잠깐 침묵이 흘렀다. 한 씨는 유화가 사소한 일도 제법 오래도록 기억하던 사실을 상기했다. 딸이 개경에 있음을 잊지 않겠다 말해 주었던 그날을 기억하고 있을 소녀가 어깨를 축 늘어뜨리고 먼 길을 돌아가게 할 수는 없었다. 천천히 입을 열었다.

"유화를 방으로 들이도록 일러 주겠느냐. 동행한 그자도 함께."

"……유덕이 내켜 하지 않을 겁니다, 어머니."

"어미를 만나러 온 딸을 아들이 내쳐서는 아니 되지."

광원이 몸을 일으켜 문밖으로 나갔다.

유화를 마지막으로 본 건 삼 년 전, 중결이 칼끝을 바깥에서 안으로 돌리던 때였다. 장남은 그 직후 식솔을 이끌고 산으로 숨어들어 소식조차 알 수 없었다. 그 외에는 모두 중결과 뜻을 같이하고 있어 이따금 만날 수는 있었으나 자주 찾아오지는 않았다. 관직에 올라 개경에 터를 잡고 살고 있는 까닭이었다. 두 해 전쯤 연달아 혼인한 딸들도 한 씨의 강권에 따라 풍습을 따르는 대신 개경에서 지내고 있었다.

텅 비어 버린 둥지, 외로운 어미 새. 조금씩 쇠약해지던 몸이 근래 들어 갑작스레 나빠졌다.

비교적 자주 찾아오던 유덕이 형제들에게 연통을 넣었다. 광원이 열 일 제치고 가장 먼저 달려왔으며 다른 자녀들도 곧 도착할 예정이다. 이미 적지 않은 나이였다. 가장 그리운 얼굴을, 그리고 생사조차 알 수 없는 맏이를 만나리라는 기대는 접어 두고 있었다.

그러나 유화가 찾아오리라고도 생각지 못했다. 사랑스럽던 소녀는 어찌 변해 있을까. 한 씨가 길게 숨을 내쉬며 눈을 감았다.

문을 나선 광원의 귀에 들려온 것은 유덕의 빈정거림이었다. 그는 누구도 쉽게 물러서지 않을 듯 팽팽한 기운을 기가 찬 얼굴로 바라보다 엄격한 목소리를 냈다.

"어머니께서 방 안에 계신데 지금 여기서 무슨 짓들이냐."

"어찌 이 아이가 여기에 올 수 있단 말입니까, 형님."

"유화야, 어머니께서 들라 이르시는구나."

"형님!"

"어미를 만나러 온 딸을 아들이 내쳐선 아니 된다 말씀하셨다."

광원의 전언에 유덕의 낯빛이 바뀌었다. 마루에서 내려서며 거칠게 신을 꿰었다.

제가 부드럽게 밀어내는 손길에 유화가 주춤거리며 대청 위로 올라섰다. 곁을 스쳐 제에게 다가온 유덕이 낮은 목소리로 씹어뱉듯 속삭였다.

"일전의 충고를 잊은 모양이군."

"겉보기엔 이립(而立)에 가까운 준수한 선비가 철부지 꼬마의 소견을 지니고 있으니 안타깝기 그지없네."

세의 반응도 썩 호의적이지는 않았다. 날 선 충고를 주고받은 뒤 유덕은 찬바람을 일으키며 횡하니 사라졌다. 그 모습을 바라보던 광원이 홀로 남은 청년을 향해 친절하게 덧붙였다.

"자네도 함께 들라 이르셨네."

제가 벌써 사라진 유화의 뒤를 따라 안으로 향했다. 방은 주인의 성품을 반영하듯 소박하고 정갈하여, 난향 비슷한 그윽한 향기가 은은하게 감도는 느낌이었다.

그러나 들어서는 순간 훅 끼치는 온기에는 불유쾌한 느낌이 함께 묻어났다. 방문자의 어깨 위로 내려앉으며 온몸을 감싸는 기운은 메마르고 음습했다. 아마 유화가 지금껏 느껴 본 적 없을 분위기는 주인이 앉아 있는 대신 금침을 펴고 누운 까닭일 터였다.

"늙은 어미가 걱정스러웠던 모양이구나."

그 말이 신호가 된 모양이었다. 쭈뼛거리며 한 씨의 곁에 다가앉은 유화의 손등에 앙상한 손이 놓였다. 세 해 전만 해도 세월의 흔적은 느껴질지언정 이렇게 메마른 느낌은 아니었다. 헤어짐이 아쉬워 눈물 떨구어 놓고 이렇게 될 때까지 그토록 쉽게 잊고 있었다니.

부옇게 흐려진 시야에 들어오는 나이 든 한 씨의 얼굴 위로, 하루에 한두 번 보기도 힘든 어미의 얼굴이 포개지자 유화가 입술을 살짝 깨물었다.

중결이 강 씨를 두 번째 부인으로 맞아들일 적에, 한 씨는 지금의 강 씨와 비슷한 연배였다. 강 씨가 여전히 고운 것처럼 한 씨도 원숙미를 갖춘 우아한 여인이었을 터였다. 새 가족을 맞아들인지 오래지 않아 개경을 떠나 그녀 자신은 물론이고 남편인 중결에게도 고향이라 할 수 없는 낯선 시골에 자리를 잡게 되었다. 표면적인 이유야 무엇이었든 결과적으로는 새 부인에게 밀려 쫓겨난 셈이라 보아도 무방했다.

이십여 년간 남편의 곁에 온전히 머무르지 못하고 그리움을 삭이며 사는 삶은 어떠하였을까. 새끼들이 모두 둥지에서 날아가도록 곁으로 돌아오지 않은 짝은 그 둥지가 아주 비어 버리려는 순간에도 나타나지 않을 듯했다. 그걸 과연 옳다고 할 수 있을지.

눈물이 왈칵 솟구치는 것 같아, 유화가 얼른 눈을 깜박이며 흐릿한 미소를 보였다.

"괜찮으십니까."

"때가 되면 누구나 겪게 되는 일이니 심려할 것 없단다."

"이리 편찮으시도록 모르고서 어찌 딸이라 하겠습니까."

"걱정을 끼치고 싶지 않아 입을 다물고 있던 어미의 탓이지, 누가 네 탓을 하겠느냐."

유화의 남은 한 손이 주름진 손 위로 포개지는 모습을 바라보던 제의 눈길이 자연스레 한 씨의 얼굴로 옮겨 갔다. 온화한 표정은 한결같았으나 지치고 고단한 기색이 역력했다.

그와 눈이 마주친 한 씨가 빙그레 웃었다. 입을 열어 상냥한 목소리를 냈으나 말이 향하는 대상은 그가 아니라 유화였다.

"탕약이 들어올 시간인데 잊은 모양이구나. 네가 가져다줄 수 있겠느냐."

유화가 고개를 끄덕이며 자리에서 일어났다. 서릿발 같은 유더익 태도를 보고 이 근처를 얼씬거릴 수 있는 사람은 흔치 않으리라 생각했다. 종종걸음으로 문을 나서는 유화의 뒷모습을 자애롭게 바라보던 한 씨는 유화가 사라지자마자 눈을 돌렸다. 문가를 지키듯 굳건히 선 청년을 향해 약한 손짓을 하여 곁으로 불러들였다.

"사적인 자리이니 말을 편히 해도 괜찮을까요."

"이를 말씀이십니까."

"유화는 내 딸일세."

작은 목소리에 굳건한 힘이 실려 있었다. 제의 눈빛이 미묘하게 흔들렸다. 남편의 애정을 송두리째 가져갔다 보아도 무방할 작은 부인의 아이를 일러 '내 딸'이라 말하는 의도를 일기 어려웠다. 더구나 유화는 강 씨와 꼭 닮아 있어 중결을 닮은 구석을 찾는 것이 어려울 정도였다. 제의 눈빛에 가득 실린 의문을 눈치챈 한 씨가 소리 없이 웃었다.

낭군의 핏줄인가, 연적의 혈육인가는 그리 중요하지 않았다. 단 한 번의 망설임이나 의심도 없이 받아들인 운명이었다. 아무런 잘못 없는 어린 소녀에게 책임을 물을 수 있는 것이 아니었다. 유덕이 그 사실을 깨닫는 날이 올까.

아마 그러할 것이다. 유화의 이야기만 나오면 미간을 먼저 좁히는 아들의 냉랭한 눈빛 뒤에 다른 감정이 숨어 있음을 알고 있었다. 다만 그 사실을 그녀가 먼저 말해 줄 수는 없었다. 스스로 깨달아야 할 감정을 남에게 들키게 되면 저항감으로 인해 지금보다 더 필사적으로 부정할 터였다. 사내는 나이를 먹어도 늘 고집쟁이 어린아이라 진실을 직시하는 대신 어깃장을 놓으려 들기 일쑤였다.

아들의 감정이야 그녀의 손바닥 위에 놓은 듯 훤했으나 곁에 앉은 청년의 속내는 잘 알지 못했다. 한 씨가 제에게 시선을 고정했다.

군관의 복색인 데다 그리 멀끔하지도 않았다. 긴 여정을 마치고 돌아온 이와 같은 피로감을 두르고 있는 사내가 밤길을 마다 않고 유화의 호위를 자청한 의도를 가늠하려는 듯 진지한 눈빛이었다.

이윽고 한 씨가 천천히 입을 열었다.

"나는 큰 뜻을 지닌 사내의 그늘에서 살았다네. 그 이상을 바랄 자질은 지니지 못하였지."

"마님이 계시지 않았더라면 지금의 장군님도 계시지 아니할 것입니다."

"결정적인 역할을 한 건 아우님의 가문이라는 것도 부인할 수 없지."

제는 자신의 말이 끝나기가 무섭게 돌아오는 한 씨의 반박에 입을 다물었다. 틀린 말은 아니었다.

중결의 젊은 날을 함께한 부인은 여걸과도 같은 당당함을 지녔으나 중앙 정계의 권문세족이 아니었다. 둘째 부인에게 밀려 쓸쓸하게 시골에 은둔하다시피 하게 된 연유도 그에 있었다. 한 씨가 차분하게 말을 이었다.

"나는 혼인할 때부터 낭군으로 맞이할 이가 지닌 능력을, 장차 그리게 될 꿈을 알고 있었네. 그러하였으면서 지금의 처지에 대해 불만을 표하는 것도, 이를 안타까이 여기는 시선을 받는 것도 당치 않지. 그러나 내 딸아이가 같은 길을 걷게 된다면 염려할 수밖에 없어."

말을 멈춘 한 씨가 짧게 한숨을 내쉬었다. 개경에서 멀리 떨어진 곳에 홀로 머무는 그녀 자신은 물론이고, 중결의 내조를 하는 강 씨도 그가 곁을 지켜 주기를 바라지 않았다. 어린 시절부터 가문의 명예와 영달을 위해 교육받은 여인의 소임은 남편이 사사로운 집안일에 신경 쓰는 대신 큰일을 도모하도록 돕는 것이기 때문이었다.

그러나 유화도 그러한 마음가짐을 지닐 수 있을지는 의문이었다. 유화는 강 씨와 꼭 같은 외모를 지녔으면서도 성격은 사뭇 달랐다.

외로움을 속으로 삭이면서도 기회가 나면 재잘대며 친밀하게 다가오던 소녀와 외로움 따위는 느낄 새도 없이 앞날을 개척해 가던 여인은 근본적으로 같을 수 없었다.

"사내가 전장에서 죽음을 불사하는 이유는 등 뒤에 있는 식솔의 안위를 위함일세. 대의를 위한다면 사사로운 일을 돌아보아서는 아니 되지. 그러한 사내의 등을 바라보고 산다는 업보와도 같은 일, 유화의 어깨에 얹히지 않았으면 하네."

제가 보일 듯 말 듯 고개를 끄덕였다. 응답받지 못하는 오라비의 관심을 갈구하던 어린 소녀의 모습을 기억하고 있었다. 아버지께서 덜 바쁘셨으면 좋겠다고 어리광을 부리던 모습도 여전히 눈에 선했다. 그런 유화가 한 씨나 강 씨와 같은 삶을 감당하기는 쉽지 않을 터였다.

문이 열리더니 작은 소반 위에 탕약을 받쳐 든 유화가 들어왔다.

"어머님, 가져왔습니다."

한 씨는 소반을 내려놓으며 바짝 다가앉는 유화를 향해 미소를 보냈다. 유화가 앉을 자리를 내어 주느라 엉거주춤한 자세가 된 제에게로 다시 눈길을 돌렸다.

"유화를 배필로 맞이할 사내에게 꼭 전하고자 하는 말이 있으나 이 아이의 혼인을 내 눈으로 보기는 어려울 듯하니 직접 전할 수 없을 것 같네. 그렇다고 장군님이나 아우님께 대신 전해 달라 할 수도, 이 아이에게 직접 말하게 할 수도 없지. 하여 자네에게 부탁할까 하네."

유화가 어리둥절한 표정으로 그들을 번갈아 가며 쳐다보았다. 무슨 말이 오갔기에 이런 대화를 나누는 것인가 짐작하려 애써도 도무지 알 수 없었다.

유화가 한 씨에게 더욱 가까이 붙어 앉아 목 뒤로 손을 넣었다. 탕약을 입안으로 흘려 넣으려 자세를 바꾸려는 유화의 움직임을 제가 말없이 도왔다. 그 모습을 바라보던 한 씨가 다시 입을 열었다.

"약조하게."

"말씀하십시오."

"그 어떤 상황에서도 이 아이를 우선으로 생각해 달라고 전할 수 있겠는가."

"그리하겠습니다."

방 안에서 오가는 낮은 목소리는 방 바깥에 흘러나오기 전에 부서져 흩어졌다. 미루 끝에 앉아 달을 감상하고 있던 광원은 딱히 그 내용에 관심을 기울이지 않았으나 대화가 끊긴 것을 알고는 고개를 돌렸다. 안쪽의 그림자가 움직이는 모습을 보며 돌아갈 모양인가보다 생각했다. 그러나 문을 열고 나오는 이는 사내 하나였다.

"유화는?"

"마님께서 조금 더 말씀을 나누고 싶으신 모양입니다."

"그러면 와서 앉게."

제는 사양하지 않고 그 옆에 앉았다. 힐끗 옆을 돌아본 광원은 제와 마찬가지로 하늘로 시선을 두고 빠르게 흘러가는 구름 조각의 모양을 눈으로 헤아렸다. 그 침묵을 견디기 어려웠던 것인가, 제가 입을 열었다.

"유덕이 유화에게 엄격하게 구는 연유는 무엇입니까?"

"엄격하다?"

다시 들려온 제의 말에 광원이 혼잣말하듯 되풀이했다. 남의 눈에 띌 정도의 홀대를 엄격함으로 표현하다니 유화가 친오라비 이상으로 따르는 것도 부질없는 것 아닌가. 모호한 미소를 띠고 는 제에게 질문을 되돌렸다.

"자네의 눈에는 엄격한 것으로 보이는가?"

대답이 돌아오지 않았다. 실은 그렇지 아니하다는 뜻을 에둘 러 표현하는 질문과 그에 대한 암묵적인 동의.

광원이 혀를 차며 고개를 가로저었다. 유덕이 날 선 태도로 감추어 놓은 속내를 아는 이는 많지 않으리라. 계모인 강 씨와 그의 아내, 굳이 덧붙인다면 부친인 중결 정도나 알고 있을까. 유덕 본인도 깨닫지 못한 감정에 타인인 제가 먼저 다가서는 모 양새였다.

무어라 말을 던지려던 광원이 입을 다물고 제의 어깨를 가볍 게 두드려 주의를 돌렸다. 손짓으로 어둠을 비집고 나타나는 그 림자를 가리켰다. 그들의 모습을 확인하고 멈칫했던 이가 이내 망설임 없는 걸음으로 다가왔다. 조금 전 화제에 오른 바로 그 사람, 유덕이었다.

"아직도 안 가고 있었는가?"

얼굴에 떠오른 표정은 물론 목소리에도 못마땅함이 여실하게 드러났다. 광원이 모르는 척, 자신의 아우를 가리키며 제에게 말을 건네었다.

"직접 묻는 것은 어떠한가?"

"사양하겠습니다. 진심을 표현하지 못하는 이가 진실을 말할 리 없지 않습니까."

제가 단호하게 광원의 권유를 거절했다. 제의 말을 곰곰이 되짚어 보던 유덕이 광원을 향해 퉁명스러운 목소리를 냈다.

"무슨 이야기를 하신 겁니까, 형님?"

"글쎄다. 딱히 한 이야기는 없지만, 굳이 따지자면 네 엄격함에 대해 논하고 있었다고 할까."

유덕이 얼굴을 더욱 찌푸렸다. 그들이 나누고 있던 이야기가 어떠한 것인지는 어렵지 않게 짐작할 수 있었다.

이복아우에게도 다정한 그였으니 유화에게 매정하게 구는 건 음전하지 못한 누이에 대한 못마땅함으로 읽히는 게 예사였다. 장성한 지 오랜 사내가 아비의 관심을 받는 누이를 질투한다는 가정은 떠올리기도 어려웠다.

아비의 총애를 독차지하면 상속에서 우위를 차지할지도 모르지만 형제가 워낙 많은 데다 아비의 재산 따위에 연연하지 않아도 될 만큼의 재력을 갖추고 있었다.

어느 순간부터인가는 자신도 그렇게 믿었다. 지금도 위험한 밤길을 외간 사내와 말을 달려오지 않았나.

최근 유행하는 학문의 법도 따위는 차치하더라도, 중결의 명성을 생각한다면 이렇게 충동적으로 굴 것이 아니라 행실을 조심해야 마땅했다.

그러나 그런 의견을 말하는 대신 등을 돌렸다. 그의 얼굴에 생각에 반하는 표정이 떠오를지도 모른다는 생각이 뇌리를 스쳐 갔다.

"자네의 태도는 옳지 않네. 유화는 자네에게 아무런 잘못도 하지 않았어."

"꼭 어떤 일을 저질러야만 잘못인 건 아니지 않나."

때론 존재 자체가 잘못된 것일 수도 있지.

유덕은 뒷말을 잇지 않았으나 그의 목소리에 어린 조소 탓에 의도가 분명히 전달된 모양이었다. 그의 등 뒤로 차가운 목소리가 날아들었다.

"하면 그 아이의 아우들은?"

유덕이 냉소했다. 사내아이들은 그의 눈 밖에 날 어떠한 행동도 하지 아니하였으니, 상대의 질문은 대답할 가치조차 없는 것이었다. 내어(內語)가 존재 자체를 부정하던 직전의 생각과 배치되는 것임을 깨닫지 못했다.

그러나 지금의 문답은 어린 시절의 기억을 불러들였다.

조그만 사내아이가 있었다. 여섯이나 되는 형제 중 다섯째, 관심과 애정에 목말랐지만 그 누구도 갈증을 채워 주지 못했다. 어느 날이었던가, 폭이 넓은 치마 안에 사내의 바지를 입은 채 전력으로 말을 달려온 여인이 있었다. 경계심을 품고 맞이하였지만, 오래지 않아 그녀의 모든 것을 좋아하게 되었다. 다정할 때에는 부드러운 곡선을 그리다가도 엄격할 때에는 단호하게 일자를 그리는 입술도, 나비처럼 나풀대다가 낯선 손님이라도 찾아오면 언제 그랬냐는 듯 꼿꼿해지는 자세도, 상냥한 눈웃음 뒤에 숨어든 결연함까지. 어린 소년이 그려 낼 수 있는 가장 완벽한 여인이었다.

어리석은 꼬마는 몇 년이 지나도록 아무것도 몰랐다. 어느 여름 오후, 꿈 이야기를 하며 재잘대는 소년을 향해 그 여인이 설렘 가득한 목소리로 고백하지 아니하였더라면 그가 진실을 깨달는데 더 오랜 시간이 걸렸을 것이다.

"이 안에 네 아우가 있어. 아마도 누이인 모양인데 예뻐해 주겠지?"

그 순간 모든 것이 명료해졌다. 더없이 고운 여인은 어미의 연적에 불과했다. 그를 향한 친절은 아비의 환심을 사기 위한 거짓된 행동이었으리라. 그 사실도 모른 채 달콤한 꼬임에 넘어간 아둔함을 자책했다. 다시는 외양 따위에 홀려 본질을 놓치지 아니하리라 결심했다.

아니 보고 지낼 수 있었다면 서로에게 좋았으리라. 그러나 경처의 자리를 차지한 강 씨를 대면하지 아니할 방법 따윈 없었다.

어린 시절의 그처럼 외로움에 파묻힌 계집아이는 그의 곁을 맴돌았다. 어미와 꼭 같은 얼굴을 하고선 습관이나 사소한 행동까지도 닮아 그의 마음을 더욱 불쾌하게 했다.

벌써부터 비슷하니 성장하면 더하리라. 둘째가라면 서러울 집안의 영향력으로 남자의 곁을 차지하고 반반한 외모로 마음을 홀릴 터다. 스스로의 존재를 대단하다 여기며 사내를 손아귀에서 주무르려 하고 집안을 휘어잡으려 들겠지. 요녀에게 마음을 주어 보았자 후회하는 감정만 돌아올 뿐이고, 망신살 뻗치지나 아니하면 천만다행이었다. 실수는 단 한 번으로 족했다.

유덕이 천천히 걸음을 딛기 시작했다. 불청객이 완전히 떠나가기 전까지는 모습을 드러내지 않을 생각이었다.

✳   ✳   ✳

제가 나가고 난 방 안에는 유화와 한 씨, 단둘만 남아 있었다.
한 씨가 입을 열어 메말랐으나 다정한 목소리를 냈다.

"내 딸."

소녀의 눈동자에 순식간에 윤기가 감돌았다. 한 씨는 어찌할
바를 모르고 꼭 쥔 손만 거듭해서 쓸어보는 소녀를 보며 부드러
이 미소했다.

헤어지던 그날에도 섧게 울던 어린아이는 지금도 금방 울음
을 터뜨려도 이상하지 않을 얼굴을 하고 있었다. 이렇게 자랐는
데도 그 성정에는 변화가 없었다.

"유화는 아우님과 꼭 닮았구나. 처음 만났을 적의 아우님도
꼭 이만큼 나이를 먹은 고운 아가씨였는데."

오래전을 회상하는 것 같은 담담한 목소리에 유화의 마음이
무거워졌다. 강 씨와 닮았다는 이야기는 늘 들어 왔지만 한 씨
의 입에서 나오는 그 말은 편치 않았다. 아까 전의 생각을 되풀
이했다. 한창때의 혈기왕성한 사내와 그 부인의 사이에 끼어든
싱그러운 소녀. 개경에서 위세를 떨치고 있는 아버지와 그를 내
조하는 어머니, 외딴 시골에서 병석에 누운 큰어머니.

"늘 어리다고만 생각했는데 곧 혼례를 올려도 좋을 나이가 되
었구나."

"아직은 아닙니다."

"마음에 두고 있는 이가 있는 것은 아니냐?"

유화가 쥐고 있는 손에 힘을 주자 한 씨가 엷은 미소를 띠었다. 어린 탓인지 청년보다 훨씬 솔직한 반응을 보이는 유화를 다정하게 바라보았다.

"마음에 둔 이가 너를 조금이라도 아껴 준다 싶으면 꼭 잡아 놓치지 말거라. 용기를 내지 않으면 어느 찰나에 마음에도 없는 자의 여인이 되어 버릴지도 모를 일이란다."

유화는 의외의 말에 한 씨를 멍하니 바라보았다. 누구든 이루어지지 못한 풋정 하나쯤은 비밀스럽게 간직하고 있을지도 모른다. 어쩌면 한 씨 또한 그렇게 추억으로 남겨 둔 마음이 있었을까. 조심스레 짐작하던 유화의 뇌리에 중결의 딸인 그녀의 일거수일투족을 지켜보는 이들이 있으리라는 유모의 경고가 떠올랐다. 때문에 마음에 깃드는 연심을 우선하라는 이야기는 쉽게 받아들이기 어려운 것이었다.

"네가 마음에 두는 이라면 틀림없이 괜찮은 사람이겠지. 네 아버지는 네 뜻을 존중해 줄 게다."

한 씨가 잠시 말을 멈추었다. 자신은 물론 유화의 생모인 강 씨도 선택할 수 없었을 삶의 방식을 권하는 것이 옳은지 알 수는 없었다. 그러나 그들이 당연하게 받아들인 이러한 삶을 눈앞의 소녀가 감내해 내기에는 마음이 지나치게 여렸다. 속으로 곪아 드는 상처는 마음을 좀먹고 시야를 흐리게 하여 불행으로 치닫게 될 뿐이었다.

"네 마음에 깃든 이가 큰 뜻을 품은 사내가 아니어도 괜찮다. 남들보다 작아 보이는 꿈의 바깥에 남는 만큼 너를 위해 마음을 쏟아 줄 것이야. 남들의 시선이며 입방아 따위는 신경 쓸 필요

없단다. 중요한 것은 네가 얼마만큼 행복하게 지낼 수 있는가
하는 것이니."

한 씨가 미소를 지어 보이고는 길게 이어 간 이야기가 버거운
듯 숨을 몰아쉬며 눈을 감았다. 유화는 손에서 힘이 풀리는 것
을 느끼며 손을 놓고 자리에서 일어났다. 잠이 든 것 같은 한 씨
를 향해 허리를 굽혀 무언의 인사를 남기고는 조심스럽게 뒤로
물러났다.

나라만큼이나 큰 사내는 한 여인의 가슴에 간직하기엔 너무
나 거대한 존재였다. 조금 전 들려준 이야기에 그녀의 외로움이
절실하게 묻어나는 것 같아 유화의 마음이 아렸다.

안에서부터 방문이 열렸다. 유화가 그 틈으로 빠져나와 조심
스럽게 문을 닫았다. 문 뒤로 사라진 나이 든 여인의 모습을 오
래도록 기억하고 싶은 듯 한참 동안이나 그 앞에서 문살 너머를
들여다보듯 멀거니 서 있었다.

유화는 한참만에야 문에서 떨어져 마루 아래에 내려섰다. 광
원을 향해 공손히 허리를 굽혔다.

"어머님께서는 주무십니다. 이만 가 보겠습니다."

"밤이 깊었는데 괜찮겠느냐?"

"감히 청하지도 못할 귀한 분도 동행하고 계신데 무엇을 염려
하겠습니까?"

"멀리까지 배웅할 수 없음은 이해해 주겠지."

안색은 좋지 않아도 목소리는 씩씩한 누이를 향해 미소한 광
원이 앞장섰다. 힐끔, 어둠 속에 모습을 감춘 흐릿한 형체를 곁

눈질로 쳐다보았다. 유화에 대한 유덕의 태도는 그가 감정에 솔직하지 못하면서도, 다른 한편으로는 지나치게 솔직한 탓이었다. 스스로를 방어하기 위한 행동이 결국에는 상처로 돌아오리라. 한발 떨어져서 바라보면 누구나 알 수 있는 일을 늘 그 자신만 알지 못했다. 그것은 스스로 깨달아야 하는 것이지 누가 알려 줄 수 있는 것이 아니었다.

제는 귓전을 때리는 바람소리 외에는 아무것도 들리지 아니할 정도로 세차게 말을 모는 유화의 뒷모습을 걱정스럽게 바라보았다. 이렇게 먼 거리를 급히 오는 것은 잠시도 긴장의 끈을 늦출 수 없는 사람에게는 몹시 피곤한 일이었다. 제는 전장에서 잔뼈가 굵어 밤낮의 구분 따위는 무의미한 그 자신을 염려하지는 않았으나 잠시도 쉬지 않고 말을 재촉하는 유화의 모습은 몹시 위태로워 보였다.

그가 조금이라도 속도를 늦추면 유화와 순식간에 멀어질 것 같았다. 앞질러 갔다가 무슨 일이라도 생기면 제때 조치할 수 없을 것 같은 불안감이 일렁거렸다. 보조를 맞추어 가자니 아슬아슬하게 말에 매달린 것 같은 소녀가 혹여 낙마하면 발굽에 걸어챌까 염려스러웠다. 처음부터 말 한 필로 이동하는 편이 나았을지도 모르겠다고 후회했다.

어쩔 수 없이 간격을 유지하며 따라가는 마음은 어지럽기만 했다.

"그 어떤 상황에서도 이 아이를 우선으로 생각해 달라고 전할 수 있겠는가."

한 씨의 마음은 십분 이해했다. 남편의 지위와 명예를 자신과 동일시하는 야망을 품은 여인이라 하여도 집안을 돌아볼 겨를이 없는 남편과 그의 지위를 굳건하게 해 줄 수 있는 새 부인의 존재를 감당하기는 쉽지 아니할 터였다. 하물며 유화처럼 애정을 간구하는 여린 심성을 지니고 있다면 더 생각할 필요도 없었다.

하지만 어째서 내게 그런 부탁을.

한 씨의 말은 그보다는 광원이 유화와 부부의 연(緣)을 맺는 사내에게 전하는 것이 더 온당할 성 싶었다. 장군님의 따님을 아내로 맞이하며 그 정도의 조언조차 고깝게 여길 사내는 없을 터였다. 그러나 제는 유화가 그를 잘 따르며, 그 또한 유화를 깊이 아끼고 있다 하여도 결국은 '남'에 불과했다. 누군가에게 그런 이야기를 전할 수 있는 처지가 아니었다.

먼발치에 성곽이 보이기 시작했다. 앞서가던 유화의 말이 눈에 띄게 느려졌다. 인적이 드문 시간에 성문을 출입하려면 신분의 보증이 필요하여 유화 홀로는 성문을 통과할 수 없었다. 제가 말에 박차를 가했다.

긴 밤을 뜬눈으로 지새우고 남몰래 별채 앞을 서성이던 유모는 유화가 모습을 드러내자 반색을 하며 맞이했다.

"제때 오지 못하실까 염려했습니다."

"오라버니와 함께 갔는데 걱정할 게 무어 있다고. 유모도 들어가서 좀 쉬어."

유모는 몹시 지친 기색이 역력한 유화를 보며 걱정스러운 표정을 지었다. 밤새 말 위에 올라 있는 것은 장수에게도 쉽지 않은 강행군이었다. 잠자리도 보아 주고, 따스한 물이나 가벼운 죽이라도 권하고, 어디에 다녀왔는가도 묻고. 해 주고 싶은 일은 산더미 같았으나 유화가 완강하게 등을 떠밀다시피 하는 바람에 억지로 물러났다.

유모를 쫓아낸 유화는 마루 끝에 앉아 기둥에 등을 기대었다. 동편 하늘 끝자락이 어슴푸레하게 밝아 오고 있었다. 묵직한 발자국 소리가 점점 가까워지다 근처에서 멎었다. 제는 아직도 방에 들어가지 않은 유화를 바라보며 안쓰러운 표정을 지었다. 그녀를 태웠던 말의 마구를 정돈하고 발길을 돌리던 차에 위태위태해 보이던 뒷모습이 자꾸만 눈에 밟혀 유화가 방에 들어간 것을 확인하고 돌아가려 여기까지 온 참이었다. 온화한 목소리를 냈다.

"들어가서 쉬어야 하는 건 너도 마찬가지 아니냐."

"괜찮습니다."

"잠깐이라도 눈을 붙이는 편이 좋을 터인데."

"찬 공기를 쐬어야 머리가 맑아질 것 같아서 그렇습니다."

"여태 밤바람을 맞지 않았느냐. 생각이 명료치 않다면 그건 긴 시간 잠들지 못한 탓일 터이니 들어가서 쉬려무나."

제는 다정하게 말을 건네면서도 그 이상 가까이 나아가지는 않았다. 두 해도 되지 않는 사이에 성큼 자라나 버린 소녀를 예전처럼 대할 수는 없을 듯했다. 위로가 필요한 것 같았으나 그의 몫은 아닌 것 같기도 했다.

"조만간 다시 보자꾸나."

제가 인사를 건네며 발을 돌렸다. 날이 밝아 오면 해야 할 일들이 있었다. 일 년 넘게 비워 둔 집안 사정도 확인해야 하고 그가 개경으로 돌아왔음을 사람들에게 알려야 했다. 찾아가 보아야 할 이들도, 그를 찾아올 이들도 제법 있었다. 다시 잠을 청할 만큼은 안 되지만 의관을 정제하고 다시 집에서 나서기에는 충분한 시간이었다.

"오라버니."

그의 등 뒤에서 유화의 목소리가 들려왔다. 간절함이 가득 배어든 음성에 제가 발을 멈추었다.

"아버지께서는 단 하루의 시간도 내지 못할 만큼 바쁘신 걸까요?"

"장군님께서 어떠한 분이신지는 너도 잘 알고 있지 않으냐."

나라에서 가장 중요한, 어쩌면 나라보다도 더 중요한 사람.

언젠가 정유와 나란히 앉아 그녀보다도 더 어린 왕에 대한 이야기를 나눈 적이 있었다. 그 소년은 결국 가짜라 하여 옥좌에서 쫓겨나고 나이가 한참 많은 새 왕이 즉위했다. 중결이 바빠진 것은 그 무렵부터인 것 같다고 생각했다. 이른 아침에도, 늦은 밤에도 아비의 모습을 보기는 쉽지 않았다. 어쩌다 중결이 집에 머무를 적이면 사랑에 헤아릴 수도 없이 많은 이들이 드나들었다.

유화가 다른 화제를 꺼냈다.

"어머님의 병환은 낫게 될까요."

제가 몇 시간 전의 풍경을 떠올렸다. 방 안에 누운 한 씨는 금

186

방이라도 바스라질 듯 약해 보였다. 정갈한 방의 훈훈한 공기 속에는 무겁고 음습한 기운이 떠돌았다. 겪어 보지 않은 이들은 알 수 없을 그 기운을, 몇 해 전에 차례로 부모님을 떠나보낸 제는 금방 알아차렸다. 유화를 향해 고개를 저어 보였다.

"천수를 누리셨다고는 할 수 없겠지만 인력으로는 어찌할 수 없는 일이란다."

유화가 눈물을 쏟아 낼 것 같은 얼굴을 했다. 그의 말이 전혀 위안이 되지 않으리라는 것도, 슬픔을 줄여 줄 수도 없음은 알고 있었으나 그 표정을 보니 마음이 무거웠다. 그가 해 줄 수 있는 것은 고작 이 정도가 한계였다.

"오라버니가 왜 저를 싫어하는지 알겠습니다. 어머니 때문인 것이지요. 당연한 일이에요."

유화의 목소리가 떨렸다. 오래도록 마음에만 품어 온 유덕의 이야기를 꺼내 놓고 있었다. 제가 유화의 곁으로 다가갔다. 선부른 대답으로 그 마음을 위로하려 들지는 않았으나 그저 지켜만 보고 있을 수는 없었다.

"어머님께서 그리 위중하신데 아버지께서는 개경에 계시지요. 오라버니들과 언니들 모두 어머님 곁을 지키신다 해도 아버지께서 함께 계신 것만 못 할 것입니다. 마지막 가시는 길이라면, 아버지께서 아무리 바쁘시더라도 저리 외롭게 놓아두시면 안 되는 일이에요."

"장군님께 소식이 닿지 아니하였을 수도 있지 않겠느냐."

"아버지께서 모르신다고요?"

유화가 반문하자 제는 자신의 경솔한 발언을 후회했다. 마음을 진정시키려던 노력에 오히려 불을 지핀 셈이 되어 버렸다.

"어린 시절의 벗이나 젊은 시절에 전장을 누빈 장수들이 병석에 누워 있다면 단숨에 달려가셨을 겁니다. 어머님은 그 누구보다도 가까운 사이여야 마땅할 부인인데 임종을 앞두고 저리 쓸쓸히 계십니다. 그걸 모르신다는 건 말도 되지 않습니다. 모든 건 아버지께서 어머니를 맞아들였기 때문에 그리된 것 아닙니까. 오라버니 입장에서 저 같은 아우가 싫은 건 당연한 일이에요."

제의 생각은 달랐다. 북방에서 이름난 장수인 중결에게 관심을 가졌던 이들은 많았을 것이다. 강 씨의 집안이 행동이 빨랐거나 서로의 이해타산이 가장 잘 맞아떨어졌을 뿐이었으리라. 그녀가 아니어도 중결이 다른 이와 혼인하게 되는 건 필연적이었을 터였다. 집안일보다 나랏일을 중히 여기는 것은 어느 사내나 마찬가지였으니 한 씨가 맞이하게 될 결말 역시 바뀔 수 있을 리 없었다. 그러니 외로움에 사무치고 돌려받지 못하는 마음에 서러워하던 소녀가 스스로의 존재를 부정적으로 바라볼 필요는 없었다.

제가 유화의 옆에 앉아 그의 가까이로 당겼다. 온갖 생각으로 가득 차 있을 머리를 그에게 기대게 하고, 가느스름하게 떨리는 어깨를 도닥거렸다. 유화의 눈가에 아슬아슬하게 매달려 있던 눈물방울이 기어코 굴러 내려 볼이 닿아 있는 제의 옷자락으로 스며들기도 하고 턱 끝에 매달렸다 빛깔 고운 치맛단에 떨어지기도 했다.

"마님께서는 내게 몇 번이나 유화, 너는 마님의 딸이라고 말

씀하셨다. 유덕의 태도가 옳다면 어찌 네게 그런 마음을 주실
수 있었겠느냐."

"나를 생각하는 딸이 개경에도 있음을 잊지 않으마."
"걱정을 끼치고 싶지 않아 입을 다물고 있던 어미의 탓이지, 누
가 네 탓을 하겠느냐."

한 씨의 목소리가 귓가에 메아리쳤다. 유화가 몸을 외틀어 제
의 품에서 벗어났다. 손으로 얼굴을 가리고서는 방으로 뛰어들
었다. 제는 허리를 굽혀 아무렇게나 나뒹구는 신짝을 섬돌 위에
가지런히 얹어 놓았다. 방 안에서 희미한 흐느낌이 새어 나오는
것 같아 떨어지지 않는 발길을 애써 돌리면서도 몇 번이고 멈추
어 돌아보았다.

무거운 발길이 멈추어 선 곳에서, 제가 자신의 행동을 돌이켰
다. 오래도록 비워 두었던 집을 정리하는 대신 다른 장소를 선
택했다. 개경을 벗어나 있다 돌아왔으니 아버지처럼 믿고 의지
하는 분께 가장 먼저 인사를 올리는 것이 무어 어떤가. 스스로
도 속지 않을 만큼 허술한 거짓말이었다.

잡념을 지우며 가볍게 헛기침을 했다. 날이 거의 밝아 있는
탓에 작은 기척을 하는 것만으로도 대문 안쪽에서 반응이 왔다.
조심스럽게 얼굴을 내민 사내가 그의 얼굴을 알아보고 기우뚱했
지만 별다른 질문 없이 문을 열어 주었다. 그에게 고삐를 건넨
뒤 순조롭게 사랑 근처에 닿았으나 뜻밖의 인사에 잠시 지체되
었다.

"안녕하십니까."

"오랜만입니다."

그에게 인사를 건네 온 이는 이 댁 막내아들이었다. 귀여운 소녀가 한 뼘 자라 있었던 것처럼, 사이좋은 꾀꼬리처럼 나란히 앉아 있던 소년도 제법 어른스러운 느낌이 났다. 세월의 흐름을 실감하며 자신보다 한참이나 연하인 이의 공손한 인사를 정중하게 되받았다. 말을 섞어 본 적도 별로 없었거니와 필요 이상으로 친밀하게 구는 성격이 아닌 터라, 그편이 편했다.

"장군님을 찾아오셨습니까."

"그렇습니다."

"이 시간에 무슨 일이십니까."

"직접 뵙고 말씀드릴 일입니다."

제는 경계심이 잔뜩 묻어나는 목소리에 차분하게 대답했다. 소년의 얼굴이 살짝 붉어졌다. 아직 어린 그에게는 중요한 일을 들려주지 않으려는 심산인가보다 생각하자 조금 화가 났다. 감정을 드러내지 않으려 애쓰며 제의 앞에 버티고 섰다. 정유의 오해는 알지도 못하지만, 안다 해도 딱히 풀어 줄 생각도 없을 그는 눈앞의 소년은 놓아둔 채 그 너머에 굳게 닫힌 문을 향해 시선을 두었다.

내용을 분간할 정도는 아니었지만 어렴풋하게 새어 나오던 두런거림이 멈추었다. 바깥에 있는 그들이 만들어 낸 엷은 소란 탓인 모양이었다. 잠깐의 시간이 흐른 뒤 사랑문이 열렸다.

"무슨 일인가."

제가 한 걸음 옆으로 자리를 옮긴 뒤 의관을 정제하고 선 중결을 향해 공손하게 허리를 숙여 보였다. 중결의 눈에 가벼운 의문이 실렸다. 평범한 귀경 인사를 전하기에는 다소 이른 시간이었다. 청년은 완벽한 군관의 차림을 하고 있었지만 먼지도 채 털어 내지 못한 듯 구깃거렸다. 남의 눈을 피하듯 밤 깊은 시간에 길을 나선 것 이외로는 설명되지 않았다. 그 정도로 긴한 용무가 있는 것일까. 아무 말 없는 청년을 향해 재차 말을 건넸다.

"격식을 갖추어 인사하는 것은 이보다 조금 늦은 시간이라도 실례가 아닐 것인데."

제가 다시 한 번 허리를 깊이 숙였다. 중결의 행방은 수소문할 것도 없었다. 굳이 따지고 들자면 그가 어제 성문을 통과하자마자 중결의 집으로 향한 사실이 오히려 이상한 일이었다. 어스름이 깔리기 시작한 저녁나절은 나라의 명운을 쥔 사내가 한가로이 집에서 노닐 시간이 아니었으니 인사를 올리고자 하였다면 처음부터 이리로 왔어야 옳았다.

여하간 그의 앞에 서긴 했으나 잠시 망설임이 일었다. 고개를 숙인 채인데도 중결의 뒤에 선 종지의 시선이 따갑게 느껴졌다. 강렬한 눈길이 의미하는 바도 잘 알고 있었다.

지금의 중결은 왕보다도 더 중한 이였다. 시국이 불안정한 탓에 잠시만 틈을 보여도 혼란이 찾아들거나 정적들이 목을 조르려 달려들 수도 있었다. 단 하루라도 자리를 비우게 된다면 불안감이 감돌게 될 터였다. 더없이 공정한 잣대를 들이대어 잰다면, 어느 쪽을 선택해야 할지는 너무도 분명하여 생각할 필요도 없었다.

그러나 세상에는 객관적인 사실을 넘어서는 무언가가 있었다. 문틈으로 새어 나오던 희미한 울음소리. 스스로의 존재조차 부정하려 들던 떨리는 목소리. 그 서러운 음성의 주인.

"포천 마님께서 위독하십니다, 장군님."

중결은 제의 목소리를 듣고 굳게 입을 다물었다. 생사를 함께 한 동료였다면 열 일을 제치고 기꺼이 달려갔을 그 발길이 멈칫했다. 한참만에야 들려온 낮은 대답은 몹시 자신 없는 변명처럼 들렸다.

"본디 지병이 있었던 이일세."

"지체하시면 부음을 듣게 되실 것입니다."

"내 아들들이 그리 전하라 하던가."

"아닙니다. 소인이 지난밤에 마님을 직접 뵈었사옵니다."

다시 침묵이 흘렀다. 젊은 시절의 중결에게는 반드시 돌아가야만 할 곳이 있었다. 전장의 흙먼지와 피비린내를 묻히고 돌아가도 언제나 변함없이 따스하게 맞이하던 한 씨가 없었더라면 지금의 그도 없을 터였다. 피를 나눈 혈육보다 진한 애정으로, 의로 맺은 동지만큼이나 충실하게 그의 뒤를 지켜 주었던 여인이었다. 그런 이의 마지막 가는 길이라면 외롭게 놓아두지 말고 그가 지켜 주는 것이 옳았다.

그러나 한 씨의 위중함을 알리며 가 보라 촉구하는 것은 가장 공적인 인물에게 가장 사적인 용무를 들이미는 것이나 다름없었다. 그러니 그 누가 중결에게 전하겠는가. 심지어는 눈앞의 청년조차도 그 사실을 알리려 들 이가 아니었다. 세상을 향해 뜻을 품은 사내는 집안의 사소한 일에 눈을 돌려서는 아니 된다는 건 누구나 품고 있는 신념과도 같은 것 아니던가. 한데 어찌하여 이 자는 이토록 애달픈 표정으로 그를 바라보고 있을까.

"함께 가세. 오래 걸리지는 않을 걸세."

중결이 걸음을 옮기기 시작했다. 앞의 말은 피로에 찌든 것처럼 보이는 청년에게, 뒤의 말은 긴한 대화를 방해받아 못마땅한 표정을 한 중년의 선비에게 건네는 것이었다. 제가 묵묵히 그 뒤를 따랐다. 포천에 다시 가게 되면 거의 이틀간 꼬박 깨어 있는 것은 물론 만 하루에 가까운 시간을 고스란히 말 위에서 보내게 될 것이라는 점에 대해서는 어떤 내색도 하지 않았다.

중결이 마구를 갖춘 말 위에 올랐다. 집주인 부자의 배웅에 고개를 끄덕여 보이고는 질풍처럼 말을 달려 멀어져 갔다. 두 필의 말이 흙먼지를 자욱하게 일으키며 사라진 방향을 바라보다 막 몸을 돌리는 차였다.

"나리."

"무슨 일인가?"

종지가 미간을 살짝 좁히며 익숙한 이의 모습을 훑어보았다. 강 씨의 전언을 지니고 오는 자가 몹시 송구스러운 표정으로 고개를 조아렸다.

"장군님께 포천 큰 마님께서 위독하시다는……."

"약해 빠진 사내가 장군님을 모시고 그리로 갔다고 전하게나."

종지가 이맛살을 더욱 찌푸리더니 손을 휘휘 저었다. 어딘가 빈정거림이 실린 어조로 내뱉듯 대꾸하고는 휙 돌아 대문 안으로 들어섰다. 내내 그 모든 장면을 눈에 담은 소년이 잠깐 망설이다가 발을 돌렸다.

　　　　　✳　　　　　　✳　　　　　　✳

　유화는 강 씨의 앞에 곧게 허리를 펴고 앉았다. 진지한 표정
과 차분하면서도 단호한 목소리에 강 씨가 자세를 바로 했다.
철없는 아이처럼 해사한 미소만 지을 줄 아는 건 아닐까 염려
하던 것과는 사뭇 다른 모습이 의외였다. 날카로운 눈길로 딸의
모습을 살폈다. 창백한 안색과 눈가에 어린 그늘을 보며 잊고
있던 사실을 떠올렸다.

　"어제는 일찍 잠자리에 들었다 하던데."

　"심려치 않으셔도 괜찮습니다, 어머니."

　유화가 의젓하게 대답하며 마음 깊이 유모에게 감사했다. 다
른 아우들의 유모가 맡겨진 아이들에게만 전념하는 것에 비한다
면, 유화의 유모에 대한 강 씨의 신뢰는 퍽 깊었다. 그녀가 유화
의 편이 되어 함구하여 주지 아니하였더라면 간밤의 일은 없었
으리라.

　유화가 가볍게 숨을 들이쉬며 맞잡은 손에 힘을 주었다. 지금
껏 그녀는 강 씨에게 무언가를 부탁하거나 요청한 적이 없었다.
어리광을 부리거나 조른 기억이 거의 없는 것과 궤를 같이했다.
중결이 함께 있는 자리에서는 조금 달랐으나 그때에도 눈웃음을
보내며 목소리에 웃음이 담뿍 담기는 정도일 뿐, 일정한 선을
벗어난 적은 없었다. 그러나 지금은 선을 넘어서는 이상의 말을
꺼내야 했다.

　"드릴 말씀이 있습니다, 어머니."

"무슨 이야기를 하려느냐."

"큰어머니께서 위독하십니다."

"오래전부터 속병을 앓고 계셨는데 그게 악화된 모양이더구나."

"알고 계셨습니까?"

"집안일인데 어찌 내가 모를 수 있겠느냐."

강 씨의 담담한 목소리에 유화의 눈동자가 흔들렸다. 그녀가 전날에야 겨우 알게 된 사실을 이미 알고 있었다니. 걱정하던 것에 비해 이야기가 쉽게 풀릴 수도 있겠다는 일말의 기대감을 품었다.

"하면 아버지께서도 알고 계십니까, 어머니?"

"무슨 이야기를 하고 싶은 게냐?"

강 씨의 눈빛이 날카롭게 빛났다. 순식간에 냉기가 묻어날 정도로 엄격해진 표정은 유덕과도 흡사했다. 더 이상 이야기하지 말라는 경고를 읽어 냈지만 여기서 멈출 수는 없었다. 유화가 숨을 들이쉬고는 다시 어렵게 다시 입을 열었다.

"아버지께서 모르신다면 전갈을 넣어 주십시오."

"가당치 않은 이야기를 하는구나."

"큰어머니께서 임종을 맞이하실지도 모른다는 사실은 아버지께서 모르셔서는 안 되는 일입니다. 어찌하여 그리 말씀하십니까."

"네 아버지께서 요 며칠간 집에도 오지 못하실 만큼 바쁘신 것은 너도 잘 알고 있을 텐데."

"큰어머니께서는 어머니보다 훨씬 더 오래 아버지의 부인이셨습니다. 가시는 길을 홀로 떠나보냄은 도리가 아닙니다."

전에 없이 고집스러운 유화의 태도에 강 씨가 한숨을 쉬었다. 딸아이의 새로운 면모를 발견하였음에도 이런 이야기라는 것은 마음에 들지 않았다. 유화가 손을 모아 쥐며 다시 용기를 끌어 모았다. 강 씨의 말에 반론을 제기하는 것은 쉽지 않은 일이었다.

"만약 어머니가 그와 같은 상황이라도……."

"나라도 마찬가지일 것이야. 지금 같은 상황에서 심려를 끼칠 만한 말씀은 어느 것도 전해 드릴 수 없음은 너도 알아야 한다. 사사로운 집안일에 일일이 신경을 쓰며 큰일을 도모할 수는 없느니라. 네 아버지께서 집안 걱정을 하지 않으실 수 있게 하는 것이 내가 해야 할 일이다."

"어머니."

"그만하자꾸나."

유화의 말을 단칼에 자른 강 씨가 자리에서 일어났다. 자리를 지키고 앉아 있으면 유화와 무의미한 언쟁을 계속해야 할 터였다. 유화의 마음을 이해할 수 있었지만 감정에 휘둘려도 좋을 어린 시절은 이미 지나 보냈어야 마땅했다. 곧 혼인을 하여도 무방할 나이에 이르렀는데도 바깥일을 하는 사내를 이해할 수 있는 담대한 성품을 지니지 못한 것이 한심스럽게까지 여겨졌다. 어떤 사내가 이 아이를 데리고 살 수 있을까, 머리가 지끈지끈 아파 오는 것 같아 긴 한숨을 내쉬고는 치맛자락을 펄럭이며 문을 나섰다.

강 씨가 나가고 난 뒤에도 유화는 쉽게 자리에서 일어날 수 없었다. 강 씨가 중결에게 연락을 취하지 않을 것임은 자명해 보였다. 그녀 자신이 움직여야 할 테지만 유화는 중결의 소재를 알지 못했다. 소식을 전할 수 있는 방도가 있기는 한 걸까. 아무리 생각해 보아도 답이 나오지 않았다. 언제까지고 주인이 없는 방에 우두커니 앉아 있을 수 없어 힘없는 걸음걸이로 방을 빠져나왔다.

청량한 공기 사이로 햇살이 산뜻하게 내리쬐는 상쾌한 아침이었다. 온몸이 천근만근 무겁고 뻐근했다. 밤 동안 잠 한숨 이루지 못한 데다 마음까지 무거운 탓일 터였다. 차라리 자고 일어나면 뭔가 괜찮은 방법이 떠오를지 모른다고 생각하며, 조급해지려는 마음을 억눌러 천천히 방에 발을 들여놓았다. 막 이부자리에 누워 눈을 감은 찰나였다. 문밖에서 두 방향의 걸음 소리가 섞이며 낯설지 않은 목소리가 들려왔다.

"아기씨께서는 몸이 좋지 않으십니다."

"그러한가."

"혹 긴한 용무라도 있으십니까."

"그런 건 아닐세."

정유.

유화가 눈을 반짝 떴다. 벌써 발소리가 반대편으로 멀어지고 있었다. 자리에서 일어나 빠르게 창 앞으로 다가가 활짝 열어젖혔다.

"무슨 일이야, 유모?"

의뭉스레 유모를 향했던 유화의 눈길이 서서히 반대쪽으로 이동했다. 터덜거리던 걸음을 멈추고 밝은 표정으로 그녀를 응시하는 정유와 시선이 마주치자 환하게 웃어 보였다.

"벗이 찾아왔는데 돌려보낼 수는 없지. 유모가 방 정리할 동 안 잠시만 기다려 줘."

정유를 손짓하여 부르는 유화를 유모가 어안이 벙벙한 얼굴 로 쳐다보았다. 딴에는 아기씨가 힘들까 마음을 쓴 것인데 그냥 돌려보낸다며 핀잔을 주고 이부자리 정리까지 맡기는 태도는 뻔 뻔스럽기까지 했다. 저 도련님이 마음에 없다고 했던 건 속내 를 들키자 당황하여 둘러댄 것에 불과한 모양이었다. 그렇지 않 고서야 밤을 꼬박 새고서도 저렇게 화사한 얼굴로 반길 리 없지 않나.

유모가 부산스럽게 방을 정리하는 동안 유화는 서안 앞에 앉 아 생각을 정리했다. 그를 통해 중걸에게 전갈을 넣어 볼 생각 으로 일단 방으로 맞아들이도록 했으나, 곰곰이 따져 보니 실현 가능성이 많지 않을 것 같았다.

종지와 강 씨는 서로 뜻을 같이하는 긴밀한 관계에 있으니 품 고 있는 생각도 비슷할 것이다. 정유는 종지를 어렵게 여기는 탓에 아비의 뜻을 거역하는 법이 거의 없는 모양이었다. 하지만 분명히 방도가 있을 것이다.

유모가 나가자 정유가 들어오고, 이어 조촐한 찻상이 그들 사 이에 놓였다.

"어디 병이라도 난 거야?"

"과거에 급제했다 했지?"

"장원도 아닌데 뭘. 아버지께서 별거 아니라는 표정을 짓고 획 돌아서서 가시더라."

유화는 저를 걱정하는 말을 흘리듯 정유의 근황을 입에 올렸다. 정유는 아무렇지 않게 대꾸하며 종지의 표정을 흉내 냈다. 장난꾸러기 소년이나 할 법한 장난에 빙그레 미소한 유화가 칭찬의 말을 건넸다.

"그래도 갑과 급제라는 건 대단한 거잖아? 세 손가락 안에 꼽히는 수재란 소리인데."

"새파란 신출내기는 그래 봤자 미관말직이지."

정유가 쑥스럽게 웃으며 앞에 놓인 잔을 들어 단숨에 들이켰다. 예상보다 뜨거운 차를 한 입 가득 머금고는 미묘한 표정을 짓고 허둥거렸다. 한참이나 어린아이 같은 행동에 유화가 웃음을 터뜨렸다. 정유는 제 행동에 지친 기색이 역력했던 소녀의 얼굴이 화사하게 밝아지는 것을 보며 나름의 결실이 있다 생각하며 안도했다. 그러나 안도감이 깃든 것은 아주 잠깐이었다.

"말단이든 더 좋은 자리든 이제 곧 조복을 떨쳐입고 다닐 사람이 아직도 어린아이 같아서 어떡하나. 조금만 더 있으면 혼담도 쏟아져 들어올 텐데, 행실을 조심해야지."

유화가 농담처럼 훈계했다. 화사한 얼굴에 천진난만한 목소리로 만드는 말에 입천장과 혓바닥이 알알해졌다. 데인 것을 뒤늦게 알아챈 듯 쓰라린 것은 뜨거운 물이 그대로 넘어간 목구멍과 가슴 속도 마찬가지였다.

그러나 유화는 정유의 표정이 순식간에 굳어지는 섯노 눈치채지 못한 채 자신만의 생각에 골몰했다. 소식을 중결에게 전할 방도를.

유화는 갑자기 떠오른 생각에 눈빛을 반짝였다. 정유에게서 중결의 소재를 알아내 직접 가면 그만이다. 아침에 안방을 발칵 뒤집어 놓았으니 외출하지 못하게끔 손을 써 두었을지도 모르지만, 대문으로만 나가지 않으면 피할 수 있었다. 담은 넘으라고 있는 것이었으니.

생각을 마친 유화가 천진하게까지 느껴지는 목소리로 정유에게 말을 건넸다.

"아버지를 뵌 지 한참 된 것 같아서 잠깐 얼굴이라도 뵙고 싶은데 어디 계신지를 모르겠어. 혹시 너는 아니?"

"아침까지는 우리 아버지와 함께 계셨지만 오늘은 뵐 수 없을 거야."

정유가 딱하다는 얼굴로 고개를 저었다. 유화는 혹시 중결의 신변에 무슨 일이라도 생긴 건 아닐까 지레 겁먹고 조심조심 질문했다.

"어째서?"

"아침 일찍 말을 달려 나가셨으니까. 큰 마님이 편찮으시다면서?"

"네가 그걸 어찌 알아? 혹시 예전부터 알고 있었던 거야?"

그 사실을 모르고 있던 것은 집 안, 그것도 사람들의 눈길이 닿지 않는 별채에 머무르는 유화 혼자뿐 아니었나. 중결이 지금껏 알면서도 모른 척했다면 어찌 지금에서야 마음이 움직였을까. 어지럽게 생각을 거듭하는 유화의 귓가에 벗의 목소리가 들렸다.

"아니야. 장군님도 아마 오늘에야 아셨을걸. 새벽에 장군님을 급하게 찾아온 이가 있었어. 마님께서 편찮으시니 꼭 가 보셔야 한다고. 어찌나 간곡하게 이야기를 하는지 목석이라도 움직일 기세더라. 아버지께서는 장군님이 떠나시고 난 뒤에 몹시 못마 땅해하셨지만."

오늘 새벽.

유화는 손끝이 떨려 오는 것을 감추기 위해 벽에 등을 기댄 채 손을 맞잡아 치마 위를 꾹 눌렀다.

"그게 누구였는지 기억해?"

"모를 리가 있나."

어쩐지 정유의 목소리가 조금 시큰둥해지는 것 같았다.

"네가 오라버니라 부르는 이 말이다. 분명히 남으로 북으로 전장을 떠돌다가 어젯밤에야 개경에 왔다고 들었는데, 대체 마 님 소식을 어찌 알았는지. 그자 말대로 마님께서 위중하시면 며 칠 걸리실 지도 몰라. 네가 장군님을 뵙지 못하는 건 그 때문이 니 원망하려거든 그자를 탓해야 할 거야."

정유의 목소리는 멀리서 울려오는 것처럼 아득했다. 어찌 원 망할 수 있겠는가. 그녀가 진실로 바라는 것을 알고 행해 주었 는데.

유화가 머리까지 벽에 기대고는 눈을 감았다. 그 모습을 본 정유가 조심스럽게 자리에서 일어났다. 문을 나서서는 저만치에 서 그들을 살피고 있는 몸종에게 손짓했다.

오라버니.

유화가 마음속으로 가만히 속삭이자 따스한 목소리와 온화한 얼굴, 볼에 닿았던 옷자락과 어깨를 토닥이던 손바닥의 감촉까 지 고스란히 살아났다.

마치 그가 곁에 있는 것만 같았다. 조금 전까지 누구와 함께 있었는지도 잊고 눈을 뜨지 못한 채 한참을 그렇게 앉아 있었다.

七.
月夜(월야)

   겨울에 접어든 날씨 탓에 바람이 불지 않아도 손끝이 시려 올 만큼 공기가 차가웠다. 그러나 부드럽게 흘러내리는 달빛에 의지하여 책을 읽어도 좋을 만큼 환한 밤이었다.

   "책을 읽어도 좋을 만큼?"

   제는 문득 떠오른 생각이 우스워 엷은 미소를 띠었다. 대대로 관료를 지낸 가문의 아들로 태어났지만 문관이 아니었기에 붓이나 책과는 그리 가깝지 않았다. 지금도 활을 든 채 마당에 서 있었다.

   활을 든 손을 비스듬히 들어 올려 신중하게 담장 한가운데를 겨냥하고는 시위를 힘껏 잡아당겼다. 먼 옛날, 이국에서 신물한 강궁을 힘껏 당겨 꺾어 버렸던 것이 빌미가 되어 목숨을 잃었다던 왕자의 이야기가 떠올랐다. 온전히 그의 것인 활이 꺾인들 아무 일도 일어나지 않겠지만 한껏 휘어진 활은 가느다랗게 떨리기만 할 뿐 몸체가 동강날 것 같지는 않았다.

시위를 한껏 잡아당긴 손을 놓았다. 바람을 가르고 날아가야 할 화살 소리는 어디서도 들리지 않았다. 애초부터 빈 활을 들고 있었으니 당연한 결과였다. 그럼에도 오랜 기간 단련해 온 무인의 감으로 한 가지만큼은 분명하게 알 수 있었다. 과녁이 있었다면 홍심을 꿰뚫지 못하였을 것이다. 제가 활을 그대로 바닥에 떨어뜨렸다. 둔탁한 소리가 고요한 공기를 울렸다.

"다시 떠나는 것이 옳을까."

그는 마음이 몹시 어지러워 두어 달 전쯤부터 안정을 찾지 못했다.

나라가 혼란스러우니 외적의 침입이 잦았다. 그가 개경을 떠나 동서남북 종횡무진 누비고 다닌 것도 그 때문이었다. 그곳에서는 등 뒤를 맡겨도 좋은 아군과 절대 빈틈을 보여서는 안 되는 적군이 분명하게 나뉘어 있었다. 잠깐의 망설임으로 자신의 생명은 물론 그를 따르는 군사들의 목숨까지 위태로워질 수도 있었다. 무엇이 최선인지를 빠르게 판단하여 흔들림 없이 수행해 왔다.

지금껏 그의 세상은 늘 명확하고 한결같았다. 그러나 그 세계에 균열이 왔다. 어찌 대응해야 할지 알 수 없었다.

그의 세계가 흔들리는 까닭은 개경에 머무르고 있기 때문이었다. 생사의 경계를 벗어나자 느슨해진 마음이 잡념과 불필요한 인정을 몰고 온 탓이다. 개경을 벗어나면 모든 것이 원래대로 되돌아올 것이다. 하지만 과연 그것이 고작 두어 달 전부터 시작된 일인가. 개경을 벗어나면 아무렇지 않게 해결될까.

진실을 알 수 없는 것인지 알고 싶지 않은 것인지도 분명치 않았다. 제는 마음을 뒤흔들어 놓는 것이 설핏 웃는 달이라도 되는 것 마냥 얼굴을 찌푸리고 하늘을 올려다보았다. 한 줄기 바람이 그의 얼굴을 스치고 지나갔다.

달빛이 흘러가고 바람이 불어오는 대로 무작정 걸음을 옮겼다. 그렇다고 생각했다. 그러나 정신을 차리고 자신이 어디에 있는지를 확인하자 당황할 수밖에 없었다. 김유신에게는 목을 베어 버릴 말이라도 있었지만 그에게는 그것조차 없었다. 단단히 디딘 두 발은 분명 그의 뜻을 충실히 따른 것일 테니. 제는 기가 막힌 얼굴로 피식 웃었지만 발길을 멈추지 않았다. 어차피 아무도 마주칠 리 없는 깊은 밤이었다.

오늘따라 그의 예상이 빗나가기만 한다는 것을 사무치도록 실감해야 하는 밤이기도 했다.

✳   ✳   ✳

유모가 유화의 눈치를 살폈다. 벌써 한 시진은 족히 힐끔거렸으나 단정히 앉은 모습은 한결같았다. 꼿꼿한 자세와 진지한 표정만은 학문에 정진하는 학자에 비견해도 좋을 법했다. 그러나 그건 어디까지나 '자세'와 '표정'에 국한된 견해일 뿐, 책장은 한 장도 넘어가지 않은 채 불빛만 가늘거렸다.

"아기씨."

유모가 말끝을 늘이며 목소리를 조금 높였다. 그제야 유화가 고개를 돌려 유모의 얼굴을 바라보았다. 왜 그런 말투로 부르는

지 알 수 없다는 듯 어리둥절한 표정에 유모의 입술 사이로 한숨이 새어 나왔다.

"차라리 주무십시오. 여태 책을 펴놓기만 했지 읽으신 것도 아니잖습니까."

"시구를 음미했다거나 경구의 뜻을 알아내기 위해서 고민했을 수도 있잖아. 왜 멍청하니 앉아 있었다고 단정을 짓고 그래."

유화의 말투에는 멋쩍음이 묻어나고 있었다. 유모가 고개를 흔들며 이부자리를 준비했다. 당장 내일 혼인해도 이상하지 아니할 정도로 장성한 아기씨는 여전히 조그만 아이 같아, 일일이 보살펴 주고 챙겨 주어야 했다.

"어떤 시구를 음미하셨습니까. 혹시 그리운 낭군에 대한 절절한 마음을 읊어 낸 시라도 있었습니까?"

유모가 놀리듯 묻고는 슬쩍 표정을 살펴보았다. 희미하게 홍조를 띠는 볼에서 이미 답이 나왔다. 누구와 혼인을 하게 될지 알 수 없고 접근하는 사람이 반드시 선량한 사람은 아닐 수도 있으니 함부로 마음을 주면 아니 된다고 그토록 일렀건만. 유모는 못마땅한 얼굴로 입을 꾹 다물었다가 생각을 고쳐먹었다. 그 도련님 정도라면 이미 집안 간에 왕래가 있다고 보아도 무방한 댁이었다.

"아무리 그 댁 도련님이 좋으셔도 야밤에 몰래 만나기라도 하시면 곤란합니다. 혹여 들키기라도 하면 평판 따위는 남아나지 않을 거예요."

"또 그 이야기네, 유모. 그건 아니라니까."

이번에는 유화가 한숨을 내쉴 차례였다. 유모는 들은 척 만

척 유화가 익히 들어온 바 있는 잔소리를 한바탕 쏟아 냈다. 유화는 얌전하게 자리에 누운 채 눈짓으로 유모를 배웅했다. 멀어지는 발소리를 들으며 소리 없이 몸을 일으켰다.

혹시 작은 기척이라도 내면 유모를 도로 불러들이게 될 터였다. 앉은 채로 조심스럽게 몸을 끌듯이 움직여 벽에 바짝 붙여 밀어 둔 서안까지 다가갔다. 손을 뻗어 위에 놓인 책을 들어내고 매끄러운 표면을 손끝으로 더듬었다. 작은 종잇장 하나가 손끝에 닿았다.

유화가 그 종이를 집어 들고는 일어서서 문 앞으로 향했다. 가만히 귀를 기울이다 바깥에서 아무런 기척이 들리지 않는 것을 확인하고서는 문을 살짝 열었다. 삐거덕거리는 소리가 유난히 크게 들렸지만 바깥은 그저 고요하기만 하여 그대로 열어젖혔다. 겨울날의 시린 바람이 맨 얼굴에 고스란히 닿았다.

예상했던 대로 문 옆에는 화로가 놓여 있었다. 유화는 맨발에 닿는 마룻바닥의 얼음장 같은 감촉에 얼굴을 찡그리면서도 화로 곁으로 다가앉았다. 아직도 열기가 제법 진하게 남은, 불그스름한 기운이 끄먹거리는 화로 위에 작은 종잇조각을 얹어 놓았다. 단정하게 적힌 석 자가 달빛에 비쳐 선명하게 보였다.

月三更

여기저기서 솟아오르는 거무스름한 점점이 천천히 글자를 잠식해 갔다. 유화는 글자가 전혀 보이지 않을 정도로 까맣게 타들어 간 종이를 부지깽이로 대충 휘저어 작게 조각냈다. 얼른 방으로 돌아왔지만 자리에 눕는 대신 이불 위에 앉아 차가워진 발을 손으로 감싸 쥐었다.

"유모가 감이 좋은 건 우연일까, 타고난 걸까."

유화가 혼잣말로 중얼거렸다. 정유를 마음에 두었다는 짐작은 틀렸지만 적어도 야밤에 만나야 할 일이 생긴 건 사실이었다.

낮에 잠시 찾아왔던 정유는 유화에게 의도를 알 수 없는 이야기를 기다랗게 늘어놓았다. 달밤을 거니는 것은 퍽 운치 있는 일이라느니, 달밤은 벗을 기다리는 시간이라느니, 대단한 미인을 일컬을 때 달이 부끄러워한다 말하는 것을 아느냐 묻는 둥. 그리고 나서는 한참을 말없이 앉아 있다가 곱게 접은 종잇장 하나를 손에 쥐여 주고는 허둥지둥 사라져 버렸다.

쪽지를 펼쳐 보는 순간 석 자에 담긴 뜻을 명확히 파악했다. 날이 맑으니 밤에는 틀림없이 달이 둥실 떠오를 것이다. 삼경은 통행하는 사람도 없는 깊은 밤이었다. 유화에게는 두 개의 선택 중 하나만 남아 있을 뿐이었다. 나가느냐, 방에 남아 있느냐.

나간다는 선택은 쉽지 않은 일이었다. 유모 말마따나 밤에 누군가를 남몰래 만나고 있으면 틀림없이 정분이 난 것으로 보일 터였다. 누군가에게 들키기라도 하면 어떻게 변명해도 빠져나갈 방법이 없을 것이다. 마침 혼기에 접어드는 무렵이었으니. 마음이 없다면 나가지 않는 게 옳다는 것쯤은 이미 알고 있었다.

그러나 정유는 어린 시절부터 그녀의 곁에 있어 준 벗이었다. 함께 보낸 시간이 짧지 않듯 정유가 채워 준 외로움의 깊이 또한 결코 얕지 않았다. 그런 이를 기나긴 밤에 차가운 바람을 맞으며 오들오들 떨게 할 수는 없었다.

고민 끝에 마음을 정한 유화가 옷을 갈아입었다. 짧게 제 뜻만 전하고 돌아오리라 생각하여 겉옷을 걸치지는 않았다. 숨을 크게 들이쉬고 방문을 열었다. 찬바람이 얼굴을 사정없이 두드렸지만 개의치 않고 걸음을 옮겼다.

깊은 밤에 몰래 외출을 감행하는 것치고는 움직임이 그리 조심스럽지 않았다. 달빛이 워낙 밝아 조심스러운 움직임도 환히 보였지만, 차라리 누군가의 눈에 띄어 방으로 쫓겨 들어가고 싶다는 마음이 작용한 탓도 있었다. 그러나 자박거리는 발소리와 대문이 삐거덕거리는 소리에도 집 안은 쥐죽은 듯 고요했다.

유화가 주변을 둘러보았다. 담장 안쪽에서 담에 기대듯 뻗어 올라간 나무 그늘 아래에서 흐릿한 사람 그림자를 발견하고는 눈을 가느다랗게 떴다. 그러나 목소리는 엉뚱한 방향에서 들려 왔다.

"너를 볼 수 없을 줄 알았는데."

"이런 날씨에 오래도록 기다리게 놓아두는 건 예의가 아니니까."

멋쩍은 웃음이 배어든 목소리는 평소에 비해 낮아진 탓인지 사내의 느낌이 묻어났다. 유화가 어깨를 가볍게 들썩이며 대꾸했다. 정유는 애써 미소를 되돌렸으나 실망하는 기색을 감추지는 못했다. 그 표정을 본 유화는 자신의 말투가 다소 매몰차게 들렸다는 사실을 깨달았다. 그러나 미적대는 태도를 보여 상대에게 불필요한 기대감을 갖게 하는 것보다는 나았다.

정유가 마음을 다잡았다. 그가 보아 온 유화는 이성(異性)에 대해서는 무지한 어린아이 같았다. 그가 깊은 밤, 남의 눈을 피해서 불러낸 연유도 알 수 없으리라 생각하며 다시 말을 붙였다.

"유화야, 나는……."

"너는 장차 어떤 사람이 될 생각이야?"

정유가 막 말을 꺼내려는 순간 유화가 엉뚱하게 들리는 질문을 던졌다. 말문이 턱 막혔다. 그를 시험하기 위한 말 같았다. 질문에 대한 답은 하나였다. 장군님의 귀한 따님에게 어울리는 사람이 되려면 훌륭한 사람이 되어야 할 것이다. 하지만 자신이 그 정도의 능력을 갖고 있을까.

"장군님처럼 대단한 사람이 되기는 어렵겠지."

정유는 솔직한 마음을 털어놓았다. 뛰어난 능력과 그를 뒷받침해 줄 지원자, 그리고 뜻을 펼치기에 적절한 시기. 모든 것이 조화를 이루어야만 중결처럼 될 수 있었다. 그런 천운을 타고나지는 못했지만, 종지가 늘 하는 말이 지금 순간에 큰 힘이 되었다. 자신만만한 어조로 말을 이었다.

"장군님이 큰 인물이라는 걸 알아본 건 우리 아버지야. 나도 아버지처럼 큰 사람을 알아보는 이가 되련다. 그것만큼 훌륭한 일이 또 어디에 있을까."

"그러면 너도 결국은 큰 꿈을 그리는 사람이겠구나."

"사내라면 누구나 그러할 것이야."

그러나 자신만만했던 대답은 끝에 가서 급격히 힘을 잃었다. 유화의 얼굴에 떠오른 표정은 그가 기대한 경탄이나 탄복과는 거리가 멀었다. 세상 물정을 잘 모르는 순진한 소녀에게 위세를 만들어 내는 진정한 힘 따위를 이해시키는 것은 어려운 일인 걸까. 막강한 권세를 지닌 부친을 두고 있어 그의 목표 따위는 가소롭게 보이는 것일까. 아니, 어쩌면 그의 말이 중결의 위세에 대한 도전으로 들렸을지도 모른다. 그가 정말 또 다른 큰 사람을 찾아낸다면 그 사람이 중결의 대척점에 설 수도 있는 일이니까.

그러나 그가 아비의 말 대신 유화와의 첫 대면을 기억하였더라면 더 좋았을 것이다. 좁다란 쪽마루에 나란히 앉아 발을 흔들던 그날, 아버지처럼 다정한 이가 좋다고 말하던 그 순간을. 그 소녀는 오늘이 오기까지 절실히 실감하고 있었다. 제아무리 상냥한 성품을 지닌 자라도 커다란 꿈을 품고 있는 이상 집안을 돌아볼 시간 따윈 갖지 못한다는 것을.

하여, 기껏 생각을 거듭해 내어놓은 정유의 답안은 낙제에 가까웠다. 다른 대답을 내놓았다 하여도 결과는 크게 다르지 않았을지 모르지만, 적어도 고민의 여지는 남겼을 것이다.

"유화야."

"네 대답이 문제가 되는 게 아니야."

유화가 다시 정유의 말을 끊었다. 큰 꿈을 꾸지 아니하는 사내라면 더욱 아껴 주리라는 한 씨의 말이 떠올라 물어본 것에 지나지 않았다. 사실 이 질문을 던져 답을 듣고 싶은 이는 따로 있지 않았나. 괜히 소년의 마음을 흔들 게 아니라 자신의 뜻을 명확하게 전달하는 게 옳았다. 또렷한 목소리로 분명하게 선을 그었다.

"너를 좋은 벗, 그 이상으로 생각한 적 없어."

"생각도 해 본 적 없는 거잖아. 지금부터 생각해도……."

유화가 고개를 가로저었다. 정유의 쓸쓸한 미소가 서글펐다. 몹시 미안한 마음으로 그 얼굴을 바라보았다. 누군가가 그녀 때문에 가슴에 사무치는 표정을 짓는 것이 몹시 싫었다. 그러나 슬픈 표정을 보았다고 해서 그녀가 품은 마음이 달라지지는 않았다.

고개를 떨어뜨린 정유가 낮게 중얼거렸다.

"차라리 네가 나오지 않았다면……."

아마 내일도, 모레도, 달이 뜨는 밤이라면 몇 날 며칠이고 서성였을 것이다. 매번 실망으로 바뀔 것이 분명한 기대감을 안고. 매서운 바람이 옷자락을 뚫고 들어오더라도 기대를 품을 수 있는 마음은 따스했겠지.

"네게 분명하게 말하는 게 옳다고 생각했어."

조금의 여지도 없이 단호하게 울리는 음절 하나하나가 선명하게 정유의 가슴에 박혔다.

차가운 손으로 유화의 손을 꼭 잡았다가 그녀가 빼려 들기 전에 먼저 놓았다. 말뿐만 아니라 행동으로까지 거절당하게 되면 그 후에 밀려들 절망감은 상상도 하고 싶지 않았다. 가늘고 차가운 손가락의 감촉이 진하게 남은 손을 말아 쥐고 등을 돌렸다. 이대로 더 머무르다가는 볼썽사납게 눈물이라도 떨구는 모습을 보일까 염려스러웠다.

명백한 거절의 답을 들었지만 마음을 접을 수는 없었다. 지금까지 사이좋은 벗으로 지냈으니 유화가 정유라는 사람 자체를 싫어하는 것은 아닐 터였다. 그저 어린 시절의 벗이라고만 생각하다 느닷없는 고백을 듣게 되어 유화가 당황한 탓이리라. 그가 지나치게 서둘러 답을 얻으려 들었기 때문일 것이다. 시간이 흐르면 생각이 바뀔지도 모른다. 아니, 바뀔 것이다. 분명히.

정유가 보고 들어 알고 있는 중결은 그에게 너무도 거대한 존재였다. 유화의 마음을 얻으면 그 앞에 조금 더 당당하고 떳떳하게 설 수 있으리라 생각했다. 그러나 가만히 생각해 보면 일의 순서는 바뀌어도 괜찮았다. 중결이 자신을 인정한다면 유화 역시도 외면하지 않으리라. 그러나 유화의 마음에 아무리해도 그를 위한 자리가 생기지 않는다면 어찌해야 할까.

유화는 정유가 복잡한 생각을 품은 채 멀어져 가는 모습을 바라보았다. 태연하고 대범한 척 내딛는 발걸음이 불안해 보인다고 생각했다. 자신 또한 그러한 걸음을 딛게 되리라는 사실도 짐작했다.

유화가 몸을 돌려 발을 옮기기 시작했다. 무심하게 대문을 스쳐 지나 앙상한 나뭇가지가 훌쭉한 그림자를 만들어 내는, 그 아래쪽으로 천천히 다가갔다.

"계신 것을 알고 있습니다, 오라버니."

낭랑한 목소리에는 뒤따르는 대답도 기척도 없었지만 유화는 움직이지 않았다. 짧지 않은 시간을 바깥에 서 있었던 탓에 옷자락을 뚫고 한기가 새어 들었다. 약간 떨리는 목소리로 말을 이었다.

"직접 뵙기 전까지는 꼼짝 않고 여기에 있으렵니다."

시간이 몹시 느릿하게 흘러갔다. 유화의 몸에 조금씩 떨림이 일기 시작했다. 그를 보았다고 생각한 건 착각일까. 그럴 리 없다. 그렇다면 이 추위에 그녀를 이대로 놓아두고 돌아간 것일까. 그럴지도 모른다. 그의 선택을 원망할 생각은 없지만 눈물이 고였다. 그렇다고 집에 들어가고 싶지도 않았다. 그의 부재를 눈으로 확인하기 전까지는 이 자리를 뜰 수 없었다. 유화가 발을 떼자 신이 끌리는 소리가 났다.

몸을 숨기고 있던 제가 낮게 한숨을 쉬었다. 유화가 담 모퉁이를 돌아 그를 발견하기 전에 떠나려 했지만, 그의 존재를 확신하는 목소리에 발목을 잡혔다. 이대로 몸을 숨기면 밤이 하얗게 새도록 그를 찾아 주변을 배회할 기세였다. 추위를 견뎌 내기엔 턱없이 얇아 보였던 옷차림을 떠올리며 마지못해 발을 옮겼다. 물기를 머금은 듯 녹녹한 달빛이 감싸고 있는 유화를 마주했다.

"날이 추우니 들어가거라."

"조금 전에 정유가 다녀갔습니다."

유화는 제의 말을 듣지 못한 척 사실을 고했다. 마치 그의 마음을 떠보는 듯 당돌한 목소리였다. 듣기에 따라서는 철없는 누이를 꾸짖는 오라비를 향해 이 나이에 이 정도 일은 있음직하지 않으냐 항의하는 것처럼도 들렸다.

"알고 있다."

조금 전, 뜻하지 않게 발길이 닿은 곳에서 달갑지 않은 장면을 목격했다. 매우 익숙한 대문 앞에서 그도 잘 아는 소년이 불안스레 서성이고 있었다. 날아갈 기회만 엿보는 조그만 새 같은 소녀가 종종 고개를 내밀던 곳이며, 꼭 나가야 한다며 발을 동동 구르던 훌쩍 자란 뒷모습을 보았던 곳이기도 했다.

밤 깊은 시간에 남의 집 앞에 선 소년을 쏘아보는 중에 대문이 열렸다. 유화의 모습을 확인하자 그의 마음이 이상스레 일렁였다. 유화의 눈길이 그가 있는 곳을 향하는 것 같아 그늘에 더 깊이 숨어들었다. 유화가 몸을 돌려 소년에게로 다가가자 소년의 얼굴이 환하게 밝아지는 것이 마치 지척에 있는 듯 선명하게 보였다.

제는 뒤로 두어 발짝 물러나 담 모퉁이 뒤쪽으로 되돌아왔다. 스스로의 모습이 마음에 들지 않았다. 기실은 그들 앞에 모습을 드러내고 나무랐어야 옳았다. 굳이 남들의 눈을 피하듯 야밤에 만나 남들의 구설에 오르내릴 셈인가 따끔하게 야단쳐도 괜찮을 위치에 있었다. 그런데 마치 엿듣는 사람이 된 듯 몸을 숨기고 있었다.

다정하게 도란거리는 것 같은 목소리가 드문드문 이어졌다. 말리지 아니할 셈이라면 이 자리를 떠야 하는데도 발걸음이 떨어지지 않았다. 워낙 낮은 그들의 목소리가 제대로 들려오지 않는 것으로 위안을 삼기에는 한참이나 연상인 그의 처신이 우스웠다. 대체 뭘 하고 있는 걸까.

차가운 돌담에 등을 기대었다. 그가 있는 쪽을 바라보다 몹시 가볍게 돌아서던 유화와 그 모습을 보며 환하게 밝아지던 소년의 얼굴이 자꾸만 떠올라 그를 괴롭혔다.

어린 티가 가시지 않아 더욱 사랑스러운, 다성한 연인의 밀회를 엿본 느낌이었다. 마음이 자꾸 일렁거리는 건 늘 귀엽기만 하던 누이가 장성하여 혼인을 목전에 두게 되니 느껴지는 아쉬움과도 같은 허전함 때문이리라. 가슴이 아려 오는 건 찬 공기를 들이마시고 있기 때문이겠지. 제는 물밀 듯이 밀려오는 감정을 서둘러 덮었다.

"저더러 곁에 있어 달라 하였습니다."

유화가 턱을 들어 올리며 한마디 던지고는 입을 다문 채 제의 얼굴을 바라보았다. 휘황한 달빛을 등진 청년의 얼굴은 잘 보이지 않지만, 달을 바라고 마주 선 자신의 얼굴에 담긴 감정은 고스란히 드러나리라 생각했다. 그녀의 마음을 알고 같은 마음을 품어 먼저 이야기해 주면 좋겠다는 소박한 바람을 품었다.

제가 유화에게 한 발짝 다가섰다. 그가 모습을 드러낸 까닭은 유화가 오래도록 추위에 떨지 않게끔 하기 위함이었다. 그러나 지금의 유화는 그가 무어라 말해도 쉽게 발길을 돌릴 것 같지 않았다. 허리를 동여맨 긴 띠를 풀어내어 바닥에 떨어뜨리고, 겉에 걸친 옷을 벗어 유화의 몸에 둘러 주었다. 충동적인 외출인 탓에 썩 두껍지는 않았지만, 조금이나마 냉기를 몰아낼 수 있으리라 생각했다.

그의 체온이 그대로 남아 있는 옷자락이 어깨에 걸쳐지자 유화가 조심스럽게 앞자락을 모아 쥐었다. 청년은 도로 물러섰지만 그의 향기는 그녀를 꼭 안아 감싸고 있었다. 다시 한 번 용기를 냈다.

"곁에 있어 달라는 말이 무엇을 의미하겠습니까."

"청혼을 받았구나."

제가 나지막하게 대답했다. 눈으로 보아 짐작하였던 사실을 당사자로부터 직접 듣게 되어 마음에 일게 된 거친 파랑은 드러나지 않았다. 망설임 없는 즉답이 유화의 가슴에 날카로운 상흔을 남겼다. 옷자락을 여민 손을 더욱 쥐었다. 그녀를 감싸고 있는 옷자락은 이토록 따스한데 옷의 주인은 어찌하여 이리도 냉정한가.

"그저 귀여운 아이일 줄로만 생각했는데 벌써 그리 자랐구나."

제가 엷게 미소했다. 그의 마음에 불어 드는 기묘하게 시린 바람은 사랑스러운 누이가 훌쩍 자라 여인이 된 탓이라고, 더는 그를 필요로 하지 아니하는 때에 접어들었기 때문이라고 스스로에게 일렀다. 그럼에도 미소를 오래도록 유지하지 못한 채 표정이 굳어지는 것을 어쩌지 못했다. 어린 누이를 걱정하는 오라비의 마음 때문이라 생각하며 유화를 엄하게 나무랐다.

"혼인이 결정된 것도 아니고, 설령 결정되었다 하더라도 밤늦은 시간에 남의 눈을 피해 만나는 것은 바람직하지 않다."

"다만 그뿐이십니까?"

제는 대답하기 위해 입을 떼었다. 그러나 목소리가 나오지 않았다. 조신하지 못한 누이를 염려하는 엄격한 오라비 흉내를 내며 합당한 잔소리를 늘어놓았지만, 그것만으로는 설명할 수 없는 감정이 그의 목을 조르고 있었다. 서둘러 그 감정을 흩어 내는 제의 귀에 재촉하는 목소리가 들려왔다.

"대답해 주세요, 오라버니."

"누이를 염려하는 것은 오라비의 당연한 마음."

단호하게 대답하는 목소리와 달리 마음은 몹시 어지러웠다.

유덕을 붙잡고 애정을 구하던 조그만 소녀의 모습을 떠올렸다. 단 하루의 나들이에 몹시 즐거워하던 모습도, 서럽게 울며

비에 흠뻑 젖어 있던 날도, 손바닥에 굴러떨어지는 알밤을 바라보던 순간에도 그저 사랑스럽고 귀여운 누이였을 뿐이었다. 헤어지던 날, 지금도 그가 품고 있는 손바닥만 한 천 조각을 수줍게 내민 날에도 변함없었다.

지금의 이 마음은 다시 만나기 직전까진 알 수 없었던 감정이었다. 사랑스러운 아이가 훌쩍 자라서 한 발짝 떨어져 있어도 그 향기가 마음을 어지럽히는 여인이 되어 있었다. 마치 그의 마음을 알고 있는 것처럼, 그가 품은 감정을 들춰내려는 듯 그의 얼굴을 바라보았다. 애써 덮어놓아도 틈을 비집고 올라오던 감정은 유화의 얼굴을 보고 목소리를 들을 때마다 선명하게 각인되었다.

언제부터 네가 내 마음에 들어왔을까.

"아직도 그분을 잊지 못하셨습니까?"

유화의 목소리가 혼란스러운 마음에 머물렀다. 그녀의 이야기를 하는 대신 그의 이야기를 물어 왔다. 정인과의 밀회를 들켜 당돌하게 구는가 싶었는데, 오히려 그의 마음에 담고 있는 이가 있어 자리를 내어 주지 않는 것이냐 묻고 있었다.

어쩌면 너의 마음에, 내가.

하지만 그 사실을 확인하는 대신 되물었다.

"그분?"

"정혼자가 있으셨다 들었습니다. 그분을 잊지 못해 혼담을 모두 마다하신 것 아닙니까."

그제야 무슨 이야기를 하는 것인지 깨달은 제가 실소에 가까운 웃음을 흘렸다. 어렴풋한 기억을 되살려 십 년은 족히 지나

이미 기억에서도 지워지다시피 한 사람을 어렵사리 끌어냈다.

얼굴 생김은 기억조차 나지 않는다. 사실은 한 번이라도 만난 적 있는지도 정확하지 않았다. 성품이 온화하고 자색도 썩 고운 소녀의 단 한 가지 흠은 혈색이 나빠 건강해 보이지 아니한다는 사실뿐이라 했다. 그러나 그것이 가장 중대한 문제였는지, 혼례 날짜도 채 잡지 못한 어느 날 날아든 부고만 남긴 채 그와의 연을 매듭지었다.

피어볼 틈도 없이 진 가녀린 꽃 한 송이를 안타까워했다. 가장 가까운 인연으로 맺어질 수 있었을 누군가의 죽음을 마음 깊이 애도했다. 오래지 않아 혼담이 들어왔을 때 그를 거절한 이유는 그 여인의 죽음이었다. 처음부터 채워진 적 없는 자리이기는 하였으나 빈자리를 그토록 이르게 채우려 드는 것은 예의가 아니라 생각했다.

다시 혼담이 오갈 즈음이 되어서는 모친이, 몇 해 뒤에는 부친이 세상을 떠났다. 자식 된 도리로 어찌 그리 쉽게 누군가를 맞이할 수 있겠는가 되묻던 제가 주변을 어느 정도 정리하고 나니 이미 혼기를 훌쩍 넘긴 뒤였다. 청년은 그렇게 세상에 홀로 남겨졌다.

어쩌다 보니 첫정을 잊지 못한 순정적인 사내가 되어 눈앞의 소녀조차 단정 짓는 어조로 그리 묻고 있었다. 그러나 돌이켜 보아도 누군가를 마음에 남아 본 직 없었다. 타고난 무인에다 결벽까지 있었다. 만날 수 있는 여인은 극히 한정적이었고 누구의 품이든 안기는 여인에게는 마음이 동하지 않았다. 사내구실을 하지 못하는가, 남색을 즐기는가 하는 따위의 수군거림이 그의 등 뒤에서 오가는 것을 알고 있었으나 개의치 않았다.

"오라버니가 좋습니다."

제는 갑작스러운 울림에 당황하여 유화의 눈을 바라보았다. 별처럼 반짝이는 눈동자가 그를 응시하고 있었다. 창백한 달빛 아래에서도 훤히 드러나는 뺨의 홍조를, 그 홍조를 불러들인 부끄러움을, 수줍음을 숨기기 위한 단호함을 깨달았다. 오랜 기억을 담담하게 소회하던 그의 마음이 다시금 세차게 흔들렸다. 다시 한 번, 말로 표현할 수 없는 물음을 삼켰다.

진실로 너의 마음에도, 내가.

"누이로서가 아니라, 여인의 마음으로 그러하단 말입니다."

대답을 기다리던 유화는 자신의 마음을 보다 명징하게 내보였다. 여전히 상대는 아무런 말이 없었다. 마음을 읽는 능력이 있어 그의 마음을 알 수 있으면 좋겠다고 생각했다. 너무도 명확한 거절의 의사에 주눅이 들어 말조차 붙이지 못하는 편이, 이렇게 초조하게 답을 기다리는 것보다 낫겠다 싶었다. 그러나 설령 그의 마음에 자신이 없음을 읽어 냈더라도, 한 번 쯤 더 생각해 보고 마음을 돌려줄지도 모른다는 실낱같은 믿음으로 이야기하고야 말았을 것이다. 내 그대를 연모하고 있노라고.

침묵은 좀처럼 깨어지지 않았다. 유화의 생각도 더욱 멀리 뻗어 갔다. 유모와 정유는 유화에게 사람을 조심하라 일렀다. 중결의 딸인 그녀의 존재 자체가 기꺼워 연인을 향한 애틋함 따위를 지니지 아니하고도 접근하여 마음을 얻으려는 이들이 있으리라 말했다.

그러나 그녀가 애타게 바라는 이는 그런 자들과 비슷하지 아니했다. 중결에 대한 존경심은 마음 깊이 갖고 있어도 유화는 여전히 귀여운 누이로만 보여 여인으로는 도무지 보아 줄 수 없는 모양이었다.

시려 오는 마음을 달래려 옷깃을 세게 움켜쥐었지만 그녀를 감싸고 있던 온기는 확연히 식어 가고 있었다. 유화가 입술을 깨물었다. 달빛을 등진 사내의 눈빛이 그녀를 향해 준엄하게 내리비치는 것 같아 고개를 떨어뜨렸다. 거절의 말조차 불필요할 정도로 가당치 않은 이야기를 들어 대답할 말도 찾지 못하고 무언으로 그녀를 질책하는가 보다 생각했다.

"다 알고 있으면서 부질없는 이야기를 어찌 꺼내는 것이냐."

긴 침묵 속에서 제가 입을 열었다. 유화의 간절한 심정을 알고도 마음에 없는 매정한 소리를 내뱉었다. 진실이 아닌 말을 차디찬 음성에 실었다. 이렇게 하지 않으면 눈을 가리고 귀를 막는 것만으로는 외면할 수 없을 감정의 실체를 직면하게 될 것이 두려웠다.

"오라버니가 좋습니다. 여인의 마음으로 그러하단 말입니다."

달콤한 말은 그를 향한 것이었다. 소년과 밀어를 나누던 장면 따위는 들킨 적 없는 것처럼 그를 보며 얼굴을 붉혔다. 미색이 물오르기 시작한 소녀가 자신의 영향력을 시험하려 는 것이라넌 보고 듣지 못한 셈 치면 그만이었다. 만에 하나 진심이 담겼다면 더욱 받아들일 수 없었다.

제는 유화가 유덕의 마음을 구하던 연유를, 그에게 마음을 연

까닭을 잘 알고 있었다. 무엇 하나 모자람 없는 댁에 시집가서 북적이도록 많은 가족들 틈에서 귀히 대접받고 사랑받아야만 마음의 허기를 채울 수 있을 터였다. 그러나 그는 부모형제도, 왕래하는 친척도 없는 혈혈단신 외로운 이였다. 그의 곁에서는 외로움만 더욱 짙어지게 될 뿐이었다. 진정으로 유화를 아끼고 있다면 그런 처지에 놓이게 할 수 없었다.

"오래도록 나를 믿어 주신 장군님께 누가 되는 행동은 할 수 없다."

제가 감정이 느껴지지 않을 만큼 건조한 목소리로 덧붙였다. 그가 중결에게 품은 존경심 이상으로 부친에 대한 깊은 애정을 지닌 딸이었다. 그의 이 말을 되뇌며 스스로가 얼마나 어리석은 선택을 할 뻔했는지 깨닫게 될 터였다. 그는 마음에 둔중하게 밀려드는 통증을 무시하고 유화의 어깨에서 흘러내리고 있는 옷자락을 향해 팔을 뻗었다.

그때였다.

유화가 꼭 쥐고 있던 앞섶을 놓았다. 그녀의 몸을 감싸고 있던 옷자락이 스르르 미끄러져 바닥에 떨어졌다. 유화가 뒤꿈치를 들고 팔을 펼쳐 그의 목을 감싸 안았다. 코앞에 다가온 얼굴을 바라보다가 눈을 감았다. 약간 가칠하지만 열기에 가까운 온기가 감도는 입술 위에 자신의 입술을 가볍게 맞대었다. 요령도 없는 단순한 접촉이었지만 여인을 가까이해 본 적 없는 청년의 마음은 이미 걷잡을 수 없이 요동쳤다.

제가 가까스로 마음을 다잡고 유화의 가느다란 허리를 잡아 살짝 밀어냈다. 유화가 얼른 그의 허리를 안으며 품에 얼굴을 파묻었다. 급박한 두근거림이 그녀의 귓가를 울렸다. 그런 심장 소리를 지닌 이가 아무런 마음도 지니지 않았을 리 없다. 그의 가슴께에 얼굴을 비비대며 속삭였다.

"어찌 거짓을 말씀하십니까, 오라버니."

"남의 마음을 읽어 낼 수 있다 함부로 속단하지 마라. 네가 아직 어려 사내를 잘 몰라 그리 생각하는 것이지."

유화의 가느다란 손이 억지로 떼어졌다. 제가 허리를 굽혀 유화의 뒤로 떨어진 옷을 주워 들고는 몸을 돌렸다. 마음이 한없이 어지러웠다. 날 선 비난처럼 들렸을 그 말은 언젠가 유덕이 유화에게 건넨 적 있을 법한 말인 듯했다. 감정의 방향이나 무게는 사뭇 다르겠지만.

유덕이 유화를 냉대하는 것도 실은 진심을 감추기 위함일지도 모른다. 자기 자신을 알지 못했기에 유덕을 아이 같다고 조롱할 수 있었다. 어린 누이나 다름없는 유화의 입맞춤에 마음이 끓어오르는 충동을 이겨 내려 애써야 하는 그야말로 아직 소년에 머무르고 있는 것 아닌가.

"스쳐 지나가는 한때의 충동을 진심이라 여기면 훗날 네 행동을 후회하게 될 게다."

준엄하게 말을 건네고는 몸을 돌렸다. 유화가 지금이라도 다시 다가와 그의 허리를 감아 버리면, 그건 정말로 풀어낼 수 없을 것 같았다. 결코 가져서는 아니 될 마음을 갖게 된 자신을 비난했다. 서둘러 이 자리를 떠야 했다. 달아나는 듯 보이지 않으려 걸음 속도를 늦춘 대신 보폭을 넓게 했다.

두어 발짝 따라가던 유화가 걸음을 멈추었다. 단호하게 성큼

성큼 발을 내딛는 키 큰 사내의 걸음을 앞지르는 것은 불가한 일이었다. 뛰어서 억지로 따라잡았다 한들 똑같이 매몰차게 거절을 당하면 마음이 견딜 수 없을 것 같았다. 풀이 죽어 고개를 떨어뜨렸다가 바닥에 떨어진 긴 띠에 눈길이 머물렀다. 제가 유화에게 겉옷을 벗어 줄 적에 허리에서 풀어낸 것이었다. 유화가 주인을 잃은 띠를 들어 품에 안았다. 그가 사라진 방향을 물끄러미 바라보았다.

✳　　　✳　　　✳

사랑 앞에 선 정유가 마른침을 삼켰다. 잔뜩 좁아 든 미간을 신경질적으로 긁듯 눌렀다. 옷깃을 가다듬고 옷자락을 털어 냈다. 스스로의 행동이 아비와 닮아 있음을 은연중에 깨닫고는 팔을 휘둘러 자세를 바로 했지만, 그조차도 종지의 습관과 유사했다.

평소 종지는 결벽에 가까울 정도로 차림새에 신경을 썼다. 어릴 적에도 차림이 조금만 단정하지 않아도 날카롭게 훑어보는 눈길에 주눅이 들곤 했다. 그런 부친과의 대면을 앞두고 있는 탓에 긴장을 한 모양이었다. 길게 숨을 내쉬며 마음을 가라앉히려 노력했다.

"아버님."

"들어오너라."

망설임이 생기지 않도록 빠르게 발을 놀려 방 안으로 들어갔다. 단정하게 앉아 아비의 눈치를 살폈다. 힐끗 그의 얼굴을 바라본 종지의 시선이 아무렇지 않은 듯 책으로 옮겨지는 것을 보며 본론을 꺼내 놓았다.

"소자도 성년에 이르지 아니하였겠사옵니까. 과거에도 급제하였으니 이제 일가를 이루는 것을 염두에 두는 것도 이르지 않다 사료되옵니다."

종지가 고개를 들었다. 마치 남 이야기를 하듯 중대사를 꺼내놓는 아들의 얼굴을 훑어보았다. 다소 이른 감은 있지만 가정이 생기면 마음이 안정되고, 가장이 되면 그만큼의 책임감을 갖게 될 터다. 괜찮은 집안과 혼사를 맺는다면 든든한 배경을 갖게 될 수도 있다는 점에서도 꽤 좋은 선택이었다. 동시에 의문이 피어올랐다. 그의 막내아들은 벌써 스스로 그런 마음을 먹을 정도로 의젓하지도, 출세를 도모하기 위해 수를 쓸 정도로 치밀하지도 않았다.

설마.

썩 달갑지 않은 가정 하나가 그의 뇌리를 스치고 지나갔다. 그 생각을 겉으로 드러내지 않고 차분하게 대답했다.

"네 어머니에게 혼처를 알아보도록 이야기해 두마."

"소자, 이미 마음에 둔 이가 있사옵니다."

반갑지 않은 가정이 현실이 되고 있음을 짐작한 종지의 표정이 차갑게 굳어졌다. 백면서생 같은 막내는 글이나 욀 뿐이고 간혹 어슬렁거리고 쏘다니기는 해도 남의 집 규수를 힐끔거리는 짓은 하지 않았다.

다만 하나, 중결의 딸과 퍽 가까이 지내고 있는 게 약간 신경 쓰였다. 가끔 그 사실을 경계하기도 했지만 대개 쓸데없는 기우라 치부했다. 유화의 자색이 곱긴 해도 어린 시절을 함께 보낸 친우에 가까우니 이성으로서의 감정이 생길 리 없다 여겼다. 조금만 생각이란 걸 할 줄 알면, 아비에 대한 손톱만큼의 존경이나 이해가 있다면 그런 마음을 품을 리 없다고 생각했다.

설마 중결의 여식과의 혼사를 꺼내 놓으면 그가 기꺼워하리라 생각했을까.

무의식중에 손끝에 힘이 들어가 책장 끄트머리가 비틀렸다. 젊다는 말로도 부족한, 어린 시절의 기억이 스치며 분기가 되살아났다.

저보다 한참 처지는 벗들이 명문가와 혈통을 들먹이며 그를 무시할 때마다 주먹을 움켜쥐며 결심했다. 그깟 문벌 따위에 주눅 들지 아니하고 스스로의 힘으로 앞길을 개척하리라. 아니, 이깟 세상쯤은 뒤엎어 버리리라 다짐했다.

기회를 엿보고 있던 차에 중결을 만났다. 담대하고 과단성 있는 무인에게 그의 운명을 걸었다. 칼을 휘두르고 활을 쏘는 데는 뛰어나지만 현명한 정치가라고는 할 수 없는 이를 빈틈없이 보좌했다. 잘못된 판단을 하거나 정계에서 밀려나는 일 없도록 사력을 다했다. 정적들은 그의 존재를 껄끄러워했고, 한편에 선 이들은 무한한 신뢰를 보냈다. 이제는 어느 누구도 그를 무시하지 못했다.

보라, 이것이 나의 능력이니라. 비로소 세상을 향해 포효할 수 있게 된 순간이 다가왔다. 그 기념비적인 순간에 아들이 찬물을 끼얹으려 하고 있었다.

정유가 중결의 사위가 되는, 그가 중결의 딸을 며느리로 맞이하는 순간 그를 향하는 시선에 다시 조롱이 섞이게 될 것이었다. 아들을 팔아 권세를 얻고자 하는, 천박한 핏줄을 혼인으로 정화하려 드는 그저 그런 작자. 지금까지의 노력을 폄하당할 수는 없었다.

약빠른 데는 없어도 제법 우직하게 뜻을 밀고 갈 수 있을 것 같은 아들을 보며 은근한 기대를 걸었다. 그러나 이 정도로 아둔한 어린아이에 불과했다니. 실망감을 넘어 분노에 가까운 감정이 넘실거렸다.

종지는 감정을 억누르며 펼쳐 놓았던 책을 덮었다. 반들반들한 표지를 먼지 털 듯 쓸어내는 모습을 보던 정유가 애써 입을 열었다.

"장……."

"안 된다."

정유가 미처 말을 제대로 꺼내기도 전에 종지가 냉정하게 말을 잘랐다. 도무지 이해할 수 없다는 얼굴을 하고 항의를 표하려는 그를 날카롭게 쏘아보았다.

정유가 입을 꾹 다물었다. 그 정도로 매서운 눈길을 받으며 제 속뜻을 꺼내어 놓을 정도로 담대하지 못했다. 종지가 그의 뜻을 알고 있는 건 분명한 것 같았다.

"너를 좋은 벗, 그 이상으로 생각한 적 없어."

문득 유화의 목소리가 정유의 귓가에 메아리쳤다. 그래, 유화가 그를 거절한 탓에 종지에게 말을 꺼내는 게 힘든 것이다. 만약 유화가 그의 마음을 받아 주었다면 무엇을 망설였을까. 아비와의 인연을 끊는 것도 불사할 태세로 말할 수 있었을 것이다. 중절을 알아본 것을 그리 자랑스러워하는 아버지였으니 이러니저러니 해도 결국은 두 손 들게 될 것이고.

"네가 어떤 계집아이를 마음에 두었는지, 어느 집 여식인지는 중요하지 않다."

"아버님."

"설령 네가 그 계집아이랑 야합을 하였다 하여도 아니, 그렇다면 더욱더 받아들일 수 없다. 사내를 홀리는 계집과 충동을 다스릴 줄 모르는 사내라니, 앞일이 훤하지 않으냐."

"아버님, 유……."

"시끄럽다. 지금 네 태도는 아비를 대하는 것으로는 당치도 않다."

종지는 목소리가 한층 높아지는 정유의 말을 가로막으며 그 내용이 들리지 않도록 언성을 높여 다그쳤다. 저 불만 가득한 표정은 적어도 그러한 일은 없었노라 주장하는 것과 다르지 않아 내심 안도했다.

그러나 평소에는 그를 향해 미약한 반항조차 내비치는 법 없는 아들이 고작 이런 상황에서 용기를 쥐어짜고 있다는 사실이 몹시 못마땅한 건 마찬가지였다.

"혼처는 네 어머니에게 알아보도록 할 것이야."

종지는 정유가 이를 악물다시피 입을 다문 것을 확인하고는 짐짓 어조를 누그러뜨렸다. 그러나 여전히 냉기가 서린 목소리로 경고하듯 말을 이었다.

"누구라 하여도 내 생각은 변함없다. 아비의 뜻을 우습게 보지 말거라."

정유가 고개를 떨구었다. 가늘게 흔들리는 아들의 어깨를 종지가 냉담한 눈길로 바라보았다.

八.
雲雨(운우)

설이 지난 지 오래지 않은 겨울날, 모처럼 집 안이 잔칫집처럼 북적였다. 기름을 둘러 부쳐 내는 전의 고소한 냄새가 마당을 어지럽게 돌아다녔다. 며칠째 끓고 있는 국은 그 냄새만 맡아도 배 속이 뜨끈해지는 느낌이 들 정도였다.

설은 지났고, 대보름은 아직 다가오지 않은 어정쩡한 시기였지만 해마다 이러했기 때문에 이상하게 여기는 이는 아무도 없었다.

고위 관료는 대개 개경에 터를 잡고 살았다. 관직에 올라 중앙 정계에 진출하면 지방에서 온 가족을 이끌고 상경하는 이들도 있었지만 여러 사유로 부인이며 자녀는 고향에 둔 채로 홀로 지내는 이들의 수도 상당했다.

그런 이들은 대개 명절에도 고향에 내려가지 못하거나, 설혹 고향에 내려갔다 온다 한들 지극히 짧은 순간 머물렀다 돌아오는 경우가 많았다. 그들에게 일가친척이 모이는 정초는 마음이 더욱 시린 날이었다.

유화의 집 담장을 넘을 듯 말 듯 집 안에서 넘실대는 음식 냄새는 그런 이들을 대접하기 위함이었다. 가족을 만나지 못했거나 순식간에 지난 짧은 만남을 아쉬워하는 이들이 중결의 사랑으로 모여들 것이다.

권커니 잣거니 오가는 술잔 너머로 왁자지껄한 대화를 나누며 호탕한 웃음을 터뜨릴 것이고, 그때만큼은 외로움도 그리움도 잊고 즐거워할 수 있을 터였다.

물론 순수하게 사람의 온기가 그리워 오는 이들은 많지 않았다. 참석하여 중결에게 얼굴도장이라도 찍어 두고 사람들과 안면을 트면 장차 도움이 되리라 믿는 사람들도 제법 되었다. 장성하여 이미 벼슬자리에 오른 아들들과의 관계는 물론이고, 조만간 혼기에 접어드는 딸과 철없는 어린 아들들까지 염두에 두는 이들도 있었다.

집 안이 바쁘니 유화의 유모도 덩달아 바빠졌다. 간신히 짬을 내어 유화의 방을 찾아와서는 그녀가 자리에 앉은 모습을 보고 안도한 표정을 지었다.

"마님께서 찾으실지 모르니 어디 가시면 안 됩니다."

"곧 정유가 올 거야. 손님이 온다는데 주인이 어딜 갈 수는 없는 일이잖아."

유화가 고개를 저으며 대꾸했다. 굳이 약속이 없어도 방을 나서지는 아니할 생각이었다. 이렇게 손님이 많이 드는 날에는 방안에 꼼짝 않고 머무는 편이 그나마 마음 편했다. 방에 있는 게 지겨우면 뒷담을 넘어 모험을 감행하던 어린 시절은 이미 지났다. 게다가 요즘 같아서는 담장 근처를 서성이는 순간 뒷덜미가 서늘해질 게 분명했다.

그녀의 하루하루는 지극히 평온했으나 바깥은 사정이 다른 모양이었다. 집 안에서 일하는 사람들조차 얼굴에 언뜻언뜻 그늘이 스치는 것을 숨기지는 못했다.

유화의 말이 끝나기 무섭게 마당 저편에서 인기척이 들렸다. 목을 쭉 빼고 정체를 확인한 유모의 얼굴이 한껏 너그러워졌다. 저 도련님이라면 걱정할 것 없겠다 생각하며 유화에게 거듭 주의를 당부하고서는 종종걸음으로 사라졌다.

자리에 앉은 정유가 가볍게 진저리를 치며 입을 열었다.

"설이 지났는데도 날씨가 매섭구나."

"겨울이 한창이었는데 봄이 쉬이 올 리 없지."

정유를 따라 묻어 들어온 한기는 사이를 두고 떨어져 앉아 있는 유화에게까지 전해졌다. 유화가 따스한 미소를 머금었다.

그 밤이 지나고 나서도 정유는 종종 유화를 찾아왔다. 유화를 여인으로 보는 것 같은 느낌은 거의 들지 않을 정도로 격의 없는 태도를 취했다. 그녀가 오래도록 알고 지낸 모습 그대로의 '벗'이었다.

하여 가끔은 달밤에 더없이 쓸쓸한 눈빛을 하고 뒤돌아서던 모습은 마치 꿈속의 한 장면에 불과한데 사실이었다고 착각하는 것이 아닌가 싶을 때도 있었다.

"아버님을 뵙고 오는 길이겠지?"

"오늘도 사람이 무척 많더구나. 일일이 인사하다가는 날이 어둡도록 나올 수 없겠던걸."

종지는 개경에 터를 잡은 고관이었지만 그가 중결의 곁을 비우는 일은 몹시 드물었다. 당연히 오늘의 잔치에 참여하였으며 전도유망한 아들인 정유도 함께 동행하도록 했다.

늘 사랑 바깥에서 기웃거리던 아이가 어른의 세계에 초대받았다. 종지가 자신의 아들, 어린 나이에 과거에 급제한 수재를 사람들에게 선보이는 자리인 동시에, 아비가 구축한 단단한 세계에 아들이 흠집을 내서는 안 된다는 일종의 경고도 담고 있었다.

총명한 소년은 아비의 의도를 명확히 파악했다. 아이의 마음에 품은 연정 따위는 갖다 대기도 어려울 정도로 오랜 세월을 노력하여 일궈 낸 성과를 제 눈으로 확인했다.

그가 그 노력과 성과를 무위로 돌려놓을 수는 없었다. 어린 시절의 첫사랑과 작별을 고해야 하는 순간이 다가왔음을 인정했다.

그러나 미련이 남았다. 종지의 말을 순순히 인정하는 태도를 취할 수밖에 없었던 것은 유화가 그의 마음을 받아들이지 아니한 까닭이었다. 아직까지는 벗으로라도 지내고 싶은 마음에 그가 품은 생각을 드러내지 아니하고 예전처럼 대했다. 이제 시일이 약간 흘렀으니 유화의 마음에 변화가 일어나지는 않았을까.

그것을 확인하려 기회를 보아 살짝 빠져나왔으나 종지의 눈에 띄면 호통을 듣게 될 것이 분명하여 오래도록 머무를 수는 없었다.

"자리를 오래 비우지는 마. 사람은 많이 알아 둘수록 좋은 것 아니겠니."

"글쎄."

정유가 시들하게 대꾸했다. 목적을 지닌 사람은 뜻을 달성하는 순간 헌신짝 버리듯 곁을 떠나갈 터였다. 세력을 탐내어 든든한 배경을 얻기를 바라는 자들은 그 위세가 줄어드는 순간 등을 돌리리라.

성격이 그리 사교적이지 못한 정유는 겉으로만 친교를 유지하는 이들과 어울리느니 혼자인 편이 좋았다. 조정에 들어가게 되어도 책을 읽으며 학문을 연구하는 일을 하게 되기를 소망했다.

마음을 나눌 수 있는 벗은 한둘이면 족했으나 그런 이를 찾기는 쉽지 않았다. 오래도록 곁에 두고픈 이가 생겼지만.

정유가 눈을 들어 유화의 얼굴을 바라보았다. 생긋 웃는 얼굴 위로 단호하게 선을 긋던 표정이 포개어졌다. 도로 눈길을 떨어뜨렸다. 마음이 바뀌지는 않았는가 물을 필요는 처음부터 없었다. 하물며 종지까지 그들의 관계를 거부하고 있어서야.

"사내 노릇도 쉽지는 않겠구나."

가볍게 한숨을 쉬던 유화가 정유를 바라보았다. 눈을 내리깔기 직전의 그와 눈이 마주쳤다. 찰나에 불과했을 짧은 순간, 착각이 아님을 명백하게 일러 주는 아픈 눈빛을 발견했다.

유화가 말없이 눈길을 돌렸다. 마치 그녀의 것인 양 또렷하게 이해할 수 있는 감정인데도 마음을 받아 줄 수 없다는 사실이 몹시 미안했다.

어둑하니 어스름이 깔린 풍경이 졸음에 겨운 듯 밤을 불러들이고 있었지만 술을 좋아하는 사내들은 아직도 흥에 겨웠다. 날이 잔뜩 흐려 달도 없는 깜깜한 밤에는 시간을 가늠하기도 어려웠으니 더욱 오래도록 머무르리라. 자정을 훌쩍 넘어야 비로소 비실비실 허리를 굽혀 절하고 비틀대는 걸음으로 쓸쓸한 집으로 향할 것이다. 다음 날 아침이 되어 혹 결례를 범하지 않았나 잘 돌아가지 않는 머리를 굴려 보다가 얼굴이 해쓱해지는 이도 있으리라.

정유가 돌아가고 밤이 깊어 가도록 유화는 단정히 자리에 앉아 있었다. 술에 절고 분위기에 취한 목소리가 사랑을 넘어 방 안까지 스며들었다. 그 소리가 흐릿해지다 잠잠해질 무렵이 되어서야 비로소 서안 앞에서 일어났으나, 잠자리에 들 생각은 아닌 것 같았다.

"오라버니께 모처럼 인사라도 드릴까."

유화가 호젓하게 중얼거렸다. 유덕은 한 씨의 여막살이를 하느라 새로 생긴 봉분 곁을 떠나지 아니한다 하였지만, 광원과 다른 형제들은 개경으로 돌아왔다. 틀림없이 오늘도 중결의 사랑에 발을 들였으리라. 본디 가족은 가장 늦게 자리를 뜨는 법이니, 얼굴이나 보고 인사나 할 생각이었다. 어쩌면 그를 볼 수 있을지도 모른다. 달밤 이후, 끝내 모습을 드러내는 법 없는 이를.

차림새는 단정했지만 다른 이들과 마주치는 것은 사양이었다. 빠르게 사랑 뒤편으로 몸을 숨기고 발소리를 죽여 건물을 끼고 반 바퀴쯤 돌았다.

나가는 길과 정반대인 안쪽까지 신경 쓰는 이는 거의 없을 것이고, 설령 그녀를 발견한다 하더라도 어떤 반응을 보이기는 쉽지 않으리라는 계산이 섰다.

처마가 만들어 내는 그늘에 몸을 숨기고는 숨을 죽인 채 살짝 내다보았다. 썰렁하리만치 조용해진 사랑에는 사람도 몇 없는 것 같았다.

유화가 안도하며 발을 딛는 순간이었다. 큰방 문이 벌컥 열리며 목소리가 흘러나왔다.

"오늘은 술이 과했던 모양이군. 차라리 오늘 밤은 예서 머무르는 게 어떠하겠나."

"구종도 데려오지 않고 혼자 온 것으로 알고 있네. 곧 눈도 내릴 것 같으니 아버님 명을 따르게."

"아닙니다."

유화가 화들짝 놀라 도로 몸을 숨겼다. 중결과 광원의 권유를 또렷한 목소리로 거절하는 이의 정체를 알아챈 탓이었다.

"자칫 불상사라도 일어나면 자네는 물론이거니와 아버님께도 누가 되네."

광원이 두어 발짝 뒷걸음질하는 제의 팔을 제법 센 힘으로 잡았다. 순간적으로 제의 몸이 휘청했다. 여간한 이의 눈에는 멀쩡해 보이겠지만 함께 전장을 누빈 적 있는 광원의 눈을 속이지는 못했다.

어떤 순간에도 흔들림 없던 청년의 걸음걸이가 묘하게 느슨했다. 구종이나 동행이 있다면 안심하고 보낼 것이나 밤길을 홀로 돌아가게 하는 것은 아무래도 위험했다.

"더는 사양하지 말게."

극구 마다하던 이는 결국 이끄는 손에 의해 강제로 사랑 곁방으로 끌려 들어갔다. 중결이 그 모습을 바라보며 엷게 미소하더니 사랑스러운 아내가 있는 안채로 호젓하게 걸음을 옮겼다.

잠시 후, 방을 나선 것은 광원 혼자였다. 가볍게 흩날리기 시작한 눈발을 발견하고는 걸음을 서둘렀다. 귀가가 늦어지는 남편을 이제나저제나 기다리는 부인의 염려가 더 깊어지기 전에 돌아갈 생각이었다.

사랑을 밝히고 있던 불이 모두 꺼졌다. 텅 빈 마당에는 아무도 남아 있지 않았다. 고요함이 가득히 찬 구석에서 조심스러운 움직임이 일었다.

그림자는 퍽 민첩하게 마루 위로 올라섰다. 섬돌 위에 벗어 놓은 신을 몇 번이고 바라보며 망설이더니 몸을 굽혀 신을 집어 들었다. 소리가 나지 않도록 살짝 문을 열고 방 안으로 숨어들었다.

다시 고요해진 마당에 떨어지는 눈발이 조금씩 굵어지기 시작했다.

단정한 자세로 앉아 권하는 술잔을 마다하지 않고 모두 받았어도 정신은 맑았다. 이만 물러간다 인사를 드리려 허리를 굽혔을 적에도 멀쩡했다. 그러나 어느 순간 몸에 힘이 들어가지 않았다.

머물기를 강권하는 이가 대충 겉옷을 풀어 던져 놓고 눕히는 손길을 피하지 못했다. 베개에 머리를 대는 순간 감당할 수 없을 만큼 현기증이 밀어닥쳤다. 빙글빙글 도는 천장을 외면하려 눈을 감았다.

감은 눈앞에 두서없이 떠오르며 빙글대던 장면은 그림자 하나가 나타나자마자 하나둘씩 자취를 감추기 시작했다. 홀로 남은 그림자에 조금씩 빛이 비쳐 들기 시작했다. 그 빛살에 익숙한 모습이 형체를 드러냈다. 감고 있는 그의 눈꺼풀이 가느다랗게 떨렸다.

안 된다.

제는 환상이 그려 내는 모습이 더 또렷해지기 전에 흩어 내려 억지로 눈꺼풀을 끌어올렸다. 그저 어둡기만 한 방 안, 다른 기척이 머무르고 있음을 깨달았다. 그 어떤 적의도 품고 있지 않은 기척의 정체를 확인하려 뚫어져라 허공을 응시했다. 눈을 감아 물리치려 했던 환상이 마치 실체인 것처럼 그의 앞에 놓여 있었다.

눈을 떠도 꿈속에 잠겨 있을 만큼 그토록 그리워하였던가. 이제는 어찌해야 좋을까.

무의식중에 입을 열어 더없이 사랑스러운 그 이름을 불렀다.

"유화야."

막 풋잠에 빠져들까 말까 한 청년의 목소리는 낮고 가칠했다. 소리가 크지는 않았으나 깊은 울림이 방 바깥까지 전해질 것 같아 유화가 움찔했다. 그녀는 중걸이 안채로 갔다는 사실을 알지 못해 혹시라도 여기에 있다는 사실을 아비에게 들키게 될까 염려했다.

유화는 자신의 이름을 부른 입술 위를 손가락으로 누르며 고개를 저어 보였다. 제가 그녀를 올려다보고는 느리게 입술 끄트머리를 말아 올렸다.

유화의 가슴이 두근거렸다. 잠에 취해 몽롱하게 뜬 눈빛도, 나른하게 미소 짓는 입매도 지금껏 본 적 없는 것이었다. 무방비하도록 느슨하여 어딘가 애처롭게 여겨지는 동시에 유혹적이기도 했다.

제가 잠기운을 이기지 못하고 다시 눈을 감았다. 잠시 망설이던 유화가 그의 손을 잡자 흠칫 놀랄 정도로 싸늘한 한기가 밀려들었다.

찬기에 잠시 맑아졌던 제의 사고가 도로 흐릿해졌다. 지금 여기에 유화가 있다니 말도 안 되는 일이다. 그의 이기심이 불러들인 꿈의 한 조각이 분명했다. 꿈이란 때로 현실보다도 더 놀라울 만큼 사실적인 법이니.

말없이 작고 차가운 손등을 덮었다. 상대의 뼛속까지 채워진 것 같은 시린 기운에 마음이 아려 왔다. 안타까운 마음으로 얼음장 같은 손을 부드럽게 쓰다듬었다.

너를 밀어낸 그 밤이 그토록 싸늘하여 아직도 한기에 붙잡힌 것이냐. 나를 찾아오는 길은 꿈에서조차 이리 험난하고 고단한 것이로구나.

"이 추위에 여기까지 올 것이 무엇이냐."

책망의 기운이 섞인 목소리는 몹시 부드러웠다. 감미로운 음성에 마음이 그대로 녹아내릴 것 같았지만 손끝까지 저릿할 정도로 가슴이 아파 왔다.

품에 안기면 세찬 심장 소리를 들려주는, 손을 잡고 다정한 목소리로 제 이름을 불러 주는 이 남자는 어찌 마음을 받아 주지 않을까. 유화의 눈에 눈물이 어룽졌다.

눈을 깜박여 시야를 가리는 물기를 서둘러 몰아내며 그의 곁에 모로 누웠다. 그녀를 향하고 있으나 눈을 감고 있는 얼굴을 물끄러미 바라보았다. 맑은 정신이라면 결코 이러고 있지 않을 터다.

몇 번이나 입술을 달싹이다 한참이나 늦은 대답을 했다.

"오라버니께서 꺼리신다면 지금이라도 돌아가겠습니다."

유화의 손등을 덮은 손에 살짝 힘이 들어갔다. 가지 않아도 된다는, 곁에 머물러도 좋다는 뜻일까. 애써 눌러놓은 눈물이 다시금 눈가로 몰려들었다.

관자놀이로 흘러내리는 눈물을 놓아둔 채 꺼질 듯 나지막하게 속삭였다.

"소녀가 싫으십니까."

"어찌 감히 바랄 수 있겠느냐."

여전히 그녀가 좋다는 말은 입에 담지 않았지만 말이 전하는 느낌이 사뭇 달라져 있었다. 사내를 모르는 어린아이라 깎아내리지도, 매정하게 등을 돌려 거부 의사를 표하지도 않았다. 감히 바랄 수 없다 말하는 목소리에는 짙은 아쉬움 비슷한 감정이 배어 있었다.

조금 더 기대해도 좋을까. 유화가 숨소리와 다를 바 없는 가느다란 목소리로 다시 속삭였다.

"하면 마음에 품고 계신 그분은요."

제의 입가에 엷은 미소가 떠올랐다 사그라졌다. 고운 누이로만 남아 주어야 할, 훌쩍 자라 버린 소녀에게 건네었던 거짓말, 못내 마음에 걸렸던 말의 진의를 캐어묻는 이를 향해 진심을 고백했다.

"지금껏 그 누구도 마음에 품은 적이 없었구나."

단 하나, 너만 제외하고는.

가장 깊은 곳에 숨겨 둔 진심이 입 밖으로 튀어나오지 못하도록 억눌렀다. 몽롱한 기운에 휩싸여 있었으나 몸과 마음으로 조금씩 현실감이 스며들기 시작하고 있었다. 자신의 손이 작고 가느다란 손을 여전히 소중하게 감싸고 있음을 깨닫고는 스르르 풀었다. 맞닿아 있던 손이 떨어지는 순간, 유화가 질문을 던졌다.

"하면 소녀는 어찌 생각하십니까."

"한 손으로도 번쩍 안아 들 수 있던 고운 누이였지."

제가 대답하며 팔을 뻗어 유화를 당겨 안았다. 한 팔만으로도 감싸 안을 수 있을 만큼 가녀린 체구는 힘차게 달려들던 몇 년 전과 그리 다른 것 같지도 않았다. 더 가까이에, 더 세게 안고 싶어지는 마음을 참아 내려 천천히 유화의 등을 토닥거렸다. 스스로를 향해 몇 번이나 뇌었다.

오래전부터 유화는 사랑스러운 누이였다. 가시지 않는 추위에 떨고 있는 모습이 안쓰럽기 때문에 안아 준 것에 불과하다. 유화를 여인으로 느끼기 때문이 아니다.

그러나 꿈이라 생각하던 것이 어느 틈엔가 취중이라 그러하다 변질된 것도, 유화를 누이처럼 여기는 마음이 과거에만 국한되고 있는 것도 미처 깨닫지 못했다.

유화의 얼굴에 엷은 경련이 일었다. 혹시 조금이라도 마음을 내어 줄까 기대하였으나 그는 끝내 선을 그었다. 어린아이를 달래듯 느긋하게 다독이기만 하는 손길은 오해할 수조차 없었다. 가정이라는 건 부질없는 일이지만, 만약 그를 처음 만났을 때 정에 굶주린 조그만 강아지 같은 계집아이가 아니라 의젓한 아가씨처럼 굴었다면 달라졌을까.

사랑받지 못했다고는 말할 수 없었다. 하지만 더욱더 사랑받고 싶은 마음에 응석을 섞어 아이처럼 비비댔다. 나이에 비해 다소 과한 어리광은 또래보다 작은 체구 탓에 당연한 것처럼 용인되었다.

유덕을 제외하고는 다들 어리고 순진한 아기씨를 귀여워했다. 많은 사람들이 아주 조금씩 나누어 주는 애정을 긁어모아 마음을 달랬다. 그중 하나가 점차 커져 마음을 가득 채워 나갔다.

이제는 조금 다르게 보이고 싶었다. 그러나 어린 시절의 철없음이 그녀를 옭아매고 그들의 관계를 제한했다. 오라비와 누이, 다만 그뿐.

유화가 서러워진 마음으로 손끝을 제의 관자놀이에 갖다 대었다. 희미한 맥박을 느끼며 가만히 얼굴을 쓸어내렸다. 잠기운인지 술기운인지를 이기지 못하여 그녀를 매몰차게 거절하지 못하는 지금이 그를 어루만져 볼 마지막 기회일 터였다. 이 순간이 지나고 나면, 설령 몽중에 있던 일이라 여기더라도 그녀를 다시는 보지 않으려 들 터이니.

손끝에 온 신경을 집중했다. 개경에서 몇 달을 지냈는데도 가칠한 기운이 남은 피부를 안타까이 어루만졌다. 더운 숨결이 드나드는 코끝에 잠시 머물렀다가 다정한 목소리를 흘려내던 입술까지 흘러갔다.

놀랄 만치 부드러운 피부가 느껴지는 순간 다시 눈물이 핑 돌았다. 저 입술 새로 흘러나올 밀어는, 따스한 온기는 결코 그녀의 것이 될 수 없으리라.

조금만 더 머물렀다면 손톱 끝을 휘감는 체온에 심장이 내려앉는 느낌을 받았겠지만 그 순간이 오기 직전 유화가 손을 떼었다. 누군가에게 들키기 전에 방으로 돌아가 손끝을 맴도는 감촉을 마음에 새길 시간이었다. 아마 오래도록 지워지지 않겠지.

제는 품에 감싼 작은 새가 꼼지락거리는 것을 느꼈다. 살짝 벌린 입술 사이로 스며든 서늘한 공기는 폐부에 이르러서는 칼바람이 되어 마음을 베어 냈다. 그에게서 벗어나서 어디로 갈 참일까.

문득 그의 뇌리를 스치는 장면이 있었다. 달 밝은 밤, 설렘을 가득 품은 채 서성거리던 의젓한 소년과 그에게로 다가가던 사랑스러운 뒷모습.

생각만으로도 마음이 저릿했다. 깊은 한숨을 내쉬며 품을 빠져나가려는 몸을 끌어안았다. 가냘프고 부드러운 살결에서 싱그럽고 은은한 향취가 번졌다.

누이였다. 다시 만나기 전까지는.

여인이었다. 다시 만난 이후로는.

누구에게도 넘겨줄 수 없다. 그 아이에게도.

청년에 가깝도록 자란 소년을 아이라 깎아내리면서 품에 안은 같은 나이의 여인에게는 이성으로서의 감정을 품었다. 생각의 모순을 깨닫기도 전에 눈을 떴다. 꿈이 아니라 현실인지, 그의 몸으로 전하는 체온이 진정 그리운 여인의 것인지를 확인해야만 했다.

달빛조차 비쳐 들지 않는 어두운 방 안에서도 그의 눈앞에 있는 모습은 선명하게 보였다. 귀를 기울여야 겨우 들릴 정도로 낮은 속삭임, 미약하고 따스하던 숨결, 피부 위를 스치는 손길로만 느끼고 있던 소녀의 존재가 시야에 들어왔다. 물기 어린 눈동자와 파르르 떨리는 입술이 눈에 들어오는 순간 사고가 정지했다.

"유화야, 나는……."

제는 자신의 목소리가 떨리고 있음을 깨달았다. 마음 깊은 곳에서 밀려드는 충동을 막지 못했다.

두 입술이 맞닿았다. 금세 잊힐 짧은 입맞춤 정도라면 괜찮으리라. 그녀를 품에 안아 온전히 그의 곁에 두고자 하는 마음이 일기 전에 떼어 낼 수 있다면.

그러나 오래도록 간직해야 할 그리움이 되리라는 생각이 선뜻 물러날 수 없게 했다. 요령 없이 서툴게 부딪쳐 올 적과는 또 다른 부드러운 감촉이 감각을 깨웠다. 가볍게 입술만 포개려던 처음의 의도는 잊은 채 처음으로 만끽하게 된 달콤한 접촉에 온 정신을 쏟았다. 목마른 이가 물을 찾는 것처럼 간절하게 구하고 수줍게 열리는 틈을 거세게 파고들어 망설이는 혀끝을 녹진하게 희롱했다.

낯선 접촉에 유화의 가슴이 떨리기 시작했다. 입맞춤이란 달힌 입술 위를 마찬가지로 다문 입술로 누르는 것이 전부라고 생각하던 착각에 금이 갔다. 늘 다정하고 부드럽기만 하던 이의 과격하고 집요한 움직임에는 강한 애정이 물들어 있었다. 생경한 느낌은 당혹감과 함께 묘한 열기를 불러들였다. 뜨거운 손길이 어깨를 흘러내리는 순간 저도 모르게 얕은 신음 소리가 흘러나왔다.

달뜬 숨결에 실린 달콤한 비성에 비로소 제가 정신을 차렸다. 고운 입술 사이를 파고들어 안을 헤집던 것으로도 모자라 당연한 듯 소녀의 부드러운 살결을 구하러 가던 제 손을 발견했다. 손과 입술, 어느 게 먼저랄 것도 없이 움직임을 멈추고 황급히 떼어 냈다.

멀어지고 싶지 않은 아쉬움, 더욱 깊이 탐닉하고 싶은 욕구가 그를 휘감았다.

이럴 자격 따위 없다.

제는 자신의 현실을 직시하는 것으로 위험하게 끓어오르는 충동을 억눌렀다. 그는 가족도 무엇도 없는 외로운 처지에 있었다. 쓸쓸함을 견디지 못하던 소녀가 그의 곁에 머무르게 되면 지금보다 더 외로움에 몸부림치는 여인이 될 것이다. 진정 아끼는 마음을 지니고 있다면 그리되도록 만들어서는 아니 될 일이다.

유화는 밤의 유혹에 넘어가 그의 앞에 모습을 드러낸 것에 불과할 터다. 그 마음을 달래어 돌려보내기는커녕 몽중이고 취중이라 변명하며 입술을 탐하고 순진한 마음을 유린했다. 자제력을 지닌 성인의 것이라고는 할 수 없는 행동을 자책했다.

지금이라도 늦지 않았다. 몸을 돌려 거부 의사를 표하고 냉담한 목소리로 축객할 것이다. 유화는 부끄러움에 얼굴을 붉힐 것이고, 귀한 아가씨인 그녀를 계속하여 거절하는 것에 분노하리라. 서로가 얼마나 어울리지 아니하는지를 깨닫는 데는 순간이면 족할 터였다. 서로 없던 일인 셈 돌아서는 것으로 이 갑작스러운 접촉을 무위로 돌릴 수 있으리라.

그에게는 무엇으로도 지울 수 없는 기억이 되겠지만.

제는 마지막에 밀려든 생각을 지우듯 눈을 깜박였다. 유화에게 닿아 있는 팔을 빼내며 몸을 돌리려 뒤척였다. 몸을 살짝 일으킨 유화가 그의 움직임을 제지하려 어깨를 잡았다.

"저를 싫어하지 않으시는군요."

"취한 사내의 행동에서 진심을 찾는 것이냐. 그때도 말했지만……."

유화의 얼굴이 빠르게 다가와 가볍게 입술을 포개었다. 찰나의 순간도 되지 못할 만큼 짧은 접촉이었으나 제는 말을 잇지 못한 채 굳게 다물렸다.

유화의 손끝이 다문 그의 입술 위를 쓸어 냈다. 기다랗게 늘어놓으려던 변명 같은 잔소리 대신 부드러운 감촉이 남았다.

"얼마든 거짓을 지어낼 수 있는 말 따위는 믿지 않습니다."

제의 눈길이 속삭이는 유화에게로 향했다. 곱게 휜 눈가와 살짝 말려 올라간 입꼬리, 살짝 잠긴 목소리에는 엷은 웃음기가 배어 있었다. 살짝 벌어져 가는 숨을 내뱉는 붉은 입술을 뚫어져라 바라보았다.

그의 입술을 어루만지던 손끝이 느리고 나른하게 미끄러져 갔다. 긴장감에 오르내린 목울대를 지나 사정없이 날뛰는 심장 위에 멈추어 손바닥으로 지그시 눌렀다.

"대신 이 울림을, 오라버니의 눈빛을 믿습니다. 진심을 인정할 용기가 없어 안아 주지 아니할 것 같지만, 먼저 품으면 그만 아니겠습니까. 오라버니의 뜻이 아니었으니 이후를 약조할 수 없다 말씀하셔도 관계치 않으렵니다. 제멋대로 마음에 품었으니 감당 또한 소녀의 몫이지요."

유화가 손을 살짝 들어 여며진 앞섶 한 자락을 움켜쥐었다. 제법 담대하게 말을 이어 갔지만 긴장감은 감출 길 없어 쥐어진 옷자락이 파르르 떨리고 있었다.

얇은 천 조각만큼이나 떨리는 입술을 열어 마지막 한마디를 던졌다.

"취중인 듯 몽중인 듯, 이 밤을 내어 주옵소서."

말을 맺자마자 얼굴이 확 달아오르는 것이 스스로에게도 느껴졌다. 성년이 지난 지 오래인 청년은 이미 여인에 대해 잘 알고 있을 터다. 반면 그녀가 아는 것이라고는 유모에게 토막토막 들은 단편적인 것들이 전부. 그나마도 부끄러움에 딴청을 부리느라 머리에 남아 있는 것도 거의 없었다.

남녀가 서로를 구하는 것은 극히 자연스러운 일이라 하였으니 몸 또한 배운 바 없어도 능히 알고 행하리라 믿는 수밖에 없었나.

제가 그의 가슴 위에 놓인 손목을 꼭 쥐었다. 마음에 없는 거절과 매정한 말에도 포기하지 않고 그를 향하는 맑은 눈빛은 진심이었다.

그는 온종일 머릿속에서 유화를 떨쳐 내지 못하고 있었다. 이러니저러니 구구절절 늘어놓았던 말들은 쓸데없는 핑곗거리에 불과했다.

주변의 조건이 충족된다 한들, 진정 원하는 것을 얻지 못한다면 무슨 의미가 있겠는가. 이미 그의 마음 역시 향하는 곳이 분명한 지금에야 더욱더. 내내 어지럽던 머리가 맑아지는 느낌이었다.

"그리할 수 없다, 유화야."

그의 낮은 목소리에 유화의 맥이 탁 풀렸다. 부끄러움을 무릅쓰고 건넨 유혹의 말은 사내의 마음을 바꾸어 놓기에는 역부족일 정도로 서툴렀는가.

입술을 깨물어 절망감을 억누르던 유화는 그녀를 바라보는 제의 표정이 상상과는 사뭇 다르다는 사실을 깨달았다. 애정을 담뿍 담은 미소는 종종 보아 왔으나 정염이 한껏 너울대는 눈동자는 몹시 낯설었다. 느슨하게 풀어졌던 몸에 바짝 긴장감이 감돌았다.

"정인을 맞이하는데 어찌 흐린 정신으로 있을 수 있겠느냐."

제가 잠시 말을 멈추었다. 말에 담긴 뜻을 파악하려 분주하게 움직이는 눈동자와 홍조를 더해 가는 얼굴을 올려다보다 몸을 일으켰다. 이마에 다정하게 입 맞추고 조금 전 들었던 것과 꼭 같은 말을 속삭였다.

"너의 밤을 내게 내어다오."

여인의 몸에서 옷자락을 걷어 내는 그의 손길이 몇 번이나 주춤거렸다. 매끄러운 어깨에 이어 팔이 온전하게 빠져나오는 것도 쉽지 않았다. 그러나 본성에 기대어야 하는 서툰 연인은 이미 서로에게 깊이 취해 있어 그러한 사실조차 알지 못했다.

사내의 눈길조차 닿은 적 없는 유화의 맨 어깨에 뜨거운 입술이 내리 닿았다. 치마를 동인 매듭을 찾기 위해 조금씩 미끄러져 내려가는 손길을 느끼다 어느 순간 눈을 감았다. 부드러운 피부를 배회하는 단단한 손끝과 아릿함을 불러일으키는 뜨거운 입술이 조금씩 옮아갈 적마다 유화의 몸이 일렁였다. 수줍음이 밴 엷은 신음 소리는 얇은 종잇장이 발린 문도 넘지 못하고 방 안에서 맴돌았다.

낯선 경험에서 오는 피로감에 혼곤하게 잠에 빠져들었던 유화는 알지 못한 일들을 겪고 난 후의 엷은 통증 탓인지 오래지 않아 눈을 떴다.

맞닿은 피부로 스며드는 온기에 만족스럽게 잠겨 있다 화들짝 놀라 몸을 꿈틀거렸다. 깜깜한 어둠에 잠겨 있어 새벽이 깃들려면 아직 한참 남은 것 같았다. 그러나 여유를 부릴 새가 없었다. 일하는 자들의 아침은 해가 뜨는 것보다 이르게 시작되는 것이 보통이었다.

분명하지 않은 시야로 방을 둘러보았다. 어둠에 익숙해지자 방 안의 풍경이 보였다. 아무렇게나 내던져진 옷가지들을 발견하자 얼굴이 화끈거렸다. 그렇지만 부끄럽다고 이불에 고개를 파묻고 발을 동동거릴 수는 없었다. 서둘러 매무시를 가다듬고 방으로 돌아가지 않으면 곤란한 상황에 처할 게 틀림없었다. 혼인도 하지 않은 처녀가 제 집 사랑 곁방에서 외간 남자와 야합이라니.

살짝 몸을 일으키던 유화가 곁에 누운 청년을 안타까운 눈길로 내려다보았다. 주향(酒香)조차 감추어 내던 그의 진한 향기가 지금도 그녀의 몸을 감싸고 있었다.

밤이 깊도록 사랑을 속삭이던 입술과 부드럽게 번져 가던 숨결이 떠올라 지난밤에 그러한 것처럼 가슴이 설레었다. 평화롭게 잠든 모습조차 매혹적이었다. 만약 그에게 그녀를 향한 마음이 조금이라도 있다면 남에게 들킬 것을 염려하지 않을 것이다. 오히려 뻔뻔스레 보일 만큼 그의 곁에 꼭 붙어서 이미 함께 밤을 보냈노라고, 이이가 아니면 아무런 의미가 없다고 주장할 수 있으리라.

하지만 현실은 그렇지 못했다. 간밤의 그는 온전하게 돌아가지 못할 것을 염려하여 이 방에 붙잡아 놓았을 정도로 만취했다.

꿈에 불과하다 믿으리라. 무산지몽(巫山之夢)이라 여겨 주면 다행이고 불쾌한 악몽이었다고 고개를 내저을지도 몰랐다. 눈을 떠서 그의 품에 안겨 든 그녀의 모습을 발견하면 화를 내며 자책할 터였다.

너는 내게 누이일 뿐이라고 그토록 이르지 않았느냐. 아니, 어찌 너를 탓할 수 있을까. 이 모든 건 나 자신조차 통제할 수 없을 정도로 술에 취하였던 내 나약함 때문인 것을. 이제 어찌할 셈이냐.

분노가 극에 달해 냉엄하게 꾸짖는 그의 목소리가 칼날같이 박혀 오는 것 같아 잠시 숨이 막혔다. 다른 누군가에게 들켜 난

처한 지경에 빠지는 것보다 그의 눈동자에 차가운 분노가 어리는 것이 더 두려웠다.

어서 이 자리를 벗어나야 했다. 그가 깨어나 간밤의 일이 꿈이 아니라 현실임을 알아차리기 전에.

유화가 한숨을 내쉬며 반신을 가린 이불을 걷어 내리려는 순간이었다. 갑자기 뻗어 온 팔이 그녀의 허리를 감았다. 어찌하였는지 알 수도 없게 도로 그의 품에 안겨 눕혀졌다. 얼떨떨한 기분으로 코앞에 다가든 얼굴을 빤히 바라보았다.

제는 전장에 오래 머무르던 사내였다. 작은 기척에도 깨어날 만큼 예민하여 깊이 잠들지 못했다. 체온을 나누어 주던 여인이 움직이는 것을 바로 알아채고도 가만히 있었으나, 그녀가 몰래 떠나가도록 놓아둘 수는 없었다.

벗어날 수 없도록 단단하게 허리를 안고 달콤한 유화의 입술을 덮었다. 말랑한 혀끝을 가벼운 깃털처럼 움직여 지난밤의 일이 기억나지 않느냐 물었다. 여전히 서툴기 짝이 없는 대응을 놀려대듯 톡톡 건드리다 부드럽게 감으며 얽혀들었다. 유화가 가쁜 숨에 허덕일 즈음에야 겨우 그의 입술에서 놓여날 수 있었다.

"아."

유화가 얼굴이 발갛게 달아올라 눈을 내리깔았다. 제는 수많은 표정이 어지럽게 흘러가는 얼굴을 바라보았다. 밤의 유혹이 효력을 다할 시간, 충동에 몸을 내맡긴 지난밤에 대한 후회가 깃들어 있지는 않은지 한참이나 살펴보았다.

그의 시선을 느낀 유화가 눈을 더 내리떴다. 그토록 두려워하던 분노 대신 더없이 따스한 온기가 그녀를 감싸고 있다는 사실에 가슴이 벅차올라 눈가가 젖어 들었다. 한숨 쉬듯 나지막하게 속삭였다.

"꿈이 아니어서 다행이야."

제가 가볍게 이마를 맞대며 눈웃음을 보내자 유화의 마음이 녹아내렸다. 이마를 뗀 그의 시선이 조금씩 움직였다. 둥근 이마에서 반짝이는 눈으로, 붉은 입술을 지나 가느다란 목으로. 유화가 어쩔 줄 몰라 하며 이불을 당겨 몸을 가렸다. 손을 뒤로 뻗어 아까 보아 두었던 옷가지를 끌어당기자 바스락거리는 소리가 들렸다.

"네 뜻은 나와 같지 아니한 걸까."

조용한 목소리에서 쓸쓸함이 묻어났다. 고백했다가 거절당하여 상심한 사람의 목소리처럼 들렸다.

유화가 꼭 쥐고 있던 천 끄트머리를 놓고 손사래를 쳤다. 그 바람에 기껏 몸을 가린 이불이 흘러내렸지만 그조차 알지 못한 채 허둥거렸다.

"아닙니다, 오라버니. 그저 더는 머무를 수 없어……."

"아직도 그리 부르고 있으니 더욱 보내 줄 수 없겠구나."

나무라는 목소리는 더없이 다정했다. 유화가 부끄러움을 견디지 못하고 그의 품에 고개를 파묻었지만 피할 자리를 잘못 찾은 꼴이었다. 밤새 그녀를 휘감았던 향기가 숨결을 타고 깊이 스며들었다. 고개를 들었다가 그와 눈이 마주쳐 살짝 시선을 회피했다.

그 모든 모습이 제의 눈에 들어왔다. 누이일 뿐이라고 단호하게 선을 긋고 차갑게 돌아섰던 건 그녀를 위해서였다. 그러나 정작 그 순간이 그녀를 아프게 한 모양이었다. 밤을 내어 주기만 한다면 기약 따위는 필요 없다 말할 만큼 그를 가슴에 가득 품고서도 벗어나려 애썼다. 그와 눈이 마주치는 것조차 두려운 듯 고개를 돌려 버렸다.

제가 가냘픈 몸을 꼭 껴안았다. 손끝만 닿고 숨결만 스쳐도 녹아내릴 것 같은 부드러운 피부를 쓰다듬으며 낮게 속삭였다.

"날이 밝으면 장군님을 찾아뵈어도 괜찮겠느냐."

유화가 그대로 굳어졌다. 여전히 그의 얼굴은 바라보지 못한 채 파고들 듯 안기며 몸을 둥글게 말았다. 여린 어깨의 들썩임이 그의 팔로 전해지고, 얼굴이 닿은 가슴께로 물기가 번져 가는 느낌이 선명했다.

그에게 스며든 따스한 물방울이 마음에 도착했을 때에는 커다란 파도가 되어 있었다.

"유화야."

제가 유화의 얼굴을 감싸 그를 향하도록 들어 올렸다. 젖어든 얼굴이 안쓰러우면서도 견딜 수 없게 유혹적이었다. 눈물 자국을 어루만지고 흐느낌을 집어삼키고픈 충동을 억누르며 이미 알고 있는 대답을 재촉했다.

"말해다오."

"어찌 감히 바라겠습니까."

유화가 웅얼거렸다. 눈을 마주치는 것조차 부끄러운 듯 자꾸만 시선을 피했다.

간밤의 대담함과 사뭇 다른 수줍음이 그의 마음을 자극했다.

바라보는 것만으로는 가슴 가득 차오르는 그리움을 견뎌 낼 수 없었지만 조급하게 굴지는 않을 생각이었다.

가볍게 다문 입술을 따스한 숨을 몰아쉬는 부드러운 입술 위에 올렸다. 유화가 더는 그에게서 벗어나려 들지 않기를, 먼저 그에게 다가오기를 기다렸다. 살짝 벌어진 틈으로 빨려 들어간 그의 아랫입술에 아련한 그리움이 손끝이며 발끝까지 구석구석 스며들었다.

그러나 그것으로는 만족할 수 없었다. 무르익은 과육을 욕심껏 움켜쥐어도 채워지지 않은 허기가, 끊임없이 샘물을 마셔도 가시지 않은 갈증이 격렬하게 끓어오르고 있었다. 서두르지 말자 다짐하였던 것도 잊고 몸을 돌려 팔꿈치로 바닥을 짚어 그의 품에 갇힌 여인을 사랑스럽게 내려다보았다.

어두워 잘 보이지는 않지만 저 새하얀 나신 곳곳에 붉은 꽃잎이 흩뿌려져 있을 터다. 어쩌면 그를 감싸고 있는 여인의 향기는 충동을 이기지 못해 새겨 넣은 흔적에서 풍겨 나오는 것일까. 그렇다면 과연 누가 누굴 가두고 있다 하여야 할까. 시구 하나가 그의 뇌리를 스치고 지나갔다.

"물을 움키니 달이 손안에 있고,
꽃을 희롱하니 향기가 옷에 가득하구나*."

낮게 읊조리는 목소리에 유화가 얼굴을 붉혔다. 명문가 자제

---

*우량사(于良史)의 '춘산야월(春山夜月)' 일부.

라 하였으니 시를 모르지는 않겠지만, 전장에서 말을 달리며 검을 쥐어 적을 베는 자가 시구를 읊는 것은 생각조차 하지 못했다. 이런 상황에서라면 더욱더.

"어린아이도 알 것 같은 시구로 소녀를 시험코자 하십니까."

부끄러움을 숨기려 유화가 새초롬하게 되받았다. 제가 웃으며 고개를 저었다. 책을 끼고 사는 소녀와 오래전 배운 글을 필요한 만큼만 기억하는 그를 비교할 수는 없다. 다만 그의 마음을 표현하는 데 그보다 더 적합한 말이 없었을 뿐이다. 그녀는 그에게 어떻게든 손에 담고 싶은 달이고, 흩어 낼 수 없을 만큼 배어든 꽃향기나 다름없다고.

부드럽게 흘러가던 손길이 가로막혔다. 유화가 그의 손을 잡고 고개를 잘래잘래 흔들었다. 제의 입가에 빙긋, 미소가 떠올랐다. 약간 짓궂은 데가 있는 은근한 목소리로 여인의 귓가에 속삭였다.

"염려하지 마라. 나 또한 시간이 여유롭지 아니하니."

말을 마친 입술이 드러난 쇄골 위에 사뿐히 내려앉았다. 사내의 움직임을 제지하던 손길이 힘을 잃었다. 엷은 통증 위로 잦아들었던 격정이 새로 피어났다. 간밤의 일은 꿈결이라 여기고 술에 취하여 그러한 것이 아니라고 말할 필요도 없이 격렬하게 타올랐다.

제는 자신의 말을 지켰다. 하룻밤 머무른 방을 정갈하게 정돈한 뒤, 해가 떠오르기 훨씬 전의 이른 새벽에 유화를 방에 데려다 놓았다. 유화는 와방에 몰래 들어설 때와 마찬가지로 신 한 켤레를 든 채, 그러나 언감생심 상상도 하지 못한 정인의 품에 안긴 채 자신의 방에 들어섰다. 이마에 가볍게 입 맞추고 일어나는 이에게 생긋 눈웃음을 보냈다.

그가 귀가한 후로도 꽤 오래 흩날린 눈발은 곳곳에 새겨 놓은 발자국을 말끔히 지워 냈다. 제는 목욕재계하며 마음을 가다듬고 누군가를 찾아가는 데 실례가 되지 않을 시간이 오길 기다렸다. 그러나 그가 미처 생각지 못한 점이 있었다. 그의 마음을 차지한 여인은 먼저 마음을 고백하고, 거절당한 뒤에도 사내가 잠든 방에 숨어들 정도로 대담한 아가씨였다. 그저 얌전하게 앉아 있을 이가 아니었다.

쨍하게 맑은 아침 하늘에서 비치는 햇살이 눈이 깔린 마당 위에서 반짝거렸다. 제법 이른 아침인데도 중결의 사랑 창문은 활짝 열려 있었다. 그 창 너머로 나란히 앉은 부부와 그 앞에 공손하지만 꼿꼿한 자세로 앉은 소녀의 모습이 보였다.

"그는 나이가 지나치게 많지 아니하냐."

"아버지는 어머니보다 스무 살도 더 연상이시어서 큰 오라버니는 어머니보다도 나이가 더 많습니다. 그에 비한다면 오라버니는 나이가 많다 할 수도 없으며 혼사도 치른 적 없으니 무엇이 문제이옵니까."

아비의 목소리에 짙게 깔린 당혹감이 못마땅한 듯 입술을 삐죽거린 유화가 청산유수로 대답을 늘어놓았다. 어안이 벙벙한 얼굴로 바라보던 중결이 홍연대소했다. 어지간한 일은 그리 놀랍지도 아니할 만큼 산전수전 다 겪어 보았지만 딸아이의 당돌함은 그의 예상을 뛰어넘는 것이었다.

순간적으로 밀려든 당황스러움을 접어 두고 침착하게 생각을 정돈하려 애썼다. 말이 없고 신중한 자가 어린 딸을 자주 찾아와 다정하게 대해 주었던 것은 익히 알고 있었다. 그러한 행동을 못마땅하게 여긴 적이 없었던 것은 제의 성품을 잘 알고 있기 때문이었다. 존경하는 장군과 인척으로 엮이기 위해 어린 계집아이의 환심을 사려 드느니 차라리 전장으로 떠나는 편을 택할 사내였다. 그럼에도 딸의 통보는 충실한 사내의 진심을 의심할 정도로 갑작스러웠다.

"혼인이라는 것은 그렇게 쉽게 결단할 수 있는 일이 아니다."

"그러니 아버지께 말씀을 여쭙고 있는 것 아니겠사옵니까."

"하물며 사내가 혼인을 청하기도 전이다. 네가 어찌 그리 서두르는 것이냐."

"반드시 사내가 먼저 청해야 한다는 법도가 있는 것은 아니지 않습니까."

유화의 목소리가 고집스럽게 굳어졌다. 중결이 짧게 한숨을 내쉬고는 강 씨를 돌아보았다. 그녀는 부녀간의 대화에 관심이 없는 듯 유화의 얼굴만 살펴보고 있었다. 눈썰미 좋은 여인은 딸의 적극적인 태도와 얼굴에 떠오른 미묘한 홍조를 보며 직감했다. 늘 어린아이로만 머무를 것 같았던 딸이 여인이 되어 있었다. 중결이 그녀를 향해 말을 건네는 것도 알지 못하고 생각에 잠겼다.

만약 내가 유화 같았다면…….

누군가에게 설익은 풋정조차도 주어 본 적 없었으니 부질없는 가정이었다. 그러나 설령 있었다 하더라도 쉬이 마음에서 몰아냈을 것이며, 부모에게 청하였다면 단호한 거절이 돌아왔을 것임에 의심의 여지는 없었다. 그녀는 사랑받는 딸인 동시에 가문의 영달을 위해 헌신해야 하는 일원이었다. 혼인에는 아무런 불만도 없었고, 교육받아 온 이상으로 그의 내조를 해내고 있는 스스로에게도 만족했다.

그러나 유화는 그녀가 품어 낳았음에도 전혀 다른 존재였다. 자신의 부모가 그러하였듯 네 어깨에 집안의 번영이 달려 있다고 엄히 교육시키지도 않았다. 중결은 유화가 태어날 무렵에도 한창 뻗어 나가는 세력을 이끌고 있었으며 지금은 거의 모든 것을 이루다시피 했다. 딸의 혼사를 통해 무언가를 지키고 얻어 내기 위해 노력할 필요가 없었다.

너만큼은 있는 그대로 행복해도 괜찮겠지.

그자의 마음이 딸의 마음과 같다면.

어린 소녀가 다정한 사내의 면모에 반해 연심을 품은 것은 이해할 수 있었다. 하지만 상대의 마음도 같을지는 알 수 없었다. 한쪽이 일방적으로 매달리는 관계의 끝은 좋을 수가 없었다. 과연 청년의 마음을 믿어도 좋은 것일까.

문득 떠오르는 때가 있었다. 한 씨의 부음이 도착하여 포천으로 향했던 날이었다. 가는 내내 섧게 울어 도착할 무렵에는 기진하다시피 한 유화를 조그만 방에 몸을 눕힌 뒤 거의 밖에 나오지 않았다. 그것에 신경을 쓰면서도 평소와 마찬가지로 그곳에 모인 사람들의 면면과 언행을 머릿속에 각인시켰다.

청년에 대한 것 역시 기억에 또렷하게 남아 있었다. 두 번이나 오가느라 며칠째 잠도 못 이루고 있지 않느냐며 광원이 염려 섞인 말을 건네었다. 중결의 곁을 충실하게 지키면서도 걱정스러운 시선으로 작은 방문을 응시하곤 했다. 서로의 눈길이 맞닿았을 때 희미한 미소를 교환하던 것도, 도로 고개를 떨어뜨린 유화가 서둘러 방 안으로 모습을 감추던 것도 기억해 냈다.

강 씨가 기억을 조금 더 거슬렀다. 한 씨의 부고가 있기 사날 전, 유화가 이른 아침에 그녀를 찾아와 단정적인 어조로 중결이 한 씨를 찾아가야 옳다고 말했다.

한 씨가 병중이라는 것이야 누구에게든 들을 수 있는 일이겠지만, 명이 경각에 달려 있다는 걸 알지 못하고서는 그렇게 단언할 수 없었다. 눈으로 확인한 사실이기에 그렇게 단호하게 주장할 수 있었던 것이다.

딸의 말이 마음에 걸려 중결에게 사람을 보냈을 때, 그는 이미 포천으로 떠난 뒤였다. 포천과는 전혀 다른 곳에서 귀경한 청년이 소식을 전했다고 했다. 청년은 유덕과 안면이 있는 이상의 관계였지만 그러한 소식을 주고받을 정도로 친밀하지는 않았다.

밤길의 동행. 확신을 굳힌 강 씨의 귓가에 중결의 목소리가 들려왔다. 그녀를 향해 대답을 재촉하고 있었다.

"부인의 생각을 물었다오."

"좋은 일이옵니다."

상 씨가 중결의 말에 대답한 뒤, 초조하게 자신을 바라보는 딸을 향해 미소했다. 순간, 정적이 감돌았다. 중결의 얼굴에 떠오른 당혹스러움이 더 짙어졌다. 유화가 눈을 커다랗게 뜨고 강 씨와 중결의 얼굴을 번갈아 가며 쳐다보았다.

고요를 뚫고 발소리가 들려왔다. 객의 도착을 아뢰는 목소리와 힘 있게 딛는 발걸음이 겹쳐졌다. 유화가 무릎걸음으로 강 씨에게 다가가 손을 꼭 잡고 생긋 웃더니 자리에서 벌떡 일어났다. 치맛자락을 팔락이며 문을 열어젖혀 바깥으로 사라지는 모습을 보던 중결이 미간을 좁혔다.

"대체 무슨 생각이오, 부인?"

"그가 마음에 들지 아니하십니까?"

"그렇지 않소. 유화의 마음이 앞서 나가는 것이 아닐까 염려스러울 뿐, 기실 그보다 더 믿음직한 사내가 있기는 할까 싶을 정도라오."

"그런데 어찌 그리 마뜩잖은 표정을 하고 계십니까."

"그에게 전법판서(典法判書)의 직을 제수해 달라는 소를 올릴 참이었단 말이오."

강 씨의 어조는 중결을 놀리듯 가벼웠지만 그의 목소리에서는 희미한 시름이 묻어났다. 젊은 청년은 꽤 혁혁한 전공을 세웠는데도 그를 인정해 주기를 요하지 않아 지금껏 한직에 있는 처지였다.

능력이 아까워 요직에 올리고자 마음을 굳힌 찰나에 맞닥뜨리게 된 일이 그의 마음을 심란케 했다. 그의 품성과 자질은 사위로도 관료로도 지극히 마땅하였으나, 두 사실이 얽히면 숙덕공론에 휘말리게 될 것 같아 염려스러웠다.

"유화가 아니어도 그 자리에 앉기에 부족함이 없다 생각하신 것 아니시옵니까."

"오히려 그 인물이 아깝다 보아야 하겠지. 하지만 구설에 오르는 것은 좋지 아니하오."

"세간의 이목에 휘둘려 뜻을 굽혀서야 어찌 뜻을 제대로 펼수 있겠사옵니까."

의연한 목소리로 질문을 되돌린 강 씨가 앉아 있는 자리에서 사뿐히 일어났다. 열어 놓은 창 옆에 서서 바깥을 내다보더니 조그맣게 웃음소리를 냈다. 고개를 살짝 갸웃하여 중결을 돌아보는 모습이 꼭 그를 가까이 오라 권하는 것 같았다. 강 씨는 그녀에게 다가오는 남편을 향해 따스한 어조로 속삭였다.

"하나뿐인 딸아이의 일인데 어찌 신중하지 않을 수 있겠습니까. 하오나 혼인을 서두르는 것이 좋겠사옵니다."

종종걸음으로 문을 나선 유화가 마루 끄트머리에 섰다. 한참만에야 만나는 것 같은 그리운 이가 섬돌 아래 서자마자 팔을 뻗어 그의 목을 휘감았다. 제가 입을 열 사이도 없이 그의 귓가에 속삭였다.

"말씀드렸습니다, 오라버니."

"내가 말씀드릴 때까지 기다릴 수는 없었던 것이냐."

제가 가볍게 책망했다. 섬돌 위에 있는 유화의 신을 보았을 때 이미 짐작한 일이었다. 이런 일이 생길 것 같아 일찍 올 것이라고 몇 번이나 속삭였는데도 기어이 날이 밝자마자 들썩이는 몸을 어쩌지 못한 모양이었다. 더없이 화사한 표정을 보며 어떤 결론이 내려졌는지도 짐작할 수 있었다. 유화가 새침하게 대꾸했다.

"오라버니께서 먼저 말씀드린다 하여 달라질 게 무엇이랍니까. 혹 여인의 치마폭에 감싸인 사내라 폄하될까 두려우십니까."

"그 여인이 너라면 무엇이 두려우랴."

제의 목소리에 유화의 얼굴이 달아올랐다. 그녀를 향한 그의 마음이 어떠하다 말해 주는 것보다 더 깊은 애정의 표현처럼 들렸다.

얼굴이 마주치면 설렘 가득한 표정을 들키게 될까 봐 안고 있는 팔에 더욱 힘을 주었다.

"다만 이 일에 내 뜻이 부족하다 여기실까 염려스럽구나."

"그렇지 아니하다는 걸 보여 드리시면 그만입니다."

제가 뒤로 살짝 물러나자 유화도 팔을 풀었다. 그가 방에 들어야 정식으로 허혼(許婚)을 청할 것인데 계속 이렇게 시간을 지체할 수는 없는 노릇이었다.

유화의 사랑스러운 모습을 한가득 눈에 담고 있던 제가 갑자기 밀려드는 짓궂은 충동에 팔을 넓게 벌리며 다정한 미소를 띠었다.

"유화야."

방에는 이미 기다리고 있는 이들이 있었으니, 유화가 수줍게 미소하며 몸을 돌리리라 짐작했다. 멋쩍은 듯 빈 팔을 몇 번 털고 방에 들어가면 되리라 생각했다. 잊고 있었던 것이다. 지금도, 간밤에도, 그 전에도 이 사랑스러운 여인의 행동은 그의 예상을 벗어날 때가 많았다는 것을.

유화가 버선발로 눈이 살짝 덮인 섬돌 위를 살짝 딛더니 뛰어오르듯 안겨 들었다. 부끄러움 따위는 모르는 것처럼 입술을 부딫쳐 왔다. 약간 뒤쪽에서 그들의 모습을 보고 있던 하인이 눈을 크게 떴다 어쩔 줄 모르며 고개를 돌리는 것도 알지 못했다.

놀람도 잠시, 제가 눈을 감았다. 입술 사이로 스며든 부드러운 아랫입술을 가볍게 자분거렸다.

어깨 뒤로 내려앉는 햇살이 유독 따스했다. 열려 있던 창문이 소리 없이 닫혔다. 그들을 스치는 엷은 바람에는 때 이른 봄 내음이 묻어났다.

九.
婚姻(혼인)

유화는 치맛자락을 모아 뒤쪽으로 여미듯 잡고 열린 농의 문
사이에 숨듯 바짝 붙어 서 있었다. 조금 전 그녀를 부르는 유모
의 목소리를 들은 것 같았다. 틀림없이 몹시 긴하지만 전혀 쓸
모없는 용무를 지닌 작자들이 그녀를 찾는 것이라 지레짐작했
다. 그런 이들이라면 넌더리가 났다.

마음이 다급하니 안을 대충 훑어보고는 그녀가 없는 줄 알고
돌아설지도 모른다고 기대했다. 신이 섬돌 위에 얌전히 놓여 있
다는 사실은 까맣게 잊었다.

"아가씨, 왜 대답도……."

문이 벌컥 열리고 방 안을 쩌렁하게 울리던 유모의 목소리가
멈추었다.

잠시 후, 쿵쿵거리는 발소리와 함께 농 앞에 떡 버티고 선 유
모가 어이없는 얼굴로 그녀를 쳐다보았다. 아무 말도 하지 않았

지만 눈초리만 보아도 품은 뜻을 알 수 있었다. 유화가 머쓱하게 웃으며 변명했다.

"사람이라면 이제 지겨운걸."

근래 유모가 그녀를 찾을 때는 대부분 손님이 찾아온 경우였다. 집안 어른이거나 일가친척, 중결과 관계가 있는 신료들이나 그들의 부인이 사랑이나 안방, 간혹 유화의 방으로 들이닥쳤다. 미소를 띠고 단정하게 앉아 있노라면 좀이 쑤시고 입가에 경련이 이는 것 같았다. 이제 끝났는가보다 한숨 돌리면 또 다른 손님이 연달아 찾아오는 날도 허다했다.

그런 손님이 아니더라도 유화를 찾는 이들은 더 있었다. 고운 빛깔의 옷감을 든 이들이 이것저것 대어 보거나 몸 이곳저곳의 치수를 재어 갔다. 화려한 장신구를 잔뜩 늘어놓고 은근히 권하기도 했다. 때로는 진귀한 물건들을 선물이라며 내려놓고 가는 이들도 있었다.

모든 건 유화가 혼인을 앞둔 탓이었다. 별다른 반대도 장애물 없이 혼사가 결정된 후, 숨을 쉴 틈도 없이 일이 진행되었다. 정신을 차려 보니 혼례가 며칠 앞으로 다가와 있었다. 그 모든 일의 중심에는 강 씨가 있었다. 유화는 그녀가 생각보다 행동이 먼저 앞서는 것은 어머니를 닮은 탓이라고 뚱하게 생각하기도 했다.

"그렇다고 피하시면 더 곤란한 상황에 처합니다. 혼례가 얼마 남지도 않았는데 편찮으시다고 둘러댈 수도 없잖습니까."

"남들이 이상하게 여기지 않을 만한 외출 장소가 없을까?"

"참으십시오, 아기씨."

"작수성례(酌水成禮)라고, 정화수 한 대접 떠 놓고 맞절하는 걸로도 충분할 텐데. 혼인하기도 전에 지쳐 버리는 느낌이야."

"아기씨께서 그러시면 판서 나리는 어떻겠습니까."

유모의 나무람에 입술을 삐죽이며 투덜대던 유화가 입을 다물고 생각에 잠겼다. 제는 새 관직을 제수 받아 눈코 뜰 새 없이 바빴다.

그 와중에 혼인까지 준비하는 것은 보통 일이 아닐 터였다. 가족은 물론 변변한 친척이랄 만한 이도 없어 유화의 집에서 대부분의 준비를 대신하고 있었지만 그렇다고 상대 쪽에서 한가하게 손을 놓고 있는 것도 아니었다.

뻗어 나가던 생각은 혼례 이후까지 닿았다. 오래도록 전하는 풍속이야 친정에서 한동안 지내는 것이었으나 그녀는 며칠만 머무른 뒤 제의 집으로 가기로 했다. 그의 집은 마땅히 지킬 이도 없는 데다 같은 개경 안이기에 가능했던 결론이었다.

아무렇지 않게 내렸던 결정이었지만 막상 그날이 다가오자 조금씩 두려운 마음이 들었다. 그녀의 짧은 평생을 함께한 유모조차 함께 가지 않는, 믿을 것은 청년의 다정함뿐인 낯선 장소에서 과연 잘 해낼 수 있을까.

유화의 생각을 읽어 낸 듯 유모가 조심스럽게 물었다.

"괜찮으시겠습니까, 아기씨?"

"뭐가?"

"외로우실 것 같아서 말입니다."

"괜찮아. 이미 외로움은 벗이나 마찬가지인걸."

유화가 아무렇지 않은 척 대꾸했지만 도리어 유모의 동정심만 깊어졌다. 익숙한 건 아무것도 없고 무엇이든 처음일 나날들을 견뎌 내는 건 쉽지 않을 터다.

그녀가 꼭 필요하니 다만 한두 해라도 남아 있으라는 강 씨의 말만 아니었다면 주저 없이 유화의 뒤를 따랐을 것이건만. 마음에 품은 안쓰러움을 들키지 않기 위해 어조를 바꾸어 자신이 찾아온 목적을 고했다.

"진짜 벗이 찾아오셨습니다."

"그 이야기를 왜 지금에야 해? 바깥에서 한참 기다렸겠는걸."

"아기씨께서 숨어 계셨기 때문 아닙니까."

유모가 다시 한 번 유화를 나무라고 방을 나선 후, 호리호리한 선비가 방으로 들어섰다. 턱을 살짝 치켜들어 인사를 해 보이고는 자리에 앉으며 갓을 깊게 눌러 썼다. 갓 양태에 가려진 얼굴 아래로는 짙은 그림자가 드리워 고개를 조금만 숙여도 표정을 알아볼 수 없었다.

지극히 평범한 이야기가 오고 갔다. 무슨 말을 듣고 어떤 대답을 하는지도 깨닫지 못하고 있던 정유가 간신히 정신을 차리고 용건을 꺼내 놓았다.

"아무래도 네 혼례 때 오지 못할 것 같아서 미리 왔어."

"왜? 무슨 일 있니?"

"지방에 다녀오게 되었거든."

긴한 일이 생긴 것처럼 점잔을 빼며 대꾸했지만 실은 있지도 않은 용무였다.

아마 그날, 방 깊이 틀어박혀 있지 않으면 말을 타고 근교 산자락에나 오르게 되리라. 짧은 인생의 반평생도 넘는 시간 가까운 벗으로 지내며 어느 순간부터 마음에 품어 온 이의 혼인을 웃으며 축하해 주는 것은 불가능한 일이었다.

정유가 살며시 유화의 얼굴을 살펴보았다. 가까운 벗이 멀리 간다는 서운함이 밴 표정도 마음 깊은 곳에 자리한 행복감을 가리지는 못해 환하게 빛나고 있었다.

벌써 제법 오래된 일이 된 첫 만남을 떠올렸다. 높은 나무 위에서 내려다보는 모습이 꼭 하늘에서 내려온 선녀 같던 여자아이는 끝내 옷자락 한 조각 남기지 않고 날아가 버렸다.

"아쉽게 되었네."

유화가 천천히 대답했다. 정유가 몇 번이나 망설이던 질문을 입에 올렸다. 마음을 굳건히 먹고 태연을 가장했지만 목소리가 가느다랗게 떨리는 것까지는 숨기지 못했다.

"행복하니?"

"어떤 느낌인지는 너도 때가 되면 알지 않을까."

생긋 미소 띤 얼굴과 함께 돌아오는 대답에 마음이 시려 왔다. 이토록 행복감 가득한 얼굴을 보면서도 쓸데없는 질문을 입에 담은 자체가 잘못된 것이었다.

그 누구든 어찌 너와 같을 수 있겠니.

정유는 전할 수 없는 이야기를 마음에 묻어 둔 채 축하 인사를 건네고 자리를 털고 일어났다. 바라보고 있으면 커지기만 하는 아쉬움은 돌아선다 해서 줄어들지 않았다.

정유가 떠나간 방에 혼자 남은 유화가 짧게 한숨을 쉬었다. 아무렇지 않은 척 명랑하게 대화를 끌어갔지만, 오래 보아 온

벗의 표정은 몰라보는 게 더 이상했다. 자리에 앉는 대신 창가로 다가가 햇살을 끌어들이고 바람을 불러들였다. 엷은 바람이 드나들며 무겁게 가라앉은 공기를 밖으로 끌어낸 자리엔 서늘한 기운이 들어찼다. 봄을 시샘하는 찬바람이 마당 곳곳을 누비고 다니니 곧 날이 따스해지리라.

마당 저편에서 들려오는 발소리에 유화는 일단 얼굴을 찡그리고 귀를 기울였다. 발을 딛는 소리가 분주하게 섞이면 반갑지 않은 손님이 온다는 뜻이었다.

그러나 힘주어 눌러 딛는 한둘의 발걸음 소리를 확인하고는 종종걸음으로 문까지 다가갔다. 호흡을 가다듬으며 우아한 걸음걸이로 방을 나서서 햇볕이 드는 마루 끝에 서서 활짝 웃었다.

"아버지, 어인 일이시옵니까."

"네 성정에 답답할 듯하여 찾아왔더니 기우였구나."

중결은 짐짓 실망한 듯 몸을 틀었다. 유화가 서둘러 마당으로 내려와 중결의 소맷부리를 잡아당기자 못 이긴 척 움직임을 멈추고 흐뭇함과 아쉬움이 뒤섞인 미소를 건넸다. 봄바람을 따라 팔랑거리는 나비 같던 아이가 곱게 피어난 우아한 꽃송이를 닮은 여인이 되어 있었다.

"아무도 몰라주는 마음을 아버지께서만 알고 계십니다. 소녀에게는 아버지뿐인 것을요."

유화가 중결의 허리를 감싸 안으며 어리광을 부리듯 그의 가슴께에 얼굴을 비비댔다. 더없이 다정하고 마음 깊이 의지하는 아버지는 위용만 보아도 압도당할 만큼 강인하고 기골이 장대한 사내였다.

아직도 어린아이처럼 구는 유화의 행동 탓에 중결의 마음으로 시린 바람이 불어 들었다. 그는 여전히 힘이 넘치지만 사랑스러운 딸아이의 치맛자락이 펄럭이도록 빙글빙글 돌려줄 일은 이제 없을 것이다.

이렇게 딸을 안아 보는 것도 아마 오늘이 마지막일 터였다. 마음 깊은 곳에서 넘실거리는 허전함을 감추고 철부지 같은 딸의 어깨를 다독이며 농을 던졌다.

"그리 말하는 네가 혼사를 앞두고 있구나. 여인의 말을 믿어서는 아니 된다고 하는 것은 이런 연유 때문이렷다."

"이리 다정한 아버지를 둔 이는 온 세상에 아마도 저뿐일까 하온데 어찌 거짓을 고하리까."

"하면 너의 남편이 될 그자는 어찌할 셈이냐. 아마도 나와 같은 마음으로 널 찾아온 모양이던데."

그의 말에 유화가 힐끗 뒤를 돌아보았다. 그리운 모습을 확인한 순간 저도 모르게 밝아진 표정을 애써 감추고 도로 고개를 돌렸다. 혼인이 결정되었는데도 마주치는 것조차 쉽지 아니할 정도로 바쁜 청년에 대한 투정이 살짝 섞여 있었다.

"아버지께서 먼저 오셨으니 모르는 일이옵니다."

"여기 너를 기다리는 이가 있는 것처럼 네 어머니가 나를 기다리고 있을 게다."

중결이 애틋한 눈길로 유화를 바라보다 허리에 감긴 팔을 풀어냈다. 그 어느 자녀의 혼인 때도 느끼지 못했던 복잡미묘한 감정은 평화로움과 안온함에 젖어 든 탓이리라 생각했다. 유화의 손을 쥐고 성큼성큼 걸음을 디뎌 저만치서 그들을 바라고 서 있던 청년의 손등에 얹어 놓았다. 그의 앞이라 수줍고 멋쩍은 듯 어색하게 선 모습을 보다 벌써 아슴푸레해진 어느 순간을 되새겼다.

"아직도 이래서야 나중에 어느 사내가 널 데려가겠느냐?"
"그리되면 아버지랑 평생 살면 그만이지요."

그 사랑스러운 목소리를 귓가에서 몰아내며 허리를 살짝 굽혀 유화의 귓가에 속삭였다.
"네 사내의 마음을 확인하려 아비를 이용하려 들면 안 되느니라."
"아버지."
유화의 얼굴이 붉어졌다. 중결은 호탕한 웃음을 남기고는 안채로 걸음을 옮겼다. 강 씨가 평소와 달리 건물 밖에 나와서 그를 기다리고 있었다.
"유화를 보고 오십니까."
"잠시 딸아이와 시간을 보내려 하였더니 그자가 귀신같이 찾아오지 않았겠소."
중결이 투덜대듯 말하자 강 씨가 만면에 미소를 띠었다.
"아쉬우시면 지금이라도 무르면……."
"오늘따라 모녀간에 늙은이의 마음을 쥐락펴락하려 하니, 곤란하오."
미간에 주름을 잡고 있던 중결의 표정이 이내 부드러워졌다. 품에서 곱게 접힌 종이 한 장을 꺼내어 강 씨의 앞에 내밀었다.

강 씨가 눈으로 훑어보고는 종이를 다시 내밀었지만 그가 고개를 저었다.

"오늘 아버님의 비각에 사람을 보냈다오."

몇 해 전, 그의 부친을 기리고자 신도비를 세웠다. 돌에 깊게 새긴 글자는 수백 년 넘게 비바람을 맞으며 깎여 나가도 꿋꿋하게 그 내용을 후대에 전할 것이다. 자손만대 전해지게 될 비석에 새겨지는 글귀가 더없이 사랑하는 딸에 대한 불완전한 기록이 되기를 원치 아니하였다. 하여 아무것도 새기지 아니하고 비워 둔 자리가 있었다. 그가 강 씨에게 보여 준 종이는 그 내용에 관한 것이었다.

중결이 문득 고개를 들어 하늘을 바라보았다. 강한 햇살이 눈을 자극해 오는 탓에 아주 잠시 눈가에 눈물이 스쳤다.

안마당에 제와 단둘이 남겨진 유화는 새초롬한 얼굴로 손을 움직였다. 그러나 한 치도 채 미끄러지기 전에 곧 단단하게 쥐는 손에 잡혀 버렸다. 제는 유화를 당겨 품에 안았다. 숨을 쉬기 어려울 만큼 꼭 끌어안아 주고 싶었으나, 바람결에 흩날리는 꽃잎이나 공기 중을 노니는 나비를 안고 있는 것만 같아 조심스러웠다.

결국 팔을 풀고 도로 손을 찾아 꼭 쥐었다. 유화가 살짝 눈을 흘기며 투덜거렸다.

"누구신지 기억이 나지 않습니다."

"미안하다, 유화야."

"미안할 짓을 왜 하십니까."

"장군님의 명성에 누를 끼치는 것도, 내 마음이 곡해되는 것도 싫구나."

"오라버니께서 그 자리에 차고 넘치는 이라 하여도 의심하는 사람이 생길 수밖에 없어요. 어찌할 수 없는 일입니다."

유화는 언젠가 강 씨에 들은 것 같은 말을 입에 올렸다. 유화와 혼례를 올린다는 것이 알려진 때와 관직을 제수 받은 때는 거의 동시였다. 구설에 오르는 것은 불가피한 일이었다.

제는 평소 그의 뒤에서 오가는 쑥덕공론에는 관심을 두지 않았으나 이번에는 사정이 달랐다. 그의 언행과 능력은 곧 중결에 대한 평판으로 직결될 수밖에 없었다.

조금이라도 부족하다 싶으면 유화를 연줄 삼아 제 출세를 도모하려 들었다는 비난에 직면하게 될 터였다. 그녀에 대해서 알지도 못하면서 가치를 평가 절하하고, 그의 마음을 제멋대로 재단하여 유화의 귀에 그 소리가 흘러가게끔 할 터였다. 여린 여인이 마음에 상처를 입을지도 모른다고 생각하면 어느 하나도 소홀히 할 수 없었다.

유화도 그 사정을 알고 있었다. 오래도록 그녀를 지켜보며 다정하게 대해 주고, 차마 말로 꺼내지 못하던 부탁까지도 눈치채고 배려해 준 이였다. 중결에게 잘 보이고 싶은 마음만으로는 건넬 수 없는 다정함을 지니고 있었다. 그리움이 채워지지 아니하는 것이 서운할 뿐, 그의 마음만큼은 너무도 분명하게 느끼고 있었다.

문득 처음 그를 만난 날이 떠올랐다. 유덕과 동행하여 철현까지 찾아왔으며, 광원도 그에게 호의적이었고 중결도 꽤 깊은 신뢰를 보였다. 그 언젠가 봄나들이를 나서던 날에 제에게 인사를 건네던 사람들이 꽤 많았다는 사실도 상기했다.

중결은 구설에 오를 것을 짐작하고서도 관직의 제수를 청했으며 강 씨는 그를 만류하지 않았다. 사사로운 마음으로 일을 결정하는 것을 꺼리는 이들이 그만큼의 믿음을 보이는 이였다.

어쩌면 내 고집 때문에 이이의 앞길이 가로막히는 건 아닐까.

날개를 활짝 펴고 비상하여야 할 대붕의 날개를 꺾고, 마지막 승천의 순간을 눈앞에 둔 이무기를 방해하는 하룻강아지라도 된 건 아닌지.

생각이 거기까지 미치자 유화의 얼굴에 그늘이 드리웠다. 제는 손끝으로 유화의 턱을 들어 올렸다. 근심 가득한 여인의 눈동자에 그의 모습이 차올랐다. 햇살이 눈동자를 찌르면 안에 가득 담긴 그의 모습이 굴러떨어질 것 같았다.

"오라버니."

"염려하지 말아라."

제가 유화를 감싸 안았다. 체구가 작은 여인이 그의 품에 온전히 들어왔다. 고개를 숙여 귓가에 다정한 위로의 말을 건넬 생각이었지만 낯설지 않은 달콤한 향기가 코끝을 자극했다. 엷은 향기가 굳게 닫아 덮은 기억의 열쇠라도 되는 것처럼 가느다란 목소리와 떨리는 손길, 수줍은 표정과 유혹적인 숨결까지 고스란히 되살려 냈다.

너를 위해서라면, 그 어떤 것을 포기해도 아깝지 않다.

속삭이는 대신 그녀의 입술을 향해 다가갔다. 따스함에 취해 평온하던 유화의 심장이 두근거리기 시작했다.

그동안 억눌러 두었던 진한 그리움이 열띤 숨결이 되어 서로의 마음을 향했다. 조심스럽고 수줍던 움직임이 점차 유혹적이고 대담한 빛을 띠기 시작했다. 품 안의 여인이 자꾸만 미끄러지듯 흘러내렸다.

제가 유화를 안은 팔에 조금 더 힘을 주며 아쉬운 듯 입술을 떼어 냈다. 어느 틈엔가 형체를 잃고 흘러내린 물방울이 만들어 낸 희미한 자국이 눈가에 남아 있었다. 그의 입술이 눈꼬리에 가볍게 내려앉아 진하게 머물렀다.

"누가 보고 있으면 어찌합니까."

"혼인이 코앞인데 무엇을 염려하느냐."

"오라버니는 비겁한 사내입니다."

"어찌하여?"

유화가 대답 대신 새침한 표정으로 고개를 돌렸다. 대저 풍토는 사내가 먼저 마음을 내보이고 청혼하는 쪽이 일반이었다.

그러나 그들의 관계는 풍토와 정확히 대척점에 있었다. 마음을 고백한 것도, 혼인하게 해 달라 먼저 말한 것도 유화였다. 관계가 분명해지기 전까지는 망설이기만 하던 그가 지금에야 대담하게 행동하는 것에 대한 가벼운 비난이었다.

"그 우유부단함을 뉘우치는 마음으로 행하는 것임을 어찌 모르느냐."

다정한 눈웃음을 보낸 그가 다시 한 번 입술로 다가들었다. 온몸이 나른할 정도로 녹진한 입맞춤의 끝에 겨우 놓여난 유화가 한숨을 쉬었다. 새침한 척 말해 놓고 그의 접촉을 마다하기는커녕 녹아들 듯 하느작거렸다.

앞으로도 그 눈웃음 한 번이면 마음이 누그러져 싫은 소리 한 마디, 불평 한 번 제대로 말해 보지 못하고 끌려다니는 신세가 될 게 분명했다. 제의 여유로운 표정을 보며 그가 알고 있음을 확신했다.

제는 유화의 얼굴에 떠오른 복잡한 표정을 보며 소리 없이 웃었다. 놀리는 것을 그만두고 본디 찾아온 연유를 말하기로 했다.

"가깝지 않은 거리에 갈 곳이 있는데 혼자보단 길벗이 있으면 좋을 것 같아서 말이다."

"어디 가는지 여쭤 보아도 괜찮겠습니까?"

"인사를 드리러 가는 것이니 행동거지가 조신해야 한다."

"인사를 드리러 간다고요?"

유화가 고개를 갸웃하며 그의 얼굴을 조심스레 올려다보았다. 조금 전까지의 놀리는 기색은 흔적도 없었다. 마치 처음부터 그랬던 것처럼 진지한 표정이었다.

중걸이나 강 씨와 관련된 이들에게는 어지간히 다 인사를 했다. 그의 부친은 집안에서 유일하게 뜻을 달리하고 있던 사람인 탓에 무사했지만, 그 외의 친척은 오래전 몰아친 피바람에 다수가 희생되어 인사를 차릴 사람이 없었다. 제는 얼굴 가득히 궁금증을 품은 유화의 손을 잡아끌었다. 사랑하는 이의 손을 꼭 잡은 채로 걸음을 옮기는 여인의 뒤를 따르는 햇살이 모래알 위를 굴렀다.

대문간에는 유화의 눈에 익은 말 두 필이 마구를 갖춘 채 얌전히 서 있었다. 유화의 눈썹이 가볍게 꿈틀거렸다. 백번 양보하여 인사할 누군가가 있다 치더라도, 말을 타고 가는 것은 있을 수 없는 일이었다. 말이 천천히 걸어가는 것으로 족히 당도할 수 있는 거리라면 가마를 타는 편이 낫다.

말을 달려야 할 만큼 먼 거리라면 바람에 날린 머리와 잔뜩 구겨진 치맛자락이 조신한 행동거지와는 하늘과 땅 만큼이나 큰 차이를 만들어 낼 것이 자명했다. 아무래도 이해할 수가 없었다.

제는 망설임 없이 말 위에 뛰어올랐다. 어리둥절한 유화의 반응을 흥미롭게 바라보더니 그녀가 현 상황을 파악하는 데 썩 도움이 되지 않는 대답을 꺼내 놓았다.

"갈 길이 머니 서두르는 게 좋겠구나."

유화가 망설이는 짧은 틈에, 그가 이미 저만치 멀어져 있었다. 더 이상 생각할 겨를도 없이 말 위에 올라앉은 유화는 치맛자락을 정돈할 생각도 하지 않은 채 입술을 앙다물고는 눈을 가늘게 떴다. 곧 말이 빠른 속도로 달리기 시작했다.

순식간에 제를 따라잡아 말머리를 나란히 했던 유화가 성문을 나선 뒤에는 그야말로 질풍 같은 속도로 내달리기 시작했다. 제는 엷은 모래 먼지를 일으키며 앞장서는 유화의 뒷모습을 난처한 얼굴로 바라보다가 정신을 바짝 차리고는 그 뒤를 일정한 간격을 두고 따라갔다.

반년 전쯤에도 이렇게 말을 달린 적이 있었다. 그때는 더운 여름을 갓 지나 보낸 가을밤이었고 지금은 추운 겨울을 떠나보낸 지 오래지 않은 이른 봄날이라는 점만이 다를 뿐이었다. 물론 찾아가는 용무도 같지는 않았지만.

저만큼 앞장서 있던 유화의 말이 걸음을 멈추었다. 말을 달릴 수 있는 큰길 대신 말도 천천히 걸어가야 하는 좁은 소로에 닿은 탓이었다. 그녀의 곁으로 다가간 제가 먼저 말에서 뛰어내렸다. 얌전한 말은 내버려 둔 채 유화를 가볍게 안아 내렸다.

"혼자 내릴 수 있는 것을요."

"그래도 이리해야 마음이 놓이니 어찌할 수 없구나."

제가 말 두 필의 고삐를 모아 쥐고는 근처에 있는 나무에 대충 맨 뒤 유화의 손을 잡아끌었다. 인적이 드문 산길 끄트머리는 따사로운 햇살을 받고 있는 봉분 두 개가 자리한 곳으로 연결되었다. 자신이 어디에 도착했는지 짐작한 유화가 그의 손을 꼭 쥐었다.

"혼인을 한다는 사실은 사당에 고했지만, 혼례를 치르기 전에 직접 보여 드리고 싶었다."

"인사를 드리는 것이야 당연하지 않습니까."

변명조의 목소리에 유화가 생긋 웃어 보이며 손을 놓았다. 바람에 흩날린 머리칼을 손끝으로 눌러 정돈하고 구겨진 치맛자락을 힘주어 잡아당겨 매무시를 정돈했다. 고작 그 정도로는 돌이킬 수 없을 만큼 엉망인 차림도 제의 눈에는 그저 사랑스럽기만 했다.

유화가 손을 모아 눈썹까지 들어 올렸다. 단정한 자세로 사배를 올리는 모습에서는 다소 흐트러진 차림새도 잊게 하는 엄숙한 기운이 배어 나왔다. 그 모습을 물끄러미 바라보았다.

생전에 중결을 높이 치던 그의 부친이었으니 살아 있다면 이 혼사를 반가이 여겼을 것이다. 그러나 유화가 중결의 딸이라는 사실과 별개로 이 작은 여인을 마음에 들어 했을 것이라고 확신했다.

외진 곳에 산소를 써서 찾아오는 이들을 마다하고 여막을 일찍 걷도록 하여 오래도록 슬픔에 잠겨 있지 말라 유언했던 그의 아버지는 예사로운 이가 아니었다. 갖고 있는 지위와 재산을 지키는 데에 온 신경을 곤두세우고 있는 것 같은 권문세가보다 학문을 탐구하고 세상을 바꾸려는 학자들을 가까이했다. 재기가 가득한 유화의 눈빛을 대하고 어찌 마음이 흔들리지 않았겠는가.

"어찌 이 정도밖에 되지 않는 사내에게 홀렸느냐."

안쓰러운 얼굴로 유화를 바라보며 혀를 쯧쯧 차고는 휑하니 돌아서는 아버지의 모습이 눈앞에 떠오르는 것 같았다. 제는 자기도 모르게 웃음을 흘렸다.

"무엇이 그리 즐거우십니까, 오라버니."

"이제야 네가 내 여인 같아서 말이다."

유화가 손바닥으로 붉어지는 뺨을 누른 채 얼른 몸을 돌려 그에게서 몇 발짝 떨어져서 섰다. 다정한 목소리와 그윽한 눈빛에 홀려 여차하면 여기가 어딘지도 잊고 그에게 안겨 들 판이었다. 때와 장소를 분간 못 한 게 여러 번이기는 해도 지금 그래서는 안 되었다.

유화를 바라보던 제는 고개를 돌려 기울어 가는 햇살을 한껏 받고 있는 봉분을 향해 눈인사를 보냈다. 고운 여인의 어깨에 팔을 두르고 천천히 멀어져 갔다. 이름 모를 산새의 지저귐이 다시 고요해진 산기슭을 채우고 있었다.

＊　　　＊　　　＊

"아기씨, 아기씨."

"으음."

유모의 목소리에 유화가 웅얼거렸다. 간밤 내내 잠들지 못하고 눈만 감은 채로 밤새 뒤척였다. 조금 전에 잠깐 눈을 감았을 뿐인데 유모가 그녀의 어깨를 세차게 흔들고 있었다.

"기침하실 시간입니다. 어서 일어나십시오."

재촉하는 목소리에 유화가 무거운 눈꺼풀을 어렵사리 들어 올렸다. 깜깜할 때 눈을 감았는데 바깥이 희끄무레하게 밝아 오는 걸 보면 깜박 잠이 들었던 모양이었다.

"가장 곱게 보여야 할 날에 그런 부루퉁한 얼굴을 하고 계시면 마지못해 팔려 가는 신부처럼 보일 겁니다, 아기씨."

"유모가 너무 일찍 깨워서 그래."

"전혀 이르지 않습니다. 설마 오늘 같은 날에 해가 중천에 뜨면 일어나실 생각이셨습니까?"

유화가 투덜거리면서 누운 자리에서 일어나 앉았지만 이불로 둘둘 만 몸을 이불 바깥으로 빼내지는 않았다. 유모가 한숨을 쉬었다. 마지막 날이라고 생각하니 아쉬워지는 마음을 알고 그러는 듯, 오늘은 다른 날보다도 더 호락호락하지 않게 굴었다.

아기씨의 몸을 휘감은 이불을 매정하게 걷어 낸 뒤 직접 팔을 잡아당겨 자리에서 일으켜 세웠다. 여느 날 같으면 굳이 억지로 깨우려 들지 않았을 것이다. 하지만 오늘은 '여느' 날이 아니었다.

"아기씨께서 그렇게 뭉그적대고 계시면 누구의 마음이 가장 초조해지리라 생각하십니까."

"작수성례로도 충분하다고 내가 누누이……."

"아기씨 마음이야 십분 이해하지만 안 될 말씀이십니다."

유모가 단칼에 말을 잘랐다. 느릿하게 끌려가듯 걸음을 딛는 유화의 정신도 조금 전보다 한결 맑아졌다. 절차와 법도가 복잡하여 그녀가 서두른다한들 일이 빠르게 진척될 리도, 크게 늦추어질 것도 없었다.

그럼에도 몸놀림이 조금 민첩해진 것은 그녀처럼 어두운 밤을 하얗게 지새웠을지도 모를 이에 대한 마음 때문이었다. 그의 기다림이 길어지는 원인이 그녀 자신이 되는 것은 바라지 않았다.

일면식도 없는 자들이 상객 노릇을 하고 후행을 맡았다. 일가 친척이 남아 있지 않은 제를 향한 중결의 배려였다. 그들과 함께 중결의 집 대문간에 닿았다. 거기까진 그런대로 기억이 났다. 그러나 대문에 발을 늘인 이후의 일은 한나절도 지나지 않았는데도 안개에 가려진 풍경처럼 어슴푸레했다. 기억에 남은 장면은 단 하나, 줄곧 고개를 숙이고 있던 유화가 살짝 얼굴을 들던 순간이었다. 고운 눈망울은 화려한 옷에 감싸여 있어도 빛바래지 않고 반짝였다.

빛나는 눈동자를 떠올리며 상념에서 벗어났다. 화촉을 밝혀도 썩 환하지 않은 방 안을 둘러보았다. 길고 풍성한 치맛단 아래로 발끝을 드러낸 아이가 소중한 보물을 늘어놓고 있었다. 발 밑에 작은 웅덩이가 생길 정도로 비에 흠뻑 젖어 눈물을 쏟아 내는 모습이 포개졌다. 안쓰러움을 이기지 못해 손끝을 살짝 움직이기가 무섭게 수줍은 표정의 소녀가 수놓인 조그만 천 조각을 건네는 모습으로 바뀌었다. 손바닥 위에 떨어진 고리 하나를 기묘한 표정으로 응시했다.

제가 눈을 깜박이자 모든 모습이 흔적 없이 사라졌다. 빈방을 메운 엷은 향기가 우두커니 앉은 그의 곁을 맴돌며 코끝을 간질였다. 주마등처럼 스쳐 간 장면은 그 탓인 모양이었다. 방의 주인이 누구인지 새삼 깨닫고 나니 그리움이 깊어졌다.

누군가에게 마음을 주어 본 적도, 주어 볼 새도 없이 성인이 되어 버렸다. 다 자란 내면에 어린 소년이 머물러 있어 작은 소녀를 누이 이상으로 생각하는 감정을 품고 있었을까. 그래서 유화에게 마음을 준 뒤, 그녀가 자라는 것과 꼭 같은 속도로 마음을 키워 냈는지 알 수 없었다. 하지만 그 마음의 기원을 찾는다면 몇 년 더 거슬러가는 것이 옳을 터였다. 그러니까 그가 처음 소녀를 만났던 우물가……

이전에도 이후에도 사람이 이렇게 몰려들 리 없는 깊은 규방 앞마당에서 웅성임이 일어났다. 그 와중에도 가볍게 딛는 걸음과 옷자락이 사락거리는 소리가 손에 잡힐 듯 가까이서 들려왔다. 제가 눈을 들어 문을 응시했다. 문이 열리고 화려한 옷에 감싸인 유화가 모습을 드러냈다. 그의 시선이 유화에게 고정되었다. 뒤따라 들어온 몸종이 작은 상을 놓고 뒷걸음질로 방을 나서는 것도 알지 못했다.

유화가 그의 앞에 사뿐하게 앉았다. 어떤 말이나 행동도 없이 그녀를 바라보고만 있는 사내를 향해 투정부리듯 가느다랗게 속삭였다.

"언제까지 사람들의 눈길을 받아야 하는 것이옵니까, 오라버니."

"신부가 너무 고와서 신랑이 넋이 나갔다 여기겠지."

다정하게 대답한 제가 유화의 표정을 살폈다. 하루 종일 그녀의 머리 위를 누르고 있던 것을 벗겨 내며 흐릿한 혼례식 장면을 되새겼다. 썩 명료하지 않은 기억 너머로도 누군가의 부재를 분명하게 자각했다. 유화의 어린 시절을 함께 보내고 연정을 고백했던 소년과 유화가 '평생'의 시간 동안 그토록 간절히 보냈던 마음에 단 한 번도 대답해 주지 않았던 유덕. 마음을 받아 줄 수 없었던 소년은 그렇다 치더라도 유덕에게는 빈말이라도 축복의 말을 듣고 싶었을 터인데.

"신랑이 신부에게 마음이 없다 여길 것입니다. 첫날부터 소박맞았다 소문이라도 돌면 그 얼마나 부끄러운 일입니까."

제가 생각에 잠겨 있는 사이, 유화가 새초롬하게 대답했다. 신방 안에서는 그의 얼굴을 똑바로 바라볼 수 있을 만큼 대범함을 되찾았지만 부끄러운 느낌이 드는 건 똑같았다. 안마당에는 사람들이 많았다. 안에서 일렁거리는 불빛이 만들어 낸 그림자는 저들의 눈에 고스란히 들어가고 있을 것이다. 문에 발린 종이에 구멍을 뚫을 정도로 대담한 이는 없었지만 엉큼하게 키득거리는 웃음소리가 들려오는 건 신경 쓰였다. 그런데도 미적거리는 제의 태도가 못마땅했다.

제는 유화의 목소리를 귓등으로 흘리듯 대꾸하지 않았다. 그 대신 조금 멀찌감치 있는 상을 끌어당겨 잔 하나를 들어 유화의 손에 쥐여 주었다. 그 안에 맑은 액체를 반쯤 채워 준 뒤 유화에게 들고 있던 병을 건네었다. 자신의 잔으로 가느다란 물줄기가 흘러드는 것을 바라보던 그의 입술에서 잠시 미뤄 둔 대답이 흘러나왔다.

"내가 사내구실을 하지 못한다는 소문이 돌았던 것이 먼저이니 심려할 것 없다."

당황한 유화의 손길이 흔들렸다. 제가 그녀의 손을 잡아 병을 상 위에 얌전히 내려놓았다. 잔 바깥으로 흘러내린 몇 방울의 물방울이 그의 손가락을 타고 흐른 것 외에는 별다른 흔적이 남지 않았다.

"그렇지 아니함은 네가 알고 있으니 잘 알지 못하는 남들의 입방아쯤은 관계없지."

제는 여유롭게 대꾸하며 잔 끝을 입술 위에 대었다. 유화의 얼굴이 붉게 물들었다. 잔뜩 낮추어 숨결과 다를 바 없이 희미한 목소리는 잘 들리지 않았으나 유혹적으로 움직이는 입술의 모양으로 그 말의 내용을 짐작했다. 나이를 먹을 만큼 먹은 이에게서 순진함을 기대하는 것은 무리였다.

유화가 당혹감을 감추려 그녀의 앞에 놓인 잔을 들어 단숨에 들이켰다. 합근지례(合巹之禮) 때와 마찬가지로 술잔을 입에 대는 정도에서 삼가야 할 새신부가 마치 장군처럼 호쾌하게 술잔을 기울였다. 그 모습에 바깥의 웅성임이 커진 것을 깨닫기에는 처음 마신 술이 빈속에 퍼지는 느낌이 너무 강렬했고 마주 앉은 정인의 모습이 지나치게 매혹적이었다.

제가 몸을 일으켜 금방이라도 기울어질 듯 자세가 불안한 유화를 한 팔로 감싸 안으며 다른 편 소매를 휘둘러 불을 껐다. 그가 아니라 유화가 구설에 오르는 것은 곤란했다. 유화는 눈을 감고 그의 가슴에 뺨을 댄 채 귓가로 전해 오는 두근거림을 헤아렸다. 여유로워 보이는 태도와 어울리지 않는 세찬 울림에 살포시 미소를 머금었다. 허리를 꼿꼿하게 펴며 한껏 달음박질치는 그의 가슴 위에 손을 얹고는 짐짓 토라진 목소리로 웅얼거렸다.

"무릇 사내는 마음이 가지 아니하여도 이런 울림을 만들어 낼 수 있다 하셨지요. 오라버니의 마음이 소녀에게 있다고 믿는 것은 조심성 없는 계집아이의 착각인 것일까요?"

유화의 뒷머리에서 긴 비녀를 빼내던 제의 손길이 잠시 멈칫했다. 달밤의 불유쾌한 기억이 아직까지도 그녀를 불안하게 하는 것 같아 몹시 미안했다. 유화를 그의 무릎 위로 당겨 앉히며 꼭 끌어안았다.

"미안하다. 네 마음을 아프게 했구나. 어찌해야 좋을까."

진심 어린 사과에 유화가 입을 다문 채로 살포시 웃었다. 그의 목을 끌어안고는 매달리듯 팔에 힘을 주었다. 파고들 듯 안기는 유화의 몸짓에 잊고 있던 이물감이 제의 가슴께로 전해 왔다. 그가 빙그레 웃으며 어렵사리 품에 손을 넣어 꾸무럭거렸다. 목적한 것을 찾아 손에 쥐고는 남아 있는 한 손으로 유화의 손을 풀어내어 꼭 잡았다. 그의 손이 유화의 손가락을 감싸듯 가볍게 스쳐 갔다.

유화가 손을 가볍게 쥐었다 펴기를 반복했다. 그러고도 미심쩍은 듯 반대편 손으로 손등에서 손가락까지 서서히 쓸어내렸다. 철 이른 서늘함이 손가락에 단단히 감겨 있었다. 그의 다정한 목소리가 귓가를 간지럽혔다.

"그적에는 줄 수가 없었구나."

"오라버니?"

"혼례도 올렸는데 언제까지 오라버니라 부를 참이냐."

녹진해진 유화의 목소리에 가벼운 떨림이 얹혀 있었다. 제가 태연을 가장하며 핀잔했다.

유화의 손가락에 끼워진 것은 물빛 고리 하나였다. 하늘을 닮아서 고운 그 빛깔이 하늘을 담아내도 남을 것 같은 깊은 눈빛을 떠오르게 했다.

무작정 집어 들었지만 어쩐지 건네줄 수 없어 한참을 망설였다. 하여 소녀가 더운 여름 무탈하시라는 기원을 담아 건넨 작은 수건을 받고 나서야 비로소 아무렇지도 않게 내밀었던 반지의 나머지 짝이기도 했다.

혼인하지 아니한 여아에게 고리 두 개를 건넬 수 없어 그에게 남은 반지를 어찌하지 못하고 줄곧 지니고 다녔다. 그저 그의 건강을 기원하는 것이라 생각했으나 사실은 용기를 끌어모아 건넨 언서였던 천 조각 틈에 끼워서. 그래서 만나지 아니한 그 긴 시간 동안에도 소녀가 그토록 끈질기게 그의 마음에 머무르고 있었는지도 모른다. 그에게 전한 마음, 그가 전하지 아니한 마음을 줄곧 몸에 품고 다녔기에.

"아직도 유화야, 이러저러하느냐 하대하는 이가 오라버니가 아니면 무엇이랍니까."

유화가 샐쭉한 목소리로 속삭이며 한 손을 들어 올렸다. 가느다란 손가락 끝이 그의 목덜미에 가볍게 놓였다. 긴장한 듯 차가워진 손끝이 옷깃 사이로 파고들어 쇄골에 미끄러져 도착했다. 점점 조급해지는 청년의 마음을 애태우듯 느릿하게 쓰다듬었다.

어느 틈엔가 푹신한 이불 위에 몸을 뉘인 유화는 놀리는 것 같은 그 말에 대답하는 대신 손가락을 미끄러뜨렸다. 어둠이 눈을 가린 탓인지 그녀의 손이 닿는 피부의 감촉도, 그녀의 몸에 닿는 손길도 꿈결인 듯 아득했다.

옷깃이 자꾸 손길의 움직임을 방해하여 유화가 불만스러운 듯 제의 앞섶을 가볍게 잡아챘다. 굳게 여며진 옷깃을 풀어내려 애쓰는 서툰 손길은 그녀의 옷자락을 하나씩 걷어 내는 움직임이 피부를 스칠 때마다 숨을 멈추듯 제자리에 머물렀다. 한동안 별다른 진전 없이 옷자락과 씨름하던 유화가 겨우 아무런 방해 없이 손이 미끄러져 내려갈 방도를 찾아냈을 때였다.

"어찌하면 좋을지 알려 주시오, 부인."

심장까지 간질일 것 같은 목소리가 울려왔다. 다정한 목소리가 무엇인가를 계속 속삭였지만, 열띤 숨소리에 가슴이 설레어 뜻을 파악할 수 없었다.

드러난 피부에 닿는 서늘한 공기에 어깨를 움츠렸다. 보이지

도 않는 천장이 빙글거리며 돌아가는 느낌이 들었다. 다정한 손
길이 닿아 부드럽게 스치고 녹진한 움직임이 매끄럽게 흘러 저
도 모르게 엷은 숨결을 흘렸다.

대답은 그것으로 충분했다.

十.
蜜月(밀월)

대문간에서 초조한 듯 서성이던 유화는 저만치에 거무스름한 형체가 보이기 시작하자 얼굴이 환히 밝아졌다. 몇 발짝 앞에서 가마가 멈추어 서자 가마에서 내리는 여인에게로 다가가 다정하게 손을 잡았다.

광원의 부인, 김 씨가 예상치 못한 환대에 따스한 미소를 지었다.

"아씨마님께서 이리 나와 계셔도 되는 것일까요."

"이 댁 새아씨는 아직 철모르는 어린아이라 합니다."

유화는 마치 남의 이야기를 하듯 천연스레 대꾸하고는 손을 놓았다. 금세 사라진 온기를 아쉬워하며 비어 버린 손을 내려다보던 김 씨가 이내 유화의 뒤를 따라 걸음을 옮겼다.

다담상을 사이에 두고 우아한 자태로 앉은 유화의 모습은 그대로 한 폭의 그림이었다.

김 씨는 단아한 모습을 보며 벌써 이십 년도 훌쩍 지나 버린 어느 날을 생생하게 떠올렸다. 그때 처음 대면했던 연하의 시어머니와 눈앞의 소녀는 마치 쌍둥이처럼 꼭 닮아 있어 분간하기 어려울 정도였다. 유덕이 유화에게 마음을 주는 것을 꺼리는 이유가 선명해질 만큼.

그럼에도 다른 점을 분명히 짚어 낼 수 있었다. 온순해 보일 정도로 부드러운 미소를 띤 유화에게서는 결연함이나 강단은 찾아보기 어려웠다.

화사하게 빛나는 얼굴은 정인에게 사랑받는 여인의 것으로, 혼인한 후에야 조금씩 연정을 쌓아 가는 처지에 있다면 가질 수 없는 것이었다.

"틀림없이 작은어머니께서 반대하시리라 생각했는데 말이오."

광원은 이 혼사에 대해 고개를 외로 꼬며 의아함을 드러냈으나 김 씨는 이유를 알 수 있을 것 같았다. 이 얼굴을 보며 어찌 반대를 말할 수 있었을까. 딸의 설렘이 행복으로 이어질 수 있도록 고개를 끄덕이는 일 외에 무엇을 할 수 있단 말인가.

"그적에도 어머님을 닮아 자색이 곱다 말씀드린 적 있는데 기억하십니까."

유화가 쑥스럽게 웃으며 대답을 피했다. 그러나 김 씨는 마치 어린 동생을 놀리는 짓궂은 언니인 것처럼 호기심 가득한 질문 공세를 퍼부었다.

그를 언제부터 마음에 품었으며, 사내의 마음은 언제 알았는지 따위의 질문은 무난한 편이었다. 초야(初夜)가 정말 처음이기는 했는지, 혼인을 그토록 서두른 연유가 따로 있는 건 아니었는가 은근한 목소리로 묻자 유화는 어찌할 바를 모르고 허둥거렸다.

부끄럼 많은 젊은 아씨가 차마 대답할 수 없던 이야기의 끝은 유화에게 아직 태기가 없다는 내용으로 맺어졌다. 얼굴이 새빨갛게 달아올라 조그만 새의 날갯짓마냥 손을 연신 파닥거리는 모습을 보던 김 씨는 순진한 시누를 놀리는 것을 그만두고 미소 지었다. 풋사랑이 가슴앓이가 될까 염려하며 아프지 않기를 기원해 주었던 날을 회상했다.

유화가 김 씨의 표정을 살피다 조심스레 물었다.

"후사를 염려하지는 않으십니까."

"직접 낳지 아니하였다 뿐, 아들도 딸도 여럿이니 대를 잇는 것을 염려하지는 않습니다."

금방 평온을 되찾았지만 잠깐이나마 김 씨의 얼굴에 복잡한 표정이 스쳐 지나갔다.

유화의 얼굴에 당혹감이 서렸다. 주변 사람들의 속사정에 관심을 두어 본 적 없는 탓에 가끔 이렇게 뜻밖의 상황을 마주하곤 했다. 종종 보았던 광원과 김 씨는 금슬이 무척 좋아 보여, 다른 여인이 있으리라고는 상상도 하지 못했다. 광원이 자식과 관련된 이야기를 하거나 그들을 대동한 모습을 본 일이 없기도 했다.

몹시 송구한 표정의 유화를 보던 김 씨가 소리 없이 웃었다. 혼인한 지 스무 해도 지나 아이에 대해 묻는 질문은 너무 오랜

만인 데다 갑작스러웠다. 잠시 당황하였을 뿐 마음에 큰 반향을 불러일으킬 정도는 아니었다.

금슬이 좋으면 아이는 금방 들어설 것이라, 자신도 그러한 이야기를 수없이 들었으나 그날은 결코 오지 않았다. 아마도 그에 대한 불안감이 젊은 아씨가 평소라면 하지 아니할 질문을 입에 올리게 한 것일 터였다. 올케가 짓궂은 질문을 계속해서 던진 탓에 조심성이 약간 느슨해졌을 수도 있고.

직접 낳은 아이에 대한 모정이란 어떠한 것일지 궁금해지는 날이 있었다. 그녀에게 공손히 예를 취한 아이들이 저들의 진짜 어미를 찾아 달려가는 모습에 마음이 허전해지는 때도 있었다. 그때마다 밀려드는 공허감을, 부부간의 정이 지극하면 하늘이 시샘하여 아이를 내려 주지 않는다는 말로 쓸어 냈다. 자식이란 온갖 세파를 어찌 헤쳐 나갈지 염려스러워 한시도 마음을 놓을 수 없는 존재임을 스스로에게 되뇌기도 했다.

그런 이야기까지 꺼내 놓으면 유화의 얼굴에 떠오른 후회하는 빛이 더욱 깊어질 터였다. 가벼운 농담조로 말을 이었다.

"여인은 많을수록 좋다고 생각하는 게 사내의 본성인 듯합니다. 한창때의 사내가 여인을 구하지 않아 의심을 사는 것이 흔치 않은 경우겠지요."

유화가 멋쩍게 웃었다. 상대의 처지를 안타까워하기 이전에 저의 상황에 겹쳐 본 그녀의 마음을 읽어 낸 것 같은 말에 부끄러워졌다.

동시에 그녀의 어머니도, 눈앞의 김 씨도 대단하다 생각했다. 평생에 하나뿐일 낭군의 애정을 누군가와 나누어야 한다는 사실을 저렇게 아무런 저항 없이 받아들이는 것은 불가능한 일이었다.

김 씨가 느긋한 어조로 화제를 돌렸다.

"실은 아가씨께 기꺼울 법한 소식을 가져왔습니다. 모처럼만에 조정이 한가해져 아버님께서 세자 저하도 모실 겸 해주로 사냥을 가신다 합니다. 아마 판서나리께서도 얼마간은 입궐치 아니하여도 괜찮으시겠지요."

✻　　　　✻　　　　✻

김 씨가 돌아가고 난 뒤 유화는 사뿐한 걸음걸이로 안마당을 가로질러 주인이 없는 사랑으로 향했다. 서책보다 검을 더 가까이하는 주인을 둔 방은 소박함을 지나 살풍경할 만큼 썰렁해 보일 정도여서 정리할 것도 없었다.

중결의 방처럼 꾸며 보면 어떨까 생각하며 그 모습을 떠올려 보던 유화가 한숨을 내쉬었다. 그녀에게는 강 씨만큼의 안목이 없었다.

사뿐하게 일어나 발길을 돌렸다. 연초록빛이 물결치는 후원이 목적지였다. 봄바람이 일렁이면 사이좋게 속삭이는 키 작은 연둣빛 풀줄기가 뿜어내는 싱그러운 내음은 마음까지 상쾌하게 했다. 등나무 줄기를 몸에 휘감은 위풍당당한 나무가 벌써부터 짙은 그늘을 만들어 냈다.

그것이 전부였다. 봄이 깊어 가는 데도 이름 모를 잡초가 피워 내는 아주 작은 꽃송이 외에는 어디에도 꽃의 흔적조차 찾을 수 없었다. 아마 이 집주인에게는 빛깔 고운 꽃을 완상하는 취미가 없는 모양이었다.

후원에서 발길을 돌린 유화가 몇 번째인지 모를 한숨을 내쉬었다. 집의 전반적인 분위기는 꽤 따스한 편이었다. 소박하고 단출한 집이어도 온기가 감돌아 식구들부터 객까지 포근하게 감싸 주었다.

그러나 손님을 맞아들이는 일이 별로 없고 주인이 오랜 시간 머무르지도 아니하는 까닭에 잘 꾸며 놓거나 아기자기한 것과는 거리가 멀었다.

그녀 자신은 썩 불만이 없었으나 찾아오는 이들이 휑한 집 안을 어딘가 깔보듯 둘러보았다. 집 안 곳곳 손길이 닿지 아니하는 곳이 없던 강 씨의 부지런함에 새삼 탄복하고, 도무지 뭘 어찌해야 할지 알 수 없는 자신의 미숙한 안목을 탓했다.

이런저런 생각에 기운이 빠진 채 걷던 유화는 마주 오는 이와 눈이 마주치자 표정을 정돈했다. 오래도록 이 집안의 안주인 노릇을 대신해 온 유온(乳媼)이 그녀를 향해 허리를 깊이 숙여 보였다. 퍽 의젓한 얼굴로 공손한 인사를 되받았다.

"아씨, 다담상을 갖추어 놓지 아니하여도 되옵니까?"

"금일은 더 찾아올 이가 없습니다."

유온은 유화의 말에 알겠다는 뜻으로 다시 한 번 허리를 굽혀 인사를 해 보였다. 인사를 마치고 눈을 들어 잠시 유화의 얼굴을 바라보았다. 아직 유화의 존재가 익숙하지는 않아 꿈을 꾸거나 환술에 홀리고 있는 건 아닌가 싶을 때가 많았다.

어릴 때부터 친아들처럼 애틋하게 모셔 온 도련님은 혼인에 관심이 없는 것 같았다. 피 튀기는 전장에 머무르고 사내가 득시글한 곳에서 일이나 하며 평생을 홀로 늙어 갈 것처럼 보였다.

그러던 어느 날, 갑자기 혼례를 치른다면서 새아씨를 데려왔다. 나라에서 제일가는 장군의 딸, 한참이나 어린 싱그러운 아가씨였다. 난데없는 일에 얼떨떨한 기분이 들었던 것은 그녀 하나만이 아니었으리라.

어찌 대해야 할지 알 수 없어 당혹스러웠고 어떤 마음을 품고 있을지 몰라 경계했다. 그러나 경계심은 며칠 지나지 않아 스르르 풀렸다.

유화와 제가 서로를 바라보는 눈빛에 가득 담긴 애정은 읽어내지 못하는 것이 이상할 정도로 선명했다. 개경에 있어도 출입이 불규칙하던 이가 꼬박꼬박 같은 시간에 돌아와 가벼운 걸음으로 안채를 향하는 모습에 미소가 절로 떠올랐다. 혹여 늦어지거나 돌아올 수 없게 되면 굳게 봉한 얇은 서간이 그녀의 손을 거쳐 유화에게 전해졌다.

예전에는 볼 수 없던 모습에 얼토당토않은 의심을 품었다. 어쩌면 새아씨는 꼬리 여러 개를 감추어 둔 늙은 여우라서 그에 홀린 도련님이 간이고 쓸개고 다 빼어 주고도 저리 매달리는 건 아닐까.

집안일에 있어서도 그녀가 유화와 충돌할 일은 없었다. 유화는 제가 어머니와 같은 마음으로 대하는 그녀를 존중했다. 확신할 수 없는 것에 대해 조심스럽게 의견을 구했고, 주장을 피력할 때에도 부드러움을 잃지 않았다. 오래도록 혼인은커녕 여인

295

에게도 관심을 갖지 아니하던 사내가 왜 마음을 빼앗겼는지 알 것 같았다.

"저어, 사랑에 글을 걸어 놓으면 나리께서 싫어하실까요?"

"기꺼워하실 것이 분명합니다."

조심스러운 유화의 질문에 상냥하게 대답한 유온이 절로 떠오르는 미소를 숨겼다. 아씨가 집안 살림에 관여하는 대신 책을 읽거나 붓을 쥐기를 즐겨 한다는 것을 알고 있었다. 그렇게 적은 글귀를 붙여 놓으면 하루 종일 바라볼 도련님이지만, 썩 눈치가 빠른 사람은 아니어서 무엇이 바뀌었는지도 깨닫지 못할 게 분명했다.

잘 살펴보다 그날이 오거든 슬쩍 언질이라도 주어야겠다고 생각하며 빙그레 웃었다.

"좋은 사람들은 항상 바빠."

다시 안방으로 돌아온 유화는 듣는 이도 없는 방 안에서 혼잣 말했다. 김 씨는 한 시진도 되기 전에 자리에서 일어나 돌아갔고, 유온은 유화가 잘 알지 못하는 집안일을 지휘하느라 분주했다.

그녀 자신도 불과 사날 전까지만 해도 끝도 없이 찾아드는 손님들을 맞이하느라 넌더리를 냈다. 혼인 전의 여유롭고 고즈넉한 분위기를 그리워했을 정도였다.

그러나 막상 한가로운 오후가 찾아들자 그런 사실은 잊은 것처럼 가볍게 불평했다.

만약 집에 있었다면 무얼 하고 있었을까.

멍하니 생각하던 유화의 뇌리에 문득 기나긴 객의 행렬 끝에 맞이했던 아우들의 얼굴이 떠올랐다. 성년이 되려면 한참이나 남아 유화가 제를 만났던 그적만큼의 나이도 먹지 못한 동생들이지만 벌써 혼담이 오가고 있다고 했다.

그녀의 혼사가 너무 늦어져 그간 아우들의 혼인을 그녀가 가로막고 있는 것이 아닌가 싶을 정도로 서두르는 눈치였다.

같은 나이 때의 그녀보다 더 조숙한 것 같은 아우들은 말이 많지 않았다. 유화도 가까운 이가 아니라면 수다스럽게 말을 늘어놓는 편이 아니었기에 대화가 자주 끊어졌다.

저들끼리는 침묵 속에서 눈짓만 오가도 뜻을 읽어 낼 수 있는 모양이었지만, 나이 차가 있는 손위 누이는 자주 내려앉는 정적이 무겁기만 했다. 차라리 잘 모르는 이들 앞에 화초처럼 놓여 있는 쪽이 낫다는 생각이 들 정도로.

그들의 방문을 끝으로 과할 정도의 여유가 찾아왔다. 오늘도 남는 시간을 주체하지 못하여 집 안 곳곳을 살펴보고 다녔지만 그리운 이가 찾아올 밤까지는 아직도 멀었다. 그때까지는 홀로 이 시간을 견뎌 내야 했다.

자리에서 일어나 창을 활짝 열어젖혔다. 서늘한 기운이 가시지 않은 봄바람이 반짝이는 햇살을 물고 방 깊은 곳까지 밀려들었다.

반짇고리와 수틀을 챙겨 볕이 드는 창가에 앉았다. 기울어 가는 햇볕을 받으며 색실을 골라 바늘귀에 끼우고 차분하게 손을 움직이기 시작했다.

텅 비어 있던 매끄러운 비단 천의 한구석에서 우람한 나무줄기가 힘차게 뻗어 올랐다. 등나무 덩굴이 그 위를 다정하게 휘감았다. 진초록의 녹음이 나뭇가지를 뒤덮고 아래쪽으로 연보랏빛의 고운 꽃송이가 소담하게 매달렸다. 바람이 일렁여 꽃잎이 흩날리면 진한 향기가 함께 풍겨 들 듯 생생한 풍경이 유화의 손끝에서 살아났다.

잠시 손을 멈춘 유화가 색실 몇 개를 비교하며 생각에 잠겨 있을 때였다. 그림자 하나가 그녀의 머리 위쪽에 드리우며 따가울 정도로 진하게 내리쬐던 햇볕을 쫓아냈다.

"봄볕은 딸에게 쏘이지 아니한다는데 장군님께서 아시면 화내실 게요."

제는 유화가 앞에 놓고 있는 수틀을 내려다보다 미소했다. 오만상을 찌푸리고 꽃잎 하나를 느릿느릿하게 새겨 나가던 소녀가 반 시진도 되지 아니하는 짧은 시간 동안 만들어 내는 풍경이 놀라웠다.

방해하지 않으려 줄곧 서 있던 것을 모를 정도로 깊이 집중하는 모습도 인상적이었다. 작은 다람쥐처럼 몸 가벼운 어린 아가씨가 늘 예상 밖에 있었던 것처럼 지금 유화의 모습 또한 새로웠다.

"이 시간에 어인 일이십니까, 오라버니."

"그리 부르지 말라고 누차 이야기하지 않소."

제가 투덜댔다. 습관 때문에 입에 붙은 모양인지 혼인하고 나서도 유화는 제를 그리 불렀다. 늘 불만을 표하는데도 유화의 반응은 항상 변함이 없었다. 배시시 웃는 사랑스러운 연인을 건너보며 쪽마루에 앉았다.

"나리를 갑자기 뵙게 되어 어린 시절의 버릇이 나왔나 봅니다."

"나리라니, 그건 거리감이 느껴져서 싫소."

유화가 웃으며 제의 얼굴을 흘긋 올려다보았다. 그가 못마땅한 표정으로 그녀를 내려다보고 있었다. 그녀가 입에 담으면 안될 부름도, 그에 대한 이유도 가지가지였다.

항상 마음으로 의지하던 이가 아이처럼 굴고 있었지만 나쁘지는 않았다. 아마도 그가 듣고 싶어 할 것 같은 말을 속으로 가만히 되뇌어 보았다.

서방님.

마음속으로만 중얼거렸는데도 얼굴이 붉어지고 손끝이 절로 꼼질댔다. 가슴 안쪽이 간질거리는 느낌에 홀로 부끄러워져 눈을 내리깔고 아무 색실이나 골라 실끝을 쥐었다.

빗어 올린 머리칼 아래쪽에 드러난 목덜미에 진한 햇살이 머물렀다. 살랑거리는 바람이 가볍게 흘러내린 몇 가닥의 잔머리를 희롱했다.

제가 유화의 손에서 바늘을 빼앗아 수틀 위에 대충 꽂고 옆으로 밀어서 치웠다. 여느 문만큼이나 길고 넓은 창 너머로 팔을 뻗어 유화를 안았다. 빛살이 어루만지고 바람이 스치는 자리에 입술을 올렸다. 유화가 숨을 삼켰다. 지금쯤이면 익숙해질 때도 되었을 텐데 따스한 숨결이 스친 자리에 산득하게 머무르는 부드러운 열기에 가슴이 떨려 왔다. 숨을 내쉬는 것도 잊고 있다 간신히 목소리를 냈다.

"누가 오기라도 하면 어찌하려 하십니까."

"주인 나리가 안채에 들었는데 누가 온단 말이오."

제가 몸을 반쯤 일으켰다. 둔탁한 울림이 이어지고 높지 않은 턱을 넘어 엎드리듯 몸을 쓰러뜨렸다.

그의 몸 아래쪽에 눕혀진 자세로 갇힌 유화가 눈을 동그랗게 떴다. 아직 날이 밝았다. 문도 창도 모두 활짝 열려 있었다. 전혀 점잖지 못할 그들의 모습이 누군가의 눈에 띌까 염려스러웠다.

"유화."

나지막하게 속삭이는 목소리가 귓가에 닿았다. 그의 입술에서 흘러나오는 자신의 이름은 그 어떤 밀어보다도 유혹적이었다. 진한 시선에 눈길이 사로잡히고 스치는 손길에 마음이 얽혀들었다. 짧은 한 마디에 부끄러움도, 망설임도 흔적도 없이 산산이 흩어져 버렸다. 눈앞에 있는 그의 미소는 비쳐 드는 햇살보다도 눈이 부셔서 견디다 못해 살며시 눈을 감아 버렸다.

옷가지가 몸에서 떨어져 나가는 일은 없었으나 차림이 단정하다고도 볼 수 없었다. 흐트러진 매무새를 정돈한 유화가 조심스럽게 머리를 매만졌다. 날이 제법 기울어 꽤 싸늘한 바람을 들여보내는 창과 문을 모두 닫고 두 남녀가 아무 일 없었던 것처럼 태연하게 마주 앉았다.

"당분간은."

"입궐치 아니하셔도 괜찮은 것이지요?"

"부인은 내당 깊은 곳에 있는 줄로만 알았는데 어찌 아셨소?"

"창을 열어 두면 바람은 방 깊숙한 데까지 들어옵니다."

말허리를 잡아채어 대신 말을 맺은 유화가 이어지는 질문에 천연스레 대꾸했다. 제가 집에 들어올 적에 이미 광원의 부인이 다녀갔다는 이야기를 들었으니 소식의 출처는 분명했다. 장난기 가득한 표정으로 웃는 유화의 얼굴은 여전히 소녀에 머물러 있었다. 그의 눈에는 어떤 모습이어도 사랑스러웠으나, 자신이 어떻게 보이는지를 은근히 신경 쓰는 유화에게는 도움이 안 될 천진난만함이었다. 그의 앞에서나 이러할 뿐 남들에게는 이미 의젓한 부인이라는 사실을 안다면 염려는 거두어들여도 좋을 것이지만.

"고운 부인의 뜻을 따를 생각인데 어찌하고 싶소?"

제가 유화의 손을 잡으며 물었다. 그간의 노고를 치하하고 혼례를 올리지 얼마 되지 아니한 사정을 감안하여 꽤 긴 말미를 얻어 온 참이었다. 그 나날만큼은 외로움을 묵묵히 견뎌 내던 사랑스러운 부인을 위해 모든 마음을 쏟을 생각이었다.

그의 말에 유화가 잠깐 망설였다. 그가 함께 있어 주기만 한다면 어디에서 무엇을 하든 상관없었다. 그러나 다정한 목소리를 들으니 조금 욕심을 부려 보고 싶은 마음이 들었다. 지금껏 개경 바깥을 나가 본 것은 손에 꼽았고, 순수한 나들이였던 적은 거의 없었다.

문득 함흥이 떠올랐다. 그녀의 아비인 중결의 고향이고 오라비들이 태어나 어린 시절을 보낸 곳이었다.

"낭군께서 싫어하지 않으시면 함흥에 가 보고 싶습니다."

"말을 타도 몇 날 며칠이 걸릴 테고 험한 산도 몇 개 넘어야 할지도 모르오. 괜찮겠소?"

신중하고 조심스러운 어조에 유화가 활짝 웃었다. 그녀를 걱정하는 말은 이미 그리하겠다는 동의나 다름없었다.

가슴을 뛰게 하는 고운 미소를 띤 여인이 제의 품으로 매달려왔다. 옅은 숨결이 그의 귓바퀴를 간지럽혔다. 은근한 유혹이 담긴 그 몸짓에 그가 빙글거리며 웃었다.

"아직 밤이 깊지 않았소. 누가 찾아올까 두렵지는 않소?"

"주인 나리께서 안채에 계신데 어느 누가 감히 들여다보겠습니까?"

조금 전의 대답을 똑같이 돌려준 유화가 고개를 들었다. 빙그레 웃음을 건 제의 입술 위에 여인의 입술이 겹쳐졌다. 가볍게 맞닿은 입술 아래로 으름장을 놓듯 속삭였다.

"이번에는 그 정도에서 그만두지 않을 거요."

"고작 그것에 만족하리라 생각하셨습니까?"

예상치 못한 대담한 대답에 제가 잠시 말을 잃었다. 앙큼한 말을 속삭인 입술 사이에서 그를 유혹하는 움직임이 일었다. 가느다란 손끝이 옷섶 위를 더듬거리자 마음이 달아올랐다. 허기를 느끼지도 못하는 배 속을 채우는 것보다는 마음에 찾아드는 기갈을 해결하는 쪽이 더 급했다. 달콤한 유혹을 그대로 삼키듯 빨아들이고 몇 겹의 천 아래 감추어진 설렘을 찾아 손가락을 움직였다. 나른한 웃음소리와 다정한 속삭임이 문틈 사이로 흘러나왔다.

이르게 떠오른 초승달이 안쪽에서 무슨 일이 일어나는지 궁금한 듯 낮은 하늘에서 내려다보고 있었다.

*   *   *

젊은 시절의 중결이 한 씨와 함께 머물렀다던 저택은 여전히 그 위용을 자랑하고 있었다. 고만고만하거나 터울이 제법 지는 아이들로 온 마당이며 마루, 방이 북적이는 모습이 마치 본 적 있는 풍경인 듯 유화의 눈앞에 떠올랐다가 사라졌다. 처음 와 보는 곳인데도 그리움이 벅차올라 고개를 떨어뜨렸다.

아무 말 못 하는 그녀를 대신하여 제가 앞으로도 잘 관리해 달라며 엽전 꾸러미를 내밀었다. 입이 함지박만큼이나 벌어진 이들이 부산스레 움직였다. 널찍한 안방에 푹신한 요를 깔아 주고는 하룻밤 쉬고 가시라며 막무가내로 밀어 넣었다.

유화는 이불에 파묻히자마자 반쯤 풀린 눈을 몇 번 깜박이더니 이내 새근거리는 숨소리만 남긴 채 잠들어 버렸다. 함께 누워 유화를 바라보던 제가 빙그레 웃음 지었다. 전장을 누비던 사내야 한뎃잠이 익숙한 것이지만 유숙의 경험이라고는 열두 살 때 개경에서 철현으로, 다시 포천으로 거처를 옮길 때의 기억이 전부일 그녀에게는 퍽 고단한 일정이었을 터였다.

제가 자세를 바꾸기 위해 몇 번 몸을 뒤척였다. 유화가 잠결에 얼굴을 찡그리더니 그에게 더 바짝 몸을 붙여 왔다. 마치 그가 떠날까 두려운 것처럼 자꾸만 품으로 파고들었다. 그 위로 별이 반짝이는 밤하늘 아래에서 그의 품에 몸을 맡기고 잠들어 있던 어린 소녀의 모습이 포개졌다. 눈물 자국도 없는 그 눈가와 볼을 손가락으로 쓸어내리는 것만으로도 마음이 아려 왔다.

"너를 외롭게 하고 싶지 않은데, 지금은 방도가 없구나."

"그 어떤 상황에서도 이 아이를 우선으로 생각해 달라고 전할 수 있겠는가."

당부를 전해야 하는 사람은 자기 자신이 되었다. 딱히 생각해 본 적 없는 높은 지위에 오르게 된 시기와 유화와의 혼인이 겹 쳐지고 말아 떳떳해 보이기 위해 온 힘을 기울였다. 그것이 혼 인을 허락해 준 중걸에 대한 도리이자 그의 곁에 머무르게 된 유화를 위한 일이라고 생각했다.

새벽같이 집을 나서서 하늘에 별이 박히는 밤이 되어야 복잡 한 머리와 무거운 몸을 이끌고 귀가했다. 피로는 사랑스러운 여 인을 대하면 눈 녹듯 스러졌다. 낮 동안의 일 따위는 모두 잊고 연인에게서 한시도 눈을 떼지 못하는 자신이 우스울 만큼 함께 있는 시간에는 오직 그녀뿐이었다.

하지만 그가 줄 수 있는 시간은 짧은 밤이 고작이었다. 동편 하늘이 희미하게 밝아 올 때면 잠에 취한 채 그의 목에 팔을 둘 러 오거나 그보다 훨씬 먼저 일어나서는 상냥한 얼굴로 배웅하 는 이를 두고 다시 방을 나서야 했다. 그 짧은 시간조차 주지 못 한 채 건너뛰는 날도 조금씩 늘고 있었다.

몇 해 전에 조그만 계집아이의 오라비를 자처한 것은 쓸쓸함 이 안타까웠기 때문이었다. 어느 틈엔가 마음에 머무른 채 떠나 가지 않는 소녀의 고백을 모른 척 외면한 것은 그가 줄 수 있는 것 역시 외로움뿐이라는 걸 알기 때문이었다. 그럼에도 그의 마 음을 붙잡고 놓아주지 않는 여인을 다른 이에게 보낼 수 없어 결국은 품에 안았고 오늘에 이르고 말았다. 마음을 감추고 괜찮다며 생긋 웃을 게 분명한 어린 부인이 안으로 상처를 입고 있을 것 같아 안쓰러웠다. 이미 잠에 취해 아무것도 듣지 못할 유화를 향해 작게 속삭였다.

"장군님께서 나보다 더 좋은 인재를 구하시는 날이 곧 올 것이다."

그때가 되면 제발 나가서 사람이라도 만나옵고 장차 무슨 일을 할지 방도라도 구하시라고 말할 때까지 네 곁에 있으마.

다음 날 아침, 모처럼 편안한 잠에 빠져들었다 이르게 깨어난 유화는 새벽부터 분주했다. 동편 하늘이 밝아 올 무렵에 준비를 다 마치고는 동작이 굼뜬 낭군을 재촉했다. 딱히 용무가 있는 것도 아니었다. 그러나 금방이라도 여장을 챙기고 나설 것 같던 움직임은 집을 지키는 자들에게 제지당했다. 변변한 식사라도 대접하지 않으면 마음이 불편해 견딜 수 없으리라고 했다. 짐은 빼앗기고 말을 붙잡힌 채 산책 삼아 마을을 돌아보는 것에 만족해야 했다.

투박하게 웅크린 집 사이사이를 지나 우물가에 이르렀다. 제가 두레박줄을 감아 물을 퍼 올리자 유화가 표주박으로 물을 떠냈다. 그에게 한 모금 권하고 남은 물을 홀짝거렸다. 곁에 선 나무에 등을 기대고는 굵은 줄기를 감고 있는 손가락 한두 마디 정도 되는 덩굴을 따라 시선을 움직였다. 꽃잎을 매달려면 한참이나 남은 것 같은 모습을 보며 아쉬운 표정을 지었다.

"꼭 어릴 때 놀던 곳 같습니다."

유화의 목소리에 아련한 기운이 어렸다. 태어난 곳은 기억조차 나지 않을 만큼 어릴 적에 개경으로 와서 지냈지만 줄곧 한 집에 머무른 것은 아니었다. 그녀의 가장 오래된 기억에 남아 있는 집의 바로 앞에는 우물이 있어 이렇게 등덩굴을 휘감은 거목의 그늘에 잠겨 있었다.

"부인이 나를 처음 만난 게 언제인지 기억나오?"

"어찌 모르겠습니까. 철현에 머무를 적이었지요. 오라버니께 부끄러운 모습을 들켰던 걸 생각하면 아직도 얼굴이 화끈거리는 것을요."

유화가 양손으로 가볍게 뺨을 눌렀다. 그녀를 유심히 살펴보던 제가 빙그레 미소했다. 우물 안에 비치는 나뭇가지를 바라보는 그의 기억은 그녀의 말보다 앞선 어느 날로 달려가고 있었다.

❋　　　　❋　　　　❋

"가고 싶지 않습니다. 마치 잘 보이려 애쓰는 것처럼 보이지 않겠습니까."

사랑에 앉은 주인과 마주 보고 있는 청년의 표정은 고집스러웠다. 반응을 이미 예상한 듯 완강한 반대에도 동요 없는 얼굴을 한, 어쩌면 다소 시큰둥해 보이는 표정을 짓고 있는 중년의 남자가 혀를 찼다.

"철없는 어린아이도 아니면서 사리 분별이 그리 없어서야. 그 정도 인사는 당연한 것이다. 입버릇처럼 달고 사는 '존경하는 분'이라는 말도 모두 허언이로구나."

"그것과는 다릅니다, 아버지."

"무엇이 다르냐."

마음으로는 다르다고 생각하지만 마땅한 대답이 떠오르지 않았다. 제가 입을 굳게 다물자 그의 아버지가 코웃음 치더니 쐐기를 박았다.

"장군이 그 집에 머무르고 있다고 했으면 아마 추호의 망설임도 없었을 것이다. 내 말이 틀렸다면 그렇다고 말해 보거라."

제는 입술을 오므리며 코에 주름을 잡았다. 그의 아버지의 말이 옳음을 인정할 수밖에 없었다. 숨을 크게 들이쉬고 한숨이 나오지 않도록 입을 꾹 다물었다. 약간의 사이를 두고 숨과 함께 썩 내키지 않던 대답을 토해 냈다.

"다녀오겠습니다, 아버지."

하나씩 천천히 딛는 발은 마치 땅에서 잡아당기기라도 하는 것처럼 무거웠다. 그 집의 주인이자 제가 존경하는 중결은 전장에 있었다. 몇 번 본 적 있고 뜻도 잘 통할 것 같은 이에게 문과에 급제한 것에 대한 축하 인사를 건네는 것이 부끄러울 일은 아니라고 계속 자신을 타이르듯 속으로 되뇌었지만 마음에 들지 않았다. 덧붙여 영특하나 병약한 데가 있어 개경이 아닌 곳에서 요양하듯 지내다가 함께 상경했다는 중결의 여섯째 아들에게 좋은 약재를 들고 가는 자신의 모양새에 더욱 기분 상했다. 열아홉 청년의 패기에 비추어 볼 때 아무리 보아도 내키지 않는 일이었다.

"후우."

제가 한숨을 길게 내쉬었다. 그가 예민하게 생각하고 있는 것인지도 모른다. 중결의 세가 커지고 있는 상황이었지만 그의 아버지는 이미 지위가 확고하여 굳이 아첨하거나 잘 보이려 들 필요가 없었다. 아버지는 중결에 대해 호감을 갖고 있는 정도일 뿐, 오히려 무인으로써 능력이 출중한 중결에게 존경심을 갖고 있는 것은 자신이었다.

차라리 말을 몰고 저 북쪽, 장군님께서 막사를 벌여 놓았다는 곳에 갈 것을 그랬나.

쓴웃음을 지으며 떠오른 생각을 지웠다. 생사를 걸어야 할 전장에 고작 인사 따위를 전하러 간다니 말도 안 되는 소리였다. 그러다 저만치 멀어져 가는 생각의 귀퉁이를 얼른 잡아챘다. 인사를 전하기 위해서가 아니라 그의 검이 되고 방패가 되기 위해 가면 될 것 아닌가. 일단 지금 상황을 얼른 벗어나고 나서 어떤 식으로 그런 상황을 만들어 낼 수 있을지 고민해 보기로 했다.

한결 발걸음이 가벼워진 그의 앞에 커다란 저택이 즐비한 거리가 펼쳐지기 시작했다. 최근 조정에서 새로운 세력으로 부상하는 이들이 많이 사는 곳이라고 했다. 가볍던 걸음걸이는 도로 느려졌다. 중결의 집은 이 근방에 있을 것이지만 정확한 위치는 알지 못했다. 가고 싶지 않은 마음에 귓등으로 흘려들은 탓인지 이 집이 저 집 같아 보이는 난감한 상황에 처했다.

문득 떠오른 생각에 그의 발걸음이 다시 가벼워졌다. 어느 곳이건 집이 모여 있는 장소라면 한가운데에 우물 하나쯤은 두는 것이 예사였다. 우물가는 사람들이 모여드는 곳이니 기다리다 보면 중결의 집을 아는 이가 하나쯤은 있을 법했다. 설령 우물도, 사람도 없다 치더라도 그렇게 높다란 담장 사이를 휘젓고 다니다 보면 아는 얼굴을 만나거나 집이 지닌 분위기로 그 댁이 어디인지 직감할 수 있을 가능성도 있었다.

길을 누비고 다니던 끝에 공터에 다다랐다. 굵은 나무를 휘감은 줄기 끝에서 피어난 보랏빛 꽃이 마치 원래 그 나무의 것인 양 흐드러지게 피어 있었다. 그 아래, 바람이 살랑대며 스쳐 가는 우물가에는 두레박줄을 향해 몸을 기울여 손을 뻗었다가 자세를 고치는 것을 반복하고 있는 어린아이가 하나 있을 뿐, 사람이라고는 눈을 씻고 보아도 없었다.

우물 옆으로 쌓아 올린 돌에 아슬아슬하게 몸을 지탱한 아이는 지치지도 않고 손가락 끝에 간신히 걸리는 줄을 잡아당기려 애쓰고 있었다. 이마에 송골송골 맺힌 땀방울을 힐끗 바라보던 제가 팔을 뻗어 줄을 당겨 아이의 손에 쥐여 주었다. 한눈에 보아도 예닐곱 살이나 되었을까 싶은 여자아이는 줄을 끌어올리려 다시 낑낑대기 시작했다.

결국은 물이 담긴 두레박을 끌어올려 쌓아 올린 놀 위에 얹어 주는 것도 그의 몫이 되었다. 즐거운 얼굴로 눈웃음을 보낸 아이는 저쪽에 엎어 놓은 반으로 쪼갠 표주박을 손을 뻗어 곁에 끌어다 놓고는 물을 한 움큼만큼 퍼 올렸다.

"물을 길어 주었으니 한 모금 청해도 실례는 아니겠지요, 아기씨?"

혼자 우물가에 나와서 위태롭게 놀고 있기는 해도 입고 있는 옷과 단정하게 빗어 내린 머리 모양으로 미루어 귀한 댁 아기씨로 보였다. 동행하는 시종 하나 없이 혼자 걸어온 제의 모습은 지나가는 과객과도 같아, 혹시 자신이 함부로 하대하면 귀히 자란 아이의 심기를 거스를 것 같아 공손하게 말하는 제의 어투에서 웃음기가 묻어났다.

아이가 막 물을 쏟아내려는 듯 기울이던 표주박을 반대 방향으로 기울였다. 동그란 눈을 크게 뜨고 그를 빤히 바라보던 아이의 얼굴에 미소가 떠오르는가 싶더니 고개를 돌리고는 머리 위쪽을 가리키며 새침하게 대꾸했다.

"저거 따 주시면요."

부드럽게 늘어진 꽃줄기는 키 큰 사내가 손을 조금만 뻗어도 닿았지만 어린아이에게는 엄두도 내지 못할 만큼 높았다. 제가 팔을 들어 올려 수십 송이의 꽃을 매단 줄기 하나를 꺾어 내밀었다. 아이는 절반 조금 넘게 찬 표주박을 두레박 위에 띄워 놓고는 그에게서 건네받은 꽃줄기에서 꽃송이를 하나하나 따서 위에 떨어뜨렸다. 꽃잎이 절반 조금 넘는 수면을 뒤덮고 난 뒤에야 꽃줄기를 내려놓고는 표주박을 들어 제게 건넸다. 제가 눈썹을 추어올리고 아이의 얼굴을 내려다보았다. 아이가 생글거렸다.

"우리 어머니는 아버지가 우물가에서 물을 청할 적에 혹여 물을 먹다 체할까 봐 버들잎을 띄워 주었다는데 여기는 버드나무가 없어요. 이 꽃도 독이 있지는 않을 테니까 괜찮을 거예요. 찬모가 꿀이랑 재워 두는 걸 봤거든요."

제는 실소가 터져 나왔지만 얼른 입을 꾹 다물고 올라간 입꼬리도 애써 내렸다. 더없이 정중한 표정을 하고는 조심스럽게 표주박 끝에 입술을 대었다. 조금만 딴 데 정신을 팔았다가는 입 안으로 잔뜩 밀려들어 올 것 같은 꽃잎을 피해 겨우 한 모금 머금었다. 코끝으로 스며든 진한 향기가 입안을 가득 채우는 느낌이었다.

제가 입술을 떼는 것을 보고는 아이가 웃으면서 손을 내밀었다. 표주박을 돌려받아서는 우물 옆에다가 조르륵 물을 쏟아 내고는 아무것도 띄우지 않은 물을 찰랑이도록 퍼서 도로 내밀었다. 아이는 제가 물을 마시는 모습을 보며 자리에서 일어나 두레박을 밀어 우물 안으로 떨어뜨리고는 옷을 툭툭 털어 냈다. 표주박 하나가 얌전히 엎어져 있는 옆에다가 제가 물을 마시고 난 표주박을 똑같이 가지런하게 엎어 놓았다.

"혹시."

몸을 돌리던 아이는 뒤에서 들려오는 목소리에 다시 몸을 빙글 돌려 그를 올려다보았다. 초롱초롱한 눈망울이 햇살처럼 반짝였다.

"아드님이 요번에 문과에 급제한 장군님 댁……."
"알아요."

아이는 말이 채 끝나기도 전에 대꾸하고는 약재를 들고 있지 않아 비어 있는 제의 손을 잡았다. 작고 부드러운 손의 느낌이 마음에 미묘한 울림을 가져왔다. 아우도 없고 아이들을 가까이 할 일도 없었으니 낯설어서 그러한 것이리라 생각했다.

"데려다줄게요."

아이는 시원스러운 목소리만큼이나 씩씩하게 그의 손을 잡아 끌었다. 우물 바로 앞에 있는 커다란 대문 앞으로 끌고 가더니 손도 놓지 않고 과감하게 문턱을 넘었다.

"어머니, 오라버니. 손님이 오셨습니다."

❋　　　❋　　　❋

"무슨 생각을 그리하십니까? 혹 우물 안에 정인이라도 숨겨 두셨나요?"

"글쎄."

제가 애매하게 대꾸했다. 유화가 코웃음을 치더니 표주박을 엎어 놓고 그의 곁에 다가섰다. 그의 시선이 다른 곳을 향하지 못하게 하려는 듯 눈을 똑바로 바라보다 팔을 뻗어 그의 목에 매달렸다. 숨결이 닿을 듯 가까워진 얼굴에 대고 속삭였다.

"혼인한 사내가 한눈파는 건 옳지 않습니다."

대답할 새도 없이 부드러운 입술이 덮쳐들었다. 모두 너였노라고, 혀끝으로 그려 내는 말은 진의를 전하지 못하고 유혹에 얽혀 들기만 했다.

유화는 씩씩한 걸음걸이로 볕이 잘 드는 산자락에 자리한 조부의 묘 앞에 섰다. 얼굴조차 본 적 없는 할아비에게, 마치 아비에게 하듯 사랑스러운 어조로 혼인을 했다는 사실을 고했다. 내려오는 길에는 커다란 비각과 마주했다. 중결이 그 부친을 위해 세운 신도비였다.

비석 앞면에 새긴 큰 글자를 눈으로 훑어 내려간 유화가 걸음을 옮겨 뒤편의 잔글씨들을 살피기 시작했다. 할아버지, 아버지, 오라버니. 천천히 글자를 따라 움직이던 눈길이 몇 개의 글자들에서 머무른 채 움직이지 않았다. 아비의 이름 아래쪽에 매어 달린 저를 나타내는 글자 곁에는 새로 새긴 흔적이 선명했다. 손끝으로 아직 날카로운 감이 있는 획을 쓰다듬으며 중얼거렸다.

"이 대호군이 낭군님일까요?"

"비를 세운 게 사오 년 전쯤이니, 그 까닭일 것이오."

사랑하는 딸에 관한 것이라면 사소한 것이라도 남겨 두고 싶었던 아버지의 마음일까. 유화가 말없이 또렷한 획을 어루만졌다. 비바람을 맞으며 수백 년을 견뎌 내고 나면, 서너 해의 차이는 분간할 수 없게 되어 본디부터 그러했던 것처럼 남아 있게 되리라. 그것을 어찌 거짓이라 이르겠는가. 처음 만난 순간부터 그는 그녀의 마음에 깃들었을 것이니.

유화가 손끝으로 글자를 더듬는 것을 그만두고 몇 발짝 물러났다. 그녀가 알지 못하는 아버지의 젊은 날이, 할아버지의 흔적이 남아 있는 곳에 한 번쯤 꼭 가 보고픈 소망은 모두 이루었다. 이제는 다시 일상으로 돌아갈 시간이었다. 약간 아쉬운 마음으로 발길을 돌리는 유화의 등 뒤로 제의 목소리가 들려왔다.

"혹시 바다를 본 적 있소?"

이쪽 끝에서 저쪽 끝까지 하늘과 맞닿아 있는 아래쪽은 온통 푸른 물결로 가득했다. 유화는 남빛으로 검푸르게 빛나는 저 먼바다는 사람 따위는 비할 수도 없이 깊다는 말을 들으면서 조심스레 발끝을 물에 적셨다. 저 먼바다는 짙푸른데도 발을 담그고 있는 물은 무척이나 깨끗하고 투명해서 바람에 물결이 일렁이지 않으면 물속에 있다는 것도 알기 어려울 것 같았다.

유화는 한 손에 치마폭을 가득 모아 쥐고는 다른 쪽 손으로 물을 움켰다. 물방울은 손바닥에 머무르지 못하고 손가락 틈새로 빠져나갔다. 손을 펼치고는 손끝에 묻어난 물방울을 혀끝으로 핥았다. 찡그린 얼굴에는 신기함이 교차했다.

"바닷물이 짜다 하더니 진짜군요. 정말 바다 깊은 곳에는 소금을 만들어 내는 맷돌이 있을까요?"

자연의 섭리에 대해서는 대답할 길이 없다. 제가 손을 내밀자 유화가 그 손을 잡고는 울퉁불퉁한 바위 위를 조심스레 올랐다. 처음 보는 망망대해에 마음을 빼앗겨 무릎께까지 철썩이며 올라오는 파도 따위는 아랑곳하지 않았다. 바위에 몸을 기대고 수면 위에서 부서진 채 반짝이는 햇살을 오래도록 바라보았다. 걷어 올린 치맛단을 은근슬쩍 적신 물방울이 조금씩 위로 기어올랐다.

깊어 가는 오후에 길을 떠나는 것은 무리였다. 제가 주변을 흘긋 살폈다. 지나는 이 없는 한적한 바닷가인 데다 시야가 트여 있어 잠깐 동안은 홀로 두어도 괜찮을 것 같았다. 유숙할 곳을 찾으려 멀지 않은 납작한 지붕을 바라고 바쁜 걸음을 옮겼다.

긴한 용무를 해결한 뒤 달음질치면 순식간에 도착할 만한 거리까지 당도했을 적에도 유화는 그 자리에 그대로 서 있었다. 고즈넉한 바닷가 풍경에 그대로 녹아든 유화의 모습을 물끄러미 바라보았다.

갑작스러운 파도가 밀려왔다. 바람의 방향 탓인지 바위에 전력으로 부딪친 물이 튕겨 올라 그녀를 향했다. 제가 서둘러 달려왔을 때, 유화의 온몸은 이미 흠뻑 젖어 있었다. 유화가 까르록 웃으며 그에게 매달렸다.

제는 흠뻑 젖어 든 여인을 안아 들고 방금 구한 숙소로 돌아왔다. 외양도 내부도 누추하였으나 깔끔하게 정리되어 있었다. 불을 땐 지 오래지 않아 아직 썰렁한 방 안, 바닥에는 희미한 온기가 감돌기 시작했다. 유화의 몸에서 젖은 옷을 벗겨 내고 마른 이불을 둘둘 감아 주었다. 생긋 웃는 유화를 향해 아까 품었던 생각을 넌지시 던져 보았다.

"내가 배를 타고 멀리 나가 그물을 던져 고기나 잡는 촌부였으면 어떠하였을까."

"그물을 손질하는 아낙의 솜씨가 서툴러서 늘 찢어진 빈 그물만 싣고 오셨겠지요."

장난스러운 웃음이 밴 목소리에 떨림도 가득했다. 잔뜩 웅크린 유화가 오들오들 떠는 모습을 바라보던 제가 자리에서 일어났다. 한가로운 소리를 지껄이는 대신 실제적으로 도움이 될 만한 일이라도 할 셈이었다.

그가 문을 나서자 열린 문틈으로 소금기를 머금은 습한 바람이 밀려 들어왔다. 봄이 깊었으나 개경보다 훨씬 북쪽에 있는 탓인지 불어오는 바람이 제법 쌀쌀했다. 유화가 이불로 온몸을 감싼 채로 벽에 등을 기대었다. 희미한 곰팡이 냄새가 섞인 흙 냄새가 콧속으로 들어왔지만 불쾌하지 않았다. 소박하고 낯선 향취가 마음을 누그러뜨렸다. 깨닫지 못하고 있던 여독이 밀려오는 것 같아 눈을 감았다.

"그대로 잠들면 정말 시골 아낙인 줄 알겠소."

시간이 얼마나 흘렀을까. 웃음기 어린 목소리를 들으며 눈을 떴다. 제의 눈길이 장난스럽게 유화를 훑어보고 있었다. 불어오는 바람을 맞고 물까지 뒤집어썼으니 지금껏 보인 적 없는 엉망인 몰골일 터였다. 유화가 얼굴을 발갛게 물들이며 고개를 숙이자 제가 웃으며 자신의 가슴을 두드려 보였다.

"고기 잡는 어부에게는 더 바랄 것이 없는 배필일 것이고."

"몰골이 이리 초라해서야 어디 낭군님 눈에 들기나 했겠습니까."

"혼례일 때보다 지금이 더 고운데 무엇을 염려하오?"

"거짓을 말씀하시는 것은 옳지 않습니다."

"부인은 나이도 어린데 의심이 지나치게 많아 큰일이오."

혼례 때보다 곱다는 말은 진심이었다. 화려한 복장이 또렷한 눈빛을 바래게 하지 못했던 것처럼, 초라한 집 안에서 흐트러진 차림을 하고 있다고 해서 매력이 덜해지지도 않았다. 유화가 정말로 바닷가 초라한 오두막에 기거하는 시골 처녀라도, 만나기만 하였다면 틀림없이 그녀를 알아보았으리라. 소금기가 배어든 거친 피부와 강한 햇살을 견디지 못해 푸석해진 머리칼 따위는 연정을 품는 데 아무런 방해도 되지 않았을 것이다. 스스로도 납득하지 못할 만큼 깊이 빠져들었겠지, 지금처럼.

제가 그녀의 곁에 바짝 다가앉았다. 이불로 감싼 몸을 꼭 안아 주던 다정한 손길이 이불 틈으로 파고들었다. 그의 손끝이 피부에 닿는 느낌에 저도 모르게 가느다란 신음 소리를 흘려 낸 유화가 스스로의 반응에 당황하여 눈을 내리떴다.

제가 미소하며 유화가 두르고 있는 이불을 걷어 냈다. 유화가 몸을 가리며 숨결처럼 낮은 목소리로 그를 불렀다. 부끄러움이 깃든 눈망울에 비친 것은 틀림없는 연심이었다. 가느다란 목소리에 담뿍 담겨 있는 것은 비할 데 없는 연모의 정이었다.

수줍어 어찌할 바를 모르는 반응을 모르는 척 부드럽게 어루만졌다. 그의 손길을 따라 바람이 이는 수면처럼 일렁거리는 몸짓에 제의 마음이 함께 물결쳤다. 부드러운 피부 위에 입술을 올리자 바다 가운데 몸을 잠근 듯 진한 바다 내음이 배어났다. 입술이 닿은 자리에서 묻어나는 눈물 같은 그리움을 씻어 내면 형언할 수 없는 달콤함만이 남아 방 안 여기저기를 부딪치고 되돌아오는 가냘픈 성음과 섞여 가슴이 떨려 왔다.

十一.
決斷(결단)

타박타박 걷는 말 위에 올라 있는 유화가 저 앞을 응시했다. 높다란 담장의 끄트머리가 보이기 시작하자 마음에 안도감이 차오르기 시작했다. 몇 달도 채 되지 않는 짧은 시간을 지냈을 뿐인데도 이 집이 반가웠다. 까닭은 단 하나였다.

살짝 고개를 돌려 그녀의 동행인을 바라보았다. 굳게 다문 입술에 곧게 뻗어 내린 콧날, 또렷한 눈매를 지닌 옆모습에서는 과단성 있고 엄격한 무인의 느낌이 배어 나왔다. 그를 바라보는 시선을 느낀 듯 제가 고개를 돌렸다. 유화와 눈이 마주치자마자 눈매가 부드러워지더니 입가에 미소가 걸렸다. 마치 딴사람인 듯 다정한 얼굴을 향해 똑같은 미소를 되돌린 그녀가 다시 앞을 바라보았다. 벌써 대문 앞이었다.

말에서 훌쩍 뛰어내려 유화를 안아 내리던 제의 마음에 엷은 의심이 깃들었다. 그들을 맞이하는 이들의 표정에는 반가움으로 가려지지 않는 근심이 담겨 있었다. 익숙한 얼굴들 사이에서 어울리지 않는 사내 하나를 발견했다. 강 씨의 전언을 품고 다니는 이였다. 처가에 무슨 일이 생겼음을 직감했다.

유온이 할 말이 있는 듯 제를 향해 한 발짝 다가왔다. 그는 고개를 짧게 저어 보인 뒤 사내를 향해서도 눈짓을 보냈다. 고단한 여정을 견뎌 냈을 유화가 걱정거리까지 떠안는 것을 보고 싶지 않았다. 그녀의 시선을 가리듯 팔을 둘러 어깨를 끌어안고는 서둘러 대문 안으로 발을 들였다.

"아씨께서 무척 고단하실 테니, 잘 모시거라."

안채 앞에서 기다리는 몸종에게 향하는 제의 목소리는 평소에 비해 더 엄격했다. 유화에게 어떤 말도 전하지 말라는 뜻을 알아듣고 허리를 굽혀 인사한 몸종이 아씨마님을 모셔 갔다. 고개를 돌려 뒤를 바라본 유화는 미소 띤 제의 얼굴을 보고는 생글거리며 가벼운 발걸음으로 사라졌다.

그녀의 뒷모습이 시야에서 사라지자마자 제의 표정이 굳어졌다. 웃음기 따위는 조금도 남아있지 않은 목소리로 어느샌가 곁에 다가온 유온에게 질문했다.

"무슨 일이야?"

"시중 댁에서 보내셨습니다. 어제부터 기다리고 있으니 자세한 이야기는 그에게 들으십시오."

유온이 직접적인 대답을 피했다. 제가 착잡한 기분이 되어 몸을 돌렸다. 문득 생각난 듯 다시 뒤돌아 당부의 말을 건넸다.

"아씨께서 눈이라도 잠시 붙이실 수 있게 아무 말씀도 드리지 말아 주게."

"그래, 돌아왔다 하던가."

"예. 곧 모시고 올 수 있을 것 같았습니다."

"나가 보게."

강 씨가 손을 흔들어 사람을 내보냈다. 흐트러짐 없는 차림과 곧은 자세는 평소와 같았으나 서안 위를 두드리는 검지와 불안하게 흔들리는 눈동자가 마음에 이는 동요를 드러내고 있었다.

종지가 귀양길에 오를 때 잠깐 들었던 불길한 느낌을 무심코 흘려보냈다. 그는 결단력과 추진력을 갖춘 인물이었지만 그만큼 자신감과 자부심이 강해서 때로는 지나쳐 보일 때도 있었다. 시기하며 주시하는 이들이 많으니 그런 식으로라도 경계를 늦추어 두어도 괜찮으리라 생각했지만 어디까지나 중결이 건재할 때에나 해당되는 것이었다. 이런 일이 생기리라는 것을 알았더라면 종지가 개경을 떠나지 않도록 어떻게든 방도를 마련했을 것이었다.

"시간이 없어."

강 씨가 나지막하게 중얼거렸다. 중결이 사냥을 간다는 말을 전할 때, 좋지 않은 느낌이 들었다. 그러나 남편의 눈에 어린 기대감을 보며 반대 의견을 내놓을 수가 없었다. 반평생을 적군을 향해 화살을 날리고 검 한 자루를 쥐고 적진으로 돌진하던 사내였다. 거치적거리는 관복을 입고 글줄 적힌 종이를 산더미처럼 쌓아 놓고 지내는 날들이 어찌 갑갑하지 않았으랴. 정무에 지친 심신을 달래 줄 수 있으리라 여겼다.

세월의 흐름을 간과했던 것이다. 쇠붙이를 오래 내버려 두면

녹슬 듯, 자리에 앉아 시간을 보낸 나이 든 무인의 몸은 예전 같지 않았던 게 분명했다. 그렇지 않고서야 어찌 이런 일이 있을 수 있겠는가. 낙마라니. 믿을 수 없었지만 진짜로 벌어진 일이었다.

마음 같아서는 당장에라도 달려가고 싶었다. 그러나 지금도 개경에 남아 있는 중결의 세력이 좌천당하거나 하옥되고 있었다. 그녀까지 자리를 비우면 누가 주도면밀하게 상황을 파악할까. 자칫하면 지금까지 이루어 놓은 모든 것이 한순간에 물거품이 되어 버릴지도 모를 상황이었다.

지금 이 모든 상황을 타개할 수 있는 인물은 단 한 명이었다. 유덕, 그를 여기로 데리고 오기만 한다면 나머지는 염려할 필요도 없으리라.

"판서나리께서 오셨습니다."

"들라 이르게."

강 씨에게 공손히 인사하는 사내는 엷은 피로감을 안개처럼 두르고 있었다. 그녀의 사위이자 아내를 지극히 아끼는 사내는 열흘도 훌쩍 넘긴 여정을 마치고 지금 개경에 도착한 참이었다. 처음 나서는 여행길에 설레어 잔뜩 들떴다 지쳐 짐짝처럼 얹혔을 딸을 다독이며 돌아오는 길은 수월치 않았을 터다. 홀로 오가는 길의 몇 배는 더 고단하였을 사정을 짐작하면서도 그에 대해 치하할 수 없었다. 강 씨는 제가 자리에 앉기가 무섭게 입을 열었다.

"유덕을 데려와 주게나. 한시가 바쁘니 서두르게."

제의 얼굴에 망설임이 가득했다. 유덕은 한 씨의 묘에서 여막살이를 하고 있었다. 그것을 핑계로 상을 치르고 한참이나 지난 뒤에 치러진 유화의 혼인 때에도 오지 않았다. 삼 년 동안 그곳을 떠날 수 없노라 단호하게 주장하였다고 했다. 그런 이가 과연 올까.

모처럼 얻은 말미가 끝자락에 이르고 있었다. 며칠 남지 않은 날들을 오롯이 유화에게 건네고 싶었다. 유화는 밤이 깊도록 나타나지 않고, 때로 새벽이 밝아 오기도 전에 자리를 비우는 그를 기다리며 저택을 외롭게 지키면서도 투정 섞인 불만조차 표하는 법 없었다. 그녀에 대한 진심을 의심받지 않으려, 지위에 어울리는 자가 되려 노력하다 보니 어쩔 수 없는 선택이었지만 마음이 좋지 않았다.

마음을 읽은 듯 강 씨가 단호하게 덧붙였다.

"도성에서 어떤 일이 일어나고 있는지 잘 알지 못하겠지. 지금 당장 움직이지 않으면 아버님께서 위태로워지실 걸세. 그리되면 그 누구의 안위도 장담할 수 없어. 유덕에게 전하게. 앞으로 일어나는 모든 일에 대한 책임은 내가 질 것이라고. 아버님을 설득하는 일도 내 몫이니 염려할 것 없네."

"한시가 바쁘니 서두르게."

강 씨의 목소리가 귓전을 맴돌았다. 무거운 걸음으로 대문을 들어선 제는 망설임 없이 안채로 향했다. 피곤을 이기지 못해 잠들어 있는 모습이라도 눈에 담고 갈 생각이었으나 자신을 기다리고 있을 것 같다는 생각이 들었다. 안마당을 들어서자마자 그 확신을 눈으로 확인할 수 있었다.

"돌아오자마자 어딜 다녀오십니까? 노독이 심하실 텐데요."

유화가 마루 위에서 선 채 질문했다. 잔잔한 목소리에는 불안감이 짙게 깔려 있었다. 걱정을 시키지 않으려면 아무 일도 아니라고 얼버무릴 수도 있겠지만 어차피 진실을 알게 될 터였다. 누구나 다 아는 일을 그녀만 알지 못하도록 숨길 수는 없었다. 제가 침착하게 입을 열었다.

"사냥 중에 낙마하셔서 중상을 입으셨다 하오."

"아버지께서요?"

불안하게 흔들리는 눈빛만큼 목소리가 파르르 떨렸다. 유화는 그가 고개를 끄덕이는 것을 보며 무너지듯 주저앉았다. 제는 얼른 다가가 지친 표정의 여인을 품에 안았다. 유화는 눈물을 쏟거나 혼절하는 대신 고개를 들어 그의 눈을 똑바로 마주 보았다. 결연한 의사를 품은 목소리를 냈다.

"아버지를 뵈러 가고 싶어요."

"부인은 너무 지쳐 있지 않소. 오늘 쉬고 내일 가는 것이 좋겠소."

"어머니께서 가신다면 그리할 수 있겠습니다. 그러나 어머니께서는 개경을 떠나지 않으시겠지요. 곁을 누가 지킨다 한들 가족만 할까요. 아버지께서 어찌 계시는지 확인하지 못하면 잠도 오지 않을 것 같아요."

단호한 목소리에 제가 짧게 한숨을 쉬었다. 유화의 허리를 감아 안고 일으켜 세운 뒤 그늘진 얼굴을 꼼꼼하게 살펴보았다. 무리하지 않는 게 좋을 것 같았지만 그가 부인으로 삼은 고집쟁이 아가씨는 가지 말라 하면 창을 건너고 담을 넘어서라도 길을 나설 이였다.

"가마를 준비시켜 놓을 테니 채비를 하고 나오시오."

"가마를 타고 어느 세월에……."

"지금 부인이 말을 타는 건 무리요. 부상을 당하기라도 하면 어른들을 뵐 면목이 없소."

유화의 꼭 다문 입술에서 불만을 읽어 낸 제가 달래듯 부드럽게 덧붙였다.

"해주는 개경에서 썩 멀지 않소. 부인이 먼저 가서 장군님을 뵙고 계시오. 회포를 나누기에도 장군님의 상태를 살펴 짐작하기에도 충분한 시간일 것이라오."

"낭군께서는 함께 가지 아니하십니까?"

당연히 그와 동행하리라 생각했던 유화가 의아한 표정을 지었다.

"나는 포천에 들러 유덕과 함께 갈 것이오."

"오라버니와 함께 오신다고요?"

"그를 개경으로 불러들이고 가능하면 장군님도 함께 모셔 오는 것. 그게 어머님의 명이라오."

＊　　　　＊　　　　＊

"매제께서 이 궁벽한 곳까지 어쩐 일이신가."

"형님을 모셔 오라는 어머님의 전갈을 전하러 왔습니다."

유덕은 깍듯하게 인사를 차리는 제의 얼굴을 쳐다보았다. 두

살의 나이 차이는 아무렇지 않게 벗으로 지내던 이가 유화와의 혼인을 이유로 손윗사람 대접을 했다. 왠지 껄끄러운 마음으로 자신의 팔을 저어 거친 옷자락을 휘둘러 보였다.

"나는 상중일세."

"개경에서 어떤 바람이 불고 있는지 이미 아시지 않습니까."

고개를 돌린 유덕의 굳게 다문 입술 끄트머리가 살짝 올라갔다. 외진 곳에 쓴 한 씨의 묘 근처에서 여막살이를 하고 있었지만 개경에서의 소식은 손바닥에 놓은 듯 훤했다. 지금의 상황이 염려스럽다는 말을 하고 간 사람도 꽤 여럿이었다.

이야기들을 반복해서 듣는 동안 머릿속에 계획이 섰다. 망설이느라 시간을 지체하면 감당할 수 없는 후회만이 남으리라는 사실도 깨달았다. 그러나 그 계획을 실행에 옮기면 중결이 어떤 반응을 보일지 불 보듯 훤하여 머뭇거리고 있는 참이었다.

그의 아버지는 타고난 무인이었다. 갖고 있지 못한 것을 동경하는 까닭인지 문인들을 가까이하며 선망했다. 종지는 뛰어난 책사인 동시에 훌륭한 문사였기에 중결의 곁을 차지할 수 있었다. 지금 개경에서 일어나는 일의 중심에 있는 이 또한 중결이 마음 깊이 존경하는 문인이었다. 그를 건드렸다간 중결의 불같은 노여움을 맞닥뜨리게 될 터였다.

"아버님께서 아시면 차라리 시도하지 아니함만 못한 호된 질책이 남겠지."

"모든 것은 어머님께서 책임지시겠다고 말씀하셨습니다."

"그렇게까지 말씀하셨다? 어지간히 걱정이 되시는 모양이군."

유덕이 무심한 듯 빈정거렸다. 흔들림 없는 자세로 앉아 무덤 덤한 말투로 대꾸했지만 마음의 동요가 선명하게 드러났다. 강씨에게는 유덕이 계모를 못마땅하게 여기는 마음으로도 덮지 못할 만큼 두드러지는 장점이 있었다. 자기 말에 책임을 질 줄 아는 사람이라는 것도 그 가운데 하나였다.

제는 입을 다문 채 유덕의 결정을 기다렸다.

유덕은 제를 자리에 앉혀 둔 채 초막 구석으로 향했다. 아무렇게나 쌓아 둔 궤짝 하나를 열고 상중에 있음을 나타내는 표시들을 하나씩 끌러 내어 안에 담았다. 삼 년을 지키고자 하였으니 일 년 남짓한 시간밖에 머무르지 못했다. 그러나 한 씨라면 이해해 줄 것이다. 지아비를 위하는 일이라면 어떤 일이라도 감내하던 여인이었으니.

한 사람의 무관으로 돌아온 유덕이 몸을 일으켰다. 제가 말없이 그 뒤를 따랐다.

두 필의 말에 오른 두 사람. 그 이상의 일행도, 짐도 없는 단출한 구성이었다. 오랫동안 서로에게 눈길을 주지도 않은 채 급하게 말을 재촉하던 이들이 속도를 늦추었다. 길의 상황이 썩 좋지 않아 무리하면 낙마하여 부상을 입거나 말이 다칠 수도 있었다. 목적한 곳도 멀지 않아 굳이 서두를 필요도 없었다. 어둑한 풍경에는 달각거리는 말발굽 소리만 울렸다.

유덕이 입을 열어 그 정적을 깨뜨렸다.

"아버지께서는 어쩌다 부상을 입으셨다던가?"

"장군님께서는 사냥 중 낙마하셨다 하더이다."

"내게는 형님이라 하면서 아버지께는 장군님이라. 장군이 아니게 되신 지도 벌써 오래전 일인데 하잘것없는 과거의 기억에 얽매여 있는 까닭을 이해할 수 없군."

"처음 뵈었을 적부터의 오랜 습관일 뿐입니다. 사적인 자리에서 그리 부르는 것에 대해 나무라신 적 없으니 형님께서 구태여 책망하실 일은 아닙니다."

"하면 내게도 형님이라 부르며 인척 관계에 얽매일 필요는 없지 않나. 훨씬 오래전부터 벗이었으니."

제는 대답하지 않았다. 말을 꺼낸 유덕을 바라보는 대신 시커먼 어둠의 장막에 가려 아무것도 보이지 않는 먼 곳을 응시했다.

"유화는 어찌 지내는가."

"자네가 유화의 소식을 궁금해하리라고는 생각해 본 적이 없네."

"오라비의 지극히 당연한 관심일세."

"지극히 당연할 관심을 여태까지 보인 바 없지 않나. 궁금하다면 직접 만나 물으면 그만."

딱딱하게 대꾸하는 제의 목소리에는 엷은 경계심이 어려 있었다. 유덕이 실소했다. 마치 그가 유화에게 위해를 가할 것을 두려워하는 것처럼 보였다. 톡 건드리면 산산조각 나는 귀한 구슬을 품에 안고 어찌할 바를 모르는 아이 같기도 했다. 전혀 귀하지도 아니한 계집아이를 위하는 그 태도는 진귀함을 떠나 신선하기까지 했다.

"벗을 아끼는 마음에서 건넨 충고도 부질없이 처남 매제 간이 되어 버렸군. 하도 곰살궂게 그 아이를 챙긴 탓에 이리될 것을 짐작하기 어렵지는 않았네만."

"자네가 조금이라도 다정한 오라비 노릇을 했다면 나보다 더 나은 사내를 만났겠지."

"더 나은 사내라. 기껏 자네만큼이나 아버님 댁을 뻔질나게 드나들던 사내아이가 고작이었겠지. 그러고 보면 대단한 계집아이일세. 아버지에, 자네에, 그 사내아이까지 쥐고 흔드는 걸 보면."

"자기가 품은 마음을 부정하기에 급급한 사내에 대해서는 어찌 생각하는가."

시큰둥하게 고개를 가로젓던 유덕은 제의 목소리에 표정을 굳혔다. 제는 유덕의 얼굴을 바라보지 않아도 표정을 그려 낼 수 있었다. 가늘게 뜬 눈꺼풀 사이로 차가운 눈동자가 빛나고, 살짝 비뚜름한 입술에는 조소가 어려 있으리라. 날 선 어조에 어린 미묘한 기색은 가만히 살피면 좋아하지만 가질 수 없는 것을 눈앞에 두고는 심술을 부리는 조그만 사내아이와도 흡사했다. 유덕이 그녀에게 엄격하게 구는 연유를 광원에게 묻던 그날에는 알지 못하던 것이 눈에 보이고 귀에 들렸다.

"장군님께서 유화를 아끼시는 건 사실이지만 가장 믿고 의지하는 건 자네일 걸세. 유화가 혼례를 올리기 전만 해도 그 존재를 아는 사람은 많지 않았지. 보기에 따라서는 유덕 자네의 태도는 아버지의 총애를 빼앗긴 것을……."

"나를 어린아이로 보는가."

"나도 그것은 아니라고 보네."

유덕의 어조에서 불쾌감이 가득 묻어났다. 제가 한 발 물러나 듯 온화하게 대답했지만 자신이 하려던 말을 이어 갔다.

"하면 정말 유화가 여인다운 태도를 갖추고 있지 못했기 때문일까. 내 보기에는 어느 집 아가씨와 크게 다르지 않네. 결국 남는 건 이복형제에 대한 경계심일 것인데, 자네가 유화의 아우들에게는 썩 다정하고 관대한 형님이지 않나. 그것도 아니란 것이지."

"무슨 이야기를 하고 싶어 그렇게 중언부언하는 건가?"

"혼례날에 내가 가장 많이 들은 이야기가 무엇인 줄 아나?"

제가 잠시 말을 멈추고는 유덕의 얼굴을 곁눈질로 살폈다. 대답할 생각이 없어 보이는 사내의 얼굴을 확인한 뒤 다시 입을 열었다.

"유화는 그적의 마님과 꼭 같은 얼굴을 하고 있다고들 하더군."

유덕이 저도 모르게 고개를 미미하게나마 끄덕였다.

유화는 정말 지나칠 정도로 강 씨를 닮아 있었다. 유화가 낭랑한 목소리로 오라버니라 부르면 다정하게 부르던 강 씨의 목소리가 그대로 포개졌다. 그를 향해 생긋 눈웃음을 지으면 진짜 아들로 삼고 싶다고 말하던 여인의 고운 미소가 선명하게 떠올랐다. 그 까닭에 그 아이가 다가오는 발짝의 배 이상으로 뒷걸음질 쳤고 사랑스러운 마음이 일어나는 것의 몇 배는 더 냉담하게 굴었다.

그렇게 하지 않고 온 마음을 다 쏟았다가는 결정적인 순간에 배신당할 것만 같았다. 강 씨가 살짝 부푼 배 위에 손을 얹고 동생의 존재를 알리던 순간, 여인에게서 비치던 후광이 사라졌다.

"차라리 유화가 자네를 좋아하지 않았다면 더 나았을 걸세. 얼굴을 마주칠 일도 없고 말 한 마디를 섞을 필요도 없었다면 말이네."

"시간도, 일어난 일도 되돌릴 수 없지."

유덕이 딱딱하게 대답했다. 모든 선택은 그 순간에는 최선이고 차악이었다. 시간을 거슬러 그때로 돌아간들 지금의 기억을 갖고 있지 않다면 같은 선택을 할 수밖에 없을 것이다. 그러니 애초에 불가능한 일에 대한 가정 따위가 어떤 의미가 있단 말인가.

그러나 그의 기억은 말과 달리 시간을 거꾸로 돌리고 있었다. 강 씨가 유덕의 손을 그녀의 배에 얹어 주는 순간 마음에 경탄이 스며들었다. 작디작은 아기의 울음소리가 들리는 문 너머에서 몇 번이나 서성였던가. 오라버니를 부르며 달려오던 조그만 여자아이가 얼마나 사랑스러웠던지. 치마를 걷어쥐고 돌아다니다가도 서안 앞에 앉으면 책에 빠져들던 모습은 또 어떠하였나.

그러나 감정을 드러낼 수 없었다. 다른 누이나 그 아우들을 대하듯 심상한 태도를 취할 수도 없었다. 유화의 곁을 그림자처럼 지키는 제게 비난을 쏟아 냈다. 표현할 수 없는 지극한 애정은 잔뜩 비틀리고 일그러져 증오와도 비슷한 모양이 되었다.

유덕은 비로소 자신이 품었던 감정을 명확하게 바라볼 수 있었다. 강 씨를 선망했다. 이성(異性)으로써의 감정이라기보다는 그가 그려 낼 수 있는 가장 완벽한 여인에 대한 동경이었다. 그런 이가 자신을 낳아 준 어머니의 연적이라는 사실을 받아들이고 싶지 않았다.

그가 이상으로 삼았던 여인은 지극히 정치적인 여인이었다. 지금도 그를 불러들여 어려운 일을 처리하고자 했다. 유화는 그런 여인의 딸이었으며 동행자인 제는 유화의 남편이었다. 그 모든 사실이 몹시 불쾌했다. 유덕은 제의 도발 같은 말에 분명해졌던 감정을 다시 조각냈다. 그러나 한 번 온전한 형체를 갖추어 본 감정들은 예전처럼 쉽게 안개처럼 불명확하고 흐릿한 것으로 돌아가지 않았다. 유덕은 당혹감을 감추듯 제를 향해 냉랭한 목소리를 냈다.

"언젠가는 유화를 곁에 두기로 한 자네의 결정을 후회하는 날이 올지도 모르겠네."

"내게 그런 날이 오게 될지는 지내보아야 알겠지만 장담컨대 자네에게는 반드시 후회하는 날이 올 걸세. 그 긴 시간을 그렇게 지척에서 보아 오고도 유화의 가치를 조금도 알아채지 못하는 자는 자네뿐일 것이니."

제가 확증을 갖고 있는 사람처럼 분명한 어조로 대꾸했다. 유덕은 초연함마저도 느껴지는 말에 대답하는 대신 굳게 입을 다물었다. 중결이 머무르는 막사가 보이기 시작했다.

＊　　　＊　　　＊

"이깟 일로 여기까지 오다니, 아비를 어찌 본 게냐."

중결이 호탕한 웃음소리로 공기를 진동시켰다. 중상이라고 전해 들은 것에 비해 상태가 그리 심각하지는 않은 모양이었다. 그러나 유화는 거동이 불편하여 자리에 누운 아버지의 모습을 상상조차 해 본 적 없었다. 금방 눈물이 쏟아질 것처럼 눈망울에 윤기가 돌았다. 그 마음을 숨기기 위해 새침하게 입술을 삐죽거렸다.

"이리 멀쩡한 얼굴을 하고 계실 줄 알았으면 그냥 개경에서 기다릴 것을 그랬습니다."

"나야말로 네가 네 남편과 함께 먼 길 다녀온다는 이야기를 전해 듣고 깜짝 놀랐느니라."

중결은 새초롬한 말투에 어울리지 않게 울상을 짓고 있는 유화를 안쓰럽게 바라보았다. 그의 마음을 상하게 할까 애써 눈물을 참는 딸아이를 위해 놀리듯 말을 건넸다. 썩 효과가 있어 유화가 눈물 따위는 쏙 들어간 얼굴로 고개를 갸웃거렸다. 중결이 비밀스러운 이야기를 하듯 목소리를 낮추었다.

"네 혼인을 서두른 연유를 은근히 묻는 자가 있었단 말이다. 혹시……."

유화의 얼굴이 새빨갛게 달아올랐다. 이어질 말은 누구라도 예상할 수 있을 법했다. 아주 근거 없는 의심은 아니었다. 다 자란 처녀가 사내 혼자 잠들어 있는 방에 발을 들여 새벽이 다가오도록 품에 안겨 있었던 것은 분명한 사실이었으니까. 다행인지 불행인지 그 일로 아이를 품지는 아니하였지만 그저 쑥스러운 웃음으로 넘기기에는 얼굴이 지나치게 화끈거렸다.

중결이 부끄러워하는 유화를 보며 유쾌하게 웃었다. 어느 누가 그에게 그런 말을 건네겠는가. 사내는 집안일에 신경을 쓰지 않는 것이 보통이기도 하거니와 상대는 중결이었다. 농담으로라도 쉽지 않은 일이었다. 아버지가 딸에게 건네기에도 썩 적합한 말은 아니었으나 분위기는 확실히 가벼워졌다. 유화가 저 정도로 선명한 당혹감을 드러내는 것을 본 적 없어 조금 더 놀려 주고 싶은 마음이 고개를 들었다.

"사내보다 서두르는 딸을 두었으니 나 또한 염려하였던 사실이다. 이제 보니 손주를 안겨 주려면 한참이나 남은 것 같지만 생각해 둔 게 있지 않으냐. 네 어머니는 네 이름을 칠 년 동안이나 마음에 품고 있었느니라."

사내아이의 이름을 지을 때에는 돌림자며 사주 따위를 따졌지만 여자아이의 이름을 지을 때에는 그러지 않았다. 대충 지어 부르는 이름이 아니라고 해도 천, 규, 억 따위의 글자가 들어가 버리면 부드럽고 낭창거리는 계집아이의 느낌 따위는 저만치 멀어지곤 했다.

중년을 향해가는 청년에게 시집온 소녀는 그것이 불만이었던 것처럼 딸을 낳으면 꼭 고운 이름을 지어 주겠다며 유려하게 쓴 글자를 그의 앞에 내밀고는 환하게 웃었다.

유화(媄華) 아닌 유화(蕕花)가 되어 글자 자체는 좀 달라졌으나, 적어도 소리만큼은 꼭 같은 이름을 딸에게 붙였다.

그는 가벼운 농담이었으나 유화는 정말 생각해 둔 것이 있는 모양이었다. 머뭇거리다가 조심스럽게 입을 열었다.

"만약 아들을 낳게 되면 종(種)이라 이름 지으면 어떨까 하옵니다. 어렵지 않으면서도 이름에 흔히 쓰지 않고 만물의 근원이고 씨앗을 의미하는 종과도 생김이 비슷하니 말입니다. 사실은 오라버니의……."

유화의 목소리가 기어들어 가듯 작아졌다. 중결이 고개를 끄덕이며 곁에 앉은 딸의 머리를 쓰다듬었다. 언젠가 유화가 조그만 보퉁이를 끼고 나갔다 비를 쫄딱 맞고 돌아온 날이 있었다고 했다. 그날의 일은 시일이 제법 흐른 뒤 그의 귀에까지 들어왔다. 전할 수 없던 마음을 되돌려 스스로에게로 향하게 하는 심정이 마냥 좋지는 아니할 것이라 짐작했다.

유화의 마지막 말은 불빛과 함께 장막 틈으로 새어 나왔다. 막 도착하여 그 앞에 선 유덕의 눈썹이 꿈틀거렸다. 어린 누이가 벌써 어미가 될 준비를 마쳤는가 물을 듯 몸을 돌렸지만, 그 물음에 대꾸해야 할 사내는 저만치에서 말을 매어 두고 걸어오고 있었다. 그가 돌아서는 서슬에 옷자락이 펄럭였다.

"누군가가 찾아온 모양입니다, 아버지."

인기척을 느낀 유화가 자리에서 일어났다. 이 시간에 도착할 이들이라면 그들밖에 더 있겠는가. 중결에게 미소를 지어 보이고는 가벼운 몸놀림으로 뒤돌아 장막 한쪽을 활짝 걷어 젖혔다. 이미 어둠이 짙게 깔린 가운데서도 그를 찾아 확실하게 방향을 잡고 발을 내디뎠다. 시작할 땐 여유롭던 걸음이 그 앞에 섰을 때엔 달음박질에 가까웠다. 매달리듯 품에 안겨 반가움을 표했다.

유덕이 그 모습을 바라보았다. 고작 몇 시진 만인데도 마치 오랜만에 만난 듯 다정한 조우였다. 제의 손을 잡아 이끌던 유화가 비로소 그를 발견하고는 자리에 멈추어 섰다. 살짝 긴장한 듯 표정을 굳혔다가 이내 부드러이 웃어 보였다.

"오라버니, 그간 강녕하셨습니까."

잠시 기다렸지만 대답이 돌아오지 않았다. 익숙한 일이었다.

유화가 공손하게 허리를 굽혀 보이고는 장막 안으로 들어갔다.

너는 잘 지냈느냐.

유덕이 망설이던 대답은 말이 되지 않고 입안에서만 맴돌았다. 때를 놓친 인사말을 삼키고 그들의 뒤를 따라 들어갔다.

"아비 앞에서 지나치게 다정히 굴지 말거라."

중결은 사위의 손을 꼭 붙잡고 들어오는 딸에게 웃어 보였다. 유화는 조금 전에 앉았던 자리에 얌전히 앉아 중결의 손을 감쌌다. 주름이 잡히기 시작한 사내의 손은 여전히 단단했다. 그가 딸의 어깨너머로 장막 안으로 들어서는 유덕의 얼굴을 발견했다.

"개경의 상황이 급박하옵니다. 돌아가셔야 하겠습니다, 아버지."

중결은 유화가 타고 왔던 가마에 올라 누웠다. 올 적에는 속도가 느려 못마땅하게 여겼던 가마였지만 허리를 다쳐 거동이 불편한 중결에게는 이만한 것이 없었다. 가마 곁을 따르며 안의 동정에 귀를 기울이던 유화가 옅게 미소했다. 그녀의 남자는 용의주도하고 배려심이 깊었다. 마음이 따스해지는 느낌이었다.

혹 말굽과 발걸음 소리에 작은 신음 소리라도 파묻힐까 귀를 기울였지만 아무런 일도 없었다. 유화의 걸음이 조금씩 느려졌다. 집에 돌아온 것이 불과 몇 시진 전이었는데 다시 걸어가는 것이 쉬울 리 없었다. 고삐를 쥐고 천천히 뒤를 따르던 제가 다가와 유화의 손을 잡았다. 유화가 고개를 저었다.

"아버지 곁에서 가겠습니다."

"가마꾼도 고단할 길이라오. 귀한 딸이 고생하는 모습은 장군님의 마음만 아프게 할 뿐이오."

제는 재촉하지 않고 끈기 있게 기다렸다. 망설이던 유화가 어렵사리 손을 뻗었다.

짧은 행렬의 이동 속도는 몹시 느릿했다. 다친 사람을 태우고 있는 탓에 걸음을 재촉할 수도 없었다. 여독도 풀지 못한 여인은 흔들거리는 말에 불편하게 앉은 채 남편의 품에 안겨 그대로 잠들었다. 제가 한 손으로 느슨하게 고삐를 쥐고 남은 손으로 유화의 몸을 단단하게 안았다. 그 바람에 가마에서도 떨어져 조금 더 뒤로 처지게 되었다.

가마보다 앞서가던 유덕이 문득 말을 멈추어 길옆으로 피했다. 제의 말이 가까이 다가오도록 자리에 서서 기다렸다. 곧 두 필의 말이 말머리를 나란히 했다. 눈을 마주치지 않아도 유덕의 시선이 따가웠다. 그에게 하고픈 말이 있는 모양이었지만 먼저 입을 열지는 않을 모양이었다. 책임을 지겠다는 강 씨의 말에 두말없이 일어났으니 무언가 계획이 있으리라. 썩 궁금하지는 않으나 묻지 않을 수도 없었다. 마지못해 입을 열었다.

"개경으로 가면 어찌할 생각인가."

"일단 포은(圃隱) 선생을 만나 보는 것이 순서."

"지금 개경에서 일어나는 일을 주도하는 분이라네."

"그렇기에 만나고자 하는 걸세. 지금이라도 뜻을 바꾸어 함께하지 않겠는가 권유하여야지."

"말을 꺼내기도 쉽지 않을 걸세. 대답조차 얻지 못하고 축객당하지 않으면 다행이지."

"그렇게 하지 못할 상황에서 의사를 물어야지. 아버지께서 귀경하시면 틀림없이 찾아오지 않겠나."

제가 고개를 끄덕이다 외로 꼬았다. 지금 개경에서 벌어지고 있는 일은 중결의 운신의 폭을 좁히는 정도에 그치고 있었다. 그릇된 마음을 품지 말라고 경고하는 것처럼 보였다. 깃털이나 꼬리를 잘라 내는 것만으로는 부족하니 종내는 몸통을 제거하려 들지 모르지만 아직은 아니었다.

중결은 그저 뜻이 다른 자들의 정쟁(政爭)에 불과하다 믿고 있을 터다. 회복되지 않은 몸으로 아무 거리낌 없이 상경하는 것도, 포은이 찾아오는 것을 반갑게 맞이하리라는 사실도 모두 연장선상에 있었다. 그런 이가 과연 유덕이 노골적으로 회유하는 언사를 입에 담는 것을 용인할까.

상대가 고개를 젓는 모습을 보며 속내를 짐작한 유덕이 얼핏 미소를 흘렸다. 입술을 열자 낭랑하게까지 느껴지는 음색이 밤공기를 울렸다. 전장을 집처럼 누비는 사내는 갖지 못한 문학적 소양을 자랑하는 듯 흩어지는 시구에 제가 귀를 기울였다.

"이런들 어떠하며 저런들 어떠하리
만수산 드렁칡이 얽혀진들 어떠하리
우리도 이같이 얽혀져 백년까지 누리리라*."

유덕이 읊은 시구는 그저 뜻을 같이 하자는 회유처럼 들렸지

---

*이방원의 '하여가(何如歌)'.

만 가만히 곱씹어 보면 그렇지 않았다.

뜻을 함께하여 불사(不死)하자는 말은, 뜻을 함께하지 않으면 죽음에 이르게 될 것이라는 위협이나 다름없었다. 얼마간의 일을 반추했다.

요 몇 달, 중결의 측근들은 자신들이 행했던 바를 그대로 되돌려받았다. 이제 다시 같은 방법으로 되갚을 모양이었다. 정치에 발을 담근 이들은 하나같이 똑같았다.

자신들은 다를 것이라 말했지만 결과적으로 나타나는 행동 방식은 같아 뜻을 같이하지 않는 이들을 싹을 짓밟듯 단호하게 잘라 냈다.

그것이 과연 옳은 일일까. 희미한 의심이 피어올랐으나 입 밖에 꺼내지 않았다. 대신 그들 모두 알고 있는 사실을 꺼내었다.

"이제 와서 바뀔 뜻 같으면 처음부터 품지 아니하셨을 걸세. 게다가 장군님께서 존경심마저 품고 계신 분이지 않나."

"시대를 읽지 못하는 어리석음을 소신이라 믿는다면 자호에 어울리도록 초야에 묻혀 학문에 통달하는 은자로 남았어야 마땅하지. 수족이 잘리는 것을 눈 뜨고 쳐다만 보고 있을 순 없어."

유덕은 대답하지 않고 길을 가는 제의 얼굴을 바라보다가 아무렇지도 않다는 듯 말을 던졌다.

"사람을 알고 있나."

제는 얼른 고개를 숙였다. 유화가 그들의 대화를 듣고 있는 것은 아닌지 염려스러웠다.

"유화."

작게 속삭여 불렀지만 곤히 잠들어 고른 숨소리만 냈다. 가녀린 부인을 안고 있는 팔에 무의식적으로 힘이 들어갔다. 유화가 희미하게 옹얼거리더니 그의 품에 얼굴을 비비적거렸다. 잠결에 한 행동일 뿐 깨어날 것 같지는 않았다. 그런데도 유덕의 말에는 대답하지 않았다.

유덕은 자신의 말에 담긴 뜻을 알면서도 대답하지 않는 제의 망설임을 읽어 냈다.

"아버지야 연로하여 마음이 약해지셨다지만 젊은 데다 전법 판서에 올라있는 유능한 사위인 자네까지 그리 우유부단해서야 곤란하군. 아니, 자네는 진즉부터 그런 사내였던가."

제는 자존심을 건드리는 말에도 묵묵부답 반응이 없었다. 그저 유화의 얼굴에 시선을 고정하고 있을 뿐이었다.

유덕이 피식 웃었다. 저 애틋함이 그의 약점이었다. 그 점을 이용하려 드는 건 정당하지 못하다는 꺼림칙함을 머릿속에서 지웠다. 강 씨가 유덕을 여기에 불러들인 것은 그를 진실로 신뢰하기 때문이 아니라 위기 상황을 타개하고자 하는 일종의 임시 방편이라 생각했다.

아비를 걱정하는 마음으로 이자를 따라나섰지만 일이 끝난 뒤에 어찌 될지는 두고 보아야 알 일이었다. 토사구팽이라, 고례로 전하는 말에는 다 이유가 있었다.

"만약 이 상황이 계속되면 자네는 둘째 치고 유화는 무사할까."

유덕의 목소리는 느긋했으나 품은 내용은 제법 서늘했다. 제의 가슴이 덜컥 내려앉았다. 자신의 품에 안겨 불편하게 잠든 유화의 얼굴을 내려다보았다.

한 손으로도 숨을 조일 수 있고 한 마디 말로도 마음을 도려 낼 수 있을 것 같은 여린 여인이었다. 가장 우선으로 생각해 달 라는 말을 전해 듣고도 외로움만을 얹어 주고 있는 그가, 안위 조차 지켜 주지 못한다면 곁에 머무를 자격조차 없었다.

온몸으로 번져 가는 감정의 동요는 유덕의 시야에 고스란히 들어왔다.

"사람을 알고 있나."

유덕이 재차 물었다. 잠깐의 시간이 지난 뒤에 마음을 결정한 듯 제가 낮은 목소리로 대꾸했다.

"철퇴를 본디부터 자신의 오른팔이었던 것처럼 자유자재로 다룰 줄 아는 이가 있네."

이튿날이었다. 전날의 피로도 잊은 듯 새벽같이 깨어난 유화 는 이른 아침부터 집을 나섰다. 대문간을 넘어 사랑으로 가던 걸음이 잠시 멈칫했다.

누군가를 찾아가기에는 지나치게 이른 시간에 발길을 돌려 안채보다도 더 안쪽에 있는 별채, 불과 몇 달 전까지만 해도 그 녀가 머물렀던 곳으로 향했다.

"아씨."

"유모."

뜻밖의 만남에 유화의 얼굴이 환해졌다. 이제는 어엿한 부인 이니 아기씨가 아니라 아씨라 부르는 것이 당연한 일이었지만 왠지 낯설었다. 그 어색함을 감추려 괜히 주변을 두리번거리다 질문했다.

"여기는 왜……?"

"곧 큰 도련님 혼인이 있지 않습니까."

유모가 당연한 것을 묻느냐는 듯 되물었다. 만약을 대비해 빈 별채를 소제하여 새아씨를 맞이할 준비를 하고 있다는 뜻이었다. 그녀의 길지 않은 평생이 담긴 집 안 공기가 낯설어지고 있기 때문일까, 유화의 가슴이 기묘하게 뻐근했다.

그에 반해 얼마 머무르지 아니한 새 집에는 그의 숨결이 배어 있었고 그녀의 손길이 닿자 애착을 느끼는 공간으로 변해 갔다.

유모가 유화를 향해 더 고와졌다는, 이제는 어엿한 부인으로 보인다는 칭찬의 말을 건넸다. 이른 아침부터 분주하게 움직이는 모습을 보며 유화가 몸을 돌려 별채를 벗어났다. 감상에 젖어 들려는 마음을 추스르며 중결이 누워 있는 사랑으로 향했다.

유화는 종일 아비의 곁을 떠나지 않았다. 중결을 찾아온 의원이 신중하게 맥을 짚고 몸 이곳저곳을 눌러 가며 상태를 확인하는 모습을 지켜보았다.

나이에 비해 회복은 빠르니 염려할 것 없지만 당분간은 거동치 않는 것이 좋겠다는 말에 대신 고개를 끄덕였다. 잠깐 얼굴을 비친 강 씨에게도, 그녀의 곁에 앉아 동그란 눈을 이리저리 굴리던 아우들에게도 의원의 말을 대신 전했다. 그들의 눈에 안도감이 깃드는 것을 보며 새삼 그녀의 아비가 이 집안에서 얼마나 큰 자리를 차지하고 있었는지 실감했다.

오후가 깊어 갈 무렵이었다. 중결의 탕약을 받쳐 든 시비가 문밖에서 목소리를 냈다. 사랑의 문을 열어젖힌 유화는 방문 바로 앞에서 유덕과 마주쳤다. 그를 향해 가볍게 고개를 숙여 보이고 대접이 놓인 작은 상을 받으려 내딛는 걸음을 사내의 목소리가 막아섰다.

"혼자 온 것이냐."

"네, 오라버니."

"고생이 많구나."

그의 목소리가 따스했다. 시비의 손에 들려있던 상은 어느새 유덕의 손에 들린 채 유화가 건네받기를 기다리고 있었다. 유화가 얼떨떨한 마음으로 상을 받아 들고 돌아서자 유덕이 그 뒤를 따라 들어오며 문을 닫았다. 그녀가 조심스레 눈치를 살폈지만 그는 아랑곳 않고 자리에 앉았다.

지금의 유덕은 평소와 달랐다. 먼저 말을 걸어온 것도, 같은 공간에 머물기를 거리끼지 않는 것도 처음이었다. 야박하게 축객하는 대신 서슴없이 옆에 앉았다. 그녀를 그림자 취급하는 대신 다정한 눈길을 주기도 했다.

"약이 식겠구나."

"아, 네. 오라버니."

유덕을 물끄러미 바라보던 유화가 깜박 잊고 있던 탕약의 존재를 깨달았다. 유덕이 다가와 중결의 몸을 살짝 들어 받쳐 주었다. 자리에 다시 누운 중결이 피로한 듯 눈을 감는 모습을 보며 유덕이 조심스럽게 말을 전했다.

"금일 저녁, 포은 선생께서 찾아오실 것이라 하였습니다."

"그간 격조하였으니 한 번쯤 뵙고 싶다 전언을 보냈던 참이다."

잠깐 입술을 달싹이던 유덕은 목소리를 내지 않은 채 입을 다물었다. 중결은 이미 얕은 잠에 빠진 듯 고른 숨을 내쉬고 있었다.

아비가 과연 그의 뜻에 찬동해 줄 것인가. 결코 그럴 리 없다는 회의적인 생각이 뇌리를 지배했다. 일어나지도 않은 일을 섣불리 입에 올렸다가 자칫 긁어 부스럼이 되면 곤란했다.

그의 생각은 유화가 상을 들고 자리에서 일어나는 기척에 중단되었다. 잠을 깨울까 조심스러운 발걸음을 낮고 다정한 목소리로 붙잡았다.

"유화야, 그간 잘 지냈느냐."

"네."

"누이의 안부도 모르니 내가 너무 무정한 오라비였지."

"그렇지 않습니다."

"그는 네게 잘해 주느냐."

유화가 말을 잊고 그의 얼굴을 바라보았다. 정답게 묻는 목소리에서 가시가 느껴지지 않아서, 그녀를 바라보는 눈빛이 날카롭지 않아서, 한술 더 떠 미소 짓는 입술의 곡선이 너무도 낯설어서 마치 꿈인 것만 같았다. 아주 오래전 그토록 간절하게 바랐던 순간이 현실이 되었다.

두어 해 전만 해도 같은 상황을 맞닥뜨렸다면 더없이 행복한 표정으로 참새처럼 재잘거리며 매달렸을 것이다. 오라버니께서 다정하시니 날아갈 듯하다고. 어찌 전에는 이리 대해 주지 않으셨냐고 투정을 부렸을지도 모른다.

그러나 지금 할 수 있는 건 고작 예, 아닙니다, 하는 짧은 대답뿐이었다.

그녀가 혼인하여 전처럼 그의 애정을 구할 필요가 없게 되었기 때문일까. 그보다는 오라버니의 마음에 대해 의구심이 깃든 탓인 것 같기도 했다. 유덕의 태도에는 묘하게 마음에 걸리는 데가 있었다.

바깥에서 어스름이 조금씩 밀려 들어왔다. 제의 도착을 알리는 말이 문 바깥에서 들려왔다. 유화가 자리에서 일어나 인사를 올렸다. 밖에서는 다른 손님의 등장을 알리는 목소리가 뒤이어 울렸으나, 그녀가 인사를 건네는 순간과 겹쳐져 유화는 잘 듣지 못했다.

문을 나선 유화는 중결과 비슷한 연배로 보이는 이와 시선이 마주쳤다. 문관의 공복을 입은 것으로 보아 퇴궐하는 길에 들른 모양이었다. 서둘러 마루에서 내려서는 얼른 고개를 숙여 인사했다.

"송헌거사(松軒居士)가 귀애한다는 막내딸이로구나."

"소녀를 아시옵니까?"

"혼례일에는 본디 낭군 외에 다른 이가 보이면 안 되는 법이란다."

낯선 사람의 아는 척에 당황한 유화의 질문에 남자가 웃으며 대꾸했다. 얼굴에 팬 주름에는 세월의 흔적이 역력했지만 연륜과 지혜가 깃들어 자애롭고 현명한 이라는 느낌을 주었다.

잘 알지 못한 건 어쩔 수 없다 치더라도 인사는 제대로 올려야 할 것 같아 유화가 다시 입을 열려는 순간이었다. 그녀의 머리 위쪽에서 익숙한 목소리가 들려왔다. 밖의 기척을 느꼈는지 곁방에서 나온 유덕이 작은 사랑을 가리키며 노인을 향해 정중하게 인사를 건네었다.

"아버님을 뵙고 나면 잠시 소인에게 시간을 내어 주시겠습니까."

"그렇게 하겠네."

객이 고개를 끄덕이고는 다시 유화에게 고개를 돌렸다. 공손히 인사를 올리는 여인을 향해 온화하게 말을 건넸다.

"다음에 다시 만날 수 있으면 좋겠구나."

다음을 기약하는 인사는 꼭 다시 만날 수 없는 사람에게 하는 말처럼 들렸다. 유화가 고개를 갸웃하고 옆을 돌아보았으나 유덕은 있지도 않았던 것처럼 모습을 감춘 뒤였다. 문득 손으로 온기가 전해져 유화가 반대편으로 눈길을 돌렸다. 사랑하는 낭군이 그녀의 곁에 있었다.

"돌아갑시다."

살짝 그늘진 표정을 보며 일이 고되었나, 뜻대로 풀리지 않은 일이 있을까 안쓰러운 생각이 들어 유화가 맞잡은 손을 더욱 꼭 잡았다. 하고 싶은 말은 많았지만 지친 표정의 상대에게 종알거리는 건 눈치 없는 짓 같기도 했다. 대문을 벗어나 제법 걸어 인적이 드문 길에 이르러서야 조심스럽게 말을 시작했다.

"오라버니가 예전 같지 않았습니다."

"그것이 불만이오?"

"그건 아니지만."

잠시 대답을 미룬 유화가 생각에 잠겼다. 유덕이 그녀를 좋아하지 않는다는 사실은 어릴 때부터 이미 알고 있었다. 귀찮게 구는 꼬마에게 보여 주어야 할 인내심 따위는 갖고 있지 않은 듯 늘 냉랭했다. 상대방이 거절한다 하여 좋아하는 마음이 없어지지 않아 유덕의 반응 따윈 신경도 쓰지 않고 따랐다.

제가 그 빈자리를 채워 주겠다 자청한 이후에는 그 마음이 다소 줄었다. 하지만 제가 유화의 마음에서 차지한 자리는 오라비가 아니라 연인의 것이었다. 사랑하는 오라버니를 위한 자리는 여전히 비어 있었다. 그렇다면 유덕의 다정한 태도가 반가웠어야 마땅했다. 그런데 선뜻 받아들일 수 없었다.

유화의 침묵이 길어지자 제가 가벼운 어조로 말을 꺼냈다.

"진짜 오라비가 마음을 주면 가짜 오라비는 필요치 않게 되는 것일까."

유화가 눈을 동그랗게 떴다. 반박하고 싶은 얼굴로 그를 올려다보았다. 제가 싱긋 웃었다.

"오라비로는 가짜였지만 진짜 정인이 되었지. 하나뿐인 연인을 고작 오라비 따위에게 빼앗길 생각은 없소. 설령 간다 해도 보내 주지 않을 거요. 예를 갖추어 부인을 맞아들인 사내에게 그 정도 권리는 있지 않겠소."

유화가 잠깐 멍한 얼굴을 했다. 짓궂은 표정의 사내가 장난스럽게 건넨 말에는 애정이 담뿍 담겨 있었다. 좀처럼 보인 적 없는 소유욕도 노골적으로 묻어났다.

겨우 정신을 차리고 사신이 먼저 대담하게 붙잡은 양손에 침을 주었다. 대구(對句)가 될 만한 말을 생각해 건네려 했지만 미처 입에 담을 새도 없었다.

"나리."

갑자기 들려온 굵직한 목소리에 유화가 화들짝 놀라 손을 당겼다. 인적이 드문 어두운 길이라 거리낌 없이 손을 잡고 있었지만 제를 아는 사람이 나타났으니 계속 이러고 있을 수는 없다. 그러나 제는 손을 놓아주는 대신 더 세게 잡았다. 마치 지금 손을 놓치기라도 하면 다시는 잡을 수 없을 것처럼 절박하게 쥐었다. 유화가 손을 빼는 것을 포기하고 눈을 들었다.

저만치에 있어도 눈에 확 띌 것처럼 기골이 장대한 사내가 제를 향해 고개를 숙여 보였다. 산새처럼 재잘대느라 그 모습을 발견하지 못한 모양이었다. 그의 손에는 보는 것만으로도 등골이 서늘해지는 철퇴가 들려 있어, 가끔 절거덕거리는 소리가 났다. 그의 뒤쪽으로도 사람이 더 있었다. 제각기 무기를 든 남자들은 하나같이 체격이 좋았다. 유화가 얼굴이 살짝 질려 제의 뒤로 반쯤 몸을 감추었다.

"가는 길인가."

"네. 차질 없도록 하겠사옵니다."

남자의 자신만만한 목소리에는 여유가 넘쳤다. 제는 대답을 하는 대신 무겁게 고개만 끄덕여 보였다. 사내들은 제를 향해 더없이 공손하게 인사를 올리고는 멀어져 갔다. 유화는 희미한 피비린내가 공기 중에 떠도는 느낌을 받았다. 단단한 사내가 수족처럼 쓰는 저 무기는 전장에서 얼마나 많은 이들의 피를 머금었을까. 저도 모르게 몸이 떨려 숨을 멈추었다.

그들의 발소리가 멀어지고 난 뒤에야 마음이 조금 놓였다. 제를 따라 천천히 발을 디디며 입을 열었다.

"저들은 누구입니까."

"아는 자들이오."

"꼭 해코지를 할 것만 같아 무서웠습니다."

속마음을 털어놓은 유화가 뒤를 돌아보았다. 그들은 마치 조금 전 그녀가 걸어온 길을 짚어 가듯 익숙한 방향으로 사라지고 있었다.

설마 아버지께 가는 건 아니겠지.

자리보전하고 누운 중결을 노리는 자들이 있을 법하다고 불안해하던 마음은, 제에게 깍듯하게 인사하던 모습을 떠올리자 한결 누그러졌다. 그와 아는 이들이 그녀의 아비에게 흉한 일을 도모할 리는 없다. 게다가 중결의 곁에는 유덕도 있지 않은가. 그저 우연히 방향이 같은 것뿐이리라.

순간, 생생하게 떠오르는 목소리가 있었다.

"다음에 다시 만날 수 있으면 좋겠구나."

"차질 없도록 하겠사옵니다."

온몸에 소름이 돋았다. 발이 바닥에 붙은 듯 떨어지지 않았다. 유화가 움직이지 않자 제도 걸음을 멈추고 돌아보았다. 둘의 시선이 마주쳤다. 제의 얼굴에 드리운 그늘이 더욱 짙어졌다. 조금 전 유덕에 대한 이야기를 나눌 적에 떠올라 있던 미소는 찾아볼 수 없었다. 유화의 얼굴에서도 서서히 핏기가 가셨다. 입술까지 창백해진 채 제에게 물었다.

"무슨 일입니까, 오라버니."

"네가 염려할 것은 아무것도 없다."

그러나 그의 대답은 조금도 위안이 되지 않았다. 오래전에 그녀의 아비가 꼭 같은 말을 했다. 제의 표정은 그때의 중결과 꼭같았다. 그날, 중결은 그녀를 향해 이런 말을 덧붙였다.

"허나 그리하지 아니하였더라면 사랑스러운 딸아이의 모습을 보는 아비는 내가 아니었겠지."

제가 유화의 손을 잡아끌고 걸음을 딛기 시작했다. 유화가 움직이지 않으려 버텼지만 힘으로는 당할 수 없어 질질 끌려가는 모양새가 되었다. 그에게 잡히지 않은 다른 손으로 그의 소맷자락을 잡아당겼다. 몇 번이나 뒤를 돌아보며 황망한 목소리를 냈다.

"아버지 댁에서 어떤 어르신을 뵈었습니다. 그분인 것이지요? 저자들은 그분을 해하려 가는 것이 틀림없어요. 오라버니께서는 아시겠지요. 아니면 아니라고 대답해 주세요."

제는 아무런 말이 없었다. 침묵이야말로 어떤 대답보다도 확실한 뜻을 품고 있었다. 그런 일이 일어나서는 안 된다. 아버지를 찾아온 손님이 그로 인해 위해를 입어서야 되겠는가. 지금이라도 돌아가면, 이이가 그자들을 말리면 흉한 일이 일어나지 않을지도 모른다.

"아버지를 찾아오신 분이지 않습니까. 아버지께서도 반기시는 것 같았어요. 나이가 들면 얼굴에 성품이 나타난다 했습니다. 누가 보아도 덕망 있는 얼굴이었습니다. 그분을 해하는 건 아버지도 원치 않으실 게 분명합니다. 아까 그 사람들, 오라버니께서 아는 이들이라면서요. 그러면 말리실 수 있지 않습니까. 그리하면 안 된다고 말씀하실 수 있지 않습니까."

"만약 그들이 그리하지 않으면……."

"오라버니가 전장을 누빈 사내라는 걸 알고 있습니다. 지금 이렇게 다정하게 잡아 주시는 손에 목숨을 잃고 상처를 입은 자들이 많을 거라는 건 알아요. 아버지도 그러한 분이셨지요. 하지만 그건 나라를 지키기 위해 어찌할 수 없는 일이었지 않습니까. 하지만 이건 그게 아닌걸요. 오라버니의 손에 직접 피를 묻히는 것만큼이나 남의 손에 피가 흘러내리는 것을 방관하는 것도 업보가 되어서 돌아올지 모릅니다. 그러니 부디……."

"이미 내 손을 떠난 일이다, 유화야."

제가 걸음을 멈추고 단호하게 말했다. 유화가 입을 다물었다. 그의 마음을 돌리려 생각나는 대로 주워섬겼던 말들이 기억나지 않을 만큼 머리가 하얗게 비었다. 단 한 번도 느껴 본 적 없는 냉기에 몸서리를 치며 뒤로 물러났다. 어릴 적부터 따르던 다정한 오라비, 더없이 연모하는 낭군이 아니었다.

유화는 꽉 잡힌 손을 억지로 잡아 빼며 몸을 돌렸다. 그녀의 굳게 틀어쥔 주먹 대신 가느다란 손목을 움켜쥔 손에서 떨림이 번져 오는 것이 느껴졌다. 유화가 고개를 들어 그를 올려다보았다. 줄곧 그녀에게서 떨어지지 않았을 눈길과 맞닥뜨리는 순간, 그가 전에 없이 거세게 그녀를 당겼다. 숨을 쉴 수 없을 만큼 상하게 안아 왔다. 몸을 이리저리 틀어 보아도 억센 손길에서 풀려날 길이 없었다. 유화가 가늘게 한숨을 쉬며 불필요할 저항을 멈추었다.

"국록을 받고 있으나 내가 신명(身命)을 바치는 대상은 이미 나라가 아니다."

"아버지를 위한 일인 것입니까, 그럼."

유화의 목소리가 잠겨 있었다. 대답이 들려오지 않는 데서 확신을 굳히고는 고개를 저었다. 그는 늘 그녀의 아비를 존경한다고 입버릇처럼 말해 왔다. 강 씨의 명을 받아 유덕을 데려온 것도 중결을 위함이었을 것이다. 이런 일이 일어날 것을 이미 알고 있었을지도, 함께 적극적으로 일을 도모하였는지도 알 수 없는 일이다.

옳지 않다. 의도는 어떠한지 몰라도 방법이 틀렸다. 그러나 저 표정을 보며 더 책망할 수 없었다. 잘못임을 알아도 눈 감을 수밖에 없는, 어쩔 수 없는 선택이었던 것이다. 그렇다면 그의 마음에 실린 무거운 짐을 나누어지는 것이 지금 그녀가 할 수 있는 유일한 일이었다. 마치 자신을 납득시키듯 한숨과 함께 가느다란 체념의 목소리를 흘려 냈다.

"아버지를 위함이라면 어쩔 수 없겠지요."

아니다, 유화야. 이 모든 건 너를 위한 일이야.

제는 금방이라도 튀어나올 듯한 말을 삼키기 위해 입술을 깨물었다. 자신의 탓도 아닌 일을 두고 스스로를 자책하는 여린 여인의 마음에 납덩이만 얹히게 할 말을 들려주어서는 안 되었다.

조금 더 시간을 두고 신중하게 궁리하면 다른 해결책이 있었을 것이다. 그러나 급박하게 돌아가는 상황에서는 여유를 부릴 틈이 없었다. 그자에게 연통을 넣기 전에도 몇 번이나 고민했다. 그러나 유덕의 목소리는 끈질기게 남아 시시때때로 그를 괴롭혔다. 유화를 잃게 된다는 생각만으로도 두려움이 물밀 듯 밀려왔다. 사랑스러운 연인을 외롭게 하는 것으로 모자라 지키지도 못한다면 티끌 만한 자격조차도 없었다.

제는 입 밖으로 꺼내지 못하는 생각을 마음에 한가득 품고 그녀를 꼭 끌어안았다. 유화가 그의 가슴에 얼굴을 파묻었다. 자신의 것인지 상대의 것인지도 알 수 없는 떨림이 온몸으로 번져들었다.

十二.
變化(변화)

"이제야 일들이 제대로 매듭지어진 것 같구나."

"오라버니들께서 싫어하지 않으시겠습니까."

유화는 맞은편에 앉은 강 씨를 낯선 눈길로 응시하다 천천히 대꾸했다. 여느 사람에게는 심상하게 들릴 목소리의 변화를 유화는 정확하게 감지해 냈다. 오래도록 꾸어 온 꿈을 마침내 현실로 바꾸어 낸 이의 만족감이 담겨 있었다.

유화가 제의 소맷부리를 잡아당겼던 밤, 그녀의 우려는 현실이 되었다. 그다음 날이었던가, 중결을 찾아간 유화는 뒤늦게 사실을 알게 된 이의 노성이 사랑을 넘어설 듯 쩌렁쩌렁하게 울리는 것을 들으며 발길을 돌렸다.

밤 깊도록 대문 근처를 서성이다 귀가하는 제를 붙잡고 이것 저것 캐물었다. 제가 몹시 피곤한 목소리로 순순히 대꾸했다. 이 모든 일의 장본인으로 지목된 유덕에 대한 중결의 분노는 상당했으나 강 씨가 그를 누그러뜨렸노라고.

그러나 유덕은 개경을 떠나게 될 것 같다는 말도 함께 전했다. 아비의 분노를 견디지 못하여 쫓기듯 떠나는 것일까, 지금의 사태가 못마땅하여 제 발로 나가 버린 것일까. 어찌 되었든 죽 쑤어 개 준 꼴이라고 이를 갈았겠지.

생각에 잠겨 있던 유화의 귀에 강 씨의 목소리가 닿았다.

"싫어한들 어찌할 것이냐. 전하께서 명하신 일이고 신료들이 따를 것인데."

전하.

잊고 있던 사실을 상기시키는 호칭에 숨이 턱 막혀 왔다.

중결이 왕위에 올랐다. 아직 국호는 그대로였고, 어떻게 바꿀 것인지에 대해서도 의견이 분분한 모양이었지만 중요한 건 국호 따위가 아니었다. 새 왕의 뒤를 이어 나라를 이끌어 갈 세자 책봉과 관련된 문제가 쟁점으로 급부상했다.

가장 뒤탈이 없는 선택은 고례로 그러하였듯 장자를 세자로 삼는 것이었다. 그러나 중결의 장남은 이미 몇 해 전 그와 노선을 달리하여 산속에 숨어들었다. 둘째인 광원은 전장을 누비는 무인이었으나 직책이 무거워지는 것을 달가워하지 않았다.

공(功)으로 따지자면 유덕이 제일임은 모두 인정했으나 세자로 삼을 만한 인물인지에 대해서는 의견이 갈렸다. 가장 강력한 반대를 표한 것은 아마도 강 씨와 종지였을 것이다.

아무 위협도 되지 아니할 누이에게조차 냉담하게 굴었던 사내가 무소불위의 권력을 쥐게 되면 자신의 소생들에게 몰아칠 태풍이 두려웠을 여인과 자신의 꿈을 투영하기에는 지나치게 성격이 강한 젊은이를 마땅치 않게 여겼던 사내.

결국 유덕은 옥좌와 멀어졌다. 대신 강 씨 소생의 두 소년을 두고 갑론을박이 이어졌다. 큰아우 대신 막내가 선택된 것은, 큰아우가 거칠고 고집스러우며 경박하기 때문이라 하였던가. 아니, 기실 예전 왕실의 혈족과 혼인한 것이 원인이었을 터였다. 그러나 큰아우는 그에 별다른 이의를 제기하지 않고 사랑과 내실, 후원을 오가며 한가로이 지내고 있다 했다.

유화는 막내의 어깨에 얹힌 짐이 너무나도 무겁다는 생각을 했다. 그러나 그녀가 어찌할 수 없는 일이었다. 부질없는 생각을 그만두고 눈을 돌리자 예전에 비해 훨씬 호화로워진 방과 강 씨의 옷차림이 눈에 들어왔다. 강 씨의 마땅치 않은 눈초리를 느끼며 서둘러 자리에서 일어났다.

유화는 건물을 나서자마자 잠시 걸음을 멈추고 숨을 크게 들이마셨다. 새파란 하늘 아래 붉게 물든 나무 사이로 달콤한 향기가 실려 왔다. 국화 내음이었다. 그녀의 집 후원에도 국화꽃이 아무도 감상해 주는 이 없이 쓸쓸히 물결치고 있으리라.

꽃을 심어 감상하는 취미가 없는 후원의 주인과 즐기기 위해 소담한 국화를 심었으나 그를 즐길 새도 없이 가을이 깊어 가고 있었다. 꽃을 함께 바라보아야 할 이는 몹시 바쁘고 중요한 사람이 되어 있었다.

나라를 세우는데 혁혁한 공을 세웠다고 하여 군(君)에 봉해졌다. 유화의 아들들과 함께 의흥친군위절제사(義興親軍衛節制使)라는, 유화로서는 도무지 알 수 없는 긴 직함을 달았다.

그리고 긴 직함만큼이나 기나긴 밤이 찾아들었다. 형설지공

의 마음으로 학문을 익히면 경서에 통달할 것 같을 정도로 길고
길었다.

그러나 아무리 책을 읽어도 달은 기울지 않고 잠을 청해도 새
벽은 쉽게 밝아 오지 않았다. 사랑하는 남편이 예전에 비해 더
없이 귀한 사람이 되었다고 하는데도 마음은 하나도 즐겁지가
않았다.

"네 마음에 깃든 이가 큰 뜻을 품은 사내가 아니어도 괜찮다.
남들보다 작아 보이는 꿈의 바깥에 남는 만큼 너를 위해 마음을
쏟아 줄 것이야."

파리한 얼굴로 누워 있던 큰어머니의 목소리가 귓가에 울리
는 것 같아 고개를 저었다. 스스로 큰 뜻을 품지 않아도 주변이
그를 내버려 두지 않았다. 그래도 괜찮다고 생각했다. 그의 다
정한 미소 한 번으로 오랜 벗이나 다름없는 외로움을 아무렇지
도 않게 견뎌 낼 수 있으리라 생각했다.

오만이고 오산이었다. 점점 더 커지는 사내의 위용만큼 외로
움이 드리우는 그림자도 짙어지고 있었다. 그 그림자에 짓눌려
버릴 것만 같아 더럭 겁이 났다.

"너도 결국은 큰 꿈을 그리는 사람인 것이겠구나."
"사내라면 누구나 그러할 것이야."

정유에게 묻고 대답을 얻었던 기억이 아스라하게 밀고 올라

왔다.

그때 익숙한 목소리가 또렷하게 들려와 걸음을 멈추었다. 고개를 돌리자 이미 성인이 되어 버린 오랜 벗이 눈에 들어왔다. 예의와 격식을 갖추어 그녀에게 재차 인사를 건네었다.

"궁주님을 뵙습니다."

"오랜만이군요."

"홀로 오신 겁니까."

"날이 밝은 데다 대로로만 다니니 위험하지 않습니다."

"꺼리지 않으시면 모셔다드릴까 합니다."

딱히 거절할 이유가 없어 유화가 고개를 끄덕였다. 정유가 몸을 돌리자 옷자락이 펄럭였다. 걸음걸이는 흔들림 없이 꼿꼿했다. 그의 아비인 종지가 절로 떠오르는 몸가짐에 유화가 어렴풋한 미소를 머금었다. 천천히 그 뒤를 따라 걸음을 딛기 시작했다.

대문간에서 헤어질 생각이었다. 그러나 어쩌다 보니 후원의 정자 안에 작은 상을 두고 마주 앉아 국화를 함께 감상하는 처지가 되었다.

몇 마디 되지 않는 짧은 대화를 통해 정유의 근황을 알게 되었다. 혼인을 한 지 얼마 되지 않았으나 몇 달이 지나면 아버지가 될 예정이었다.

사람을 대하는 것을 썩 즐기지 않아 보이던 연초와는 다르게 사람들과 왁자하게 어울리는 것을 즐기는 듯도 했다. 일 년도 채 흐르지 않았는데 소년은 전혀 다른 사람이 되어 있었다. 과거에 머물러 있는 것은 그녀뿐이었다.

정유는 유화가 이따금씩 말을 멈추고 찻잔에 입술을 대며 그의 표정을 살핀다는 사실을 알아챘다. 무언가 하고 싶은 말이 있으나 쉬이 꺼내지 못하는 눈치였다. 별 의미 없는 대화가 잠깐 멈춘 사이에 정중한 어조로 유화에게 말을 건넸다.

"하실 말씀이 있으십니까."

"어린 시절의 정리에 기대어 묻고 싶은 것이 하나 있습니다."

유화가 말을 잇지 않고 다시 잔을 들어 입술로 가져갔다. 정유가 그녀를 바라보며 무의식중에 자세를 정돈하고 옷자락을 털었다.

당사자는 알지 못하겠지만 그 모습은 옷자락을 펄럭이던 뒷모습보다도 훨씬 더 그의 아버지와 닮아 있었다. 촉망받는 수재는 필경 부친과 뜻을 함께하고 있을 것이니 부질없는 질문이 되리라는 예감이 들었다.

그러나 한 번 꺼낸 말을 도로 담을 수 없어 천천히 입을 열었다.

"세자 저하에 대해 어찌 생각하십니까."

그 아이가 세자가 된 것은 과연 온당한 일일까요.

어린 시절의 벗은 여인의 말에 숨어 있는 속뜻을 읽어 냈다. 듣는 귀가 없어도 선뜻 답하기는 곤란한 질문이었다.

정유가 고개를 숙여 자신의 손을 바라보고는 몇 번 쥐었다 펴기를 반복했다. 옷자락 하나 남겨 놓지 않고 날아간 어린 시절의 첫사랑이 있었다.

다시 고개를 들어 유화의 눈을 응시했다. 길지 않은 시간 동안 변해 버린 자신이 부끄러울 정도로 맑은 눈동자가 그의 앞에 놓여 있었다.

어릴 적에 그러하였듯 그의 아버지가 문객들과 나누던 이야기를 상기했다. 어린 소년은 아무것도 제대로 기억하지 못하였으나 세상에 눈을 뜬 청년은 마치 제 생각인 양 이야기를 술술 풀어놓을 수 있었다.

"전하께서는 세상을 호령하실 수 있는 분이지만 왕이라고 하여 누구나 다 그런 능력을 갖추고 태어난다고는 볼 수 없습니다. 한 나라가 흥망성쇠를 겪는 것은 후대의 왕들이 창업주의 훌륭한 자질을 모두 이어받지 못하기 때문입니다. 그렇기에 왕에게 모든 것을 걸어서는 아니 될 것입니다. 군왕이 갖추어야 할 자질은 뛰어난 재능을 갖는 것이 아니라 유능하고 훌륭한 신료를 알아보는 안목, 그를 곁에 두고 그의 간언을 받아들일 줄 아는 아량을 갖추는 것입니다. 작금의 상황에서 그것을 갖추고 있는 이는 세자 저하뿐입니다."

왕에게 필요한 것은 스스로의 유능함보다 신료를 알아보는 안목이다. 그러니 왕은 훌륭한 신하를 등용하여 그들이 마음껏 뜻을 펼 수 있는 장을 마련해 주면 그만이다. 정유의 입술에서 흘러나온 말은 다른 이들의 귀에 들어가면 위험할 법했다. 게다가 그 자신이 동분서주하며 일을 처리해 나간 유덕이 왕이 된다면 절대 가능할 리 없는 논리였다.

유화가 짧게 한숨지었다. 중결은 본디 왕의 자리에 뜻이 없던 무인이었지만 그 아들들은 아비가 옥좌에 오르는 날까지 전력을 다했다. 군사를 움직이고 손에 피를 묻히면서 장차 아비의 자리가 자신의 것이 되리라는 기대감도 가졌으리라. 그러나 후계의 자리는 아무것도 한 일 없는 유약한 서생 같은 아이에게 돌아갔다.

과연 순순히 왕의 재목이라 인정하여 줄 것인가. 고작 그 정도의 권위를 가지는 왕은 허수아비와 다름없다며 날 선 반응을 보이지는 아니할까.

그러나 그녀에게는 아무런 힘이 없다. 그저 지켜보는 것 외에는 방책도 없다. 무겁게 고개를 끄덕이는 유화의 뇌리에 몹시 빛바랜 질문 하나가 떠올랐다.

"혼인을 올리고 나니 행복하십니까."

"이 시기에 행복과 혼인을 어찌 하나로 엮어 생각할 수 있겠습니까. 행복은 나라를 안정시키는 데 일조한다는 보람에서 올 것이고, 불행이란 사사로운 일에 정신이 팔려 뜻을 펼치지 못하는 데서 올 것입니다."

정유의 입가에 희미한 미소가 걸렸다. 언젠가 그가 유화에게 같은 질문을 건넨 적이 있었다.

"행복하니?"

"어떤 느낌인지는 너도 때가 되면 알지 않을까."

그러나 그것은 유화만의 것이었다. 그때까지만 해도 이루어지지 않은 풋사랑에 가슴을 앓던 소년은 성인이 되었다. 혼인 상대에 대한 감정 대신 가슴에 품은 뜻을 얼마나 이루었는가를 행복의 척도로 보았다. 그는 그녀와 다른 세상에 사는 사람인 것 같았다.

정유가 몸을 반쯤 일으키자 유화가 먼저 자리에서 일어났다. 그를 배웅하려 몇 발짝 딛다 그가 완전히 일어서는 바람에 옷깃이 스칠 정도로 가까이 붙어 섰다. 숨결이 고스란히 이마에 닿을 정도로 가까운 거리였다.

오래전 잃어버린 두근거림이 고스란히 살아나는 것 같아 정유가 심호흡했다. 심장 소리가 전해질까 두려울 정도로 지척이었다. 깊은 밤에 손목을 잡았을 때에도 이렇게 가까운 거리에서 소녀를 바라보지는 못했다. 충동적으로 입을 열어 자신도 예상하지 못한 이야기를 유화의 귓가에 속삭였다.

"만약 너였다면 달라졌을 거야, 유화야. 지금 같지는 않았겠지."

그러나 정유는 곧 뒤로 물러났다. 자신의 경솔함을 자책하듯 손끝으로 관자놀이를 지그시 눌렀다 갓끈을 매만졌다. 무감한 어조로 예를 갖추어 허리를 굽히고 고개를 숙였다.

"궁주님과 어린 시절의 정리를 이야기할 수 있으니 자손만대에 길이 전할 영광이옵니다."

객이 떠난 정자로 돌아온 유화가 가만히 자리에 앉았다. 맞은편의 빈 방석, 차가 반쯤 남은 잔, 손도 대지 않은 다과가 방금 누군가 다녀갔음을 알려 주고 있었다. 그러나 채 식지도 않은 차를 보아도 대화를 나눈 일이 몹시 오래된 것처럼 아스라하게 느껴졌다. 진한 국화 향이 넘실대며 모든 것을 흐릿하고 불분명하게 만드는 것만 같았다.

바람이 일렁이며 그리움을 불러들였다. 여간해서는 지워 낼 수 없을 것 같던 국화 향이 흩어져 갔다. 그럼에도 유화는 꼼짝 않고 자리에 앉아 있었다.

바람을 몰고 온 이가 먼저 말을 건넸다.

"객이 다녀갔소?"

"퇴궐하는 길에 정유를 만났습니다."

한참 말없이 서 있던 제가 고백하듯 중얼거렸다.

"신경 쓰이지 않는다고 하면 거짓이오."

유화가 고개를 들었다. 눈이 마주치자 몹시 느리게 입을 떼었다.

"그가 한때 그대를 마음에 담았음을 알고 있으니."

자신을 마음에 담은 이를 거절한 것과 마음에 품은 연인에게 거절당한 것은 모두 같은 밤에 일어난 일이었다. 소년의 청혼을 단번에 간파하고 그녀를 향한 마음을 숨겼던 사내는 이후에 단 한 번도 그 일을 입에 담은 적 없어 그녀조차 잊고 있었다. 그 밤, 그 순간에 그가 있었음을. 유화가 가볍게 한숨을 내쉬었다.

"생각이 짧았습니다."

"어린 시절의 벗인데 무엇을 염려할까."

제가 고개를 저었다. 세월이 흘러가도 본성은 변하지 않았다. 거절하는 말 한마디에 그대로 마음을 접은 채 물러나 버린 소년의 성정은 의심할 것도 없었다. 나이를 먹고 성숙해진 지금의 분별은 그때보다도 더 뚜렷할 것이었다. 더군다나 상대는 일국의 공주, 충심으로 모셔야 할 왕의 딸이었다.

설령 미심쩍은 데가 있다손 치더라도 무어라 책할 수 없었다. 온종일 곁에 두어도 그리움이 가시지 않을 연인을 외롭게 만들고 있는 건 자신이었다.

유화가 자리에서 일어났다. 아직 노을이 붉게 물든 저녁 하늘 반대편에는 희미하고 창백한 달이 떠올라 있었다. 그 달을 보다 쓸쓸하게 중얼거렸다.

"아이가 있으면 좋겠습니다."

손을 꼽아 날짜를 헤아리려도 한 달이 지나면 어김없이 선명한 붉은 흔적이 남았다. 밤을 외로이 지새울 때가 많으니 어찌할 수 없다고, 때가 되면 하늘이 내려 줄 것이라 마음을 굳게 먹으려 해도 붉은 흔적을 마주하면 마음이 무너져 내렸다.

"제 몸으로 품어 낳지 아니해도 좋으니 나리를 닮았으면 더 기쁘겠습니다."

조용한 말투에서 진한 외로움이 묻어났다. 하나뿐인 정인이 누군가에게 곁을 허락하는 날이 올까 조마조마한 마음을 비추던 여인이다. 그러나 그녀의 것으로는 어울리지 않는 목소리에 마음이 아파 온 제가 유화를 당겨 꼭 끌어안았다.

❇   ❇   ❇

"세자 저하."

"그리 부르지 마십시오, 누님."

"이 사실을 어머니께서 아시면 그냥 넘어가지 않으실 테지."

유화가 방그레 웃었다. 그녀의 아우는 편히 대하라 말하면서도 예의를 갖춘 공손한 말씨를 썼다. 꼿꼿한 자세로 앉은 모습에서는 위엄마저 느껴졌다. 세자의 자리에 오른 지 불과 반년

만에 전혀 다른 사람이 되어 있었다. 자리가 사람을 만든다는 말이 옳은지, 세월이 소년을 성인으로 만든 것인지 잘 알 수 없었다.

유화가 어머니라는 말을 입에 올렸을 때 웃은 것은 혼자가 아니었다. 세자가 빙그레 미소하는 것을 보다 눈을 반짝였다. 주변을 살펴 시중드는 이들이 저만치 떨어져 있는 것을 확인하고는 자세를 바로 했다. 입술 끄트머리에 힘을 주고 턱을 당기며 눈을 살짝 치뜨며 상대를 바라보았다. 한술 더 떠, 살짝 내리깐 근엄한 목소리를 냈다.

"유화, 아니 궁주는 어찌하여 아직도 행동이 그리 경박하오? 세자도 그렇습니다. 어린 시절을 잊지 못하여 사사로이 행동하여서야 어찌 이 나라의 명운을 책임질 수 있겠습니까."

세자가 소리 내어 웃었다. 유화가 젊었을 적의 강 씨를 닮았다는 말은 귀에 못이 박이도록 들었지만 사실 거의 실감하지 못했다. 서로 판이하게 다른 분위기가 외모를 압도했던 까닭일 것이다. 그러나 지금의 유화는 표정부터 말투에 이르기까지, 어머니가 젊어져 눈앞에 나타난 것 같은 착각이 들게 할 정도였다.

유화가 재빠르게 다시 주변을 둘러보았다. 가벼운 너털웃음 정도는 심상하게 넘어갈 만하였으리라는 확신을 얻고서야 비로소 미소를 띠었다. 세자가 웃음을 거두고 말을 건넸다.

"어마마마의 책망이 두려우신 모양입니다."

"전혀. 아버지께서 예전처럼 지내도 괜찮다고 하셨는걸."

유화는 단호하게 부정하면서도 코끝을 살짝 찡그렸다. 강 씨의 잔소리는 두렵지 않아도 귀찮고 성가셨다. 슬금슬금 눈치를 보아 가며 언행을 달리하는 스스로가 마치 짓궂은 장난꾸러기 꼬마 같다는 생각도 들었다. 그렇다고 부모 형제에게 마치 남을 대하듯 딱딱한 어조로 말을 하는 것도 내키지 않았다.

무심결에 손을 모아 쥐다 치마 위에 얹어 놓은 꽃줄기를 스쳤다. 살짝 집어 들어 그들 사이에 놓인 책상에 얌전히 내려놓았다. 가느다란 줄기에 촘촘하게 매달린 보랏빛 꽃송이에서 엷은 향기가 피어올랐다.

"누님이로군요."

세자가 약간 멍한 목소리로 중얼거렸다. 모란이나 국화가 아니라면 꽃으로도 치지 않을 것 같은 모친이 어찌 저런 소박한 꽃을 딸의 이름으로 삼았을까. 어린 시절부터 오래 품어 온 의문을 지금에 이르러서야 왠지 납득할 수 있었다. 무어라 딱 꼬집어 말하긴 어려웠지만 누이와 비슷한 데가 있었다.

"말려서 베개에 넣으면 금슬이 좋아진다더라고. 방금 여기에 들어오기 전에 보고 꺾은 것이니 어디 말릴 새가 있었어야지. 빈궁이 알면 틀림없이 시누이의 가당찮은 오지랖이라 여길 테고 이런 걱정 따위 부질없을 것처럼 무척⋯⋯."

"누님이 이리 다정하신 분인 줄 알았으면 혼인하시기 전에 좀 더 잘해 드릴 걸 그랬습니다."

다소 호들갑스러운 유화의 목소리를 부드럽게 가로막은 세자가 꽃줄기를 서안 옆에 내려놓았다. 유화가 살짝 아미를 찌푸렸다. 더 잘해 주었어야 하는 건 어린 동생이 아니라 한참이나 손위인 그녀였지만 아우들과 친밀하게 지내기 위한 노력은 기울이지 않았다. 이런저런 핑계를 댔지만 진짜 까닭은 그녀의 안에 자리하고 있었을 터다. 아마 내당의 어머니가 그들을 귀하게 끼고도는 것에 질투를 느꼈기 때문은 아닐까.

유화가 서둘러 화제를 돌렸다.

"고운 여인을 세자빈으로 맞게 되어 기쁘겠구나."

"저도 그리 생각합니다."

세자의 표정과 말투는 어딘가 시큰둥해서 유화가 고개를 갸웃했다. 조금 전 만나고 온 세자빈은 차마 질투심이 일지 못할 정도로 자색이 고왔다. 옥구슬이 굴러가는 듯한 목소리, 화용월태라는 말은 틀림없이 저런 이를 이른 것이리라 내심 감탄했을 정도였다. 그런데 저렇게 밍밍한 반응이라니, 의외였다.

문득 며칠 전 큰아우를 찾아갔을 때가 떠올랐다. 우아하고 다소곳한 태도를 지닌 여인이 안방에 앉아 그녀를 맞이했다. 사랑에 있다가 건너온 아우는 담소를 나누는 와중에도 종종 그의 부인을 향해 따스한 눈길을 보냈다. 어쩌면 그의 것이 될 수도 있었을 귀한 자리가 그의 장인 때문에 멀어져 버린 사실을 알고 있을 텐데도 아내를 향하는 눈빛이 퍽 다정했다. 자신이 세자가 될 수 없었던 연유를 아무렇지 않게 입에 올리며 호탕하게 웃었다.

잠시 잠깐의 겉모습으로 모든 걸 판단할 수는 없을 것이다. 하지만 그녀의 눈에 비친 막내는 더 귀한 존재가 되었음에도 만족스럽기보다는 지친 기색이 역력했다. 어깨에 얹힌 짐이 너무도 무겁다 여기고 있기 때문일까. 유화가 머리를 흔들며 밝은 목소리를 냈다.

"너에 대해 칭송이 자자하더구나. 장차 훌륭한 군왕이 될 것 같다고."

"수업에 시달려 쇠약해지고 책 더미에 파묻혀 질식하지 않으면 말입니다, 누님."

말투는 온화했지만 내용은 그렇지 않았다. 유화가 당황하여 세자의 얼굴에 시선을 고정했다. 그녀가 알고 있는 아우와는 사뭇 다른 도전적인 표정이 그녀를 향하고 있었다. 말이 없는 그녀에게 낮고 건조한 목소리로 말을 건네었다.

"이날이 오기까지 저는 그저 어머니의 치마폭에 있었을 뿐입니다. 아무리 노력하여도 아버님은 물론이고 형님들의 발끝에도 미치지 못할 것이니 이 자리는 제 것이 아닌가 합니다."

"네가 너를 의심한다면 누가 너를 믿을 수 있을까."

유화가 고개를 저으며 대꾸했지만 아우의 표정이 서글퍼 가슴이 찌르르 울려왔다. 누군가의 뜻을, 크게 그린 꿈을 이루기 위해 어찌 다른 이들의 바람과 평온한 일상이 희생되어야 하는 것일까 의문을 품었다. 그러나 이 생각은 그녀의 마음에만 담아둘 것이지 다른 이들, 특히 눈앞의 아우에게는 할 수 없는 말이었다. 짙은 그늘을 드리운 얼굴을 보며 짐짓 생긋 웃어 보였다.

소년이 한숨을 내쉬었다. 아직도 순진한 소녀 같기만 한 누이의 얼굴을 바라보다 웃어 버렸다.

그날 저녁, 서편 하늘이 노을에 붉게 물들어 가기 시작할 무렵이었다. 낮에 있었던 이야기를 늘어놓던 유화가 말을 멈추고 옅은 한숨을 섞어 중얼거렸다.

"빈궁께서 어찌나 다정하시던지 도리어 마음이 불편해질 정도였습니다."

"불편해질 정도의 다정함이라는 건 대체 어떤 것이오?"

"낭군께서는 모르셔도 됩니다."

왠지 능글맞게 들리는 질문 탓인지 미처 생각을 가다듬기도 전에 말이 먼저 튀어나왔다. 제대로 마주한 건 오늘이 처음인데도 어찌나 살갑게 대하던지 온몸이 근지러워지는 느낌이었다. 어색한 자리에서 미소를 짓고 있노라면 입가에 경련이 일고 몸이 옴찔거리는 그녀와는 타고난 성향 자체가 다른 모양이었다. 상냥한 태도를 대하며 어느 사내가 저 모습에 마음이 녹아내리지 않을까 생각했던 것이다. 그토록 믿음직한 남편도 사내의 성정은 지니고 있을 터이니 굳이 알려 주어 좋을 게 무엇이랴. 제가 말을 더 이어 가기 전에 서둘러 화제를 바꾸었다.

"이 시간에 여기 계셔도 괜찮으십니까."

"부인이 나를 반기지 아니하면 돌아가야지요."

제가 자리에서 몸을 일으켰지만 유화는 그를 만류하는 대신 고개만 들어 올려다보았다. 부러 그러는 행동 같긴 하지만 실은 바쁜 일정을 쪼개어 여기에 앉아 있는 것이리라. 돌아가는 편이 마음 편하다면 그리하는 게 나았다. 병권의 일부를 쥐고 있다는 것은 그녀의 아비를, 나라를 지키고 있다는 뜻과 다르지 않았다. 그런 이가 자신과 한가로이 노닐 수 있을 만큼 여유를 지니고 있을 리 없었다.

제가 유화의 얼굴을 바라보다 도로 자리에 앉았다. 그를 붙잡지 않고 치마폭 위에 포갠 손을 감싸며 가녀린 어깨를 끌어당겼다. 유화가 그의 어깨에 머리를 기대고 진심의 한 조각을 조심스레 드러냈다.

"아버지의 총애가 과하다 시기하는 이들이 늘어났겠지요."

"내 마음이 부끄럽지 아니하니 염려치 않소."

"낭군을 일러 계집의 치마폭에 둘러싸여 있다 말하는 이가 생
길까 두렵습니다."

"진실이 아닌 이야기들에 귀를 기울이는 것만큼 어리석은 일
도 없다오."

제의 부드러운 목소리는 믿음직했으나 유화의 마음은 무거웠
다. 그저 곁에 있어 주기만 해도 좋을 것이건만 너무나 큰 사람
이 되어 있었다. 기실 고작 그깟 지위로 남들의 입방아에 오르
내리는 것이 아까울 정도로 본디 지닌 자질이 범상치 아니하였
던 것이리라. 그녀의 존재가 오히려 걸림돌인 건 아닐까, 홀로
마음에 품은 고민은 나날이 커져 가기만 했다.

신록이 넘실대는 후원 여기저기를 배회하던 유화의 눈길이
한곳에 고정되었다. 낮에 아우에게 건네었던 것과 꼭 같은 꽃송
이를 피워 내는 덩굴이 나무를 휘감아 올라가고 있었다. 가느다
란 줄기 끄트머리에 매달린 조그만 보랏빛 꽃에서는 비장한 듯
악착같은 느낌마저 받았다. 유화가 손을 들어 가리켰다.

"저 덩굴이 꼭 저 같은가 합니다."

제의 시선이 그녀가 가리키는 쪽으로 이동했다. 처음 심을 적
에는 가느다랗게 뻗어 올라가던 등덩굴이 지금은 거목을 단단하
게 휘어 감고 있었다. 덩굴 끄트머리에 흐드러지게 매달린 연보
랏빛 꽃망울들이 눈에 들어왔다. 조그만 소녀가 훌쩍 자라 고운
여인이 되어 그의 곁에 있는 것처럼, 그가 다가가 허리를 감싸

안아 들면 목을 둘러 오는 그 손길처럼.

"스스로 꽃을 피워 낼 줄 모르는 나무에 피어나는 꽃처럼 귀한 것이 또 있을까."

그가 유화를 향해 몸을 돌리자 얼굴이 서로 코끝이 닿을 듯 가까워졌다. 유화는 따스하게 반짝이는 까만 눈동자 안에 담긴 여인을 발견했다.

거울로 익히 보아 온 얼굴에 담긴 표정은 몹시 낯설었으나 어떤 감정인지는 금방 알아차릴 수 있었다. 눈동자의 주인에 대한 지극한 연모의 정, 그녀의 연인이 늘 그러한 표정을 보여 주지 않았던가.

유화가 시선을 비스듬하게 내리깔았다. 애초부터 도도하고 새침하게 굴어 본 적은 없었지만 이러한 표정을 보여 주고 있었으리라 생각하니 왠지 부끄러웠다. 문득 등덩굴에는 한 남자를 사이에 둔 자매의 슬픈 사랑에 대한 전설이 얽혀 있음이 기억났다. 오로지 그녀만을 향하는 그의 마음을 알면서도 투정 부리듯 작게 속삭였다.

"여인은 저 하나로 만족하십시오."

"그대만으로도 그리움이 차고 넘치니 마음에 다른 여인을 담을 자리가 없소."

달콤한 속삭임이 귓가에 흩어지자 유화의 가슴이 두근거렸다. 그의 행동 하나하나에 담긴 애정은 의심할 나위 없이 깊었으나 말로 듣는 것은 또 다른 느낌이었다. 귓전을 떠나지 않고 맴도는 목소리 때문인가, 입술이 잠겨 드는 온기와 그새로 스며드는 움직임이 유달리 나른하고 아득하게 했다. 유화의 몸이 미끄러지듯 흘러내렸다.

✻   ✻   ✻

아직도 동편 하늘이 밝아 오려면 한참이나 남은 이른 새벽이었다. 깜깜한 어둠 속에서 보이는 것은 아무것도 없었지만 고른 숨소리는 귓가에 선명했다. 한참 동안 그 평온한 숨소리를 들으며 어둠에 눈이 익기만을 기다렸다. 천장을 칸칸이 나누고 있는 나무 모양을 어렴풋하게 구분할 수 있을 즈음 천천히 고개를 돌렸다.

목덜미에는 베개가 아니라 따스한 체온을 품은 팔이 닿아 있었다. 고개를 살짝 들어 깊이 잠든 뺨에 입 맞추고는 부드러이 미소했다.

상대의 잠을 깨우지 않으려 조심스레 몸을 돌렸지만 예상하지 못했던 손길이 그녀의 허리를 휘감았다. 잠든 줄 알았던 낭군이 그녀를 끌어안고 어깨에 고개를 파묻었다. 따스한 체온이 온몸을 감싼 채 떠날 생각을 하지 않았다.

"깨어 계셨습니까?"

"꼬리를 감춘 여우가 닭을 취하러 갈까 싶어 실눈을 뜨고 지키던 참이었소."

"자는 척하는 것은 옳지 못한 취미입니다."

유화가 투덜거리자 낮은 웃음소리가 뒤따랐다. 그는 유화의 움직임이 조금이라도 갑작스러우면 반사적으로 눈을 뜨고 경계하는 태세를 취했다.

지금도 말은 그녀를 지키고 있다 했지만 사실은 잠들어 있다 깬 것이 분명했다. 익숙한 일이었지만 그런 식으로 잠을 깨워 버리는 것은 늘 미안했다. 그런 유화의 마음을 아는지 모르는지, 제가 그녀의 머리채 끄트머리에 매달린 댕기를 풀어내고 있었다.

"무슨 생각이십니까?"

"아무리 둔갑한 여우라 해도 이렇게 풀어헤친 머리로는 밖으로 나갈 염도 하지 못하겠지."

"귀신인 줄 알고 사람들이 놀랄 터이니 정체를 들키지 않을 수 있어 더욱 가벼운 마음으로 나가지 않겠습니까."

악의 없는 놀림은 가벼운 코웃음으로 넘기면 그만이었다. 유화가 몸을 돌려 그의 품으로 파고들었다. 댕기를 끌러 내도 땋인 형상을 유지하는 머리칼 사이로 제가 손가락을 넣어 천천히 미끄러뜨렸다. 손가락 사이로 흘러내리는 매끄러운 느낌은 언제고 퍽 마음에 들었다. 등 뒤에서 몇 번이고 쓸어내리다가 까만 물결이 흘러내리기 시작하는 정수리에 입 맞추었다.

"그대의 것이라 생각하면 머리카락마저 사랑스러워서 견딜 수 없소."

한 쌍의 연인은 이태가 훨씬 지나도록 다정함을 잃지 않았다. 혼인을 앞두었던 어느 날, 유화를 향해 유모가 걱정스럽게 경고했다. 온 마음을 다해 얻으려던 여인이라도 일단 얻고 나면 사내의 마음은 식어 버리기 마련이니 전부를 주어서는 안 된다고. 적어도 지금까지 그 말은 기우에 지나지 않았다. 그리고 앞으로도 지금과 같은 날이 이어질 것임은 의심할 여지가 없었다.

그러나 지금껏 제가 유화에게 온전하게 곁을 내어 준 날은 거의 없었다. 외로움을 알지 못하는 척 활달함을 가장하여 생활한 것도 이태가 넘었다. 이제는 그가 없는 시간도 정말 즐거운 것인지 아니면 즐거움을 가장하는 것인지 스스로도 헷갈릴 지경이었다.

그러나 변함없는 사실이 있었다. 그가 곁에 있건 그렇지 아니하건 마음 가득히 차오르는 그리움은 그의 숨결 같은 속삭임과 봄바람 같은 손길을 받으면 한껏 피어올랐다. 이전까지 품었던 것보다 더 깊은 연정이 되어 버렸다. 지금도 그의 다정한 목소리에 온몸으로 열기가 번져 갔다. 유화가 고개를 흔들며 어리광을 섞어 대답했다.

"잠이 오지 않아요."

"어떻게 해야 우리 아씨를 재울 수 있을까."

그의 목소리에 스며든 은근한 뜻에 마음이 달아올랐다. 매끄러운 수면 위에 불어 든 미풍은 순식간에 격랑을 일으켰다. 여름 햇볕만큼 강렬하게 타오르던 정염은 희끄무레하게 여명이 밝아 올 즈음에야 겨우 잦아들었다.

유화의 어깨를 가볍게 토닥이던 손길이 점점 느릿해지더니 그대로 멈추었다. 그녀 역시 몸과 마음이 노곤할 정도로 나른하게 풀어졌지만 정신은 맑았다. 유화는 혹시라도 겨우 잠든 이를 깨울까 싶어 꼼지락거리고 싶은 마음도 애써 참았다. 겨우 고개만 살짝 돌려 방 안 곳곳을 살펴보았다. 혼자 지새운 밤이 함께 있던 밤보다 더 많은 것 같은데도 그의 향기가 짙게 배어들어 있었다.

마지막 날에 혼자가 아니어서 다행입니다, 오라버니.

"유화……."

제는 마치 유화가 마음속으로 그를 부른 것을 아는 것처럼 중얼거렸다. 유화가 화들짝 놀라 그를 돌아보았지만 깨어난 것 같지는 않았다. 유화의 눈길이 그의 입술 위에 머물렀다.

제는 그녀가 오라버니라 부르는 것을 썩 달갑지 않게 여기는 눈치였다. 때문에 유화는 혼자 있을 때, 혹은 그가 잠들어 있을 때 나지막한 목소리로 불러 보곤 했다. 그러면 그가 처음 손을 내밀어 주던 그날, 가슴에 번져 오던 따스함이 고스란히 되살아났다. 그 탓인지 그가 아주 가끔 유화야, 불러 주면 그렇게 마음이 벅차오를 수가 없었다.

다정한 목소리를 들으니 이제야 때를 놓친 졸음이 밀려오는 것 같았다. 유화가 눈을 감고 다시 그의 품에 파고들었다. 잠잠하니 어깨에 얹혀 있던 손이 잠에 취한 듯 부드럽게 쓰다듬었다. 유화가 입안으로 웅얼거렸다.

"그곳에서는 조금만 더 많이 제 곁에 있어 주세요."

"서두르지 않으면 나리께서 다시 들어오시겠습니다."

유온의 목소리에는 웃음기가 섞여 있었지만 유화는 꼼짝 않고 거울에 비친 자신을 바라보았다. 평소와 비교하여 달라진 건 엷은 화장뿐이었지만 그 보습이 몹시 낯설었다.

"이상하지 않아요?"

"나리께 곱게 보이고 싶으신 마음이라면 충분하십니다. 천녀께서 하강하신 것 같습니다."

낯간지러운 소리에 유화가 고개를 휘저으며 얼른 일어났다.
연인에게 곱게 보이고픈 마음이야 늘 같은 것이지만 굳이 치장
할 필요까지는 느끼지 못했다. 지금도 그를 위하여 단장한 것은
아니었다. 아무 말도 듣지 못한 척 딴청을 부렸다.

"유온은 언제쯤 올 수 있을까요?"

"닷새 정도면 충분할 것 같습니다, 아씨."

"힘들겠지만 서둘러 주세요. 유온이 없으면 쓸쓸할 것 같으니
까요."

유화가 웃으며 방을 나섰다. 유온이 얼떨떨한 표정으로 그녀
가 사라진 자리를 바라보았다. 함께 지낸 지 두 해 남짓, 항상
다정하기는 했으나 감정을 좀처럼 표현한 적이 없는 아씨였다.
이내 그녀의 눈시울이 붉어졌다. 도련님이 없어도 명랑한 듯 지
내던 아씨의 마음 한편을 몰래 들여다보게 된 것 같아 가슴이
아팠다.

집 안 곳곳을 돌아보며 사소한 추억 하나하나를 되새기던 유
화가 문득 생각난 듯 빠르게 걸음을 옮겼다. 후원에는 이른 아
침부터 꽃망울을 터뜨린 고운 꽃이 풍겨 내는 향기가 가득했다.
두 해 전, 파랗게 돋아난 풀만 가득하던 뜰과 같은 곳이라는 생
각이 들지 않을 정도로 딴판이었다.

숨을 크게 들이쉬고 이리저리 시선을 옮기던 그녀의 눈길이
우람한 나무에 닿았다. 천천히 다가가 그 위에 손가락을 얹었
다. 듬직한 나무를 휘감아 가는 등나무 줄기를 쓰다듬다가 팔을
한껏 벌려 나무를 안았다. 다정한 온기가 뺨에 닿는 것 같아 지
그시 얼굴을 눌렀다.

"부인, 떠날 시간이오."

유화가 아쉬운 듯 팔을 떼고 몇 발짝 물러나 잠시 나무를 바라보았다. 아직 굳게 다문 채 활짝 피어나지 않은 꽃봉오리들이 많은 것은 못내 아쉬웠다. 발길을 돌리지 못하는 그녀의 등 뒤로 다시 부드러운 목소리가 울려왔다.

"유화야."

유화가 몸을 빙그르르 돌렸다. 오랜만에 만나는 반가움에 쪼르르 달려가는 어린 소녀가 떠오르는 경쾌한 발걸음이었다. 꽃을 발견한 기쁨에 나풀거리는 나비처럼 가벼웠다.

그 움직임이 만들어 낸 물결은 그녀가 사라진 뒤에도 한참 동안이나 후원에 남아 꽃 사이를 누비고 다녔다. 작게 찰싹이는 공기가 나무를 타고 기어 올라가 꽃잎 끄트머리를 살짝 건드렸다. 그 순간 굳게 다물려 있던 고집스런 꽃송이가 열리면서 은은한 향기가 퍼져 나왔다.

"이렇게 말을 달리는 것은 오늘이 마지막이 되겠지요?"

"아마도 그럴 것 같소."

제의 대답을 듣자마자 유화가 말에 박차를 가했다. 근래 들어 여인의 행동거지에 엄격한 잣대를 들이대는 일이 늘고 있다고 했다. 새 나라의 사조로 삼은 학문의 영향이었다. 수백 년을 이어져 온 것이 쉬이 바뀌지는 않아 아직은 몇몇 학자 십안에나 국한되는 일이었지만, 그녀의 아비는 왕이었다. 남의 눈을 의식하지 않을 수 없었다. 모범을 보이지 못하면 질타를 받게 되리라.

빠르게 내날리는 말 위에서 고삐를 꼭 쥔 채 고개를 돌렸다. 사람이 콩알만 하게 보이는 거리, 유온이 대문간에 서서 그들을 배웅하고 있는 모습이 아스라했다. 떠나온 집이 점점 멀어져 가고 있었다.

十三.
兆朕(조짐)

대문간에 등을 환히 밝혀야 하는 시간이 되어서야 가마 한 대가 대문 앞에 멈추어 섰다. 이제나저제나 한참을 기다리던 중년 여인이 두터운 포를 펼쳐 가마에서 내린 이의 어깨에 둘러 주었다. 가마에서 내린 여인이 섶을 여미듯 모아 쥐고는 몸을 돌렸다.

"추우시겠습니다, 아씨."

"괜찮아요."

"여태 오지 않으셔서 염려했습니다. 나리께서도 아니 계신 때라 마음이 놓이지 않습니다."

"어닐 오살 석마다 사람이 이리 따라붙는데 무얼 석성하십니까."

유화의 말에는 가시가 돋쳐 있었다. 그러나 그 날카로움이 유온을 향하는 것이 아님은 알고 있었다. 고개를 힐끔 돌린 유화와 눈이 마주친 자들이 그녀에게 공손하게 인사를 올린 뒤 소리 없이 멀어져 갔다.

유화가 못 볼 것을 본 듯 고개를 돌리며 몸서리를 쳤다. 그녀가 길을 나설 때마다 눈매가 날카롭고 행동이 날랜 자들이 따라붙었다. 유화를 지켜 주기 위함이라지만 가끔은 그들이 그녀의 등에 칼을 겨눌 것 같은 서늘함을 느끼곤 했다.

과한 신경증이리라. 유화가 한숨을 내쉬었다. 뿌얗게 흩어지는 입김이 추운 날씨를 말해 주고 있었다. 어깨를 움츠리며 대문 안으로 발을 들이고 안마당을 가로질렀다.

"세자빈으로 간택된 분도 만나셨습니까."

"뵈었지요."

"어떤 분이시더이까."

"엄격한 교육을 받고 다소곳하게 성장한 숙녀였어요."

"조만간 가례를 올린다는 소식이 들려오겠습니다."

"글쎄요. 가례는 나중에, 한참 뒤에 올릴 것 같았어요."

유화는 유온이 답지 않은 호기심을 드러내어 잠시 의아하게 생각하였으나 이내 납득했다. 세자빈을 내치고 새로 들이는 것이 어디 흔하게 있을 만한 일이던가.

이제는 폐(廢) 세자빈이라 불러야 할 여인, 한 번 눈길을 주면 좀처럼 눈을 돌릴 수 없을 정도로 곱던 여인을 세자는 그리 반기지 않았다. 유화가 쓸데없는 수다를 늘어놓으며 건넨 등꽃에 시선 한 번 주지 않았던 것도 그 때문이리라.

나라가 바뀌기 전에는 아들딸 구분이 적었다지만 딸보다는 아들의 교육에 더 신경을 쓰고, 아들 중에서도 장남에게 좀 더 높은 기대를 갖는 것이 보통이었다.

상대적으로 큰 기대를 받지 아니했던 막내가 갑자기 세자의 자리에 오르게 되었다. 자리에 앉아 책이나 읽던 백면서생 같은 소년의 주변이 송두리째 흔들렸다. 마음을 추스를 새도 없이 해야 할 일과 알아야 할 것들이 쏟아졌다. 다리가 휘청거릴 만큼 무거운 짐을 어깨에 짊어졌다.

갑작스럽게 변한 상황에 처한 소년에게는 자신을 돌아볼 여유조차 없었다. 당연히 고운 아내에게 나누어 줄 관심도 없었다.

고운 얼굴과 어여쁜 자태, 사랑스러운 목소리를 칭송받으며 지내 온 여인에게는 감당할 수 없는 시련이나 다름없었을 것이다. 남편을 대신하여 관심을 기울여 줄 그 누군가를 간절히 필요로 하였겠지.

어쩌면 그 상냥함과 애교는 외로움의 다른 표현이었을까.

유화가 조금 아픈 마음이 되어 속으로 중얼거렸다. 주변에서 아무리 추어올려도 원하는 이에게 바라는 관심을 얻지 못하면 아무 소용없음은 이미 겪어 아는 일이었다.

그녀는 가장 외로울 적에 손을 내밀어 준 이를 낭군으로 맞이하고, 그가 품은 지극한 사랑을 가슴에 새기며 다시 다가온 외로움을 견뎌 냈다.

하지만 세자와 세자빈에게 그런 기억 따위가 있을 리 없었다.

"내시의 목을 베고 세자빈은 내쫓도록 해라."

직접 듣지도 못한 중결의 노성이 귓전을 때렸다. 내시와 사통하였다는 건 단순한 소문에 불과하더라도 그냥 덮고 넘어갈 수 없는 일이었다.

하물며 진실로 밝혀진 다음에야 내치기만 하고 국문이나 추국을 하지 않은 것만으로도 더없는 관용에 아량을 베풀어 준 것일 터였다. 그것이 당사자에게도 너그러움이었을지는 알 수 없지만.

그렇게 향기롭지 못한 추문으로 세자빈을 내치고 곧장 새 세자빈을 맞아들이는 것은 썩 보기 좋은 모양새는 아니었다. 비교적 빠르게 이루진 간택에 비해 가례가 늦어지게 된 연유였다. 또다시 불미스러운 일이 일어나지 않도록 신경을 쓰는 모습도 역력했다.

이번 세자빈이 유달리 더 얌전해 보이는 건 틀림없이 그 탓일 것이다. 가례를 올리기 전까지 더 엄격한 교육을 받아야 하겠지.

유화는 동정심이 이는 것을 어쩌지 못했다. 외로움을 견디지 못해 그릇된 선택을 한 소녀와 일거수일투족에 대한 따가운 시선을 감내해야 할 소녀는 둘 다 어렸다. 그 나이 때의 유화는 중결의 팔에 번쩍 들려 빙글거리고, 유덕의 등을 끌어안아 반가움을 표하던 철없는 아이였다.

생각에 잠겨 있는 그녀를 유온이 재촉했다.

"날이 춥습니다, 아씨."

"나는 곧 들어갈 테니까 염려 말아요."

유화가 부드럽지만 고집스러운 목소리로 유온을 돌려세웠다.

유온은 몇 번이나 일찍 들어가겠다는 다짐을 받고서야 겨우 돌아섰다.

홀로 남은 유화가 고개를 돌려 하늘을 바라보았다. 맑은 하늘에 매달린 둥근 달 안에서 그녀의 연인이 미소 짓고 있었다.

그가 집을 비운 이후로 벌써 몇 번이나 달이 차고 기울었다. 제가 먼 길을 나선 건 개경을 떠나 한양에 마련된 새 집에 발을 들인 지 얼마 되지도 않은 어느 날이었다.

남경에 가는 길을 함께하자는 유덕의 청을 거절할 수 없었노라며 미안한 얼굴을 했다. 잘 다녀오시라 웃음으로 배웅했지만 마음이 아프고 허전했다.

마치 함께하는 시간이 길이질 것을 소원했기에 들어줄 수 없다는 심술궂은 신이라도 있는 것 같았다.

늦게 들어와 일찍 나가는 것을 서운해하고, 한두 밤 볼 수 없는 것에 애를 태우던 것과는 다른 날들이 펼쳐졌다. 언제가 되더라도 틀림없이 그가 그녀의 곁으로 돌아올 것은 물론, 단정한 사내는 한눈팔지 않을 것도 의심하지 않았다.

그러나 주인이 없는 사랑에는 싸늘한 냉기가 감돌았고, 낭군이 드는 법 없는 안방도 진한 온기를 품지는 못했다. 계절이 깊어 갈수록 밤도 길어졌다. 그 긴 밤을 견디게 해 주는 것은 유화의 처지를 안타까이 여긴 유온의 수다이거나 방 안에 줄을 서듯 늘어가는 책이었으며, 나날이 솜씨가 늘어가는 수놓기일 때도 있었다.

그중에 가장 위안이 되는 것은 이따금 그가 보내오는 서간이었다.

주변의 풍경을 담담하게 그려 내는 정갈한 필체는 어릴 때 전장을 누비던 이에게서 받던 것과 조금도 다를 바 없었다. 그적에는 '보고 싶다'는 말 한마디 적혀 있지 않은 게 아쉬워 몇 번이고 읽어 가며 서운한 마음을 억눌렀지만 지금은 확신할 수 있었다.

눈에 보이고 손에 잡힐 듯 선명하게 그려지는 풍경은 그녀와 함께할 수 없음을 안타까워하는 지극한 그리움의 다른 표현임을.

유화는 가장 마지막에 받은 글을 떠올렸다. 어떤 곳에 머무르고 있는지, 편지를 보내지 아니한 며칠 동안 어떤 일이 있었는지 세세하게 적혀 있었다. 그가 머무르는 곳은 한양보다 기후가 퍽 따스하여 추운 계절에도 고운 꽃이 흐드러지게 매달린 나무가 거처 앞에 있다 하였다. 일은 거의 다 끝난 것 같으니 조만간 돌아갈 수 있으리라는 다정한 글은 추구(推句)의 한 구절로 끝을 맺고 있었다.

花落憐不掃
月明愛無眠
꽃이 떨어지니 가엾어 쓸지를 못하고
달이 밝으니 사랑스러워 잠을 이루지 못하네*.

평소에 비해 훨씬 밝은 달빛이 흘러내려 그녀가 밟고 선 마당

---

*저자미상, '추구(推句)집' 중에서.

을 가득히 채우고 있었다. 날이 흐리지만 않다면 그녀의 낭군이 곤히 잠들어 있을 어느 밤하늘 아래도 분명히 그 달빛이 내리비치고 있을 터였다.

"그곳에도 달이 떠올라 있다면 이 마음이 전해질까요."

"달을 전령으로 삼려 하지 말고 그 마음 직접 전함이 어떠하오?"

작은 속삭임처럼 흘려 낸 목소리에 대한 답이 되돌아왔다. 예상치 못하게 들려온 목소리에 숨 쉬는 것도 잊었다. 혹시나 환청일까 두려워 돌아서지도 못한 채 그대로 굳어진 유화의 귓가에 자박거리며 모래알이 뒹구는 소리가 들렸다. 망설이던 끝에 겨우 고개를 돌렸다.

마당에 잘게 흩어져 부서지는 달빛을 밟으며 그가 다가왔다.

"오라버니!"

제가 웃으며 팔을 벌렸다. 다정한 오누이처럼 지낸 나날이 긴 탓인가. 그의 부인은 혼인하고 이만큼의 시간이 흘렀어도 생각보다 마음이 앞설 때면 늘 오라버니라 불렀다.

좀처럼 고쳐지지 않는 그 습관을 늘 나무랐으나 이번만큼은 그를 향해 있는 힘껏 매달려 온 사랑하는 여인을 그대로 안아 주었다. 채울 수 없는 그리움으로 허덕이던 마음이 순식간에 차올랐다.

"그간 강녕하셨습니까. 가신 일은 잘된 것인가요. 유덕 오라버니는……."

"날이 춥소. 자세한 이야기는 들어가서 합시다."

제가 유화의 몸을 가볍게 안아 들었다. 그들을 감싸고 있는 추위를 걱정한 탓도 있었으나 유화의 질문을 막기 위한 의도도 있었다. 유화가 그를 오라버니라 부르는 것이 습관인 것처럼 유덕의 안부를 챙기는 것 또한 오랜 일상이었다.

야심만만한 사내는 마음에 커다란 그림을 그리고 있어 작은 조각을 이따금씩 그에게 드러내곤 했다. 제는 자신이 무어라 간섭할 수 있는 일이 아니어서 침묵했으나 불안한 바람이 불어들 것 같은 느낌을 받았다. 그때가 오면 어찌해야 할지 몹시 심란했지만 그가 품고 있는 혼란스러움을 유화에게 드러낼 수는 없었다.

유화에게 이 나라와는 풍토가 사뭇 다른 낯선 지역의 이야기를 들려주면 두 눈이 사랑스럽게 빛나리라. 오래도록 몸과 마음에 품어 온 그리움을 토해 내기만 해도 하룻밤 따위는 일각도 되지 아니하는 것처럼 순식간에 흘러갈 터였다.

그 다정한 시간의 틈바구니에 유덕의 이야기를 끼워 넣을 생각은 없었다.

※   ※   ※

"문안을 드리러 오시는 길입니까."

"문안 인사를 드리기에는 너무 늦은 시간이옵니다."

유화가 허리를 굽혀 인사하며 고개를 저었다. 세자가 말없이 웃더니 곁을 지키는 이들을 멀찌감치 물렸다. 주변에 다시 고요가 찾아든 뒤에야 다시 입을 열었다.

"누님답지 않습니다."

"내가 네가 아닌 것이 천만다행이지."

유화가 짧게 투덜댔지만 이내 활짝 웃어 보였다. 이 모습이 강 씨의 눈에 띄면 타박을 피할 수 없겠지만 유화의 고집도 못지않았다.

공적인 자리에서는 깍듯이 예를 갖추었으나 지금처럼 사람들을 신경 쓰지 않아도 될 때에는 다정한 오누이로 돌아오곤 했다.

"어마마마를 뵈러 오셨습니까."

"어머니는 차도가 좀 있으실까."

유화가 중얼거리자 세자가 고개를 저었다. 누가 먼저랄 것도 없이 구름이 잔뜩 낀 하늘처럼 흐려진 표정을 교환하며 입을 다물었다.

백 년이 지나도 꼿꼿하고 단정하게 앉아서 위엄이 깃든 표정으로 바라볼 것만 같았던 강 씨의 건강이 나빠지기 시작한 건 최근의 일이었다. 후원에도 행차하지 못하고 누워 있는 시간이 조금씩 늘고 있다고 했다.

세자가 어렵게 말문을 열었다.

"어마마마도 예전 같지는 않으십니다, 누님."

"됐어, 그만."

유화가 얼른 말을 가로막았다. 이어질 말을 알 것 같은 느낌이 들었다.

좋지 않은 말을 들으면 그것이 현실로 이루어지게 될까 두려웠다. 이제 고작 사십 줄에 접어든 이의 건강을 염려하는 것은 과하지 않은가.

세자를 홀로 남겨 둔 채로 자리를 떴다. 밀려드는 걱정을 꾹꾹 눌러 담으며 발길을 재촉했다. 강 씨의 처소 앞에 도착하자 그녀를 알아본 나인이 공손하게 고개를 조아리며 안쪽에 대고 아뢰었다.

"궁주님께서 드셨사옵니다."

"아버지!"

닫힌 문이 열리자 중결의 모습이 가장 먼저 유화의 눈에 들어왔다. 새벽 이른 시간이 아니면 얼굴을 보는 일조차 보기 쉽지 않은 이가 이 시간에 여기에 앉아 있다는 사실이 유화의 마음을 무겁게 했다. 그러나 아비와 눈이 마주치자마자 근심을 지우고 화사하게 웃어 보였다.

그녀의 목소리에 고개를 돌린 중결이 얼굴 가득 미소를 담았다. 유화는 혼인한 지 벌써 다섯 해나 지나, 남 같으면 아이를 두엇은 거느리고 있을 나이였다.

그러나 그의 딸은 여전히 소녀처럼 싱그럽고 아이처럼 활달했다. 생긋 웃으며 중결의 곁에 다가앉는 유화의 격의 없는 태도를 꾸짖는 목소리가 들렸다.

"전하께서 보위에 오른 게 벌써 몇 해 전의 일인데 아직도 그 습관을 고치지 못하였습니까."

"저는 아버지라 부르는 편이 더 좋습니다. 그것이 훨씬 더 다정하게 들리지 않습니까. 아버지, 아니 그렇사옵니까?"

"그러게 말이다. 네 어머니가 뭘 모르는 사람이라 그러하다."

유화의 목소리에는 평소에 비해 더 어리광이 섞여 있었다. 중결의 따스한 대답을 돌려받고는 득의양양한 표정으로 강 씨를 바라보았다. 그녀가 무어라 말하기 전에 얼른 중결의 목에 팔을 둘러 감고 뺨에 볼을 비비대었다.

그저 눈으로만 볼 때에는 잘 느끼지 못했던 세월의 흐름이 피부로 다가왔다. 넓고 단단하기만 하던 어깨는 그적보다 얇았고, 거칠거칠한 수염이 따끔거리던 볼은 시들고 주름져 있었다. 중결조차 세월을 이길 수 없다는 생각이 들자 마음이 슬퍼졌다.

"아버지께서는 그간 평안하셨사옵니까."

"그렇다마다."

시원스럽던 시작과 달리 말꼬리에 미진한 느낌이 남았다. 중결을 따라 자연스레 시선을 옮긴 유화의 표정이 다시 살짝 흐려졌다. 강 씨의 얼굴에는 세월의 흔적 이상으로 병색이 짙게 배어 있었다.

세자가 그녀에게 건네려던 말도 이러한 것이었을 터다. 미리 낌새를 읽어 내고 아무 말도 듣지 않으려 황급히 자리를 떴지만 직접 눈으로 마주하니 불안감이 더 커졌다.

불과 몇 날 사이에 낯빛이 더 나빠지고 몸도 더 마른 것처럼 보였다. 자기도 모르게 걱정을 입에 담았다.

"명승이 있는 고찰에 찾아가서 기도를 올리면 어떠하겠사옵니까."

"이미 약을 쓰고 있으니 그것이면 족하다. 사람의 명은 타고나는 것일진대 어찌 그를 거스르려 할까."

강 씨의 목소리는 담담했지만 유화가 무어라 더 말을 이어 갈 수 없을 만큼 단호했다. 유화가 복잡한 마음으로 강 씨의 얼굴을 살폈다.

그녀가 아는 강 씨는 이보다 굳센 여인이라 사람이 할 수 있는 일은 다 한 연후에 하늘의 뜻을 논하는 것이라 말하는 편이 어울렸다. 사람의 명은 타고나는 것이라는 말이 전에 없이 약한 소리로만 들렸다.

표정 변화가 중결의 눈에 들어왔다. 사랑스러운 막내딸의 시무룩한 얼굴이 안쓰러워 다정하게 불러 주의를 돌렸다.

"유화야, 너는 잘 지내느냐."

"그럼요, 아버지."

유화가 선뜻 대답한 뒤 환하게 웃었으나 마음이 가벼워지지는 않았다.

잘 지내지 못한다고 할 수는 없었다. 먼저 혼인을 청할 정도로 마음 깊이 담았던 낭군은 여전히 소중한 존재였다. 생각하는 것만으로도 가슴이 따스해지고 바라만 보아도 환희가 가득히 차올랐다. 이토록 지극히 사랑하는 이와 부부의 연으로 맺어지는 일이 얼마나 있겠는가 생각하면 망설임 없이 고개를 끄덕일 수 있었다. 더없이 행복하다고.

하지만 그 행복감은 서로의 희생과 배려를 담보로 하는 것이었다. 제는 한 달에 단 하루도 온전히 내어 줄 수 없을 만큼 바빴다. 깊은 밤에 들어와 이른 아침에 나가는 날이 절반, 나머지 절반 정도는 집에 들어오지도 않아 얼굴을 보기도 어려웠다.

그의 빈자리를 대신하듯 방문객은 심심치 않게 드나들었다, 그러나 사람을 떠보듯 소곤대거나 확인되지 않은 소문을 늘어놓으며 그녀의 반응을 살피는 걸 보노라면 차라리 혼자인 편이 낫겠다는 생각이 들었다. 사람 틈바구니에 끼어서도 외로움만 깊어 갔다.

하여 홀로 머무는 쪽을 택하자 상념이 끼어들었다. 중결이 그러하였듯 제도 검을 쥐고 화살을 날리던 사내였다. 나라, 혹은 그녀의 아비를 위해 그가 흘리게 한 피는 상당했다. 직접 행하지는 않았어도 누군가의 손에 피를 묻히게 한 날도 있었다. 그것이 언젠가는 업보처럼 돌아올 것만 같은 불길한 예감이 마음을 좀먹었다.

그러나 그것만큼은 누구에게도 이야기할 수 없었다. 그녀를 위해 어려운 결단을 했을 남편에게도, 하루하루 늙어 가는 아버지에게도.

"그것참 다행이구나."

"다른 건 몰라도 사내를 보는 안목만큼은 어머니를 닮았나 하옵니다."

유화가 생글거리자 짧은 웃음소리가 방 안을 채웠다. 오늘만큼은 강 씨도 유화의 말투나 옷차림을 나무라는 대신 편하게 담소를 나누는 쪽을 택했다.

그늘은 드리웠을지언정 모처럼만에 유쾌한 대화를 나누고 나서는 길이었다. 유화는 생각에 잠겨 고개를 숙인 채 발끝을 바라고 걷고 있었다.

신코에 긴 그림자가 걸려 발을 멈추었다. 고개를 들어 상대를 확인했다.

"궁주님."

"예까지 어인 일이시옵니까?"

"여기에 계시다는 말씀을 전해 듣고 모시러 왔습니다."

유화가 웃음을 터뜨렸다. 궐 안임을 의식한 것 같았지만 주변에는 듣는 이도 없는데 지나치게 과하게 격식을 갖추는 것이 우스꽝스러웠다.

제가 빙긋 웃으며 유화의 손을 잡아끌었다. 유화가 새초롬하게 물었다.

"누가 볼까는 염려치 않으십니까?"

"궁주님에 대한 평을 모르시나 봅니다. 이 정도는 다들 눈감아 주지 않겠습니까?"

유화가 못 이기는 척 손을 내맡긴 채 천천히 걸음을 딛기 시작했다. 그의 손에서 전해 오는 온기가 무겁게 가라앉은 마음을 달래 주었다. 그래도 불안감이 가시지 않아 몇 발짝을 내디딜 때마다 자꾸만 뒤를 돌아보았다.

싱그러운 봄을 보내고 유난히 더웠던 여름도 지나 보냈다. 승려를 쉰이나 불러 올렸던 기도도 보람 없이 강 씨의 병은 점점 깊어 가기만 했다. 날이 선선해지면 나아지리라는 기대도 부질없었다. 답답하고 행동의 제약이 많은 궐보다 나을 것이라며 거처를 옮긴 지 나흘 만에 가을의 문턱에서 강 씨가 결국 눈을 감았다.

더 쏟아 낼 눈물도, 흐느낄 기운도 없을 만큼 섧게 운 유화는 몸도 제대로 가누지 못했다. 제게 부축을 받은 채 도무지 맑아지지 않는 눈으로 애도하는 이들을 둘러보았다. 눈가가 젖어 든 중결도, 눈물을 훔쳐 내는 아우들도 의연한 표정을 유지하기 위해 애쓰고 있었다.

무의미하게 허공을 배회하던 눈길에 싸늘한 기운이 걸렸다. 눈을 몇 번 깜박여 시야를 애써 맑게 한 뒤 그 정체를 찾아 헤매 었으나 뜻밖의 장면만 발견할 수 있었을 뿐이었다.

눈시울을 붉히고 선 유덕이 애틋한 눈길로 그녀를 바라보다 고개를 떨어뜨렸다.

✳　　　✳　　　✳

행인이 많지 않은 길 위에 서로 다른 느낌의 발소리가 겹쳐 울렸다. 한참이나 울리던 발소리가 멈춘 자리에는 딱딱하게 굳 은 얼굴로 경비하는 자들이 있었다.

그들은 나타난 이들의 얼굴을 보고는 고개를 숙여 보이며 길 을 터 주었다. 그들 곁을 지나쳐 몇 걸음 더 디딘 유화가 발을 멈추었다. 옆에 선 키 큰 사내에게 속삭이듯 낮은 목소리로 단 호하게 의사를 표시했다.

"혼자 뵙고 싶습니다."

제가 고개를 끄덕였다. 빨라지지도 느려지지도 않는 평온한 걸음으로 멀어져 가는 유화의 모습을 눈에 담았다.

"그간 강녕하셨습니까, 어머니."

분향에 시비를 마치고 단정하게 앉은 유화가 눈을 감았다.

아직도 강 씨가 세상을 떴다는 사실은 실감이 나지 않았다. 비어 있는 중궁전을 지나칠 때 비로소 어머니가 세상에 계시지 않는다는 당혹감과 마주할 뿐이었다. 가끔 동생에게 실없는 소리를 건네며 웃을 때면 얼굴을 찌푸린 강 씨가 불쑥 나타날 것만 같은 착각에 휩싸였다.

기일이 지난 지 얼마 되지 않았으니 다들 다녀가며 어지간한 이야기는 다 올렸을 터다. 정말로 혼백이 있어 그녀의 이야기를 들을 수 있는지도 알 수 없는 일이었다. 그럼에도 마치 곁에 있는 이를 대하듯 다정하고 예의 바른 목소리로 아는 사실을 고했다.

"세자 저하께서 곧 가례를 올리신다 합니다."

몇 해 전 세자빈으로 간택된 여인은 아직도 그 자리에 오르지 못했다. 아마 예전의 세자빈과 같은 추문에 휘말리는 일이 생길까 염려한 탓이리라.

그러나 지금의 아우는 세자라는 지위에 더 익숙해져 있었으며 간택된 소녀는 덕망 있는 여성으로 성장하기 위한 표본과도 같은 교육을 받고 자라난 것처럼 보였다. 그러니 이번만큼은 염려하지 좋을 것이라고 굳게 믿었다.

"다만 아버지의 슬픔이 과하여 걱정이옵니다. 현몽하여 염려치 말라 전하여 주시면 아니 되겠사옵니까."

능은 유화의 집은 물론 궐에서도 멀지 않아 서로 마주치는 일도 꽤 여러 번 있었다. 고작 일 년이 지났을 뿐인데 중결은 십 년도 더 늙어 버린 것처럼 보였다. 입궐하여 중결에게 문안 인사를 올릴 적이면 한창 고울 적의 강 씨를 그린 초상화를 눈으로 더듬어 가며 한숨을 쉬는 모습도 여러 번 보았다. 유화의 얼굴과 초상화를 번갈아 바라보다가 자애로운 미소를 보이며 말을 건네기도 했다.

"네 어미와 꼭 닮았구나. 그래도 꼭 같지는 않으니 재미난 일이지."

지극한 마음이 안타까운 한편으로 염려스러웠다. 중결은 세상 모든 것에서 떨어진 채 그의 마음속에 살아 있는 강 씨만을 바라고 있는 것 같았다.

은은하게 끼치던 향내가 조금씩 엷어지는가 싶더니 어느 틈엔가 아주 없어졌다. 유화가 눈을 떴다. 아무도 없는 빈 공간에서는 공기조차도 숨을 죽인 채 멈추어 있었다.

저만치서 유화가 모습을 드러냈다. 제는 유화의 느릿한 발걸음을 조바심 내지 않고 기다렸다. 그의 존재도 깨닫지 못하고 스쳐 지나가는 연인의 손을 잡았다.

고작 가을에 접어들었을 뿐인데 얼음장처럼 차가운 손을 감쌌다. 손가락과 다를 바 없이 차가운 가락지 한 쌍이 그의 손가락을 눌렀다. 유화가 비로소 그의 얼굴을 바라보며 작게 속삭였다.

"마치 어머니께서 나타나실 것만 같았습니다."

강 씨의 죽음은 몹시 큰 사건이었으나 시간의 흐름은 감정도 무디게 했다. 어제가 오늘 같고 내일도 오늘 같은 나날이 이어지고 있었다.

아직도 완전히 안정되었다고 할 수 없는 나라 사정 때문에 다들 언제 군사를 동원해도 이상하지 않을 만큼 바짝 긴장하고 있어 아주 평화롭고 단란한 모습은 아니었지만 겉보기에는 큰 문제가 없어 보였다.

꼬리를 물고 이어 가던 유화의 생각이 유덕에서 멈추었다. 강씨의 장례를 치를 적에 보였던 슬픔은 무척 낯설었다. 달포쯤 전에 본, 아이들과 함께 있던 모습은 중결과도 닮은 것 같았다. 배냇저고리를 만들어 두고도 전해 주지 못했다가 아이가 죽었다는 말에 서럽게 울었던 날이 어렴풋하게 떠올랐다.

지금의 유덕은 태어난 지 백일을 조금 넘긴 막내까지 하여 세 아들의 아버지였다. 장남과 둘째가 태어났을 때에도 축하 인사와 간소한 선물을 보냈을 뿐 보러 갈 생각도 하지 못했다.

셋째의 삼칠일에다 백일까지 넘기고 나서 광원의 부인, 김 씨가 유화를 데리러 왔다. 유화가 무엇을 염려하는지 알고 있는 눈치였다. 셋째인 데다 아이들에게 가장 어렵다는 시기는 넘겼으니 괜찮을 것이라며 소심한 시누이를 달랬다.

벌써 세 번째로 건강한 아들을 품에 안게 된 유덕의 부인은 예전처럼 쌀쌀하지 않았다. 팔뚝 만해 보일 정도로 조그만 아이를 선심 쓰듯, 혹은 자랑하듯 다정하게 안아 보라 권했다. 얼떨결에 받아 들었던 아기의 느낌이 아직도 생생했다.

울지도 않고 또랑또랑한 눈매로 바라보는 아이에게서는 코끝을 간질이는 달콤한 냄새가 났다. 자칫하면 부서지지 않을까 싶어 두려울 정도로 작고 연약했다.

다치지 않도록 지켜 주고픈 낯선 감정이 밀려들어 당황하기도 했다. 그녀는 지금껏 늘 보호받는 존재였지, 누군가를 지켜 줄 일은 없었다.

분명히 기묘하고 또 복잡했을 유화의 표정을 빤히 바라보던 아이가 맑은 웃음소리를 냈다. 아무 뜻 없는 배냇짓에도 마음이 울렸다. 따스함이 가득하게 벅차오르는 마음으로 할 수 있는 모든 기원을 담았다.

부모님께 효성이 지극하고 형제간의 우애가 두텁기를.

총명하여 한 번 읽으면 그 뜻을 단번에 짐작할 수 있기를.

어려운 자들을 아끼고 사랑하는 이가 되기를.

자신이 옳다고 믿는 일이라면 어떤 장애에도 굴하지 않기를.

그리하여 누구에게나 칭송받는 훌륭한 이가 되기를.

마지막 축원을 보낸 뒤 그녀의 아비와 오라비를 닮아 있는 아이의 얼굴을 바라보았다. 반짝이는 눈망울을 바라보며 자신의 연인을 닮은 아이를 낳아도 눈빛은 저처럼 초롱초롱하리라 생각했다.

"부인."

낮게 울려오는 제의 목소리가 유화의 생각을 방해했다. 유화는 상념에서 깨어나고도 그를 바라보는 대신 저 먼 산을 응시했다.

"예전에 포천에 큰 마님을 뵈러 간 것을 기억하오?"

유화가 고개를 끄덕였다. 하루 종일 말을 달려 겨우 개경에 도착한 사내는 어린아이의 철없는 행동에도 고개를 젓지 않고 다시 먼 길을 동행해 주었다. 어디 그뿐이랴. 안절부절못하는 소녀의 마음을 읽어 준 이도 그였다. 그를 향한 마음이야 오래전부터 품고 있던 것이지만 그 감정을 스스로도 알아챌 만큼 또렷해진 것은 그때부터였을 것이다.

유화가 고개를 기울여 그의 얼굴을 바라보았다. 제는 그적에
도 적지 않은 나이였으나 제법 해사한 소년 같은 느낌도 지니고
있었다.

그러나 지금은 누가 보아도 일가를 이룬 위풍당당한 사내였
다. 젊음은 지워져 가고 있었으나 올곧으면서도 온화한 성품이
아로새겨진 진짜 어른이 되어 있었다.

"마음에 드는 이가 있다면 꼭 잡으라고 말씀하셨습니다. 제게
는 그대였지요."

세월의 흐름만큼 깊어진 눈매와 그윽해진 목소리가 좋았다.
시간이 흘러도 변하지 않는 다정함은 쓸쓸함도 견뎌 내게 할 만
큼 따스했다.

서로에게 다른 사람이 있는 것은 생각하고 싶지도 않았다. 그
러니 외롭다 해도 후회하지 않았다.

제가 유화의 손을 더욱 꼭 잡았다. 한 씨가 그를 통해 유화의
남편 될 이에게 남긴 말, 어쩌면 이리될 것을 알고 있어 그에게
전하였던 말이 아직도 생생하게 떠올랐다. 무엇보다도 유화를
우선해 달라던 그 유언을 제 귀로 듣고도 지키지 못했다는 사실
이 마음에 걸렸다.

"미안하오."

유화가 걸음을 멈추고 그를 바라보았다. 포천의 큰어머니를
뵈러 갔던 날의 이야기를 꺼내놓는 목소리에 담긴 생각은 이미
짐작했다. 몇 번이고 들었던 사과와 몇 번이나 되풀이해 주었던
대답. 그럼에도 다감한 남자는 늘 그녀의 마음을 신경 썼다.

"어머님 말씀대로 소녀를 우선하신 것을 알고 있습니다."

"전하께서 곧 훌륭한 인재를 찾으실 것이라 생각했소."

그의 외로운 처지가 마음에 걸려 유화를 마다했지만 이토록 쓸쓸한 처지에 놓이게 할 것이라고는 생각지 못했다. 그녀와 혼인한 의도를 의심받는 것이 싫어 밤낮을 가리지 않고 일에 몰두하니 어깨 위에 얹힌 짐이 무거워지기만 했다. 어린 처남이 세자가 되고 나서는 신경 써야 할 일이 더 많아졌다.

그는 괜찮은 신료였지만, 좋은 남편은 아니었다. 좋은 낭군이 되지도 못하면서 왜 귀한 여인을 욕심냈던가.

"조금만 기다리면."

제가 도로 입을 다물었다. 같은 말로 위로하며 흘려보낸 시간이 벌써 다섯 해였다. 앞으로 또 얼마나 긴 시간이 그런 식으로 흘러가게 될지 그로서는 알 수 없었다. 지킬 수 없는 약속은 정인의 마음만 아프게 할 터였다.

"언제까지고 기다릴 수 있습니다."

유화가 눈에 웃음을 담뿍 담았다.

오래전 그때에도 그가 주던 시간은 길지 않았다. 잊지 않고 기억해 주는 진심이 고스란히 전해져 행복했다. 혼인을 하였는데도 오래도록 곁에 있어 주지 아니하는 게 서운한 날도 있었다.

하지만 무덤덤한 얼굴로 하루 종일 곁에 있는 사람보다는 짧은 시간이라도 온 마음을 다해 주는 이가 좋았다. 그가 최선을 다하고 있음은 그녀가 가장 잘 알고 있는 일이었다.

"그러니 그적처럼 제 마음을 알고 다정하시기만 하면 됩니다, 오라버니."

제가 허리를 구부리고 고개를 숙여 보드레한 입술을 찾았다. 이따금 사람이 지나는 길 한복판인 것은 아무런 문제가 되지 않았다.

十四.
怒濤(노도)

"바깥이 소란스러운 것 같아요."

"들어가십시오, 아씨. 여기는 아씨께서 계실 곳이 아닙니다."

"담장 안이고 오는 사람도 아무도 없는데 무엇이 문제란 말인가요."

주인이 없는 사랑 근처를 서성이는 아씨를 유온이 잡아당겼지만 유화는 끌려 들어가지 않으려 버티고 섰다. 사랑 앞마당에 서니 바깥에서 일어나는 일이 손에 잡힐 듯 생생하게 그려졌다. 공기가 몹시 불안하게 일렁거렸다.

문득 간밤에 긴 꼬리를 끌고 가는 유성을 본 게 기억났다. 잠이 오지 않아 안마당을 서성이노라니 한밤중에 어울리시 않는 분주한 발소리와 쇠붙이가 절그렁거리는 소리도 함께 들려왔다. 낮이라면 그 정도의 소리는 겹겹이 담으로 둘러싸인 안마당까지 들어오지 못할 것이지만 밤의 고요함은 소리를 훨씬 더 선명하게, 멀리 전했다. 불길한 기운이 엄습했다. 자꾸만 그녀를 재촉하는 유온의 눈을 똑바로 바라보았다.

"자꾸 들어가라 하는 걸 보니 아는 게 있군요."

"들어가시면 말씀드리겠습니다."

유화의 입술이 고집스럽게 한일자를 그리고 있는 것을 본 유온이 한숨을 쉬며 한발 물러났다. 주인아씨가 따라 들어올 것을 확신하듯 안채로 향하는 뒷모습을 본 유화가 머뭇거리다 그 뒤를 밟았다.

두 여인이 안방에 마주 앉았다. 유화의 얼굴을 살피던 유온이 짧게 한숨을 내쉬었다. 오늘 새벽, 주인 나리의 명을 받았다는 자가 잠시 들러 갔다. 궐을 지키는 경비가 몹시 삼엄하지만 혼자 몸이라 겨우 빠져나올 수 있었다고 했다. 그가 몹시 서두르며 전한 말로 여간한 사정은 알고 있었다. 다만 그 이야기를 건네었을 때 아씨가 어찌 행동할지 알 수 없어 마음에 걸렸다. 제가 굳이 사람을 보낸 건 아마도 유화를 부탁하기 위함이었을 것인데. 한참만에야 유온이 입을 열었다.

"오늘 새벽에 들렀던 자의 말로는, 역신(逆臣)을 처단하고 있다 합니다."

"그럴 리가요. 개경이라면 또 모르지만, 한양에서 그런 일이 벌어질 리 없어요."

유화가 고개를 가로저었다. 병력을 가진 이가 성 외곽에서부터 침입하여 들어온 것이라면 이런 술렁임 정도에 그치지 아니할 것이다. 안에서 역모를 꾀하는 이가 있었다면 병권을 갖고 사병을 거느린 오라비들의 기세에 가로막혔을 것이다. 이런저런

402

가정을 떠나서 조정의 신료들은 중결의 신뢰를 한 몸에 받는 개국공신들이었다. 대체 누가 역모를 꾸밀 수 있단 말인가.

"어린 세자 저하를 등에 업고 일을 꾸몄다고, 그리 들었습니다."

"막내가요? 아버지에게요? 대체 누가⋯⋯."

"의성군(宜城君), 부성군(富城君), 그리고 봉화백(奉化伯)과 그자제분이라고⋯⋯."

"그럴 리 없어요."

"들은 사실을 알려 드리고 있을 뿐입니다."

대화를 나눌수록 점차 굳어가던 유화의 표정은 유온이 마지막 말을 건넨 즈음에는 백지장처럼 하얗게 질려 있었다.

군호(君號)를 받은 공신은 제법 많아 그녀의 남편까지도 홍안군에 봉해져 있었으니 그 작호만 들어서는 누구인지 알 수 없었다. 그러나 종지에게 내려졌던 봉작만큼은 선명하게 기억하고 있었다. 그 자제라면 정유도 포함되어 있을 터다.

어린 시절부터 지금까지를 통틀어 벗이라 칭할 수 있던 단 하나의 인물이 이미 세상 사람이 아닐 수 있다니. 아무리 머리를 흔들어도 들은 이야기는 또렷하고 깊숙하게 각인되어 떠나지 않았다. 그러나 계속해서 충격에만 휩싸여 있을 수는 없었다.

덜컥 내려앉아 버린 가슴을 꼭 누른 채로 상황을 파악하려 애썼다. 막내를 세자로 세우고 그에 맞추어 질서를 가다듬어 가려던 이들이 처단되었다. 그러니 바깥에서 소란스러움을 만들고 있는 군사들은 모두 오라버니들의 휘하에 있는 자들이리라.

"어린 세자 저하를 등에 업고 일을 꾸몄다고, 그리 들었습니다."

유온은 아우들에 대한 이야기를 하지 않았지만 다음 차례가 누가 될지는 그야말로 명약관화한 일이었다. 새벽에 전해 들은 이야기라 하니 어쩌면 늦었을지도 모른다. 유화가 자리에서 벌떡 일어났다. 유온은 너울을 집어 드는 유화의 소맷자락을 움켜잡았지만 막을 수 없었다.

"이대로 앉아 있을 수만은 없어요."

"나리께서도 아니 계신데 함부로 행동하시면 안 됩니다. 아씨께서 무엇을 하실 수 있겠습니까."

제를 들먹이는 유온의 목소리에 유화가 잠시 동작을 멈추었다. 세자라는 말에, 종지의 작호에만 정신이 팔려 제의 안위에 대해서는 생각조차 하지 않고 있었다. 그는 과연 무사할까.

유화가 불길한 예감을 서둘러 덮었다. 그녀 생각에 유덕은 제를 퍽 신뢰하는 편이었다. 어릴 적 가족들이 외부인의 눈을 피해 동북으로 피신할 적은 물론이고, 유덕이 사은사로 갈 때에도 청하여 함께 다녀오지 않았던가.

게다가 지금의 제는 입궐하여 중결의 곁에 있었다. 설령 그 모든 것을 무시한 채 세자의 인척이라는 사실 하나만으로 해하려 하더라도 금방 위해를 끼칠 수는 없을 것이다. 오라버니들이 아무리 대담하게 행동하여도 아비의 눈앞에서 선혈을 흩뿌릴 리 없으니.

그러니 지금은 아우들의 구명이 우선이다. 과연, 무엇을 할 수 있을까.

여기까지 닿은 생각이 다시 유화의 발길을 잡았다. 조금 전까지만 해도 궐에 찾아갈 생각이었다. 그러나 대로를 병사들이 장악하고 있을 정도라면 궁궐의 경비는 몹시 삼엄할 것이다. 그녀를 들여보내 줄지도 알 수 없었다. 게다가 중결은 강 씨에 대한 그리움에 빠져 아무것도 알지 못했으리라는 데까지 생각이 미쳤다. 알고 있었다면 종지가 죽음을 맞이하는 일은 없었을 것이다.

문득 한 사람이 떠올랐다. 대답을 하지 않은 채 빠르게 문을 나섰다.

유화가 대문을 나서는 순간, 막연하게만 느꼈던 심상치 않은 물결이 피부에 와 닿았다. 늘 그녀를 감시하는 듯 뒤따르던 이들의 존재에 대해 처음으로 감사의 마음을 가졌다. 아마 오롯이 혼자 가야 한다면 두려움에 도로 집 안으로 돌아갔을지도 모를 일이었다.

빠르게 걸음을 옮겨 낯선 집의 대문 앞에 닿았다. 그 안에 들어서며 너울을 벗어 들고는 곧장 안채로 향했다. 안방에 도도하게 앉아 그녀를 바라보는 여인을 향해 무릎을 꿇고 앉았다. 엎드리다시피 몸을 굽히며 고개를 숙였다. 지금껏 한 번도 해 본 적 없는 손위 누이의 역할을 이런 상황에서야 하려는 마음이 든 게 서러웠다. 냉랭한 목소리가 유화의 귓가로 떨어졌다.

"궁주님께서 어찌 연락도 없이 찾아오셨습니까."

"제 아우들이 목숨을 부지할 수 있도록 도와주십시오."

"한갓 아녀자에 불과한 이에게 어찌 그런 말씀을 하십니까."

"오라버니의 마음을 돌릴 수 있는 것은 부부인 아니시겠습니까. 동기간에 천륜을 저버리는 일이 일어나지 않도록……."

"천륜이라 하셨습니까."

유화의 말을 끊은 여인의 목소리에 조소가 담겨 있었다. 유화가 고개를 들어 입가에 걸린 냉소를 확인했다. 그녀를 향하는 날카로운 시선은 강 씨의 장례식 때 느꼈던 냉기와 꼭 같은 기운을 품고 있었다. 한때는 저 오만에 가까운 당당함이 강 씨와 닮았다고 생각한 적도 있었다. 유덕의 부인, 민 씨가 천천히 말을 이었다.

"옥좌에 눈이 멀어 형님들을 밀어낸 것으로 모자라 그 수족을 끊어 내려 한 행동은 어찌 생각하십니까. 천륜을 어길까 두려워 천륜을 어기는 자에게 목숨을 잃어야 합니까. 그날이 오기만을 목을 늘이고 기다리고 있는 게 옳다 생각하십니까."

아니, 그렇지 않다. 그런 생각을 가진 사람은 아무도 없었다. 지금 저 말은 틀렸다.

유화는 당장 비집고 올라올 것 같은 이야기를 입술을 깨물어 삼키며 고개를 숙였다. 부탁을 하러 왔으면 그에 걸맞게 행동해야지, 상대의 비위를 거슬러 좋을 게 없었다. 마음을 가다듬고 입을 열어 차분하게 대답했다.

"장유유서를 어겼으니 순리대로 되돌리려는 것은 마땅하다고 생각합니다. 잘못을 저질렀으니 유배도 기꺼이 받아들일 것입니다.. 하지만 과한 충성심을 가진 자들이 아우들을 해하려 할까 두렵습니다. 듣기로는 부부인의 아우 분들께서 오라버니의 총애를 받고 있다 들었습니다. 그분들께서 제 동생들 곁을 지켜 주시면 목숨을 부지할 수 있지 않겠습니까."

"목숨을 부지하여 후일을 기약하시렵니까."

"부부인께서도 보셨으니 알지 않으십니까. 권력에 욕심을 낼 수도 없는 처지에 있는 아이에 책이나 읽고 글이나 쓰는 걸 좋아하는 서생 같은 아이입니다."

"역도가 꼬이면 세상 물정 모르는 백면서생만큼 위험한 것도 없지요."

민 씨는 쓸데없는 소리는 들을 필요도 없다는 듯 다시 한 번 유화의 말을 잘랐다. 스스로의 처지도 제대로 모르고 함부로 나대는 어리석은 이복시누를 향해 비웃음을 흘렸다.

"지금 궁주께서 과연 아우들을 걱정할 때일까요. 궁주님은 역신이 모여든 자들의 친동기간이니 흥안군은 역도들과 한패거리라 보아도 무방할 텐데요."

서늘한 말이 유화의 마음을 날카롭게 저며 냈다. 제는 중요한 순간마다 유덕과 동행하며 뜻을 이룰 수 있도록 도움을 주었다. 하여 그저 아는 사이가 아니라 신뢰가 바탕이 된 관계라 여겼다. 그러나 민 씨의 단언은 그녀의 생각이 순진한 어린아이의 것에 지나지 않는다는 듯 비웃고 있었다. 그녀 혼자만의 생각이 아니라 유덕의 뜻이며 수하들의 행동을 결정짓는 잣대일 것이다.

유화의 마음이 차갑게 식었다. 내내 바닥을 짚고 있던 손을 떼며 허리를 꼿꼿하게 폈다. 미친 듯이 날뛰는 심장 위에 손을 얹고 마주 앉은 여인의 눈을 똑바로 바라보았다. 간절한 원을 이루고자 비굴하게 고개를 숙이는 것도 마다하지 않았으나 얻을 것이 없다면 구차하게 굴 필요도 없었다.

"부부인께 감히 묻나니, 대군 나리의 마음도 부부인과 같습니까?"

"그렇지 아니하다면 지금 이렇게 군사를 일으키셨겠습니까?"

"내가 묻고 있는 것은 그것이 아닙니다."

오라버니가 아니라 대군 나리라 부르고 눈앞의 여인을 부부인이라 지칭했다. 이미 칼끝이 향한 방향이 분명하다면 반쪽짜리 형제는 더 이상 동기간이라 부를 수도 없다. 현실을 받아들여 가고 있는 유화의 목소리가 주체할 수 없을 만큼 떨렸다.

"아마 오늘이 지나면 부부인은 틀림없이 귀한 남편을 둔 귀한 여인이 될 것입니다. 그렇게 되기까지 스스로의 공이 지대하며 아우들의 힘이 컸다 여기겠지요. 부인의 남편이 진정 당신을 훌륭한 조력자로 여기고 당신의 아우들과 마음을 나누어 손을 잡은 이로 생각할지를 묻는 것입니다."

"당연하지 않습니까."

"감히 말씀드리건대 장부되는 이 역시 한때는 대군 나리의 조력자였을 것입니다. 그러나 지금 부인께서는 그이를 스스럼없이 역도의 무리라고 칭합니다. 온 마음을 다한 사냥개를 미련 없이 삶아 버리기로 결정하는 비정한 사람이 다만 부인 하나일 것으로 믿습니까?"

"쥐도 위기에 처하면 고양이에게 덤빈다던가요."

"누구에게 이야기해도 귀 기울이는 자 없는 이야기이지만 틀림없는 사실이 있습니다. 뿌린 대로 거두는 법이고 자신이 벌인 일은 그 이상의 크기가 되어 자신에게로 되돌아오는 법입니다.

후회해도 항상 때는 늦게 마련이고요."

유화는 자신의 말을 가볍게 흘려 넘기는 민 씨에게서 눈길을 거두며 자리에서 일어났다. 상대는 존재하지도 않는 것처럼 망설임 없이 몸을 돌렸다. 딛는 걸음 하나하나에 신경을 곤두세웠다. 한 점 흐트러짐 없이 태연하고 절대 흔들리지 않는 당당한 뒷모습을 남길 수 있도록.

그러나 방을 나서서 반쯤 기울어간 햇살을 받자마자 머리가 어지러웠다. 기둥을 짚어 가벼운 어지럼증을 몰아내고 숨을 몰아쉬었다. 마당 저편, 칭얼대는 아이를 달래기 위해 아이를 안고 서성거리는 젊은 유모의 모습이 보였다. 안마당을 나서기 위해서는 곁을 스쳐 지날 수밖에 없었다. 돌을 훌쩍 넘긴 아이는 그때보다 더 또렷한 눈망울로 유화를 쳐다보았다.

유화가 잠깐 걸음을 멈추고 그 얼굴을 들여다보았다. 지금 당장이라도 손을 뻗어 안아 주고 싶은 귀여운 아이의 얼굴에는 절대 미워할 수 없는 오라비가, 더없이 다정한 그녀의 아버지가 담겨 있었다.

아가, 나는 이제 네 고모라고 할 수 없겠구나. 그래도 네게 보낸 그 마음은 거두지 않으마.

유화가 다시 시선을 돌리고 걸어가기 시작했다. 저만치 떨어져서 그녀를 바라보는 그림자를 발견하지 못한 채로 그대로 위태로운 걸음을 떼었다.

관복을 펄럭이는 제의 발걸음은 몹시도 급했다. 군사를 이끌고 나가 검을 쥔 채 죽음을 맞이하는 게 무인답다 여겼지만, 아무 염려 말라며 붙드는 중결을 뿌리치지 못했다. 그의 주군은 이미 나이가 들어 용기가 쇠했으며 혼인한 딸을 가진 아버지였다. 그 딸은 그의 아내이기도 했다. 그 마음 짐작해 자리에 앉았지만 앞으로 다가올 일이 없어지지 않으리라는 것도 알고 있었다.

두려울 것은 없었다. 젊었을 적 전장에 드나들 때부터 목숨은 이미 내어놓고 있었다. 뜻을 이루기 위해서 목숨을 초개처럼 여기는 것은 장부의 미덕이었다. 하지만 단 한 가지, 그의 연인을 생각하면 바람 한 점 일지 않는 수면 같던 마음에도 파문이 일기 시작하여 집채만 한 파도가 되어 넘실거렸다.

그가 없는 세상을 그녀는 견뎌 낼 수 있을 것인가.

그녀를 두고 가야 하는 발걸음은 쉬이 떨어질 것인가.

급하게 딛던 발걸음은 생각이 많아질 때마다 느려지고 시간이 많지 않음을 상기하면 다시 몇 배나 빨라지곤 했다. 그렇게 당도한 집 앞에서 어디에선가 돌아오는 유화와 대문간에서 마주쳤다. 몹시 위태로운 걸음걸이를 한 여인은 그가 어깨에 손을 얹을 때까지 그의 모습을 눈치채지도 못했다.

"이 시간에 어찌 오셨습니까."

유화는 눈을 내리깔아 그의 시선을 피하고 있었다. 제가 손을 잡자 겁에 질린 듯 끌려가지 않으려 애쓰는 몸짓을 했다. 제가 그 반응을 무시하고 억지로 안채로 잡아끌었다. 따라오지 않으면 안아서라도 옮길 생각이었지만 유화가 이내 순순히 그를 따라 안방에까지 왔다. 처음으로 완력을 써서 놀란 것일까. 하지만 오늘이 처음이자 마지막이 될 터였다.

두 남녀가 마주 앉았다. 상대가 누구든, 단둘이 대면하고 앉는 게 오늘만 벌써 몇 번째인지. 그리고 이번 대화가 가장 힘겨우리라는 것도 깨달았다. 유화가 도로 눈을 내리깔았다.

"부인."

제는 가능한 다정하고 평온한 목소리를 내려 애썼지만 흔들림이 묻어나고 말았다. 두려움이 가득한 눈길을 마주하는 것이 이토록 힘든 일일 줄은 몰랐다. 혼인을 하지 않았으면 좋았을까. 그는 처음으로 자신의 결정을 후회했다. 신경 쓸 것은 제 몸 하나뿐이어서 남겨 두고 가야 하는 무언가를 염려하지 않아도 되었다면 이토록 힘들지는 아니할 텐데. 하지만 만약 그랬다면 삶에 의미라는 것이 있었을까.

그가 빈주먹을 힘겹게 움켜쥐었다. 유화와 혼인하기로 결심하였을 때 떠올랐던 말, 이 여인을 가장 우선으로 생각하라던 마지막 말을 무시하지 않았어야 했다. 귀한 지체에 어울리는 훌륭한 사내가 되려 동분서주할 것이 아니라 불필요한 관직 따위는 벗어던지고 유화의 손을 잡고 떠났어야 했다. 산골에서 화전을 일구든 바다에서 그물을 던지든, 촌부가 되어 소박하고 평범한 하루에서 비롯하는 행복을 느꼈어야 했다. 그리하였다면 일상의 고단함에 애정이 식어 무덤덤하게 지내는 시간을 맞이할지언정 오늘 같은 날을 오지 않았으리라.

불러 놓고는 입술을 굳게 다물고 있는 제를 바라보던 유화가 기다리다 지쳐 입을 열었다.

"나리."

좀처럼 사용한 적 없는 호칭이 낯선 듯 제가 유화를 응시했다. 유화가 아랫입술을 지그시 깨물었다. 통증은커녕 간질거리는 느낌조차 들지 않았다. 감각이 사라진 대신 사고만이 날카로워졌다.

연유는 알 수 없으나 그녀의 안위는 확신하고 있었다. 그러나 아우들은 이미 구할 수 없게 되었다. 눈앞의 남자를 잃는 것도 시간문제임을 직감했다. 모두 잃을 수밖에 없다면 다만 하나라도 구하고 싶었다. 피를 나눈 혈육도 저버린 지극히 이기적이고 매정한 생각이었지만 어떻게든 그만은 붙잡아 두고 싶었다. 구차하고 치사스럽겠지만 목숨만은 부지할 수 있을 방법이 있을 것 같았다.

"저와 함께……."

"유덕에게 가자고는 하지 마시오."

유화의 마음을 간파한 제가 중얼거렸다. 그 말에 유화가 오히려 더 또렷하게 의견을 개진했다.

"아무리 사나운 자들이라 해도 오라버니의 사저 안에서까지 칼부림을 하지는 못할 것입니다. 퇴궐하여 돌아오면 말을 붙여 볼 수 있을 터이지요. 아버지의 뜻을 따른 것이니 본의는 아니었다고 하면 뜻을 이루고 마음이 너그러워진 후라 이해해 줄지도 모릅니다."

제는 간절한 목소리에 선뜻 그러마 대답할 수 없는 그의 처지를 한했다. 이 고집이야말로 유화를 가장 슬프게 하리라는 것을, 여태까지의 외로움 따위는 비견할 수 없는 고단한 처지에 밀어 넣을 것임을 알면서도 할 수 있는 말은 하나뿐이었다. 기억도 나지 않을 아주 어릴 때부터 사내는 그러해야 한다고 배워 온 결과였다.

"내 한 목숨 부지하자고 그럴 수는 없소. 그건 그대도 알지 않습니까."

"모릅니다. 알지 못합니다. 아는 것은 단 하나, 낭군이 저의 전부라는 것뿐입니다."

유화는 제의 결정을 부정하듯 계속 고개를 흔들었다. 그녀를 위해 마음을 바꾸어 주었던 단 한 번의 기억에 필사적으로 매달렸다.

"여인의 치마폭에 감싸인 사내가 되어도, 구설에 올라 손가락질받아도 좋다 하셨습니다. 한 번만, 단 한 번만 더 감내해 주십시오. 이후로는 아무것도 바라지 않겠습니다."

절조를 지키지 못한 것을 후회하며 그녀를 비난하더라도 기꺼이 받아들이리라. 술병이나 끼고 여인이나 찾아다니는 건달 같은 사내가 된다 해도 원망하지 않을 것이다. 모든 일이 그녀의 탓이기에 얼마든지 감수할 수 있었다. 어떤 결과라도 지금 그녀의 앞에 놓인 단 하나의 결말, 그의 부재보다는 훨씬 나았다. 그러니 부디 마음을 돌려 달라고, 차마 나오지 않는 말을 눈빛으로 대신했다.

그러나 그렇게 간절하게 바라볼수록 점점 더 그의 마음을 확신하게 되는 것은 어쩔 도리가 없었다. 너는 다만 존경하는 장군님의 딸에 불과하다며 물러서던 그의 얼굴에 스치던 망설임이 지금의 그에게는 없었다.

"차라리 오라버니 곁에 있으려 들지 말았어야 하나 봅니다."

유화가 자책하듯 중얼거렸다. 다정한 이를 잃고 싶지 않아 멀어지는 청년을 한사코 붙잡았다. 혼인이 결정된 이후로는 그녀의 존재가 그의 비상(飛上)을 방해할까 염려하였으나 막상 닥쳐온 결말은 그보다도 더 참혹했다. 제가 그녀의 낭군이 아니었더라면 이런 처지에 놓이지는 아니하게 되었으리라.

제가 유화를 꼭 껴안았다. 맞닿은 온몸으로 전하는 떨림을 느끼며 유화의 턱을 들어 올렸다. 금방 눈물을 쏟아도 이상할 것 같지 않은 눈망울을 바라보다가 눈가에 손끝을 올려놓았다. 따스한 물방울이 손끝에 묻어나는가 싶더니 형체를 잃고 굴러떨어졌다.

"이제 저는 어찌하면 좋습니까."

"다음 생이 있어 그때에도 연이 닿는다면, 그때는⋯⋯."

떨림이 번져 든 입술에 서서히 다가갔다. 자신도 얼핏 흐려지는 것 같은 시야에 들어오는 그리운 얼굴을 향해 더없이 사랑스러운 미소를 지어 보였다. 연인의 눈에 남을 마지막 모습은 평소와 다를 바 없는 다정한 낭군이어야 했다.

제는 안방 문을 나서자마자 한 쌍의 눈과 마주했다. 집 따위는 잊어버린 듯 밖으로만 돌아도 온기를 채워 주던 이가 그를 원망하듯 바라보고 있었다.

"무슨 일이 있어도 아씨께서 바깥 걸음을 하시면 안 돼. 담장 너머가 아니라 안채에서도, 가능하면 안방에서 나서지 못하도록⋯⋯."

유온이 고개를 끄덕이는 것을 보며 발을 옮기던 제가 잠시 걸음을 멈추고 뒤를 돌아보았다.

"내가 없어도 부탁할게, 유모."

어린 시절로 돌아간 것 같은 말투에 유온의 눈가가 젖어 들었다.

그는 안채를 벗어나자마자 바깥채와 안채를 잇는 문을 꼭 닫았다. 되도록 집이 아닌 곳에 일이 벌어지도록 서둘렀다. 그러나 보폭을 크게 하여 성큼성큼 딛기 시작한 걸음은 이내 뜻을 이루지 못한 채 멈추었다. 거의 다 기울어 가는 마지막 햇살이 쇠붙이에 튕겨 번뜩이고 있었다. 반사적으로 칼자루를 쥐었지만 쓸데없는 살상이 늘어날 뿐이었다. 손을 그대로 멈춘 채 눈을 감았다.

어린아이가 그의 손가락을 움켜잡았다.

조그맣고 외로운 소녀가 맑은 웃음소리를 내며 그의 목에 매달렸다.

사랑스러운 소녀가 입술을 누르며 마음을 고백하고는 허리를 끌어안았다.

여인의 향이 짙게 배어든 성숙한 소녀가 밤을 내어 달라며 그의 품에 안겨 왔다.

그 이후로는 줄곧 외로움에 시달려 왔을 여인이 그를 향해 미소 짓다 눈물을 떨어뜨렸다.

내게는 언제나 너뿐이었구나.

어쩌면 네게도 줄곧 나뿐이었을까.

더는 몸을 지탱할 수 없게 된 무릎이 꺾였다. 그의 뒤에서 삐

격대는 소리가 유난히 크게 울렸다. 누구인지 볼 수 없어도 그 정체를 금방 알 수 있었다.

행동은 항상 그의 생각보다 빠르고 온순한 편이어도 마음을 먹으면 고집대로 행하고 마는 그 성정을 알고 있었으니, 그가 좀 더 빠르게 행동했어야 옳았다. 잠깐의 망설임을 뒤로 하고 바윗덩어리만큼이나 무거워진 눈꺼풀을 힘겹게 들어 올렸다.

웃는 얼굴이 더없이 고운 여인이 눈물짓고 있다는 사실이 무척 마음 아팠지만 마지막으로 눈에 담을 수 있는 것이 사랑하는 연인이라는 것에 만족하고 욕심부리지 않기로 했다. 바짝 말라 버린 입술로 마지막 숨결을 흩뜨렸다.

"유화야."

사내가 쓰러진 것을 본 자들은 지체 없이 발길을 돌려 떠나갔다. 흘긋 살펴본 것으로도 대문간의 풍경도 심상치 않을 것임을 짐작할 수 있었다.

여기저기 보기 싫은 얼룩들과 공기 중으로 흩어지기 시작한 비릿함에 놀라 언제나 조용하고 규칙적이던 일상이 무너진 이들이 동요하기 시작했다.

이미 숨이 끊어진 주인 나리를 무릎 위에 눕혀 둔 아씨를 유온이 애타게 불렀다. 차마 다가갈 수 없어 발만 동동 굴렀다.

"아씨."

"내가 곁에 있지 않으면 누가 있을까."

차갑게 식은 이마에서 눈까지를 천천히 쓸어내리는 손이 떨렸다. 혹시나 다시 가느다랗게 뜨고 바라보아 주는 것은 아닐까, 다음에 전하려던 이야기를 이어 주는 것은 아닐까. 헛된 기대를 품은 것처럼 손바닥으로 몇 번이나 그 얼굴을 쓸어보았다.

이마와 눈 주변을 맴돌던 손길이 조금씩 내려갔다. 간지러운 숨결을 흘려 내던 코에서 나른하게 속삭이던 입술로, 턱을 지나서 목과 어깨를 거쳐 가슴으로. 그렇게 조금씩 움직이던 중에 미끈거리는 낯선 감촉을 만났다. 벌써 엉기듯 굳어 버린 것도 있었다.

그녀가 그러고 있는 동안 사람들 사이에 이는 동요가 더욱 거세어졌다. 군사가 들이닥쳐 주인 나리를 해하고는 사라졌다. 대문에서 안채에 이르는 길까지 선혈이 낭자했다. 겁을 먹지 않는 게 이상했다. 유온이 지금껏 들어 본 적 없는 앙칼진 목소리를 냈다.

"나리의 은혜도 잊고 뭣들 하는 것이냐!"

"그냥 두게. 가게 내버려 둬."

나 같아도 머무르고 싶지 않겠다. 나도 여기에 있고 싶지 않아. 이이가 여기에 이렇게 누워있지만 않다면 나도 지금 당장 도망치고 싶어. 지금이라도 몸을 일으켜 나가면 이 참상을 지워 버릴 수 있을까.

유화가 힘없이 중얼거렸다. 그러나 몸을 일으키는 대신 손만 움직였다. 굳어진 몸을 어루만지는 손끝이 덜덜 떨리는 것을 느끼면서도 같은 행동을 반복했다. 날이 어두워지는 것과 함께 온기가 식은 몸에 싸늘한 냉기가 감돌기 시작했다. 고요가 내려앉던 집 안에 다른 종류의 웅성임이 스며들었다.

"노비 중 도망하는 자가 있으면 후일 반드시 중한 죄를 줄 것이다."

대문 밖에서 쩌렁쩌렁하게 울리는 목소리가 담장을 넘어 온 집 안을 채웠다. 시비 하나가 조심스럽게 다가왔다.

"밖에 대군 나리의 진무(鎭撫)라는 이가 와 있습니다."

"들지 말라 하여도 들어올 테니 구태여 내게 알릴 필요 무엇일까."

잔뜩 날이 선 유화의 대답을 들은 시비가 종종걸음으로 대문간으로 향했다. 잠시 후 무관 하나가 나타났다. 유화가 그의 얼굴을 냉랭한 표정으로 쏘아보았다. 당황한 무관이 허리를 굽히고 자신이 찾아온 용건을 꺼냈다.

"부마의 시신을 수습하고 예를 갖추어……."

"오라버니께서 드디어 나를 가엾게 여기신다 하던가."

유화가 무감한 목소리에 이어 메마른 웃음소리를 냈다.

"그렇지. 하루아침에 지아비를 잃고 아우들도 모두 잃은 이복누이가 어찌 불쌍치 아니할까. 하여 그들이 모두 죽어 나가도록 눈 깜짝하지 않고 지켜보셨던가. 아아, 이리 말하면 아니 되겠지. 사실을 알지 못하였던 오라버니께서 후의를 베푸시는 게로구나. 하면 나는 어찌하면 좋겠느냐. 대군 나리의 지극한 마음에 감복하여 눈물을 쏟고 머리를 조아리면 만족하겠다 말씀하시던가."

목소리에 빈정거림이 실렸다. 무관은 대꾸할 말을 찾지 못한 채 그녀의 곁으로 다가갔다. 대문간의 어지럽던 흔적들은 따라온 병사들이 치워 내고 있었지만 집주인도 똑같이 처리할 수는 없었다. 처단할 때야 역도라고 했지만 공주의 남편이었다. 유덕도 시신을 수습하여 염습하라 일렀으니 명을 받들어야 했다.

그가 다가오는 것을 보며 유화가 몸을 웅크려 그녀의 품에 있는 사내를 힘껏 안았다. 그가 더는 그 팔을 움직여 그녀를 안아 주지도 않을 것이며 눈을 뜨고 바라보는 일이 없을 것임을 알면서도 놓지 않았다.

"그런 후의는 필요 없다 전하라. 역신의 허수아비에 지나지 않던 세자의 누이요, 역신과 한패거리인 남편을 둔 나부터 처단하고 난 뒤에 뜻대로 하시라 전하란 말이다!"

날카로운 목소리 끝에 비명이 섞여 들었다. 진하게 풍겨 오는 피비린내에 머리가 핑그르르 돌았다. 아무리 손에 힘을 주어도 정신이 자꾸 아득하게 멀어졌다.

✳   ✳   ✳

깨끗하게 정리된 방은 썰렁했다. 새로 바뀐 가구에서 풍기는 나무 냄새와 갓 바른 벽에서 흘러나오는 풀 냄새가 방 안에 진동했다. 한 길도 넘을 듯 늘어서 있던 책은 흔적도 없이 사라졌고, 수틀과 서안도 예전에 쓰던 것들이 아니었다. 서안 앞에 앉은 유화는 부질없다는 것을 알면서도 서랍을 열어 비어 있는 안을 한참 들여다보았다. 아무것도 아닐 풍경을 눈앞에 두고 보는 듯 세세하게 적어 내려 간 신중하고 단정한 글자들이 늘어서 있던 서간은 한 줌 재가 되어 스러졌으리라.

낯선 장을 열었다. 눈에 띄는 옷가지와 바닥에 깔리는 금침 중에도 낯익은 것은 아무것도 없었다. 장례가 치러지기까지 유화가 정신을 거의 놓고 있던 사이에 조금이라도 그를 떠올릴까 싶은 것을 유온이 모조리 치워 버린 까닭이었다.

그의 흔적을 모조리 치워 버렸다고 기억까지 없앨 수 있는 것은 아니었다. 그를 추억할 수 있는 것이 아무것도 없다는 사실이 더 가슴 아팠다.

멍하니 앉아 있다가 갑자기 떠오른 생각에 자리에서 일어났다. 사랑에는 무엇인가가 남아 있지 않을까. 그의 흔적이 아니, 아직도 남아 있는 듯한 코끝의 체취라도.

안마당을 가로질러 주인이 없는 사랑으로 향하는 동안 누구도 막지 않았다. 유화가 천천히 방문을 열고 살풍경한 그 방을 둘러보았다. 본디도 소박하고 별것 없던 방은 더욱더 휑뎅그렁하여 예전의 모습을 떠올릴 만한 것은 무엇도 남아 있지 않았다. 의미 없이 둘러보던 눈길이 벽장에 닿았다. 어쩌면 저 안에는 뭔가 있을지도 모른다.

약간의 기대감 너머로 아무것도 없을 것이라는 확신이 피어올랐다. 문을 열어 먼지 한 톨 없이 깨끗한 모양을 확인하고 다시 닫으려던 찰나, 저 안쪽에 파고 들어가듯 숨어 있는 작은 천 조각을 발견했다. 얼핏 보아서는 눈에 띄지도 않을 어두운 구석에 있어 유온의 손길을 피한 모양이었다.

유화는 귀퉁이에 끼인 천을 힘겹게 잡아당겼다. 손바닥보다 작은 천 조각에는 서툰 솜씨로 수가 놓여 있었다. 연한 보랏빛의 꽃송이는 회색에 가까울 정도로 탁한 빛으로 물들어 있었다. 부드럽던 천은 더욱 얇아지고 꽃송이 위쪽에는 잔 보풀이 일었다. 유화의 눈에 눈물이 차올랐다. 저미는 가슴을 부여잡고 얼굴을 갖다 대었다. 꽃송이가 조금 진하게 물들었다.

유화는 한참만에야 사랑에서 나섰다. 눈가를 문질러 눈물 자국을 지웠지만 눈이 붉어진 것을 감출 수는 없었다. 하지만 아무도 없는 곳에서 남몰래 우는 것은 흔한 일이었다. 다들 모르는 척하고 넘어가리라는 걸 알고 있었다.

"아씨."

그녀를 부르는 목소리에 유화가 얼른 손에 든 것을 더욱 세게 쥐어 감추었다. 탕약을 받쳐 든 모습을 보고는 얼굴을 잔뜩 찡그리며 방 안으로 몸을 들였다. 유온이 그녀의 뒤를 따라 들어와 소반을 내려놓았다. 유화가 고개를 저었다.

"필요 없어요."

"몸이 상하십니다."

유온은 도련님의 마지막 모습을 떠올리면 아직도 몸이 오싹하고 숨이 갑갑했다. 그러나 이 작은 아씨가 위험한 생각을 품을 것이 더 두려웠다. 한동안은 잘 때에도 곁을 지켰다. 제대로 잠도 자지 못한 채 멍하니 누워 있거나 혹은 뒤척거리다가 설핏 잠이 들면 작은 소리에도 소스라치게 놀라서 깨는 모습에 마음이 아팠다. 얼굴은 파리해지고 입술도 창백해져 예전의 미색도 빛이 바랜 느낌이었다.

요즘은 다소 나아진 것처럼 보였지만 생기가 없는 것은 여전했다. 괴괴해진 집에는 찾아오는 이도 별로 없었지만 누가 오든 발을 들이지 못했다. 유화가 극도로 경계하여 고개를 젓고 방을 걸어 잠근 채 숨을 죽이고 있으면 그것이 더 불안했다. 김 씨가 광원과 함께 혹은 혼자서 찾아왔다가 유화를 만나지 못하고 발길을 되돌린 것도 여러 번이었다.

유화는 고집스럽게 입을 다물고 있었지만 유온도 이번만큼은 물러설 수 없다는 듯 완고하게 버텼다. 한참이나 말없는 기 싸움이 계속되던 끝에 결국 유화가 탕약을 몇 모금 마셨다. 사랑하는 정인을 떠나보내고서도 뒤를 따르기는커녕 어떻게든 살아보겠다는 발버둥인가 싶어 쓴웃음이 나왔다. 둘은 아무런 말도 없이 그렇게 한참이나 마주 보고 있었다. 유화가 몸에서 기운이 빠지는 것 같아 벽에 기대었다.

"어명을 받들고 왔습니다."

바깥에서 들리는 목소리에 유온이 얼른 문을 열어젖혔다. 궁인 하나가 들어와 유화를 향해 머리를 조아렸다.

"입궐하시라는 어명이옵니다."

"가지 않겠다고 전하라."

"어명이옵니다, 궁주님."

"가지 않는다 말하지 않았느냐. 어명을 받들지 않아 벌을 내린다 하시면 기꺼이 받겠다. 어명을 받들든 그렇지 않든 죽는 것은 매일반인 세상 아니더냐."

눈을 사납게 뜨고 심중에 있는 말을 마치 마지막으로 남기는 말인 것 마냥 쏟아 내던 이가 힘에 겨운 듯 머리를 벽에 기댔다. 눈을 감더니 그대로 고개를 떨어뜨렸다. 궁인이 크게 당황해서 유온을 바라보았다. 유온이 쓸쓸한 기색으로 태연하게 대꾸했다.

"아마 두어 시진 정도는 깨어나지 않으실 겁니다. 혼자 오시지 않았을 터이고 가마도 준비되어 있을 테니 이대로 모셔 가는 것이 좋겠습니다."

사람들이 들어와 유화를 조심스럽게 옮겼다. 주인아씨가 사라진 자리를 말없이 바라보고 있던 유온은 바닥에서 꼬질꼬질한 천 조각을 발견했다. 미처 치워 내지 못했던 과거의 흔적을 손에 든 채 긴 한숨을 내쉬었다.

"유화야."

"아버지."

유화가 낯선 풍경에 당황해하고 있을 때 중결이 불쑥 그녀의 시야 안에 들어왔다. 강 씨가 세상을 떴을 때 훌쩍 늙어 버렸다 생각했던 것과도 비교할 수 없을 정도로 노인이 되어 있었다. 유화가 몸을 일으켰다. 그녀가 왜 여기에 있는지 어떻게 된 일인지 묻는 것은 아무 의미가 없었다. 중결은 입술을 굳게 닫은 채 자신을 바라보는 딸의 손을 잡았다.

"여기에서 나와 함께 있으면 너는 괜찮을 것이다."

"홀로 살아남아 있는 것이 무슨 의미가 있겠습니까, 아버지."

유온이 그녀를 밤낮으로 감시했다. 뒤따를 용기도 없어 목숨을 부지하고 있었다. 차라리 유덕을 따르는 자들이 역도의 혈족을 그대로 둘 수 없다며 죽이러 오기를 바랄 때도 있었다. 딸을 지키려는 아버지의 마음은 고맙지만 원치 않는 것이었다.

"너는 혼인한 뒤에도 줄곧 내 딸이었다. 네 어미가 떠나고 나서 내 마음을 위로해 주던 것도 너 하나였다. 네 아우들도 모두 제 어미를 따라 떠나 버렸으니 이제는 너뿐이로구나. 너를 내가 지켜 내지 못하면 저승에 있는 네 어미를 볼 면목이 없어."

중결은 더 이상 기개를 지닌 담대한 사내가 아니었다. 사랑하는 아내와 아끼는 자식들을 모두 앞세우고 남아 있는 딸 하나마저 잃을까 잔뜩 조바심을 내는 마음 여린 노인이 되어 있었다. 그녀마저도 먼저 떠나면 더욱 초라하고 외로운 처지에 놓일 것처럼 보였다.

살아도 사는 게 아닙니다, 아버지.

유화가 끝내 말을 입 밖에 내지 못한 채 고개를 끄덕였다. 눈물이 방울져 흘러내렸다.

❋　　　❋　　　❋

아무도 없는 정원에 바람이 불어 들었다. 바람과 함께 저 끝에서 하얀 형체가 모습을 나타냈다. 미끄러지듯 조용한 움직임 뒤로 가볍게 밟힌 풀잎에서 풍기는 싱그러운 내음이 따라붙었다. 늘어뜨린 손끝에 걸리는 가느다란 줄기며 꽃송이가 스쳤지만 그 사실도 모르는 듯 무심했다. 그저 산책을 나섰다고 보기에는 한낮의 햇살이 지나치게 따가웠다.

언제부터인가 계절을 불문하고 얼음장처럼 차가운 손가락을 감싸듯 두 손을 모아 쥐었다. 조금밖에 걷지 않은 것 같은데도 힘이 부쳤다. 딱히 더위가 느껴지지는 않았지만 햇볕을 오래 받아 몸이 지치는 느낌이었다.

잠시 쉴 그늘을 찾았다. 풍성한 그늘을 드리우는 나무가 정원 곳곳에 있었지만 마치 무엇인가에 홀린 것처럼 저만치에 서 있는 나무를 향해 걸어갔다.

여인의 뒤에는 그 모습을 말없이 좇는 눈길이 있었다.

여인은 그늘 끄트머리에 몸을 들이고는 고개를 들었다. 팔을 힘껏 뻗으면 손끝에 닿을락 말락한 높이에 층층이 쌓인 연보랏빛 꽃송이가 가득했지만 손을 뻗지는 않았다.

천천히 시선을 내리면서 다시 걸음을 옮겼다. 우람한 나무줄기 앞에 서서 팔을 살짝 들어 올려 앞으로 뻗었다. 손가락에 닿은 것은 딱딱한 나무껍질이었지만 단단하게 뿌리를 박고 제힘으로 버티고 선 큰 나무의 것은 아니었다. 큰 나무를 꼭 안아 칭칭 감아 올라간 덩굴이 마치 데일 듯 뜨거운 열기를 뿜어내기라도 하는 것처럼 흠칫 놀라며 손을 떼었다.

"저 덩굴이 꼭 저 같은가 합니다."

"스스로 꽃을 피워 낼 줄 모르는 나무에 피어나는 꽃처럼 귀한 것이 또 있을까."

유화의 시야가 흐릿해졌다. 그녀의 연인은 항상 곁을 맴돌다가 잠시만 틈을 보이면 귓가에 다정한 목소리를 흘려 넣곤 했다. 익숙해질 때도 되었는데 아직도 그 목소리가 들려오면 눈물이 차올라서 눈을 깜박이다가 얼굴을 가리고는 눈을 감아 버리는 것이 예사였다.

"저는 정말로 등나무 덩굴과 같았을까요."

그대를 곁에 두려던 내 욕심이 아니었으면 고초도 겪지 아니하셨겠지요.

유화가 입술을 떼고 벙긋거렸지만 목소리가 나오지는 않았다.

스스로 버티고 설 힘이 없는 등나무는 큰 나무를 만나면 은근슬쩍 몸을 기대었다. 가느다란 줄기를 뻗어 자신이 연약한 존재임을 잔뜩 각인시켜 놓고는 빠르게 휘감아 올라가서는 가장 볕이 잘 드는 자리를 차지했다. 널따란 이파리를 잔뜩 펼쳐 놓고 아무것도 모르는 것처럼 새침한 보랏빛 꽃을 피워 냈다. 달콤한 향기에 취해 정신이 팔리면 이미 때는 늦었다. 손가락보다도 가늘던 줄기가 두꺼워지면서 감사와 사랑하는 마음이 지극한 것처럼 잔뜩 죄어 감았다. 여간한 나무가 아니면 견디지 못해 시름시름 앓다 고사하기 마련이었다.

고개를 떨어뜨렸다. 명을 다해 시든 꽃이 바닥에 흩어져 있었다.

"꽃이 떨어지는데 가엾어 쓸지를 못한다오."

어디에 있어도 그의 목소리가 떠나지 않았다. 아파오는 가슴을 살며시 누르며 몸을 돌렸다. 햇살을 등지고 서 있는 사람의 모습이 보였다.

유화가 조금씩 뒤로 물러났다. 시선을 피하지는 않았지만 얼굴 가득 두려움이 떠올랐다.

"유화야."

"그 이름 입에 담지 마십시오."

떨리는 목소리는 의외로 완강했다. 그토록 원할 적에는 한 번도 불러 주지 않은 이름이 지금 여기에서 이 사람의 목소리로 형체를 갖추어 나오는 것은 싫었다.

"나를 원망하는 것이냐."

"어찌 감히 원망하겠습니까."

"어쩔 수 없었다. 그렇지 아니하면."

"듣지 않겠습니다. 듣고 싶지 않습니다. 들리지 않습니다."

유화가 세차게 고개를 저었다. 그녀의 아버지도, 세상을 떠난 남편도 옳다고 할 수 없는 선택을 하고 난 뒤에 변명하듯 어쩔 수 없었다고 이야기했다. 눈앞의 이 사람이라 하여 다를 리 없었다.

"네가 이해해 주기를 바라는 것은 무리겠지만 하나를 얻기 위해서는 다른 하나를 포기해야 하며 나를 지키기 위해서 남을 해할 수밖에 없을 때도 있다. 그것이⋯⋯."

"피를 나눈 동기간이고 오랜 벗이었어도 어쩔 수 없었다 말씀하시려 합니까? 저는 그리 생각하지 않습니다. 동복형제이고 동복누이의 남편이었다면 오라버니께서는 절대 그러하지 않으셨을 겁니다."

"아니다, 유화야."

사내가 발걸음을 떼어 다가왔다. 유화가 다시 뒷걸음질을 쳐서 몸을 피했지만 몇 발짝 가지 못해 등이 딱딱한 줄기에 닿았다. 피할 도리가 없었다. 얼굴이 창백하다 못해 새파랗게 질려서는 눈을 꼭 감았다. 그대로 풀썩 주저앉았다.

유화가 바닥에 완전히 쓰러지기 전에 유덕이 다가가 팔을 잡았다. 안아서 일으켜 세우는 그 어깨에 다른 손 하나가 가볍게 얹혔다. 광원이었다. 그는 고개를 젓고는 저만치에서 바라보고 있는 젊은 남자를 눈짓으로 불러들였다. 남자는 정신을 완전히 잃은 듯 축 늘어진 유화의 몸을 유덕에게서 떼어 내고는 가뿐하게 안아 들었다. 유덕은 꺾이듯 고개가 뒤로 젖혀진 채로 멀어지는 모습에서 좀처럼 눈을 떼지 못했다.

"저 아이는 네가 그러기를 원치 않을 것이다."

"홍안군의 일은 제 뜻이 아니었습니다. 알게 되었을 때에는 이미……."

"네가 거느리는 사람이 하는 모든 행동은 다 너의 책임이라는 것도 잘 알겠지."

광원은 언뜻 진심인 듯 들리는 유덕의 항변을 믿지 않았다. 제가 누구의 편에 섰는지는 명확하지 않았으나 유덕에게 온전히 동조하지 않은 것만큼은 분명했다. 이복아우들을 처단하기로 한 이상 이복누이의 남편인 데다 병권의 일부를 쥔 그는 더욱더 눈엣가시였을 것이다. 유화를 끔찍이 아끼는 그가 나중에 등 뒤에 칼을 겨눌지 알 수 없다고 생각하지 않았을까.

그러나 그 생각을 드러내는 대신 아랫사람의 행동은 모두 주인의 책임이라는 원론적인 말만 입에 올렸다. 아마 광원 자신의 마음에도 어렴풋하게나마 두려움이 드리워 있는 까닭일 것이다. 세자 자리는 처음부터 바란 적도 없거니와 잠시 맡아 두고 있는 것에 불과했지만 그가 욕심을 내지 않는지 면밀하게 관찰하는 듯한 시선을 따갑게 느낄 때가 있었다. 그럴 때면 과연 그가 무사히 내일을 맞이할 수 있을까, 하는 생각이 스쳐 가곤 했다.

여하간 겉으로야 어떤 말을 하고 태도를 취하였든, 속으로는 이복아우도 매제도 살려 둘 수 없다고 생각하였을 것이다. 유화는 영리한 데가 있어도 거의 고립되다시피 한 상태로 자라 아비와 남편 외에는 기댈 언덕도, 접근할 세력도 없으니 놓아둔 것일 테고.

"이제 좀 만족스러우냐."

"무슨 말씀이십니까."

"저 아이가 이제는 몇 마디 나누는 것만으로도 견디지 못할 정도로 너를 두려워하고 있으니 말이다. 두려워할 뿐 제 할 말 다하는 당돌함은 여전하니 네 뜻과는 다를까. 성정이 마냥 여린 아이인 줄 알았는데 의외구나."

그러나 광원의 짐작과 달리 유덕은 이미 유화의 그런 모습을 본 적 있었다. 정확하게는 그런 목소리를 들은 적이 있었다. 그날 그의 부인에게 아우의 구명을 요청하는 목소리는 더없이 간절했다. 듣기에 따라서는 마치 저주와도 같은 말을 냉엄하게 쏟아 냈다. 그의 앞에서는 해맑은 웃음을 짓고, 그의 냉대에 표정을 흐리는 게 전부였던 어리고 여리기만 하던 조그만 소녀의 모습이 아니었다. 살짝 비켜선 그의 모습도 발견하지 못한 채 하얗게 질린 얼굴을 하고 내딛는 위태로운 걸음을 그저 지켜보기만 했다.

그때 널 잡았더라면, 생각을 바꾸었다면 달라지는 게 있었을까.

"이렇게까지 하려던 건 아니었습니다."

유덕이 중얼거렸다.

어느 날, 그의 삶에 불쑥 끼어든 고운 여인이 있었다. 늘 상냥하고 다정하던 여인의 몸이 수척해지는 것이 신경 쓰였다. 무언가 불편한 게 있을까, 몸이 좋지 않은 걸까. 어떻게 하면 예전처럼 건강한 모습이 되어 줄까. 무얼 해야 할지 알 수 없던 소년은 여인의 마음을 달래 주려 꿈 이야기를 꺼냈다.

"꿈에서 저것보다 훨씬 큰 연꽃을 보았어요. 연못이 너무 깊고 또 연꽃은 멀리 있어서 꺾지는 못했지만……."

꿈에서 있었던 일인데도 부끄러워 얼굴을 붉혔다. 깊은 연못 한가운데의 커다란 꽃은 꺾지 못했지만 머리 위에 뻗은 덩굴 끄트머리의 꽃송이는 손에 넣을 수 있었다. 오밀조밀하게 모여 피어난 향기로운 꽃줄기를 여인에게 건네었다. 아비와 함께 환하게 웃는 모습을 흐뭇하게 지켜보았다.

꿈 이야기를 들은 여인이 고백했다. 그녀의 배 위에 그의 손을 끌어다 대고 낮게 속삭였다.

"이 안에 네 아우가 있어. 아마도 누이인 모양인데 예뻐해 주겠지?"

유화(蕤花). 그 이름은 아마도 그의 꿈에서 비롯하였을 터다. 강 씨가 그런 이야기까지 유화에게 전한 것 같지는 않지만, 매정한 오라비의 애정을 그토록 간구한 까닭도 거기에 있었을지 모른다.

겉과 속이 다른 위선자에게 줄 마음은 없었다. 귀찮게 감겨드는 계집아이는 언제나 못마땅했다. 조금 마음이 여유로워졌던 어느 날, 손톱만큼의 호의를 베풀었을 때 이복누이는 어색하게 뒤로 물러났다. 지금은 그를 보고 혼절할 정도로 두려움을 품고 있었다. 그것이 만족스러워야 마땅할 것이다.

그런데 어째서 마음이 아픈 걸까. 왜 그의 행동을 후회하게 되는 걸까. 어디서부터 잘못된 걸까. 유덕이 나지막하게 뇌어 보았지만, 지난 일은 되돌릴 수 없었다.

❋   ❋   ❋

"더는 견디지 못하겠습니다. 나가게 해 주세요, 아버지."

유화의 목소리에 중걸이 깊은 한숨을 내쉬었다. 살갑게 시중을 들며 때로 소리 내어 웃기도 하는 딸은 나날이 마르기만 했다. 상냥하게 미소 짓고 유쾌한 듯 이야기를 하는 행동이 아비인 자신의 마음을 편안하게 만들기 위한 노력임은 진작부터 눈치채고 있었다. 그랬던 유화가 저렇게 간절한 얼굴로 이야기할 정도라는 건 견딜 수 없다는 뜻이었다.

"아비도 한양에서는 버티기 힘들구나."

중걸이 너그럽게 웃었다. 자리에 앉아 서랍을 뒤적거리다가 무심한 듯 말을 던졌다.

"함흥에 가서 지낼까 한다. 함께 가겠느냐?"

함흥.

"이 대호군이 낭군님일까요?"

"비를 세운 게 사오 년 전쯤이니, 그 까닭일 것이오."

유화가 천천히 고개를 저어 아득한 기억을 흩어 냈다. 어디에
머물러도 그의 목소리는 그녀의 곁을 맴돌았지만 그와의 추억이
그토록 선명한 곳에 머물러서는 마음이 견뎌 낼 수 없을 것 같
았다. 차라리 전혀 인연이 닿지 아니한 곳이 나을 것 같았다.

"싫습니다."

"너를 내 곁에 두면 틀림없이 지켜 줄 수 있겠지만 네가 원치
않으니."

중결이 그럴 줄 알았다는 듯 고개를 끄덕였다. 서랍에서 하얀
천으로 감싼 것을 꺼내어 책상 위에 올려놓았다. 덮어놓은 천을
한 겹씩 풀어내는 모습을 유화가 말없이 바라보았다. 파랗게 선
날이 천 끄트머리를 비집고 나왔다.

"부처님께 귀의하면 네 오라비도 어찌하지 못할 게다."

유화가 떨리는 손을 들어 머리를 틀어 올리고 있는 비녀를 빼
냈다. 땋은 머리끝에 엉성하게 매달려 있던 댕기가 함께 떨어지
면서 머리칼이 물결처럼 흘러내렸다.

고개를 숙여 바닥에 시선을 고정했다. 사락거리고 옷깃을 스
친 머리칼이 바닥에 흩어졌다. 한 줌 쥐어 손바닥에 올려놓았
다.

"그대의 것이라 생각하면 머리카락마저 사랑스러워서 견딜 수
없소."

투둑투둑 떨어진 눈물이 실낱같은 까만 머리카락 사이로 스며들었다. 몸이 가느다랗게 떨리기 시작했다. 참아 내려 애써도 울음이 끝끝내 앙다문 입술 사이를 비집고 새어 나왔다. 떨어진 머리카락이 소복하게 쌓여 가고 있었다.

十五.
弔鐘(조종)

"어찌 나와 계십니까."

"방에만 있으니 시절이 가는 것도 모르고 있었습니다. 벌써 단풍이 들었군요."

딴청을 부리듯 대꾸하는 목소리를 들으며 여인이 눈을 돌렸다. 봄에는 꽃잎이 빗방울처럼 흩날리는 누각 옆에는 깊어 가는 가을만큼 짙은 붉은색으로 물든 단풍잎이 엷은 바람에 산들거리고 있었다.

여인이 다시 눈을 돌렸다. 방금 전 단풍 이야기를 하던 여승의 눈은 어느새 다른 곳을 향하고 있었다. 아무것도 없이 그저 파랗기만 한 하늘을 함께 바라보다 한숨을 쉬었다.

"바람이 차갑습니다."

머리칼 한 올 없이 파르스레한 머리는 창백한 얼굴을 더욱 파리하게 보이게끔 했다. 잿빛 의복에 감싸여 있어 더욱 핏기 없이 해쓱해 보이는 것인지도 알 수 없었다. 누각 기둥에 팔을 짚은 채 몸을 살짝 기댄 모습은 바람이 불면 그대로 꺾어질 듯 위태로운 느낌을 주기도 했다.

"오늘따라 산사가 몹시 분주한 듯합니다. 누가 오기로 되어 있습니까?"

"중전마마께서 기도를 올리러 찾아오신다 합니다."

여승이 잠시 멈칫하자 여인이 안타까운 눈으로 바라보았다. 유교를 근본으로 삼는 나라에서 불가에 귀의한 비구니의 삶이 어디 순탄한 것이었겠는가. 더군다나 이 사찰은 왕가와 연이 닿아 있는 여인들이 머무는 곳이었다. 그들 중에는 이미 패망한 나라의 왕비였던 이도 있었지만 여승의 삶도 서럽기로는 누구 못지않았다.

"아우들이 대간의 탄핵을 받고 있어 어지러운 마음을 다스리러 오신다는 것 같았습니다."

여인이 묻지도 않은 말에 대답하듯 말을 늘어놓았다. 여승이 가볍게 고개를 끄덕였다.

"그렇군요."

"방으로 드시겠습니까."

"오랜만에 나왔으니 바람을 조금 더 쐬겠습니다."

여승이 기둥에 기대고 있던 몸을 바로 세웠다. 여인이 허리를 굽혀 인사하고는 총총하게 사라지는 모습을 물끄러미 바라보았다.

얼마나 시간이 지났을까. 소란스러움이 바람결에 밀려 들어왔다. 분주한 발걸음이 고요하던 산사를 떠돌아다니고 있었다.

여승은 조심스레 나무 그늘로 몸을 숨겼다. 시린 느낌이 들 정도로 찬 공기에 비해 햇살이 워낙 강렬했다. 나무 아래 서 있기만 해도 다른 사람들의 눈에 잘 띄지 않을 터였다.

"아니 계신가?"

"잠시 자리를 비우신 것 같습니다."

"곧 돌아오실 것 같으면 안에서 기다리겠네."

"결벽이 있으셔서 남을 방에 들이는 법이 없으십니다. 하물며 지금 계시지도 아니한데 독단으로 결정할 수 없습니다. 송구하옵니다."

"그렇다면 어쩔 수 없지."

목소리가 끊기고도 꽤 한참이나 방문 앞을 지키고 서 있던 화려한 옷차림의 귀부인은 어쩔 수 없이 발길을 돌렸다. 그녀가 대웅전 안으로 들어가는 것을 확인한 뒤에야 여승이 그늘에서 벗어나 눈부시게 쏟아지는 햇빛 사이로 걸어 나왔다. 호젓하게 내딛는 걸음은 몹시도 가벼워 작은 소리조차 만들어 내지 않았다.

얼마 만인지도 기억할 수 없을 만큼 오랜만에 담장 바깥의 세상과 조우했다.

담장 바깥이라 해도 산속에 숨어든 절 앞은 안과 다를 바 없이 고요했다. 비탈진 길에 선 여승이 잠시 주변을 둘러보았다. 아래쪽으로는 맑은 샘이 있고 위쪽으로는 저 멀리 동쪽을 내다볼 수 있는 곳이 있었다.

망설이던 걸음이 무엇엔가 이끌리듯 한쪽으로 향했다. 어렴풋하게 맑은 웃음소리를 들은 것 같았다.

누렇게 시든 풀밭 위를 뛰어다니는 어린아이가 있었다. 저쪽 끝에서부터 이쪽까지 뛰어오는 모습을 바라보다가 옆을 힐끗 보았다. 낭떠러지까지는 아니라 하더라도 걸어서 오르내리기 어려울 정도의 급경사였다.

"아가."

여승이 어린아이를 다정하게 불러 주의를 돌렸다. 힘찬 발걸음을 멈춘 아이는 낯선 이를 빤히 바라보더니 아무런 망설임 없이 그대로 달려왔다.

여승은 자기도 모르게 무릎을 굽히고 앉아 뛰어드는 아이를 품에 안았다. 온몸으로 누군가의 체온을 느끼는 것은 무척 오랜만이었다. 당황스러움과 함께 아련한 그리움이 몰려왔다. 살짝 몸을 떼고는 아이의 얼굴을 들여다보았다.

"우리 아기는 이름이 뭘까."

대답을 대신하듯 아이가 까르르 웃으며 도로 목에 팔을 감고 매달렸다. 낯선 사람에 대한 경계심은 요만큼도 갖고 있지 않은 모양이었다.

"종아."

걱정과 안도, 난처함이 동시에 묻어나는 목소리에 여승이 고개를 돌렸다. 다가오는 소년의 얼굴은 처음 보는 데도 퍽 낯익은 것이었다.

"사실 낯을 무척 많이 가리는 아이인데 말입니다."

소년은 아직도 여승의 손을 꼭 잡은 채로 이리저리 잡아끌 듯

움식이는 아이의 보습이 낯선 눈치였다.

당기는 대로 가볍게 걸음을 움직이는 여승이 소년을 향해 미소를 보냈다. 소년이 눈을 깜박였다. 고운 옷자락을 휘감은 어린 소녀가 나비처럼 나풀거리는 모습을 본 것 같았는데 정신을 차리고 보니 쓸쓸함을 그 잿빛 옷만큼이나 익숙하게 두르고 있는 외로운 비구니에 불과했다.

소년이 샘 옆의 바위에 털썩 주저앉았다. 품에서 무엇인가가 툭 떨어졌다. 여승의 눈길이 소리에 반응했다.

"시간이 있으면 읽을까 했는데 어머니께서 유모도 함께 데리고 들어가시는 바람에 읽을 틈이 없었습니다."

여승의 눈이 책에서 소년의 얼굴로 움직였다. 소년의 얼굴이 확 붉어졌다. 붉게 달아오른 얼굴로 멋쩍게 변명했다.

"아우를 돌보겠다고 어머니를 따라나서긴 했습니다만 사실은 이렇게라도 아바마마의 눈길을 피하지 않으면 책 한 장 넘길 수 없기 때문입니다. 오랜만에 마음 놓고 책을 읽을 수 있는 게 기뻐 아우가 위험한 데로 뛰어가는 것도 알지 못했습니다. 스님이 아니었으면 큰일 날 뻔했습니다."

"대군 아기씨이시군요."

"에?"

부드러운 어투에 깜짝 놀란 소년이 자신의 말을 상기하고는 다시 얼굴을 붉혔다. 습관은 어쩔 수 없어 자기도 모르게 아바마마라 칭했다.

위로 형이 둘이나 있기는 해도 대군은 대군이었다. 그를 보면 고개를 조아리기만 하는 이들과 지내며 행동거지 하나도 자유롭지 못한 생활이 답답할 때가 간혹 있었다. 오늘 이후로 다시 볼 기약이 거의 없을 여승에게 평범한 소년 흉내를 내어 보려던 마음을 들킨 것 같아 부끄러웠다.

"그에 어울리는 훌륭한 품성을 지닌 것 같은데 무엇을 염려합니까."

"제 뜻대로 할 수 있는 일이 아무것도 없는 것만 같아 답답합니다. 위로 형이 둘이나 있는데 저까지 얽매일 필요가 있을까 싶기도 합니다."

"약간의 일탈로 눈에서 벗어나는 건 어렵지 않을 것입니다."

온유한 어투와는 어울리지 않는 뜻이 담긴 의외의 말에 소년이 눈을 동그랗게 떴다.

"뜻대로 할 수 있는 일이 없다는 것이 유유자적 노닐 수 없음을 한하는 것이라면 말입니다. 하지만 그것만이 뜻은 아니지 않습니까. 대군 아기씨의 뜻은 어디에 있습니까?"

쐐기를 박는 것 같은 질문에 소년이 표정을 굳혔다. 왕의 아들, 정비(正妃)의 적자(嫡子)였으나 삼남이었다. 왕이 되지 못한다는 억울함이나 아쉬움을 품을 수 없을 만큼 보위는 그에게 요원한 것이었다. 다만 대군이나 되어 아무것도 하지 않고 시간을 낭비하는 작자가 되고 싶지는 않다고 생각해 왔다.

세자가 아닌 대군이 유학(儒學)에 조예가 깊으면 그를 배경으로 사람을 끌어모으고 왕위를 탐내게 될 것을 염려하는 듯 경서를 익히지 못하게 했다.

하지만 학문은 경전이 전부가 아니었다. 학자들이 천대하는 불경에도 세상의 이치가 담겨 있었다. 잡학이라 깔보는 것들에도 삶의 지혜가 담겨 있었다.

그가 지금 읽고 있는 것은 치세(治世)와는 하등 관계없는 서간 집이었다. 유유자적 노닐기만 할 것이라면 이깟 책을 읽느니 누워 뒹구는 쪽이 나으리라.

어느 날부터인가 마음에 피어오르기 시작한 생각이 있었다. 아비에 대한 존경심은 부정할 수 없으나 반드시 옳지는 아니하다는 생각이 들기 시작한 무렵부터였다.

어좌에 오르고 그 자리를 지키기 위해 검붉은 얼룩을 만들어야만 할 연유가 있을까. 굳이 그러지 아니하여도 존경받는 성군이 될 수 있을 것이라는 확신이 있었다. 기회만 주어진다면 그러한 세상을 자신이 펼쳐 보이리라는, 그 누구에게도 말할 수 없는 꿈을 품었다.

눈앞의 여승은 그의 마음을 알고 있는 것 같았다. 그러나 더 이야기를 나눌 수는 없었다. 어린 아우에게 붙들려 이리저리 끌려다니느라 그에게 주의를 주기 어려워 보였다. 그녀가 지나가는 말투로 무심하게 물었다.

"이 아기씨를 종이라고 불렀던가요."

소년이 고개를 끄덕였다. 여승의 눈이 자신을 향하는 것을 보며 바위 위에 천천히 손가락으로 획을 그어 보였다.

"아바마마께서 직접 지어 주신 이름이라 합니다."

"만약 아들을 낳게 되면 종(種)이라 이름 지으면 어떨까 하옵니다."

수줍음을 가득 담아 아버지에게 속삭인 날이 있었다. 마지막까지 말을 맺지는 못하였지만 그 숨은 뜻을 짐작한 듯 중결이 머리를 쓰다듬어 주었다.

정인을 마중하러 나갔을 때 오라비 또한 장막 바깥에 있었다. 혹시 그때 그녀의 이야기를 들었을까. 그리하여 이 아이의 이름을 그리 지었나.

여승이 아이를 바라보았다. 그녀가 멈추어 선 것을 서운해하며 칭얼대는 아이의 얼굴에는 어릴 적에 안아 주던 어린 아우들의 흔적이 남아 있었다. 또렷한 눈매가 피 한 방울 섞이지 않은 그이와도 비슷한 것 같다는 생각이 들자 마른 줄로만 알았던 눈물이 고였다. 조심스레 아이에게 잡힌 손을 빼내어 머리를 한 번 쓰다듬어 주고는 소년을 향해 합장했다.

"스님."

소년의 목소리가 여승에게로 날아왔다.

"스님은 꼭 예전에도 뵌 적이 있는 것만 같습니다."

"비구니를 자주 보지 아니하는 이들은 다들 그리 말합니다."

여승이 잠긴 듯 나지막한 목소리로 대꾸했다. 벌써 십 년이나 지난 일을 어린 소년이 기억하고 있을 리 만무했다. 아픈 추억이 선명하게 되살아나기 전에 자리를 뜨려는 듯 몸을 돌렸다. 그러나 소년은 포기하지 않고 재차 물었다.

"실례가 되지 않는다면 존함을 어찌 보아도 되겠습니까. 법명이 아니……."

"출가한 이에게 속세의 기억이 있어서는 안 됩니다."

여승이 표표히 내딛던 걸음을 잠시 망설이더니 고개도 돌리시 않은 채 짧게 말했나.

"속명은 유화라 하였습니다."

문을 닫고 방을 나서는 여인에게 몇 개의 시선이 꽂혔다. 여인이 낮게 한숨을 쉬었다.

"아무래도 낮의 외출이 썩 좋지 아니하셨던 것 같습니다."

"의원이라도 불러야 하는 건 아닐까요."

"밤늦은 시간이니 날이 밝으면 다시 생각해 보자 하셨습니다."

여승은 성품이 온유하지만 고집스러운 데가 있어 한 번 마음을 먹으면 좀처럼 뜻을 돌리지 않았다. 의원을 불러 보았자 방에 발도 들이지 못할 게 분명하니 날이 밝으면 곧장 불러들여야 하겠다고 생각하며 다들 걸음을 돌렸다.

모두가 떠나가고 난 방 안, 끄는 것을 잊은 등잔불이 홀로 가물거렸다. 누구도 곁에 남아 있지 않은 외로운 여인의 마지막을 지켜 주려는 것처럼.

十六.
夢境(몽경)

　　흐릿한 등잔 불빛이 고요한 방 안을 가득 채우고 있었다. 자리에 누운 채 빙글빙글 돌아가던 천장을 바라보던 유화가 눈을 감았다. 뺨에 닿는 공기는 날씨에 비해 훨씬 서늘했다.

　　까무룩 잠이 들었던 걸까. 바람이 문을 달칵이는 소리에 유화가 다시 눈을 떴을 때 방 안은 어두웠다. 어둠 사이로 흐릿한 사람의 형상이 보이는 것 같아 얼굴을 찡그리고는 힘을 끌어모아 겨우 낮은 목소리를 냈다.

　　"날이 밝기 전에는 사람을 들이지 말라 일렀는데."

　　"부인."

　　다정한 목소리에 눈을 크게 떴다. 눈을 깜박서려도 사라지지 않고 점점 또렷해지는 얼굴은 틀림없이 오랜 기간을 그려 온 그리운 이의 것이었다. 입술을 열어 몇 번 달싹였지만 좀처럼 소리가 되어 나오지 않았다.

"여기에 계시다는 말씀을 전해 듣고 모시러 왔습니다."

싱긋 웃어 보이는 입술이 그리는 매끈한 곡선에 잊은 줄 알았던 두근거림이 되살아났다. 눈물이 차오르는 것을 얼른 눈을 깜박거려 흘려 냈다. 관자놀이 아래쪽, 눈물방울이 굴러가는 자리에 손가락이 닿는 느낌이 또렷했다.

"내가 네 마음을 아프게 했구나."

"어찌 마음이 아프지 않았겠습니까."

대답하는 목소리에는 반가움과 함께 엷은 원망이 실렸다. 그가 몹시 미안한 표정을 지으며 손을 내밀었다.

"함께 가겠느냐?"

유화가 망설이다 고개를 저었다. 이 순간이 오기만을 기다렸다. 외로운 소녀의 버팀목을 자처하였던 청년을 언제가 다시 만날 수 있을지 모른다고 생각했다. 있는지 없는지도 알 수 없는 사후 세계지만 그곳에서 그가 그녀를 기다려 주기를 간절히 바랐다. 그러나 마음 한구석으로는 그가 다시는 그녀와 얽혀 들고 싶어 하지 않으리라 생각했다. 그녀와 맺어지지 않았다면 그런 비참한 말로를 맞이하지는 않았을 것이니.

그녀에게 향했던 손이 이마 위에 가볍게 얹혔다. 천천히 미끄러져 내려온 손이 천천히 눈을 가렸다. 늘 두렵기만 하던 암흑이 몹시 따스했다. 그의 목소리가 천천히 울려왔다.

"부인이 나를 처음 만난 게 언제인지 기억나오?"

"그야 당연히······."

유화가 말을 멈추었다. 그때가 아니라고, 잘 생각해 보라는 듯 눈 위를 덮고 있던 손이 가볍게 들썩였다.

"물을 길어 주었으니 한 모금 청해도 실례는 아니겠지요, 아기씨?"

잊고 있었던 오랜 기억, 인물 준수한 청년에게 꽃잎을 띄운 물을 건네었던 날이 아슴푸레하게 떠올랐다. 어쩌면 그것이 이 모든 일의 시작일까. 기억조차 하지 못하였던 그날부터 그녀의 마음은 그를 향하고 있었던가. 그 마음을, 과연 고개를 젓는 것으로 모르는 척 몰아낼 수 있을까.

유화가 멍하니 중얼거렸다.

"그런 일이 있었지요. 오라버니셨군요."

"설마 마음이 변한 것이냐."

"제 곁에 계시면 또다시 고초를 겪게 되실까 두렵습니다."

"그 여인이 너라면 무엇이 두려우랴."

새로 차오르는 눈물이 멈출 생각을 하지 않고 흘러내렸다. 처음 보았을 때부터 그는 어른이었다. 그녀가 겨우 성년에 이르렀을 때에도 누이로만 바라보았다. 아무리 조바심을 내며 종종걸음으로 쫓아도 그들 사이에 놓인 열두 해라는 시간은 좁혀질 생각을 하지 않았다. 그 시간을 멈춘 채 그가 그녀를 기다리고 있었다. 그가 다시 한 번, 그녀를 향해 같은 질문을 던졌다.

"함께 가겠느냐."

유화가 손을 뻗어 소맷부리를 움켜쥐며 눈을 감았다. 긴 숨을 들이쉬었다 터뜨렸다. 대답을 돌리기 위해 그녀가 다시 눈을 떴을 때 두 손은 텅 비어 있었다.

당혹스러운 마음으로 천천히 눈을 깜박였다. 흐릿한 시야가 점차 밝아졌다. 어두운 방에 누워있는 대신, 가벼운 걸음걸이로 어디론가 향하고 있는 자신을 발견했다.

우물을 곁에 끼고 있는 아름드리나무 아래에 키가 큰 청년이 서 있었다. 청년의 머리 위쪽에 흐드러지게 피어난 꽃에서 풍기는 취할 듯 진한 향기가 길잡이인 양 유화를 인도했다. 청년은 그녀가 그를 향해 다가오는 것을 확신하듯 여유로운 표정으로 응시하고 있었다. 그들 사이가 점차 가까워졌다. 딱 한 발짝만큼의 거리를 두고 마주 섰다.

"한 모금 청해도 실례는 아니겠지요?"

"얼마든지요."

팔을 뻗어 그의 목을 휘감았다. 가까이 다가오는 얼굴을 바라보다 눈을 감았다. 몇 번이고 시간을 되돌려 다시 돌아간다 해도, 다시 이 비극이 반복된다 해도 그녀에게 가능한 단 하나의 선택이었다. 지극히 이기적인 마음의 발로라 하더라도 그가 후회하지만 아니한다면.

숨결이 닿을 듯 가까워 왔다. 그녀의 입술로 그가 청한 한 모금을 대신했다.

—完

작가 후기

마지막 문장을 확인하고 창을 닫는 손길이 조금 떨렸습니다. 마음 깊숙이 자리한 설렘이 손끝까지 밀려 올라온 탓입니다. 짧지 않은 여정을 함께하고 여기에까지 닿으신 독자님께 감사 인사를 드립니다.

〈치마폭에 담긴 붉은 그리움〉에 이어 '연(戀), 연(緣), 불망(不忘)' 두 번째 이야기를 독자님들께 보여 드리게 되었습니다.

이전까지의 이야기와 마찬가지로 사가(史家)가 기술하여 남긴 태조 이성계와 신덕왕후 강 씨의 딸인 경순공주의 발자취를 밟아 갑니다. 오랜 세월이 흐른 탓인지 아귀가 딱 들어맞지 않는 기록을 뒤적이며 그 이면에 감추어진 감정을 헤아려 봅니다. 이미 시린 아픔을 품고 있는 이야기 위에 덧그린 손길이 미덥지 못한 점은 못내 아쉽습니다.

너무도 잘 알려진 인물의 강렬한 인상에서 벗어나고자 자호를 사용한 결정이 감상에 방해가 되지는 않을까, 미처 가다듬지 못한 표현이 본의 아닌 손때가 되지 않을지를 염려하며 작은 바람을 품습니다. 부디 이 이야기를 펼쳐 놓게 된 진심을, 오로지 서로만을 눈에 담았던 사랑스러운 연인의 모습을 함께 그려 주시기를.

글자가 되지 못한 채 맴도는 인사는 다음을 기약하며 잠시 넣어 둡니다. 아직도 보여 드리고픈 이야기가 끝나지 않은 까닭입니다. '연(戀), 연(緣), 불망(不忘)' 마지막 이야기를 준비하고 있습니다. 따스한 봄을 한껏 만끽하고 난 뒤 더위가 슬그머니 자리를 잡을 즈음, 〈그대를 실어 오는 바람〉으로 찾아뵙겠습니다.

소박한 행복이 끊임없이 찾아드는 평온한 하루하루 보내시기를 기원합니다.

감사합니다.

—지연희 올림.